OSTKREUZ

Bibliografische Information der Deutschen Nationalbibliothek

Die Deutsche Nationalbibliothek verzeichnet diese Publikation in der Deutschen Nationalbibliografie; detaillierte bibliografische Daten sind im Internet über http://dnb.d-nb.de abrufbar.

KulturBrauerei Haus 2, Schönhauser Allee 37, 10435 Berlin
post@bebraverlag.de
Lektorat: Gabriele Dietz, Berlin
Umschlag: Ansichtssache, Berlin, unter Verwendung eines Fotos
von fult/Quelle: photocase
Satzbild: Friedrich, Berlin
Schrift: Stempel Garamond 10/13,5
Druck und Bindung: Finidr, Český Těšín
ISBN 978-3-89809-530-3

www.bebraverlag.de

Krause & Winckelkopf

OSTKREUZ

Ein Friedrichshain Krimi

berlin.krimi.verlag
be.bra verlag

1.

Ich brauche keine Zeitung, um mich dahinter zu verstecken. Ich bin unsichtbar, und doch sehe ich euch, wie ihr mir gegenübersitzt und eure iPods hört, eure iPads bedient oder mit euren Smartphones spielt. Wie ihr im Türraum steht und eure Stevens-Fahrräder festhaltet, in euren North-Face-Jacken, während des Bremsens und Beschleunigens im Takt der Stationen. Ich sehe euch dabei zu, wie ihr die Zeit mit Adler-Olsen-Thrillern totschlagt und euch beliebig ablenkt, bis ihr endlich aussteigen könnt. Raus. Nächster Halt Treptower Park. Ich fahre die ganze Runde, und ihr bemerkt mich nicht, weil ihr damit beschäftigt seid, zu warten.

Ein schmaler Kerl, der sich nervös auf der Bank herumdrückt. Ein pubertierendes Mädchen, das sich abwendet, als sie bemerkt, dass er sie ansieht. Vor mir das Logo *Terror Worldwide* auf dem Rücken einer Bomberjacke. Durch den Lautsprecher kriecht die Stimme des Zugführers wie aus einem Funkgerät. »Aufgrund von Polizeimaßnahmen kein Halt am S-Bahnhof Ostkreuz. Kein Halt am Ostkreuz.« Blicke suchen sich, dann Augendrehen und abgehakt – weiter.

Ich schaue aus dem Fenster und scanne Bäume und Büsche, ihr Grün, die silbrigen Unterseiten ihrer Blätter, vom Fahrtwind bewegt, dann wieder euch, vor, hinter und neben mir, mit euren Kaffeebechern auf dem Bahnsteig wartend. In euren Trainings- und Businessanzügen, euren Push-ups und Stretchleggins. Wie ihr da euren Platz behauptet.

Ihr seid aus dem Takt geraten, weil die Ringbahn den ganzen Morgen über ausgefallen ist. Eure Nerven liegen blank. Wer nicht mehr versucht, in den Rhythmus zurückzufinden, ist schon vor dem Mittag taktlos geworden, murmelt Schimpfwörter vor sich hin und bahnt sich beim Aussteigen seinen Weg mit den Ellenbogen. Wiederholte Durchsagen auf dem Bahnsteig, die ich nicht verstehen kann, weil am gegenüberliegenden Gleis ein Zug einfährt. Die Fahrgäste rücken unwillig noch enger zusammen, als eine Frau ihren Kinderwagen hereinschiebt. Die Türen schließen sich wieder. Ein kleiner Ruck und es geht weiter. Die kratzige Stimme weist noch einmal darauf hin, dass die nächste Station gesperrt ist.

Der Zug wird langsamer und ich sehe die in weiße Planen gehüllten Gerüste der Baustelle, unter denen seit Wochen die Bahnsteige eingedacht werden. Dann die ersten Spuren: Ruß und verbrannter Kunststoff. Aber ihr sitzt da wie kleine Denkmäler, steht dicht an dicht wie Vieh auf dem Transport zum Schlachthof und habt euch wahrscheinlich nicht eine Sekunde mit der Frage aufgehalten, *weshalb* der Bahnhof gesperrt ist.

Ich sehe genau hin. Wir fahren im Schritttempo ein. Polizisten und Menschen in weißen Plastikoveralls hinter Absperrungen um verkohlte Trümmerteile. Splitter überall im Gleisbett verteilt. Mir ist, als würden mich alle anstarren. Frankfurter Allee steige ich aus.

2.

Das ist es eben. Das meine ich. Man muss seine Betrachtungsebene verändern, man muss innehalten, und dann plötzlich wird deutlich, dass man genauer hinschauen muss. Der erste Blick trügt. Er trügt immer! Aber dann wird klar, dass es unter dem Bild noch ein anderes gibt.

Ich hab meine Fotos über den Computer auf den Beamer gelegt und schaue mir die Bilder an, und jetzt wird mir allmählich klar, was ich sehe. Das Foto vom Bahnsteig hinunter auf die eigentliche Unglücksstelle. Auf den Signalmast, der daliegt wie ein abgetrenntes Bein, und auf die Leiche. Abgedeckt unter weißer Plastikhaut. Aber jetzt sehe ich den

Kreis. Ich sehe die Trümmer, die umhergeflogenen Teile. Und ich kann erkennen, dass das nicht bloß ein Brand war. Das war eine Explosion. Da ist was in die Luft geflogen. Und vielleicht ist der Knall nur deshalb von niemandem wahrgenommen worden, weil der Bahnhof schon über zwei Jahre eine Baustelle ist und es dort pausenlos hämmert und knallt. Und weil Tag und Nacht Züge vorbeidonnern, Fernzüge auf dem Weg zum Ost- und dann zum Hauptbahnhof, in Richtung Flughafen Schönefeld und in den Norden. Es muss einen heftigen Schlag gegeben haben, sonst wären die Teile nicht so weit geflogen. Von einer Explosion hat niemand gesprochen, weil ja kein Gebäude oder etwas Ähnliches gesprengt wurde. Was durch die Luft geschleudert wurde, sind keine Trümmer, sondern Plastikstücke, Schottersteine, ein paar zerschrotete Betonplatten von den Kabelkanälen. Pflanzen, Goldrute und Beifuß.

Aber was ist da explodiert? Sicher keine Propangasflasche. Vielleicht haben sich Gase beim Brand so verdichtet, dass sie zu einem explosiven Gemisch wurden, und als die Temperaturen hoch genug waren: peng!

Die Tür geht auf und Franz kommt rein. Er schaut sich das Foto an und zuckt mit den Schultern. »Wir wissen noch immer nichts über den Toten«, sagt er, und ich kann hören, dass er irgendwie froh darüber ist. Franz hasst nichts mehr, als irgendwelchen Angehörigen die traurige Nachricht zu überbringen. Ich deute auf das Foto und erkläre ihm, weshalb ich eine Explosion vermute.

Franz nickt nachdenklich. »Ein Anschlag?«

Ich schaue ihn an. Meint der das im Ernst?

Als ich nach Hause komme, höre ich die Dusche laufen. Ich stelle mir augenblicklich Kerstin vor, nackt, und über ihre Haut fließt heißes Wasser. Sie ist im vergangenen Jahr fünfundvierzig geworden, aber ihre Haut ist immer noch weich und schön. Manchmal ist mir, als würde nur ich älter und sie wäre noch immer die, die ich vor fünfundzwanzig Jahren kennengelernt habe. Das ist einerseits deprimierend, aber andererseits kann ich mir einreden, dass ich von einer jungen Frau geliebt werde, um die mich andere beneiden. Das heißt, eigentlich muss ich mir das gar nicht einreden. Ich weiß es.

Als Kerstin aus dem Bad kommt, hat sie das große blaue Tuch umgeschlungen. Von der offenen Balkontür weht es herüber. Sie ist einen Augenblick lang überrascht, mich zu sehen.

»Max! Schon zurück?«

Ich nehme sie in die Arme, küsse sie auf den Hals. Kerstin windet sich aus meinen Armen. »Heute gab's wieder Chaos bei der S-Bahn«, sagt sie. »Die halbe Klasse fehlte und unsere doch sonst so erfinderische junge Generation hat natürlich keine Ahnung, wie man ohne die Ringbahn zur Schule gelangen kann. Die Ersten kamen gegen zehn. Völlig fertig. Na ja, ich hab mich mit diversen Hausaufgaben gerächt.«

»Wir rätseln noch«, sage ich. Ich mag es, Kerstin ein wenig auf die Folter zu spannen. Mir ist klar, dass das albern ist, aber irgendwie gehört es dazu, zu uns. So wie wir uns immer ein Zeichen geben, wenn wir abends miteinander schlafen wollen. Oder wie wir bestimmte Dinge vermeiden, weil wir wissen, dass der andere sie abscheulich findet. Zum Beispiel Kaffeesatz im Spülbecken zurücklassen.

»Was rätselt ihr?« Sie zieht sich die Jeans über. Auch so eine Bewegung, bei der ich nicht wegsehen kann.

»Bin ich heute fürs Abendbrot zuständig?«, frage ich, statt ihr zu antworten.

»Was war denn nun?!«

»Na ja, ich war heute nicht angeln. Ich durfte wieder antanzen. Ostkreuz.«

Kerstin schaut mich ungeduldig an. Sie ist total neugierig, sie will wissen, was los war. Manchmal denke ich, dass alle Lehrer so neugierig sein sollten, weil Lehrer, die alles wissen, die totalen Langweiler sind.

»Es gab einen Toten«, sage ich. »Wir wissen nicht, ob es der Täter ist oder ob der Mann einem Anschlag zum Opfer gefallen ist. Er lag unter einem umgestürzten Signalmast. Am Ostkreuz. Verbrannt. Es hat ein Feuer gegeben und wahrscheinlich eine Explosion, direkt vor den S-Bahngleisen und dem Gleis für die ICEs. Das ist deren Strecke zur Bereitstellung aus Rummelsburg. Fahrgäste sind da nicht drin. Aber die S-Bahnen sind natürlich voll besetzt am frühen Morgen.«

»Ein Anschlag?!«

»Wir können es nicht ausschließen.«

»Wer sollte einen Anschlag auf die S-Bahn verüben?«

»Fakt ist, dass das gesamte Signalsystem zusammengebrochen ist. Der Ringverkehr liegt still. Und nicht nur der, denn die Signale sind irgendwie alle miteinander verbunden. Fällt eines der Signale in dieser Weise aus, also durch eine Explosion zum Beispiel, geben die Computer das an das gesamte System weiter, und hier wurde offenbar ein Großteil auf Rot geschaltet. Es wird lange dauern, bis der Verkehr wieder normal laufen wird. Deine Schüler hatten wirklich keine Chance.«

Kerstin nickt nachdenklich. Sie drückt den Knopf am Radio. Sie sucht Inforadio, ihren Lieblingssender. Kaum hat sie eingeschaltet, wird bereits von dem Verkehrschaos und dem Unglück berichtet. Noch spricht niemand von einem Anschlag. Noch nicht mal von einer Explosion. Offenbar hat die Polizeiführung entschieden, die vorläufigen Ergebnisse der Ermittlungen unter der Decke zu halten. Anschläge auf die S-Bahn, so was kann eine Hysterie auslösen. Das ist nicht der 11. September, aber für ein gutes Gefühl sorgt so etwas nicht gerade.

»Hm«, macht Kerstin nachdenklich, »dann hätten meine Schüler theoretisch auch Opfer dieser Aktion sein können.«

»Wir wissen wirklich noch nichts. Es ist noch völlig unklar, ob der Tote der Verursacher der Explosion, ein Mittäter, ein zufälliges Opfer oder auch ein Zeuge war.«

Wir sitzen auf dem Balkon, im Sommer einer unserer Lieblingsplätze, neben dem Müggelsee natürlich. Wir lieben Friedrichshain, was man eigentlich gar nicht mehr sagen darf, weil dann gleich alle die Nasen rümpfen und was von Touri-Schwemme erzählen. Von hier kann man weit sehen, bis Warschauer Straße. Eine angesagte Gegend. Na und?

Kerstin ist still. Wahrscheinlich denkt sie an ihre Schüler. Und daran, was hätte passieren können. Bislang weiß niemand von ihnen, dass sie Glück hatten. Das sagt Kerstin plötzlich auch. »Die wissen gar nicht, dass sie echt Glück hatten.« Sie sieht mich an. Und mir wird plötzlich klar, dass ich da eine ernsthafte Aufgabe habe. Wenn der Tote nicht derjenige ist, der den Anschlag verübt hat, ist der Täter jetzt irgendwo in der Stadt unterwegs. Egal, ob der Staatsschutz eingeschaltet wird oder nicht, ich will diesen Typen finden. Jemanden, der ohne jede Vorwarnung, ohne irgendein Zeichen vorgeht, der bislang noch nicht einmal so was wie ein Bekennerschreiben ins Internet gestellt hat. Jemanden ohne Gesicht. Einen, von dem es noch keine Spur gibt.

In der Nacht werde ich von einem Geräusch geweckt. Ich schrecke hoch und bin mir gar nicht mehr sicher, ob ich wirklich etwas gehört oder ob ich es nur geträumt habe. Da war ein heftiges Kratzen auf Metall. Ganz nah. So, als würde ein metallenes Werkzeug über ein Brückengeländer schaben. Ich habe plötzlich das Gefühl, als wäre ich in einem ganz anderen Raum. Einem Raum, in dem es nach Benzin riecht, nach Benzin und nach rostigem Eisen. Aber dann weht plötzlich die Gardine hoch und die Luft, die hereinströmt, ist kühl und frisch. Kerstin liegt neben mir, ich höre ihren Atem. Und dann höre ich es wieder, dieses Geräusch – die Ringe, mit denen die Gardine festgemacht ist, rutschen beim Zurücksinken leicht auf der Messingstange hin und her.

3.

Am nächsten Morgen ist Lagebesprechung. Die Sache ist tatsächlich dem Polizeilichen Staatsschutz zugeleitet worden. Mir ist klar, was das bedeutet. Es bedeutet, wir arbeiten jetzt mit denen zusammen. Zwangsläufig. Und es bedeutet auch, dass der Staatsschutz dabei den Hut auf hat. Vier Leute von der Abteilung sitzen im großen Beratungsraum. Einer von denen stellt sich als Verantwortlicher vor und dann seine beiden Kollegen und eine junge Frau, Sabrina Zielinski. Ich soll mit den Kollegen zusammenarbeiten, so wie ich es erwartet hatte. Das Lagezentrum bleibt aufgrund der räumlichen Nähe zum Anschlagsort bei uns im Polizeipräsidium in der Wedekindstraße. Und der Fall hat jetzt auch einen Namen: Ostkreuz.

Kiesewetter, unser Chef, fragt nach nächsten Schritten. Ich erkläre, dass ich die Vermisstenanzeigen durchgehen werde. Und es muss eine Meldung in die Zeitung mit der Bitte um Mithilfe der Bevölkerung. Wir müssen herausfinden, wer der Tote ist. Mit einem Foto kann man nicht dienen, die Leiche ist zu stark entstellt. Aber es wäre wichtig, schon mal eine Genanalyse zu machen, damit man bei ersten Hinweisen sofort reagieren kann. Und wir müssen die Gegend noch einmal weiträumig mit Hunden nach irgendwelchen verdächtigen Gegenständen absuchen, die zu dem Toten oder den möglichen Tätern gehören könnten.

»Und was machen wir mit der Information, dass es ein Anschlag gewesen sein kann?«, fragt Kiesewetter. Ich weiß, dass er Pressekonferenzen abgrundtief hasst.

Die Kollegin vom Staatsschutz runzelt die Stirn. »Warten wir, bis wir Genaueres wissen. Die Spurensicherung konnte ja noch nicht mal ermitteln, ob wirklich Sprengstoff zum Einsatz kam. Geschweige denn, um welchen es sich handeln könnte. Die Ergebnisse erwarten wir noch in den Vormittagsstunden. Noch sprechen wir also von einem Brand.«

»Gut.« Kiesewetter nickt erleichtert. »Dann gehen Max und ich zunächst an die Front.«

Mit »Front« meint er die Presse.

Die Pressekonferenz ist auf dreizehn Uhr angesetzt. Ich habe also noch Zeit und fahre zum Ort des Geschehens. Obwohl noch immer die Spurensicherung am Werke ist, Polizisten mit Suchhunden durch die Gegend spüren und überall Flatterband der Polizeiabsperrung hängt, sind die Experten von der Bahn schon dabei, neue Kabel zu ziehen und den völlig zerstörten Signalmast nebst Schaltschrank zu ersetzen.

Noch ist der Verkehr auf der Ringbahn stark eingeschränkt. Die Signalstörungen reichen bis Prenzlauer Berg und Neukölln. Auch die Richtung Schöneweide ist betroffen. Die ICEs fahren im Schritttempo ohne Signalgebung bis Ostbahnhof, erzählt mir ein Ingenieur von der Bahn, der die Arbeiten leitet. Jemand habe hier einen äußerst empfindlichen Nerv getroffen, meint er. Jemand, der sich auskennt? Der Mann wiegt den Kopf. »Wer weiß. Aber nach Zufall sieht das nicht aus. Die Stellrechner haben den Impuls sozusagen an alle Signale weitergegeben, und die wurden dann automatisch auf Rot gestellt. Nun muss alles neu eingegeben werden. Mit der Reset-Taste ist das nicht zu beheben.« Ich bedanke mich bei ihm. Ich habe das Gefühl, dass ich jetzt zumindest die Idee von einem Anhaltspunkt habe. Einen einzigen Zipfel, den ich packen werde.

Es ist kühl geworden. Ich reibe mir die Hände. Laufe durch das Gestrüpp der Baustelle. Die Arbeiten sind weiter in vollem Gange. Ich sehe das grelle Licht der Schweißarbeiten, die Betonfahrzeuge, die sich ihren holprigen Weg zu den Baugruben suchen, höre die Presslufthämmer.

Wie soll man jemanden finden, von dem man nur weiß, dass er sich mit Signalgebung, Elektrotechnik und Bahnverkehr auskennt und diese Kenntnisse dazu nutzt, einen Anschlag zu verüben? Soll ich nach ehemaligen Mitarbeitern der Bahn suchen? Einem Bahngegner? Nach jemandem, der sich von dieser Baustelle belästigt fühlt? Nach einem ehemaligen Mitarbeiter, der von der Bahn rausgeschmissen wurde? Der sich ungerecht behandelt fühlt und deshalb Rache nehmen wollte? Das läge immerhin nahe. Ich werde mir am Nachmittag die Personalabteilung vornehmen müssen.

Als ich den Blick hoch auf den Bahnsteig richte, sehe ich die Kollegin vom Staatsschutz oben stehen. Sie schaut zu mir herunter, fast so, als hätte sie mich beobachtet. Ich hebe kurz die Hand. Sie erwidert den Gruß.

Drei Minuten später stehen wir gemeinsam am Kiosk, der trotz der gesperrten Gleise auf der einen und der durchfahrenden Züge auf der anderen Seite geöffnet hat. Die blonde Frau hinter dem Tresen hat wider Erwarten gute Laune.

»Immerhin sind ja noch die Polizisten da und die Bauleute«, sagt sie und stellt uns die dampfenden Kaffeebecher hin. Ich nutze die Gelegenheit und frage, ob sie irgendetwas beobachtet hat. Die Frau schüttelt den Kopf. Ja, sie war gestern um die fragliche Zeit in ihrem Kiosk, das hat sie schon alles der Kollegin gesagt. Sie nickt Sabrina Zielinski zu. Hier seien ständig Leute am Werkeln, Bauleute von der Bahn, Typen mit Helmen und ohne. Und eine Explosion? Hat sie nicht gehört. Wie denn auch? Hier werden Metallgerüste in den Boden gerammt, Schienen abgeladen, dazu die Baufahrzeuge, und das geht jetzt schon Jahre so. Also, ihr macht das ja nichts aus, aber die Leute, die ringsum wohnen!

Sabrina Zielinski nippt an ihrem Kaffee. Sie lächelt. Wieso lächelt die jetzt? Ich lächle zurück und merke, dass ich mich kein bisschen anstrengen muss.

Sie sagt: »Seit dem elften September und allem, was dem folgte, ist die Arbeit wohl irgendwie anders geworden.« Sie erzählt, dass sie ihr Praktikum bei der Kripo in Hamburg gemacht hat. Und als sie nach der Ausbildung dort anfangen wollte, hat man sie gefragt, ob sie nicht gleich in den Staatsschutz wechseln wolle. Die taten unglaublich wichtig. Und es ging gleich zwei Gehaltsstufen höher los. Da hat sie halt ja gesagt. Nun jagt sie keine Diebe oder Einbrecher, sondern Staatsfeinde.

»Und«, frage ich, »waren hier Staatsfeinde am Werk?«

Sie zuckt mit den Schultern. »Dagegen spricht, dass es keinerlei Bekennerhinweise gibt. Seltsam ist auch, dass die Täter nicht konsequenter waren. Ein Sprengsatz direkt an den Gleisen, das hätte mehr bewirkt. Vielleicht wäre ein Zug entgleist. Oder in unmittelbarer Nähe zum Bahnsteig. Leute steigen ein, Leute steigen aus. Das sind schnell mal hunderte. Wenn dann ein Sprengsatz hochgeht ...«

»Jetzt denken Sie wirklich an Al Kaida?«, sage ich und bemerke, wie die blonde Kioskverkäuferin irritiert den Blick hebt. Sabrina Zielinski wendet ihr den Rücken zu.

»Würde ich nicht ausschließen. Aber wie gesagt, kein Bekennerschreiben. Auf jeden Fall werden wir von uns aus auch in die Richtung recherchieren. Immerhin ist Berlin, was mögliche Extremisten anbetrifft, ein, sagen wir mal, ziemlich warmes Pflaster. Wir werden einen Experten auf Internetsuche schicken und unsere Spezialisten werden die zugänglichen Quellen anzapfen.« Sie lächelt wieder. »Und was glauben Sie? Ein Einzeltäter?«

»Keine Ahnung. Am meisten interessiert mich: Wer ist der Tote? Er wird offenbar bis jetzt nicht vermisst. Und wir wissen nicht, was er hier gesucht hat. Ob er der Täter war oder zu den Tätern gehörte.«

Unvermittelt streckt mir die Kollegin die Hand entgegen. »Sabrina«, sagt sie. Das hätte ich nun echt nicht erwartet. Ich nehme ihre Hand, die sich kühl und weich anfühlt.

»Ja«, sage ich, bevor ich meinen Namen nenne, »dürfen Sie denn das so ohne Weiteres?«

Sie lächelt.

4.

Auf einem Hochsitz. Ich beobachte die Baustelle. Zoome die Einzelheiten heran. Das Blitzen der Schweißarbeiten, die noch immer fortgesetzte Arbeit der Spurensuche. Beobachte, wie die zersplitterten Glasscheiben ersetzt werden. Wie ein kleiner Kran die neuen Scheiben über die Gleislücke hebt, bis die Monteure sie annehmen. Beobachte, wie zwei Männer mit Bauhelmen – ein Polizist in Uniform, der ein Schreibbrett hält, und einer in Arbeitskleidung – ins Gleisbett klettern und auf die Absperrung des Explosionsortes zukommen. Wie sie dort stehen bleiben und sich unterhalten. Sehe den Ernst in ihren Gesichtern. Sehe den neuen Signalmast, ein paar Meter vom alten Standort versetzt. Vorsichtshalber mit einer geschlossenen Metallfront ummantelt. Idioten. Sehe den ganzen Aufwand, den ihr betreibt. Wie aufgeregt ihr durch die Gegend rennt, als hätte ich mitten ins Wespennest gestochen. Wie alles aus dem Takt geraten ist. Und wie wenig sie euch gefällt, die Situation, in der ihr jetzt steckt.

Mein Jägerstand: der rußgeschwärzte Wasserturm mit seiner Pickelhaube aus Schiefer. Ein Riesenfindling. Ihr bemerkt ihn kaum, weil er zum Ort gehört wie ein alter Baum. Das letzte gewachsene Stück inmitten des totalen Wandels. Das Chaos der Zugangsbrücken und Wegführungen am Ostkreuz wird mit Presslufthämmern eingedämmt. Eine neue Bahnhofsfiliale von der Stange. Ostkreuz, Südkreuz, alle gleich. Bald dahinter die erste Front der Townhouses, die die Stralauer Halbinsel bis zur Rummelsburger Bucht kolonisierten. Abgeschottete, sauber-grüne Biozonen, die durch Amazon und Paketdienste mit der Welt verbunden sind. Freigehege für die überbehüteten Kinder der akademischen Mittelschicht. Dann ein Sonnenstrahl, der durch die dichte Wolkendecke bricht und mir ins Gesicht fällt. Dem mein Blick folgt, bis er sich im Grau des Himmels verliert. Schwindelgefühl.

Ich bringe das Fernglas wieder in Position. Arbeiter laufen wie Ameisen über die Baustelle. Rackern, rackern, rackern. Na los. Arbeitet an eurer eigenen Vertreibung aus dem Bezirk mit. Arbeitet, damit ihr euch die neueste Unterhaltungselektronik kaufen könnt. Euer Platz in der schönen neuen Welt: Tanatoide vor den Bildschirmen in den Vorstadtplatten. Zimmer mit Meerblick. Und in der Stadt klafft ein riesiges Schwarzes Loch, wird die Leerstelle von Tag zu Tag größer. Kettenreaktionen des immer Gleichen. Filiale um Filiale. Berlin, New York, Tokio. Dasselbe noch einmal.

Dieselben Konzerne, die die Welt gleichförmig machen, verkaufen euch die Outfits, mit denen ihr aus ihrem Einheitsbrei herausstechen wollt. Verkaufen euch die Krücken, mit denen ihr besser durch ihre kranke Welt kommt. Sie verkaufen euch dieselben sozialen und ökologischen Versprechen, um Zeit zu gewinnen für dieselbe neoliberale Politik. Dasselbe Denken, das uns ruiniert hat, soll uns jetzt heilen.

Keiner da, der dagegenhält. Nur Tante-Emma-Fraktionen. Selbstgehäkeltes und Eingewecktes. Holunderblütensirup. Nur politisch korrekte Großmütterchen-Romantik. Schlapp und zahnlos. Keine politische Bewegung. Nichts, nur Mitläufer weit und breit. Keiner da mit Wahrheit. Keiner, der die Konsequenzen zieht.

Hier, direkt unter mir, die bunte Menschentraube an der Bushaltestelle. Schaut euch an! Wie ihr da posiert, als wäre es ein Casting für einen Werbespot. In euren zu engen Hosen, mit euren zu langen Bärten und euren zu saturierten Fressen. In der ganzen marktschreierischen Buntheit, die man euch verordnet hat. Wie ihr so tut, als würdet ihr nicht warten. In eurer Ereigniswelt. Ja, zerstreut euch! Lasst euch mit euren Einkaufstüten und Jutebeuteln aufgabeln und abtransportieren, um eure neuen Hollister-Shirts und American Apparel Basics anzuprobieren. Freut euch auf die Unikate, die ihr auf daWanda.com bestellt habt. Werft eure alten Primark-Einkäufe mit vollen Händen weg, weil ihr jetzt neue habt. Schaut euch an: eine Armee der Gehörnten. Schaufensterfiguren aus einem Kaufhaus der manipulierten Bedürfnisse. Ihr seid die neunundneunzig Prozent, die mitlaufen. Ihr habt keinen Plan. Ihr habt keine Wahrheit.

Da auf der Baustelle die Polizisten, die sorgsam die Gleise absuchen. Arme Schweine, die dabei helfen, ihre eigenen Kinder aus der Stadt zu vertreiben. Alle schaufeln sie mit am Schwarzen Loch. Wer hört da schon hin, wenn ich jetzt rufen würde: Was habt ihr mit uns gemacht? Wer denkt noch irgendetwas zu Ende? Wer fragt noch, in welchem Zusammenhang sein Handeln steht? Wer fragt sich noch, ob das, wovon er lebt, eine sinnvolle Sache ist? Niemand. Die Leute werden bezahlt, also ist es richtig, was sie tun.

Arbeitet für euer Geld, ja! Grabt den ganzen Bahnhof um, ihr werdet nichts finden, was euch weiterhilft. Mit mir habt ihr nicht gerechnet. Mich habt ihr schon abgeschrieben. Aber ich bin da, wie der alte Turm hier. Ihr bemerkt mich nicht, aber ich beobachte eure unbeholfenen Schritte. Schaue euch dabei zu, wie ihr euer eigenes Grab schaufelt. Grabt weiter. Hau ruck! Grabt gedankenlos weiter und wartet ab. Und wenn ihr den nächsten Knall hört, hab ich euch längst getroffen.

Ich lasse meinen Blick über den Bahnsteig schweifen. Weiter hinten am Kiosk erkenne ich zwei in Zivil und stelle das Fernglas scharf. Eine blonde junge Frau, daneben ein Mann, der sie um Kopfeslänge überragt. Sie sprechen miteinander, trinken Kaffee aus Plastikbechern. Der Mann dreht sich um.

Hitze steigt mir in den Kopf. Ich bin verwirrt. Ich lehne mich mit dem Rücken gegen die Wand neben dem Fenster, schließe die Augen. Atme ein, atme aus und öffne die Augen wieder. Das Blut pocht in meinen Schläfen. Ich muss lachen. Warte einen Moment, dann gehe ich zurück ans Fenster. Schaut her, hier stehe ich, noch immer auf der richtigen Seite. Ihr glaubt, ich wäre so wie ihr. Aber ich bin nicht auf eurer Seite.

Als sie in meine Richtung über den Bahnsteig zum Explosionsort spazieren, versuche ich, mir das Gesicht der Frau einzuprägen. Mache ein paar Fotos. Vielleicht ist sie seine Kollegin? Aber wie sie ihn jetzt anlächelt. Die beiden kennen sich nicht gut.

Das Grinsen wird euch noch vergehen. Eure taube Ignoranz. Ich könnte rufen, von hier oben runterschreien, ihr würdet es nicht hören. Ihr wollt es nicht hören. Aber ihr werdet es noch spüren. Wartet ab. Es wird euch nicht gefallen. Der Spaß ist vorbei und ihr werdet erschüttert sein. So wie ich erschüttert bin.

5.

Bei der Pressekonferenz sitze ich neben Kiesewetter. Der macht ein wahnsinnig ernstes, wichtiges Gesicht. Dabei weiß ich, dass er am meisten Angst vor einem Schluckauf hat, der ihn immer mal wieder in solchen Situationen ereilt. Ich fühle förmlich, wie er versucht, sich irgendwie zu beherrschen.

Ich sehe Sabrina, die sich auf einen Stuhl an der Seite gesetzt hat. Sie beobachtet den Saal und uns. Keine Ahnung, was das bedeutet. Auf jeden Fall will sie hier offenbar nicht in ihrer Funktion auftreten, und sicher ist das auch mit Kiesewetter abgestimmt. Nur ich weiß nichts davon.

Der Raum ist gut gefüllt. Blitzlichter. Die ersten Fragen, ganz das Übliche. Nein, wir haben keinen Verdächtigen. Der Tote ist unbekannt. Noch keine wirkliche Spur. Dann die Zeitung mit den vier Buchstaben: »Kann es sein, dass die Feuerwehr alle Spuren in einem Schaumteppich zerstört hat, weil die Polizei erst zwölf Minuten später als die Feuerwehr eintraf? Gibt es dafür eine Erklärung?«

Ich habe nicht übel Lust, der Dame zu erzählen, dass ich gestern eigentlich frei hatte und wie schön es auf der Großen Krampe am Müggelsee ist. Aber ich schweige. Kiesewetter faselt etwas von »alle Kräfte im Einsatz« und »unsere Leute geben jeden Tag das Beste«. Das ist wahr und zugleich Schwachsinn.

Ich sage, dass die Feuerwehr zunächst den Brand bekämpfen musste. Immerhin gab es Hoffnung, dass der Mann, der eingeklemmt unter der Kabelbrücke lag, noch lebte. Schweigen. »Außerdem sind nicht alle Spuren vernichtet, im Gegenteil.« Ich schaue in die fragenden Gesichter. Kiesewetter stößt mich mit dem Knie an. Ich füge hinzu: »Aber darüber können wir wegen der laufenden Ermittlungen leider noch nicht sprechen. Vielleicht nur so viel: Der oder die Täter sind erstaunlich planvoll vorgegangen.« Das klingt nach allem und nichts, aber man kann eine Schlagzeile daraus machen. Die Vierbuchstabenfrau notiert. Vielleicht hat sie ja selbst die Schnauze voll von diesem Dauervorwurf, dass die Polizei in Berlin zu faul, zu doof und zu langsam ist. Da klingt etwas wie »Der Plan des Verbrechens« oder »Anschlag von langer Hand vorbereitet« schon viel besser.

Ich werfe den Beamer an und meine Fotos auf die Leinwand. Damit können die Leute von der Presse nicht viel anfangen, aber es macht Eindruck. Und ich erkläre, dass wir dringend Unterstützung aus der Bevölkerung benötigen, um die Identität des Toten zu ermitteln. Ich bemerke, wie Kiesewetter unter einem Schluckauf erbebt. Der kann einfach keine Pressekonferenzen machen. Das wirklich Blöde ist, dass er am Ende nicht mal danke sagen wird. Das ist auch immer das Gleiche.

»Und gibt es Verdächtige oder Zeugen?«, fragt einer der Journalisten. Ich kenne den Mann, er will immer der Superschlaue sein. Und gerissen ist er allemal. Außerdem habe ich manchmal den Eindruck, er hat es auf mich abgesehen. Wir sind uns fünf-, sechsmal begegnet und immer ist er um mich herumgeschlichen, als würde er gerade von mir Informationen erwarten, die er sonst von niemanden bekommen könnte, oder aber als würde ich ganz sicher den nächsten Fehler machen, über den er dann berichten könnte. Er heißt Roman Klinger. Ein freier Journalist. Einer, der Informationen auf dem Markt anbietet und möglichst viel Geld dafür verlangt. Manche sagen ja, dass die Freien die einzigen wirklichen Journalisten sind, weil sie sich nicht an die Vorgaben einer Zeitung halten müssen, sondern sich tatsächlich ein eigenes Bild machen können. Aber ich traue dem Ganzen nicht. Ich glaube, dass der harte Kampf auf dem Informationsmarkt zu immer skurrileren Methoden führt und letztendlich zu immer abgefahreneren Berichten über das, was man die Realität nennt. Klinger schaut mich an. Er blickt so, als wären nur er und ich in diesem Raum. Er lauert wie ein Tier. Dabei war es eine ziemlich einfache Frage.

»Wir werden ganz sicher diverse Zeugen finden«, erwidere ich ruhig. »Nicht nur Leute, die auf den Bahnsteigen gestanden haben, auch Leute, die in den S-Bahnen vorbeigefahren sind, werden uns weiterhelfen können. Es ist die Frage, ob wir uns jetzt schon an die Bevölkerung wenden. Und dann ist noch in unmittelbarer Nähe und zum Zeitpunkt der Explosion ein Güterzug vorbeigefahren. Wir gehen davon aus, dass der Zugführer die Situation genau im Blick hatte. An Zeugen mangelt es uns also nicht. Mit den Verdächtigen ist es schon schwieriger. Auch da haben wir Leute im Blick, aber wir wollen die Untersuchungen nicht gefährden, deshalb bitten wir um Entschuldigung, dass wir zu diesem frühen Zeitpunkt hierzu noch nichts mitteilen können.«

Das lief echt gut. Der Journalist, dieser Klinger, hat ein leichtes Lächeln im Gesicht. Er hakt nicht nach, was er sonst gerne tut. Vielleicht wollte er mir nur sagen: Ich bin da, ich bin dran an der Sache, gib Acht.

Manchmal fallen mir die Sätze wirklich zu. Ich bemerke, dass die Presseleute im Prinzip erst mal zufrieden sind. Das wird sich ändern, wenn wir in den nächsten Tagen nichts wirklich Brauchbares präsentieren können. Aber so weit ist es noch nicht. Im Prinzip hab ich ja auch Recht mit meiner Einschätzung, es gibt viele Menschen, die zum Zeitpunkt der Explosion zugegen waren. Schwierig wird es nur, wenn es eine ferngezündete Sprengladung oder ein Zeitzünder war. Aber das steht zurzeit noch nicht zur Debatte.

Doch dann kommt natürlich noch die unausweichliche Frage: »Gibt es auch Ermittlungen gegen Islamisten?« Kiesewetter atmet sehr tief ein. Ich schaue kurz zu Sabrina. Sie blickt mich mit zusammengepressten Lippen fragend an, als wäre sie eine von den Zeitungsleuten. Ich habe verstanden.

»Wir ermitteln in alle Richtungen. Sobald sich eine Spur in dieser Hinsicht ergeben sollte, würden wir auch darüber berichten. Aber im Augenblick gibt es keinerlei Hinweise darauf. Nicht die geringsten. Also sollte man sich bei der Berichterstattung zurückhalten, damit keine Hysterie in der Stadt entsteht.«

Ich weiß, dass ich mit der Äußerung etwas weit gegangen bin, denn bekanntlich lässt sich die Presse absolut nicht sagen, was sie tun oder nicht tun soll. Ganz im Gegenteil. Vielleicht war mein Appell sogar ein verdecktes Zeichen für die Presseleute, umso mehr in dieser Hinsicht zu spekulieren oder wirre Vermutungen in Umlauf zu bringen. Andererseits hoffe ich, dass ich ausreichend authentisch rübergekommen bin und man bemerkt hat, dass wir wirklich keine Hinweise auf derlei Zusammenhänge haben.

Als ich mich auf den Weg zur S-Bahnzentrale mache, ruft mich Kerstin an und fragt, ob wir am Abend ins Kino gehen. Mit dem Kino ist das immer so eine Sache: Entweder fangen die Filme zu früh an oder zu spät. Aber ich weiß, wenn sie sich etwas in den Kopf gesetzt hat, gibt es kein Wenn und Aber. Neunzehn Uhr dreißig vorm Filmtheater am Friedrichshain. Ich hoffe nur, dass sie keinen allzu langweiligen Film aussucht, damit ich nicht einschlafe. Wie beim letzten Mal.

Eine gute Stunde später bin ich in der Personalabteilung der S-Bahn. Die dickliche kleine Frau, die vor mir sitzt, schüttelt nachdenklich den Kopf. Ich erkläre, dass eine solche Sache Jahre zurückliegen kann. Jemand ist aus seiner Sicht zu Unrecht gekündigt worden, hat einen beruflichen Neuanfang gemacht, ist dann aber doch gescheitert, hat vielleicht sogar seine Familie verloren und am Ende den Schuldigen an seinem Unglück in der Bahn gesehen, will Rache und jagt eine Signalanlage in die Luft, von der er weiß, dass die den halben Bahnverkehr in der Stadt lahmlegen wird. Die pummelige Dame schüttelt wieder den Kopf. Natürlich habe man sich von dem einen oder anderen trennen müssen, das bliebe ja nicht aus. Allerdings habe sie nie von jemandem gehört, der den Hass aufbringen würde, so etwas zu tun. Mein Gott, was stellt sich diese Frau vor? Dass einer herumläuft und verkündet: Ich hasse die Bahn und deshalb werde ich einen Anschlag verüben?

Ich lasse mir die Namen von den Bahnangestellten geben, die in den letzten drei Jahren wegen grober Arbeitspflichtverletzungen gekündigt wurden. Es sind fünf. Absolut überschaubar.

Die Überraschung des Tages hat Franz parat. Er hockt gut gelaunt auf meinem Drehstuhl, als ich ins Büro komme. Er weiß genau, dass ich es nicht leiden kann, wenn er auf meinem Stuhl sitzt.

»Manchmal«, sagt Franz, »muss man eben den richtigen Riecher haben.«

Das muss gerade er behaupten. »Du hast also den richtigen Riecher«, sage ich und gieße mir einen Kaffee ein. Ganz ruhig. Er soll nicht merken, dass ich gern gewusst hätte, was er damit meint.

»Hab ich«, sagt er und knallt ein Schlüsselbund auf die Schreibtischplatte. In Wirklichkeit kann er die Spannung selbst nicht aushalten. Da ist er wie ein kleines Kind, nicht wie ein Kriminalpolizist. »Ich habe bemerkt, dass unter den Schlüsseln, die wir bei dem Toten gefunden haben, ein ganz neu angefertigter ist, und hier unten ist ein Prägestempel. Damit habe ich die Firma ermitteln können, die ihn angefertigt hat.« Er grinst.

Darauf hätte ich wirklich auch kommen können. »Also?«

»Was also?«

»Na, und weiter?«

»Na, nichts. Die Firma gehört zu 'ner Kette. Ich muss noch rauskriegen, in welcher Filiale der Schlüssel nachgefertigt wurde.«

»Und das hast du noch nicht?«

Franz wird sehr kühl. »Ich wollte mich ja schon kümmern, aber Kiesewetter meinte, wir sollen über die Kollegen vom Staatsschutz gehen. Und die haben gesagt, wir sollen warten.«

Der Kaffee ist lauwarm. Ich hab plötzlich ein angenehmes Gefühl. Und dann bemerke ich, was der Auslöser dieses Gefühls ist. Der Auslöser ist die Kollegin vom Staatsschutz. Offenbar will sie, dass die Ermittlungen ganz bei ihr bleiben. Vor allem, wenn es sich um eine möglicherweise interessante Spur handelt.

Mein Handy klingelt. Sabrina fragt, ob wir uns treffen können. Wenn möglich sofort. Seltsam, denke ich, gibt's da etwa was Telepathisches?

»Und wo?«

»Hier bei Ihnen, ich sitze im Beratungsraum.«

Ich greife nach der Personenbeschreibung des Toten, die Franz mir rüberschiebt, und überfliege den Text. Es ist nicht viel, aber immerhin. Ich reiße mich zusammen und sage: »Alle Achtung, Franz, das mit dem Schlüssel ist mir nicht aufgefallen.«

Das reicht, ihn versöhnlich zu stimmen.

Sabrina sitzt allein im Beratungsraum. Sie hat einen Laptop vor sich und einen eigens mitgebrachten Beamer, der ein Foto auf die Projektionsfläche wirft. Es ist eins meiner Fotos. Ich frage sie, ob ihre Abteilung etwas mit der Personenbeschreibung des Opfers anfangen konnte. Die Kollegen seien noch bei der Auswertung, erwidert sie und deutet auf den Stuhl neben sich.

»Ich habe mal mit einer unserer speziellen Softwares deine Fotos durchgesehen«, sagt sie und zoomt das Bild groß. »Die Software repariert die Lücken, wenn die Vergrößerung die Details zu ungenau werden lässt. Das entspricht dann zwar nicht hundert Prozent der tatsächlichen Abbildung, aber nahezu.«

Sie schiebt den Zoom auf dem Vergrößerungsbereich hin und her. Tatsächlich kann man zunächst ungenaue, verschwommene Flächen sehen, die sich rasch zu glasklaren Bildern verdichten. Und dann sehe ich plötzlich einen Mann. Er steht allein da und hält einen Feldstecher vors Gesicht. Ganz offenbar beobachtet er das Geschehen am Anschlagsort. Sabrina zoomt ihn noch näher heran. Man kann jetzt die Mundpartie erkennen, die Gesichtsform, seinen Körperbau, seine Kleidung.

»Ja, was soll man sagen«, meint die Kollegin. »Da hast du ein schönes Foto geschossen.«

Komisch ist, dass ich sofort denke, dass ich den Mann kenne. Ich sage nichts. Es ist nur so ein Gefühl.

Ihn kennen – woher?

Als ich nach Hause fahre, ist es schon spät. Ich biege in unsere Straße ein und bemerke sofort Kerstin. Sie steht auf dem Balkon. Mir fällt siedendheiß ein, dass wir verabredet waren. Neunzehn Uhr dreißig vorm Filmtheater am Friedrichshain. Ich hab es vergessen! Passiert mir so was in letzter Zeit öfter?

Kerstin sagt kein Wort. Sie ist sauer und redet einfach nicht. Sie hat sich etwas zu essen gemacht und sitzt auf dem Balkon. Ich entschuldige mich und fasele was von diesem wirklich komplizierten Fall. Sie isst und schaut durch mich hindurch. Sie sagt nichts und fertig.

Aber ich habe Glück. Plötzlich gibt es einen lauten, dumpfen Knall. Kerstin zuckt zusammen. Sie schaut mich erschrocken an. Das Geräusch kann von einem Auto stammen, Fehlzündung, oder eben einer Explosion. Nun ist sogar eine Sirene zu hören. Wir beugen uns über die Balkonbrüstung. Die Straße liegt ruhig da wie immer um diese Zeit. Wahrscheinlich war der Knall irgendwas Harmloses. Kerstin sagt: »Hättest anrufen können.« Ich nehme sie in die Arme, sage: »Ich habe das verdammte Gefühl, dass dieser Anschlag nicht der letzte war.« Sie löst sich aus meinen Armen und schaut mich an.

Es ist kurz nach Mitternacht, als mein Handy klingelt und mich aus dem Schlaf reißt. Sabrina ist dran. Ich stehe rasch auf und verlasse leise das Schlafzimmer. Kerstin kennt das, sie schreckt schon lange nicht mehr hoch, wenn wir im Schlaf vom Summen meines Handys gestört werden.

Sabrina redet, als sei es vormittags um zehn. »Mir geht dieser Mann mit dem Fernglas nicht aus dem Kopf. Wir haben das mal recherchiert. Er stand an einem Gleisweg, der eigentlich nur dem Bahnpersonal zugänglich ist, von der Straße aus schwer erreichbar. Und genau an der Stelle, an der er stand, haben wir eine Figur gefunden. Eine kleine Figur aus Gips.«

»Eine Figur?«

»Ja, ein Engel. Ein weißer Engel aus Gips. Natürlich ist nicht sicher, ob der zu diesem Mann gehört. Ob der ihn verloren hat. Es sind keine Fingerabdrücke drauf. Auch seltsam.«

Ich überlege, weshalb sie mir das mitten in der Nacht erzählen muss, traue mich aber nicht, sie zu fragen.

»Dann sehen wir uns morgen.« Sie legt auf, ohne eine Antwort abzuwarten.

Ich bleibe noch eine Weile im dunklen Zimmer stehen, dann gehe ich zum Balkon und öffne die Tür. Kühle Luft dringt herein. Was ist los mit dieser Frau? Sucht sie meine Nähe, weil das ihre Art ist, Fälle zu bearbeiten?

In der Bahnzentrale erfahre ich telefonisch gar nichts. Man sagt mir nicht einmal den Namen des Menschen, der für die Personalplanung der Züge zuständig ist. Als man mich mal wieder weitervermittelt an irgendjemanden von der Pressestelle, heißt es, dass gerade jetzt mit Auskünften sehr vorsichtig umgegangen würde. Ob ich nichts von diesem Anschlag gehört hätte? So hat es keinen Sinn. Ich mache mich auf, um persönlich zur Logistikzentrale zu fahren.

Eine geschlagene Stunde nach meiner Ankunft sitze ich endlich vor einer äußerst korpulenten Dame Ende zwanzig. Sie redet nicht. Sie starrt nur auf ihren überdimensionalen Bildschirm und hackt mit schweren Fingern auf die Tasten. Es dauert ewig; kein Wunder, dass es bei der Bahn so viele Verspätungen gibt. Es scheint ein echtes Problem zu sein, den Zug in den offenbar unüberschaubaren Mengen von Daten zu finden. Ich schaue mich um. An ungefähr fünfzehn Schreibtischen sitzen lauter kräftig gebaute Menschen. Alle starren wortlos auf ihre Bildschirme. Kafka kommt mir in den Sinn. Der arbeitete zwar bei einer Versicherung, aber vielleicht war die Behörde, in der er sein Dasein fristete, ganz ähnlich? Vielleicht könnte man dieses ganze Büro wegrationalisieren und niemand würde es merken? Vielleicht würden dann sogar mehr Züge pünktlich fahren? Wer weiß. Und plötzlich werden in meiner Fantasie all diese emsigen Angestellten zu krabbelnden Insekten, die nicht mehr auf zwei Beinen laufen, sondern auf sechs, mit langen, dürren Fühlern und Mündern, die wie die Werkzeuge von Fräsmaschinen aussehen, und die mit ihren riesigen pechschwarzen Augen auf die Bildschirme starren. Eine Horde lang gestreckter, kräftiger Käfer, die sich selbst nicht mehr wahrnehmen, die zu beinahe hirnlosen Kreaturen geworden sind.

Dann scheint es jedoch geschafft. Die Bilder meiner Fantasie lösen sich auf, die Konturen verschieben sich, aus den Insekten werden wieder fleißige Menschen, die, von irgendwelchen Impulsen gesteuert, angemessen sinnvoll zu handeln scheinen. Die Frau vor mir drückt auf eine Taste, steht mühsam auf und verlässt ohne ein Wort zu sagen den Raum. Ich schaue auf den Bildschirm. Da stehen die Zugnummer, die Abfahrten auf jedem der angesteuerten Bahnhöfe, die Namen des Zugpersonals. Nur der des Lokführers ist nicht vermerkt. Ich warte eine gefühlte Ewigkeit, dann kommt die Dame zurück, ein Blatt Papier in der Hand, das sie missmutig vor sich auf ihren Schreibtisch legt. Sie schaut mich an und sagt: »Sie wollen den Namen des Lokführers.« Ich nicke. Sie nickt ebenfalls und wendet sich wieder ihrem Computer zu.

»Die Sache ist so: Der reguläre Lokführer muss an diesem Tag erkrankt sein. Jedenfalls ist er die Lok nicht gefahren. Es gab einen Ersatz und der ist nicht vermerkt.«

Und nun?

Die Frau zuckt die Schultern. »Weitersuchen.«

Ich lege ihr freundlich lächelnd meine Karte hin und sage, dass es ganz wunderbar wäre, wenn sie mich anrufen könnte, wenn sie irgendetwas herausgefunden hätte. Immerhin ginge es um Mord.

Als die Frau das Wort Mord hört, glimmt Interesse in ihren Augen auf. »Mord?«, sagt sie. »Wirklich? Sie müssen wissen …«

Ich unterbreche sie und ergänze: »Sie lesen für Ihr Leben gern Krimis.«

Die Dicke lächelt. Ich tippe auf meine Karte und zwinkere ihr zu.

Sie nickt und lächelt immer noch.

Natürlich komme ich zu spät zur Sitzung. Neben Sabrina ist der einzige freie Platz. Ich setze mich zu ihr. Sie berührt kurz meine Hand, eine ganz schnelle Berührung. War das ein Streicheln?

Kiesewetter hat das Flipchartpapier vollgekritzelt.

»Fakt ist doch«, sagt er nachdenklich, »dass es sich offenbar um eine Art Sprengsatz handelt. Also, daran ist kaum zu zweifeln. Als Material wurden handelsübliche Chemikalien verwendet. Und es könnte eine zeitgesteuerte Zündung, vielleicht von einem Wecker gewesen sein« Kiesewetter schaut zu einem der Techniker von der Spurensicherung.

Der fährt fort: »Der Signalmast. Wir haben gerätselt, weshalb er so rasch umstürzen konnte, sodass der Mann, der von ihm eingeklemmt wurde, nicht rechtzeitig ausweichen konnte. Normalerweise kippt so eine Anlage nicht innerhalb von einer Sekunde um, die hat verschiedene Stahlhalterungen. Eigentlich müsste die Kabelbrücke erst das Gewicht verlagern, schließlich langsam zu kippen beginnen, bis die Halterungen nachgeben, herausgerissen oder verbogen werden. Aber die Stahlstreben waren an mehreren Stellen mit einem Schleifgerät oder einer Säge durchtrennt.«

Sabrina ergreift das Wort. »Da gibt es eine gewisse Ironie. Wir haben herausgefunden, dass genau diese Kabelanlage im Zuge der Bauarbeiten am Bahnhof bereits zum Abriss vorgesehen war und dass sich vor sechs Wochen Arbeiter darangemacht hatten, die Konstruktion zu demontieren. Deshalb die Durchtrennungen. Die Abrissarbeiten wurden dann abgebrochen, weil die Bauplanung eine veränderte Verlegung der Kabel entwickelt hatte und einfach noch nicht so weit war, dass die Kabel neu verlegt werden konnten. Man prüfte die Konstruktion und ging davon aus, dass sie in ihrem schon ansatzweise demontierten Zustand stehen bleiben könnte, bis man sie endgültig beseitigen würde. Die Sprengladung hat eine so verheerende Wirkung entfaltet, weil sie auf diese Schwachstelle traf. Ein Zufall? Oder hat der Täter von dem Umstand gewusst?«

»Jedenfalls«, sagt der Techniker, »hat der Druck der Bombe ausgereicht, den Mast regelrecht abzuscheren. Die Last hat ihn dann umgeknickt wie ein Streichholz. So wird es gewesen sein. Tja.«

Kiesewetter schaut in die Runde. »Sonstige Spuren?«

Der zuständige Kollege hebt bedauernd die Hände. »Also, es ist schon so, wie befürchtet. Die Feuerwehr hat mit Wasser, Schaum und all den Leuten, die da herumgetrampelt sind, alle verwertbaren Spuren vernichtet. Das muss man schon so einschätzen. Uns bleiben deshalb nur diese technischen Teile des Sprengsatzes, der Tote, seine Kleidung und diverse eingesammelte Gegenstände in seiner Nähe, die natürlich auch von sonst irgendwem stammen können. Wir haben Teile von Regenschirmen, weggeworfene Schulstullenpakete, ein paar hundert Kippen, Pappteller. Alles, was man sich denken kann. Aber bisher kann man daraus absolut nichts machen. Vielleicht, wenn es noch andere Hinweise gibt.«

»Bis auf das«, sagt Sabrina, und eigentlich erwarte ich jetzt, dass sie diesen Engel auf den Tisch stellt. Aber sie hält keine Figur in der Hand, sondern einen Zettel. Ein vom Wetter in Mitleidenschaft gezogenes Stück Papier. »Ich habe es an einem der Bäume entdeckt. Es war mit Reißzwecken festgemacht.« Mit Edding sind die Worte: »Aktion JETZT« darauf geschrieben. Rot. »Es ist zumindest denkbar, dass dieser Zettel so etwas wie ein Bekennerzeichen ist. Wir haben das geprüft, ›Aktion jetzt‹ gibt es immer mal wieder. Auch im Internet. Tierschutzorganisationen oder Umweltverbände, Gewerkschaften verwenden den Begriff. Vielleicht ist der Zettel auch im Zusammenhang mit Anwohnerprotesten, die sich gegen den Baulärm richten, angebracht worden. Wir wissen es noch nicht. Für die Annahme, dass das Papier eben doch im Zusammenhang mit dem Anschlag steht, spricht eigentlich nur, dass es erst am Morgen nach der Tat angebracht wurde.« Kiesewetter schaut fragend in die Runde. Sabrina schaltet den Beamer an. »Da ist noch ein Aspekt, weshalb es sinnvoll ist, einen Tatort weitflächig zu fotografieren.«

Eins von meinen Fotos wird an die Wand geworfen. Sabrina zoomt einen Ausschnitt heran. Ein Baum, an dem einige Papiere angebracht sind. Werbezettel, jemand sucht etwas. Das Papier, das vor Sabrina auf dem Tisch liegt, hängt da nicht. Sabrina zeigt ein neues Foto. »Am nächsten Tag aufgenommen«, sagt sie und zoomt den Baum heran. Da ist der Zettel. »Theoretisch«, sagt sie, »also, es wäre sogar denkbar, dass die Person, die das Papier angepinnt hat, von einer Überwachungskamera auf dem Bahnhof hätte erfasst werden können. Es gibt immerhin zwölf Stück auf dem Gelände. Aber diese Ecke ist nicht im Blickwinkel einer Kamera. Das kann ein Zufall sein, oder aber diese Person weiß, wo die Kameras sind.«

Ich schaue auf den Zettel auf dem Tisch. »Aktion JETZT«. Die Buchstaben haben seltsame Längen und sind exakt gerade. Und dennoch verschwimmen sie plötzlich vor meinen Augen. Sie verschwimmen, fallen ineinander, bilden einen Kreis, der sich rotierend in Bewegung setzt. Ich schließe rasch die Augen. Versuche mich zu konzentrieren. Und höre Kiesewetter sagen: »Und sind wir bei dem Toten weitergekommen?«

Ich atme tief ein. Schiebe das Blatt weiter. Franz meldet sich. Sollte der nicht die Rausgeschmissenen von der Bahn aufsuchen? Vor ihm steht eine Flasche mit blassroter Brause. Birne-Holunder. Hatte er heute Morgen nicht grüne? Irgendwas mit Sternfrucht?

Franz hebt an, als würde er jetzt Informationen liefern, die den Kapitalismus auf alle Zeiten aus den Angeln heben werden. »Es gibt seit heute Morgen einen Hinweis auf die mögliche Identität des Toten.« Alle schauen auf. Sogar Sabrina scheint überrascht. »Es hat sich jemand gemeldet, der sagt, der Mann sei wie jeden Morgen durch ein Loch im Zaun auf das Gelände des Bahnhofs gestiegen. Wahrscheinlich, weil er eine Abkürzung nahm.«

Kiesewetter beugt sich vor. »Wie jeden Morgen? Wie soll man das verstehen?« Franz gießt sich Brause in ein Glas. Er genießt es. So ein Idiot. Das merkt doch jeder, dass er sich in dieser Rolle großartig findet! Kann er das nicht ein bisschen subtiler machen?

Franz steht auf und geht zum Plan des Bahnhofs, der an der linken Wand hängt. »Der Mann wohnt wahrscheinlich in einem der Häuser am Bahnhof. Hier in der Straße. Direkt parallel dazu verläuft Gleis 6. Das ist da. Hier der Bahnsteig. Um sich den Weg über den Eingang und die Brücke zu sparen, wenn er die S-Bahn dort nehmen will, geht er einfach über die kleine Brache über das Gleis zum Bahnsteig. Hier ist eine kleine Treppe. Natürlich nur fürs Bahnhofspersonal und Streckenarbeiter.«

Kiesewetter schnieft. »Das heißt, wir haben es tatsächlich mit einem Zufall zu tun?«

Franz zuckt mit den Schultern. Das hätte er nicht tun sollen, jetzt verspielt er sofort wieder, was er eben so schön aufgebaut hat. Aber dann trinkt er einen Schluck Brause und sagt: »Die Kollegen sind gegenwärtig dabei, diese fünf Häuser der anliegenden Straße aufzusuchen. Wenn es zutrifft, dass der Mann dort wohnt, dann liegt es nahe, dass es entweder ein Zufall war, dass er dort entlanggeht und im selben Augenblick die Sprengladung hochgeht, als er die Kabelbrücke passiert. Oder aber ...«

Kiesewetter: »Er ist selbst der Täter.« Alle atmen tief ein. Kiesewetter sinkt zurück. Er macht immer wieder solche Fehler. Vorschnell. Warum hält er nicht einfach seinen Mund? Er braucht doch nur abzuwarten. Er ist unser Chef! Er braucht nicht zu denken, er muss nur warten. Aber nein. Selbst Franz hat mehr Hirn.

»Es ist zwar denkbar, dass der Mann auch ein Täter ist. Aber dann hätten sie zumindest zu zweit gehandelt. Jemand muss ja das Papier angebracht haben. Es spricht mehr für die Version eines Zufalls. Es bestünde natürlich noch die Möglichkeit, dass der Mann Ziel des Anschlags gewesen sein könnte. Aber auch das ist eher unwahrscheinlich. Schon wegen des enormen Aufwands und der nötigen Zielgenauigkeit. Wir haben ja gehört, dass die Sprengladung mittels Zeitzünder zur Explosion gebracht wurde. Na, jedenfalls ist unser Zeuge der Meinung, dass der Mann öfter diesen Weg gegangen ist. Er sagte, dass er selbst am Ostkreuz umsteigt und immer in denselben Wagen einsteigt, weil er da eine

Kollegin trifft. Und dass er sich immer über diese Unverfrorenheit aufgeregt hat, dass da einer über die Gleise zum Bahnsteig kommt. Jedenfalls wissen wir heute Nachmittag mehr.« Franz setzt sich. Schluckt seine Brause und schaut sehr ernst in die Runde, als würde er erwarten, dass jetzt alle applaudieren. Dabei hat er nur einfach Glück gehabt. Wahrscheinlich ist der Anruf von dem Zeugen auf seinen Apparat gelegt worden, weil ich schon unterwegs war in diese Bahnzentrale, wo man Stunden braucht, um irgendeinen Hinweis auf einen Zug zu finden. Aber es sei Franz gegönnt. Kein Problem.

Kiesewetter zieht die Augenbrauen hoch. Ein sicheres Zeichen dafür, dass er nicht weiter weiß.

Sabrina erlöst ihn und gibt so was wie eine Zusammenfassung. »Wenn wir Klarheit hätten, um wen es sich bei dem Toten handelt und ob es ein Zufall war, dass der Mann den Anschlagsort passierte, als die Explosion stattfand, könnten wir ihn zumindest als Täter ausschließen. Dann haben wir insgesamt fünf Hinweise und Spuren, denen wir nachgehen müssen: der Zettel, die Bestandteile der Sprengladung, vermutliche Zeugen, die etwas vom Geschehen beobachtet haben, von denen wir derzeit noch nichts wissen, der Mann auf den Gleisen, der uns am Tatort aus der Ferne beobachtet hat, und dieser Gipsengel hier.« Sie stellt das kleine weiße Ding auf den Tisch. Der Engel hat zerbrechlich wirkende Flügel. In der Hand hält er ein Schwert. Sabrina erklärt, dass es sich um eine Darstellung des heiligen Sankt Florian handelt.

»Sankt Florian ist Schutzpatron zur Abwehr von Feuer. Sie kennen das sicher: *Heilger Sankt Florian, verschon mein Haus, zünd andre an.*«

»Na, das klingt ja zynisch«, sage ich. »Ein Schutzpatron, der bei anderen Feuer legen soll.«

»Zynisch trifft es.«

»Aber was hat das mit dem Fall zu tun?«

Sabrina überlegt kurz.

»Angenommen, der Täter hat den Gipsengel dort absichtlich platziert –«

»Warum hätte er das tun sollen?«, unterbreche ich sie.

»Keine Ahnung«, gibt sie zurück. »Vielleicht als eine Art symbolisches Bekenntnis. Vielleicht hält der Täter sich selbst für einen Feuer legenden Schutzengel, was weiß ich. Vielleicht hat der Engel aber auch gar nichts mit dem Fall zu tun.«

Sabrina schaut mich an. Ich nicke nur kurz und sage: »Bislang gibt es keine weiteren Hinweise. Die Leute in der Bahnzentrale versuchen noch herauszufinden, wer den Zug gefahren hat, der unmittelbar nach der Aufnahme des Fotos die Stelle passiert hat, an der der Mann auf dem Gleis stand. Ich erwarte jede Minute einen Anruf.«

»Also gut«, sagt Kiesewetter und erteilt uns Anweisungen. Alles Dinge, die wir ohnehin wissen.

Sabrina fragt mich, ob wir zusammen was essen gehen. In die Kantine. Ich sage ja. Ich hab so was wie ein Kribbeln im Bauch. Sie lächelt. Fragt, ob es schwierig ist, wenn sie mich nachts anruft. Ich verneine schnell. Sie lächelt noch mehr.

Fünf Minuten später sitzen wir nebeneinander. Schweigend. Vor uns stehen zwei große Kaffeebecher. Die größten Tassen, die sie in der Kantine haben. Sabrina hat ihren Kaffee bis zum Rand mit heißer Milch auffüllen lassen und dann noch versucht, drei Tütchen Zucker hineinzuschütten.

Schließlich frage ich: »Was versprichst du dir von diesem Mann auf den Gleisen? Warum interessiert er dich?«

Sabrina zuckt mit den Schultern. Sie schaut mich schräg über ihre Tasse hinweg an. Schlürft leise. Statt einer Antwort fragt sie: »Lebst du eigentlich allein?« Ich bemerke, dass ich mich die ganze Zeit vor dieser Frage gefürchtet habe. Aber ich zögere nicht lange und schüttle den Kopf.

»Nein«, sage ich, »ich bin verheiratet. Meine Frau heißt Kerstin. Sie ist Lehrerin am Gymnasium. Und du?« Sie schüttet noch etwas Zucker nach und rührt dann vorsichtig um.

»Mein Lebenspartner heißt Raffaello.« Sie lächelt. Ich bin in solchen Situationen immer ein bisschen trottelig.

Ich frage: »Italiener?«

Sie lacht. »Er ist ein Kater. Und der Mann auf den Gleisen, ich weiß nicht, warum er mich so besonders interessiert. Es ist so ein Gefühl. Ein Gefühl, dass mit dem etwas nicht stimmt.«

»Raffaello«, spreche ich ihr nach. Und ich bin mir jetzt gar nicht sicher, ob ich mich über die Nachricht von dem Kater freuen soll. Sabrina setzt ihre Tasse ab. Dann schaut sie mich an und fragt: »Kennst du ihn? Den Mann?«

Ich weiß einen Augenblick lang nicht, was diese Frage soll. »Nein«, sage ich schließlich. Aber das Nein klingt wie eine Frage. Sabrinas Blick ist ruhig und sehr konzentriert.

»Ich war gestern nicht so ganz sicher, als du das Foto gesehen hast.«

Ich nehme einen großen Schluck und merke sofort, dass ich mir die Zunge verbrannt habe.

6.

Eine halbe Stunde später bin ich unterwegs in Friedrichshain. Ich habe den Schlüssel bei mir. Franz kommt oft nicht auf die einfachsten Dinge. Nehmen wir an, der Tote hat wirklich in der Nähe des Ostkreuzes gewohnt. Dann erscheint es beinahe logisch, dass er hier auch einen Schlüsseldienst aufgesucht hat. Und laut Internet gibt es im Umkreis von drei Kilometern ganze zwei Läden besagter Dienstleistungskette. Meist sind die in diesen unzähligen Einkaufszentren, die erstaunlicherweise immer noch neu entstehen. Zentren, die Lindencenter oder Sterncenter oder Alleearkaden heißen. Schön einfach und einprägsam. Und in jedem dieser Center gibt es dasselbe. Von daher ist es auch unerheblich, in welches man geht. Lediglich die Größe hat Einfluss auf die Vielfalt der Geschäfte. Die Läden selbst sind immer die gleichen. Wie ist es nur zu diesem elenden Einheitsbrei gekommen? Im Osten dachte ich immer, nur wir können Vielfalt nicht, aber inzwischen ist klar, Einfalt gibt's überall.

Der blau-weiß bemalte Laden im ersten Center ist schnell gefunden. Ein hagerer, großer Mann schaut mir gelangweilt entgegen. Um ihn herum stehen Schleifmaschinen, hängen Zangen und kleine Sägen, sind Türschilder ausgestellt und Schlüsselanhänger, kleine Warnanlagen und Türbeschläge. Der Mann trägt eine blaugraue Schürze, was ihn wie einen kompetent wirkenden Handwerker aussehen lässt.

»Was ham wor denn?«, fragt er, und ich ahne, dass er irgendwann mal aus Sachsen nach Berlin gezogen ist. Das haben inzwischen viele vergessen, dass sich in Ost-Berlin jahrelang Sachsen eingenistet haben, wie man es jetzt von den Stuttgartern und Nürnbergern erzählt. Damals kamen die Zuzügler aus Leipzig, Dresden und Jena. Und wurden auch schief angesehen.

Ich lege den Schlüssel vor dem Mann auf den Ladentisch. Er schaut ihn an wie ein Arzt eine von ihm genähte Wunde. Nimmt ihn in die Hand, hält ihn gegen das Licht. Schaut auf die kleine Prägung und blickt mir dann ins Gesicht.

»Und?«

»Das ist gute Arbeit«, sage ich. »Ist der bei Ihnen gemacht worden?«

»Falsche Frage«, antwortet er betont ruhig, »bei Ihnen ist falsch, von Ihnen wäre richtig. Oder sehen Sie hier 'ne Brigade bei der Arbeit? Ich mach das hier alleine, jeden Tag, sechs Tage die Woche. Tja. Und was wollense denn nu?«

»Haben Sie den gemacht?«

»Sieht wohl so aus.«

Solche Gespräche haben was. Manchmal könnte ich sie ewig fortsetzen. Was sagen, aus der Deckung gehen, den anderen kommen lassen, einen gekonnten, aber sehr lakonischen Witz einbauen, provozieren, vorsichtig zurückrudern. Ich lege meinen Polizeiausweis auf den Tisch und frage nach, ob der gute Mann sich noch an den erinnern kann, für den er den Schlüssel angefertigt hat. Der Beschürzte scheint zu überlegen. Er lehnt sich mit einer Hand auf einen Bügel der Schleifmaschine, reckt das Gesicht zur Decke, als wollte er sich strecken, um so eine Erinnerung zu gebären. Dann nickt er und sagt noch ruhiger als zuvor:

»Das war ein Mann. Groß, stabil gebaut, mit Bierfahne. Sein Schlüssel war abgebrochen. Wohl vom vielen Flaschenöffnen. Er wohnt nicht weit, hat er gesagt. Und er war sehr froh, dass ich ihm für einundzwanzig Euro 'nen neuen Schlüssel gemacht habe. Das isses.«

Die Beschreibung könnte passen. Ich wende mich zum Gehen.

»Sagen Sie«, fragt der Schlüsselexperte, »wollen Sie nicht wissen, wo der wohnt?«

Ein fettes Grinsen legt sich über mein Gesicht.

»Wo wohnt der denn?«

»Das weiß ich nicht«, sagt der Schlüsselmacher, »aber ich hab einen Zettel vom Hausbesitzer. Darauf steht, dass der Herr, der mir den kaputten Schlüssel vorbeigebracht hat, berechtigt ist, einen neuen anfertigen zu lassen. Und warum? Weil es der Schlüssel einer Schließanlage ist und ich sonst keinen nachmachen darf. Ich handle hier nämlich nach Recht und Gesetz! Alles klar!?« Er fängt schon an, in einem abgegriffenen Ordner zu suchen. Wenig später habe ich Namen und Adresse und mache mich auf den Weg.

Das Haus befindet sich tatsächlich in der Nähe des Ostkreuzes. Es macht einen ziemlich heruntergekommenen Eindruck. Die Fassade ist grau und kaputt. Die wenigen erhalten gebliebenen Schmuckelemente sind kaum noch zu erkennen. Die Fensterrahmen haben zum Teil ewig keinen neuen Anstrich mehr bekommen. Das Eingangs-Tor macht einen maroden Eindruck. Eingang wird durch eine schwere, braun gestrichene Tür gewährt, die vermutlich schon so lange an ihrem Platz ist, wie es das Haus gibt. Auf ihr und auch an diversen anderen Stellen prangen wilde Graffiti, wahrscheinlich auch schon aus dem vergangenen Jahrtausend. Offenbar hat sich nie jemand darum geschert. Inzwischen sind die Farben verblasst, teilweise abgeblättert. Zu meiner Verwunderung lässt sich die Tür nicht aufschieben, so marode ist sie also doch nicht. Ich überlege, ob ich auf eine der vielen Klingeln drücken soll, die links an einem schwarzen metallenen Klingelbrett angebracht sind. Die Namen, die eigentlich jeweils neben den Knöpfen in kleinen rechteckigen Kästen zu lesen sind, kann man nur zum Teil erkennen. Die ehemals durchsichtigen Abdeckungen sind zerkratzt oder übermalt oder mittels Feuerzeug verschmort worden. Mir fällt der Schlüssel ein. Vielleicht passt er nicht nur für die Wohnung, sondern auch für die Haustür. Ich ziehe ihn aus der Tasche. Doch noch ehe ich ihn ins Schloss stecken kann, öffnet sich die Tür von innen und ein junger Mann tritt an mir vorbei nach draußen. Er würdigt mich keines Blickes, sondern eilt auf dem Gehweg in Richtung S-Bahnhof. Ich nehme gerade noch wahr, dass er eine riesige blau-gelbe Ikeatasche trägt, die er offenbar vollgestopft hat mit irgendwelchem Zeug.

Der Hausflur ist wider Erwarten von einem seltsam hellen, warmen Licht gefüllt. Die direkt gegenüberliegende Tür zum Hof ist zweiflügelig und gut zur Hälfte aus Glas, in verschieden große Fenstersegmente von unterschiedlichen Farben aufgeteilt. Grün, Gelb, Orange und Rot. Und da die Sonne mit erstaunlicher Kraft gegen dieses Glas scheint, erinnert das Licht in diesem hohen Raum an das eines Kirchenraumes. Auch die Stille befördert das Gefühl, als wäre man in einem unbesuchten Gotteshaus. Für ein paar Sekunden lasse ich mich von dieser Ruhe und dem warmen, strahlenden Licht gefangen nehmen. Und tatsächlich stellt sich in mir Ruhe ein.

Dann plötzlich höre ich etwas. Jemand ist im Treppenhaus. Er muss die ganze Zeit über da gewesen sein. Muss still und unbeweglich gewartet haben. Hat er mein Hereinkommen bemerkt? Hat er meinetwegen so reglos verharrt? Weshalb? Und während ich noch dieser Frage nachhänge und mich langsam zur Treppe hin bewege, höre ich das Klingeln eines Telefons. Es muss zu der Person gehören, die da gewartet hat, denn es klingelt laut und ungedämpft. Dann eine Frauenstimme, eine Stimme, die bemüht leise spricht. In mir erwacht das Gefühl, dass ich diese Stimme kenne. Ich kann sie nicht zuordnen, aber ich weiß, dass ich sie schon gehört habe. Und dass dies gar nicht lange zurückliegt.

Ich entscheide mich für Angriff. Laut stampfe ich die Stufen hinauf. Steige höher und höher und treffe auf niemanden. Wahrscheinlich ist die Frau inzwischen in einer der Wohnungen verschwunden.

Das Treppenhaus gleicht der Fassade. Heruntergekommene Wohnungstüren, kaputte Klingeln, verschmierte Namensschilder. Vor den Türen Kartons mit Abfall, Schuhe, Flaschen, Roller. Das Treppengeländer zerschrammt und wackelig. Manche der Säulen, die das Geländer tragen, sind herausgebrochen. Mir fällt ein, dass es mal Mode war, aus diesen gedrechselten Streben Blumentische zu bauen oder Lampen. Teilweise lief die Polizei Streife, um Diebe davon abzuhalten, die hölzernen Teile aus den Treppengeländern herauszusägen. Aber das ist ewig her. Da gab's noch die DDR.

Ich stehe vor der Wohnungstür. Lese den Namen R. Garenbusch, offenbar mit einem Edding auf das Holz geschrieben. Ich stecke den Schlüssel ins Schloss, merke, dass er passt, und schließe auf. Kalte, abgestandene und muffige Luft schlägt mir entgegen. Aber ich merke auch sofort den leichten Luftzug, der vom Treppenhaus in die Wohnung zieht. Just in diesem Augenblick schlägt in der Wohnung eine Tür krachend zu. Ich betrete den Flur und schließe die

Wohnungstür hinter mir. Es ist dunkel. Ich taste nach dem Lichtschalter. Das Licht, das nun den kleinen Raum erhellt, ist funzelig und warm.

Als ich die Tür zum Wohnzimmer weiter aufschiebe, trifft mich fast der Schlag. Da sitzt eine Frau auf dem Fensterbrett am weit geöffneten Fenster. Die Frau schaut nach draußen. Schaut in Richtung Ostkreuz. Als sie sich zu mir umdreht, glaube ich, dass mein Herz stehen bleibt. Es ist Sabrina. Über ihr Gesicht huscht ein Lächeln. Fast so, als wäre sie froh darüber, mich erschreckt zu haben. Ich bin in diesem Augenblick nicht sicher, ob ich die Wut, die in mir hochsteigt, akzeptieren oder ob ich sie unterdrücken soll. Fakt ist, dass ich einige Sekunden brauche, um mich auf diese Situation einzustellen. Die Frage, wieso Sabrina vor mir in der Wohnung ist, kann ich mir klemmen. Mit Sicherheit hat Franz ihr auch von dem Schlüssel erzählt, hat ihn ihr gezeigt und sie hat die Markierung bemerkt. Und währand wir noch bei der Beratung saßen, sind ihre Leute bereits unterwegs gewesen, haben herausbekommen, in welcher Werkstatt der Schlüssel angefertigt wurde und wer der Mieter der Wohnung ist. Bleibt einzig und allein das Problem, weshalb der Schürzenmann mir nicht davon erzählt hat, dass da bereits andere Polizisten gewesen sind. Aber auch dafür dürfte es eine einfache Erklärung geben. Sie werden dem guten Mann was von Staatsschutz geflüstert haben, von Geheimhaltung, ganz gefährlich, und dass man ihn gegebenenfalls sogar zur Rechenschaft ziehen würde, wenn er irgendjemandem erzählt, dass sie bei ihm waren. So was zieht in Deutschland immer noch, besonders im Osten. Man weiß ja nie, denken die Leute, oder auch: Sicherheitsdienst bleibt Sicherheitsdienst. Von daher ist es ganz einfach nur ärgerlich, dass Sabrina mich nicht in ihre Maßnahmen eingeweiht hat und ich wie ein Dackel zu diesem Schlüsselklempner gegangen bin und nun wie Nappel vor ihr stehe. Aber ich schlucke den Ärger runter und schwöre mir, dass ich ihr das auf Heller und Pfennig zurückzahlen werde. Mache gute Miene und lächele und staune ein bisschen, so nach dem Motto: Na, wie kommst du denn hierher?

Aber Sabrina lässt sich nicht groß von meiner Schlagfertigkeit beeindrucken. Sie winkt mir und sagt: »Das musst du dir ansehen!«

Ich trete ans Fenster und sehe, was zu erwarten war. Wir haben einen Überblick über das gesamte Schienenkreuz. Und direkt vor uns fällt der Blick auf die Anschlagsstelle. Ich sehe die Absperrungen, die Bauarbeiten an dem Signalmast, Leute, die Kabel neu verziehen.

»Das heißt, der Tote hat von seiner Wohnung aus permanent beobachten können, was da unten vor sich ging.«

»Er hat zumindest sehen können, dass sich da jemand zu schaffen gemacht hat.«

»Oder«, sage ich, »er war es selbst, der sich zu schaffen gemacht hat. Wenngleich zu fragen ist, wer dann den Zettel angebracht und wer der Mann mit dem Fernglas auf den Gleisen war.«

Auf jeden Fall ist offensichtlich, dass unser Mann nicht der Einzige war, der das Geschehen auf der Baustelle tagaus, tagein beobachten konnte. Das war natürlich auch vorher schon klar, aber der Stand des Hauses und die unmittelbare freie Sicht verblüfft doch. Man wird die Bewohner des Hauses allesamt befragen müssen.

Wir schauen uns in der Wohnung um. Erst jetzt bemerke ich, in welch heruntergewirtschafteter Bude wir uns befinden. Ein riesiges kackbraunes Sofa steht im Zentrum. Der Stoff ist abgewetzt und an mehreren Stellen gerissen. Davor steht ein Tisch, in dessen Mitte befindet sich eine Kuhle, gefüllt mit ausgedrückten Kippen, zerknüllten Zigarettenschachteln und abgebrannten Streichhölzern. An den Wänden hängen notdürftig mit Stecknadeln angepinnt Plakate, uralte Dinger. Zwei davon kündigen DEFA-Filme an. Der alte Geschonneck mit kleiner Brille und verschmitztem Lächeln und »Einer trage des anderen Last«. Den hab ich sogar gesehen. Gar nicht übel, kann ich mich dunkel erinnern, das muss 87 gewesen sein oder ein Jahr früher. Ansonsten: Antifa-Bilder, die Ikonen. Der an ein Hakenkreuz geschlagene Jesus, die von einem Bajonett aufgespießte Taube. Die politische Gesinnung des Bewohners ist ziemlich eindeutig. Dass die in einem so seltsamen Zusammenhang von Verwahrlosung steht, passt ins Klischee. Die winzige Küche steht vor Schmutz. Das wenige vorhandene Geschirr befindet sich in unabgewaschenem Zustand auf dem Tisch oder in der Spüle. Ein winziger Kühlschrank, dessen Tür offen steht. Er scheint defekt zu sein, denn das Licht drinnen brennt nicht. Es hängt ein Geruch von Schimmel und Müll im Raum, dass es einem fast den Atem verschlägt.

Die kleine Kammer ist offenbar der Schlafplatz des Bewohners. Hier steht auch der Computer. Ein altes Gerät. Daneben ein offenbar noch älterer, riesiger Laserdrucker. Hat Garenbusch hier eine kleine Druckerei betrieben, für Flugblätter, Plakate, was auch immer? Sabrina schaltet den Computer ein. Ein Passwort wird abgefragt. Sie probiert einige Varianten. Das Übliche. Aber Fehlanzeige. Uns jetzt eingehend damit zu beschäftigen, dazu fehlt uns die Zeit. Außerdem hat Sabrina sowieso die besseren Experten.

Wir schauen in Schränke und ziehen Schubladen auf. Das werden die Leute von der Spurensuche nachher noch einmal tun. Aber wir haben die Hoffnung, rasch irgendein Zeichen zu finden. Ein Zeichen, das darauf hinweisen könnte, dass der Tote etwas mit dem Anschlag zu tun hatte. Eine Zeichnung des Tatorts, vielleicht sogar eine Zündvorrichtung. Zum Beispiel. Oder gar Reste oder Spuren des für die Bombe verwendeten Materials. Wir suchen wortlos. Hastig, konzentriert. Und bald werden wir auch fündig. Sabrina hält einen Stapel Flugblätter in der Hand. Es geht um ein besetztes Haus, das die Polizei räumen will, und ruft zu aktivem Widerstand auf. Unter einem Stapel grauer Handtücher finden sich weitere Handzettel. Diesmal richtet sich der Text gegen einen vermeintlich rechten Szeneladen, der irgendwelche Klamotten verkauft. »Schlag die Scheiben ein – kein Platz für Nazis!« Oben auf dem Schrank liegen Fotos. Sie zeigen die unterschiedlichsten Graffitis, Bilder mit rechtsradikalem Inhalt und mit linksextremem. Personen mit Kapuzen und dunklen Brillen posieren vor ihren Kunstwerken. Vielleicht hat der Mann beide Szenen beobachtet oder er hat »Beweismaterial« gegen die Rechten gesammelt. Dann noch Fotos mit Hinweisen auf die Anarcho-Szene. Ein umtriebiger Mann, konstatieren wir. Einer, der sich auskennt, der offenbar lange in der Szene unterwegs war. Wir können Häuser erkennen, die im Stadtbild von Friedrichshain bekannt sind: die Fassaden von SEZ und RAW und von Kneipen in der Nähe des RAW.

Und dann ist da noch eine Art Netzwerkkarte: »Rote Zellen in Friedrichshain«.

»Bist du jetzt Staatsschutz?«, wende ich mich an Sabrina. »Scannst du das alles in eure Computer ein?«

»Glaub schon«, sagt sie, »wer weiß, ob man so was noch mal braucht.«

Ich zucke mit den Schultern. »Mir wäre das irgendwie peinlich«, sage ich und habe plötzlich das Gefühl, dass ich mit dem gefundenen Material am liebsten gar nichts zu tun hätte. Was geht es mich an, wenn jemand irgendwie vergangenen Zeiten nachhängt und Ideen, die sich verbraucht haben? Andererseits muss man auch resümieren, dass es sich bei dem Mann offenbar um einen Sympathisanten mit der linken Szene gehandelt hat. Möglicherweise auch um jemanden, der zu Gewalttaten aufgerufen oder sogar selbst welche verübt hat. Allerdings haben wir nichts gefunden, was im unmittelbaren Zusammenhang mit dem Anschlag steht. Das aber will nichts heißen.

»Lassen wir den Rest die Kollegen machen«, sagt Sabrina, »vielleicht finden die Spuren, die wir beide gar nicht wahrnehmen können.«

Ich ziehe meinen Fotoapparat aus der Tasche und mache Bilder. Von der Küche, vom Wohnzimmer, den Plakaten, den Dingen, die wir gefunden haben. Dem Flur und der kleinen Kammer. Ich weiß nicht, ob das etwas bringt. Ich tue es aus Gewohnheit und weil ich doch hoffe, etwas zu finden, das ich bislang übersehen habe.

Wir schauen noch einmal aus dem Fenster. Drüben, auf der anderen Seite, steht dieser alte Wasserturm. Ein Relikt, ein Zeitzeuge, der das Geschehen schon ewig überragt. Wir beobachten die Bauleute, die ein- und ausfahrenden Züge, die Menschen, die aus dem uns zugewandten Ausgang heraus- und hineinströmen. Eine beeindruckende Geschäftigkeit. Klar ist, dass Ronald Garenbusch von hier einen ausgezeichneten Überblick hatte. Dass er sehr genau erkennen konnte, was ein günstiger Zeitpunkt für das Anbringen der Sprengladung war, dass er beobachten konnte, wer sich wann an dem Kabelmast zu schaffen machte, und dass er geduldig planen konnte, wie er vorgehen musste, damit sein Handeln nicht auffiel.

Als wir gehen wollen, fällt mein Blick auf einen Karton, der im Korridor steht. Offenbar ist er dazu da, Werbematerialien und irgendwelchen Müll aufzunehmen. Ich hebe mit spitzen Fingern die abgelegten Prospekte an. Darunter bemerke ich einige kleine Gegenstände. Beim genaueren Hinschauen sehe ich, dass es sich um das Gehäuse eines Weckers handelt. Wir schauen uns die Teile genauer an. Es ist ein normales Gerät ohne Besonderheiten. Jemand hat die Uhr auseinandergenommen und sich nicht die Mühe gemacht, die einzelnen Bestandteile wieder zusammenzufügen. Vielleicht war der Wecker einfach kaputt und dieser Jemand wollte ihn reparieren. Aber Sabrina hat recht, es fehlt ein wichtiges Teil: das Uhrwerk. Es ist unauffindbar. Nicht in dem Karton und nicht in der näheren Umgebung. Ist das ein Zeichen? Der Wecker stammt von der Firma Casio. Ein Gerät für zwölf Euro, überall zu kaufen. Wozu hat derjenige, der das Gerät auseinandergeschraubt hat, das

Uhrwerk gebraucht? Sabrina faltet kurzerhand die obligate Plastiktüte auf und steckt die Einzelteile des Weckers hinein. Vielleicht hat es sich ja schon deshalb gelohnt, hierherzukommen.

Wir stehen wieder auf der Straße. Die Abendsonne lässt einen milden Wind auffrischen. Sabrina ruft ihre Kollegen an. Sie sollen die Wohnung auf den Kopf stellen.

Und dann schlägt sie vor, dass wir einen kleinen Spaziergang machen könnten. Zur Rummelsburger Bucht zum Beispiel. Ich willige ein und wieder habe ich so ein seltsames Gefühl, als würde ich etwas Verbotenes tun. Dabei können wir als Kollegen schließlich gut und gerne ein Stück zusammen laufen. Können über unsere Ermittlungen reden, über die Vermutungen und darüber, wie wir weiter vorgehen wollen. Aber Sabrina redet nicht über unsere Arbeit. Sie läuft neben mir her und lacht und sagt:

»Was guckst du immer so irritiert, wenn ich dir vorschlage, dass wir was zusammen machen?« Sie wartet keine Antwort ab, sondern redet einfach weiter. Darüber, dass Treptow sie manchmal an Hamburg erinnert. Innenalster, viel Grün, die weißen Schiffe. Hamburg ohne Hafen, ohne das Flair einer richtigen Hafenstadt. Aber der Blick über den Rummelsburger See und die Spree. Wir gehen die Kynaststraße hinunter bis zur Alt Stralauer, schauen auf die metallenen Figuren im Wasser, die so fremd und doch irgendwie schön wirken, und auf die endlose Karawane der Touristenschiffe, die heute wie beinahe jeden Tag gut besetzt sind.

»Hier fängt Friedrichshain an«, höre ich mich sagen. »Stralau. Und das neue Viertel da drüben nennt sich Wasserstadt, nach der Wende gebaut. Für Leute, die echt Kohle haben. Früher war hier mal ein Glaswerk. Vor dem Fall der Mauer, wenn man da mit der S-Bahn von Treptow Richtung Ostkreuz fuhr, kam man an Bergen von Glas vorbei. Flaschen, Gläser, Scheiben. Riesige Scherbenberge. Das hat mich immer irgendwie fasziniert. Die Scherben wurden hier geschmolzen und, na ja, zu neuen Gläsern, Flaschen und so gemacht. Das ist alles weg. Siehst du ja. Und da hinten, da ist das Palmöllager. Das war mal 'ne Margarinefabrik. Die haben nur das Lager stehen gelassen.«

»Was du alles so weißt«, sagt Sabrina, und es ist nicht zu erkennen, ob sie das nun ernst meint oder nicht.

Sabrina erzählt von Hamburg. Sie sagt, dass es die einzige Stadt sei, die mit Berlin mithalten kann. Nicht so bieder wie München mit seiner piefigen Schickheit, dem Gefühl, hier sei alles schon bezahlt und die Stadt sei ein einziges Straßencafé. Und auch nicht Frankfurt am Main mit seinen protzigen Hochhäusern und den dem in paradoxer Weise trotzig entgegenwirkenden Stadtvierteln, in denen man so tut, als sei die ganze Stadt in lauter Dörfer geteilt.

Egal, was Sabrina sagt, ich höre ihr gerne zu. Ich schaue ihr gerne ins Gesicht. Ihre Augen springen hin und her, sie sind hell und blau und ihre Wangen sind zart braun, die Haare umwehen ihr Gesicht. Dunkelbraunes, dickes Haar, warm und schön. Ich mag ihre Stimme. Sie ist etwas rau, aber sehr melodisch.

Wir erreichen die Brücke. Drüben fängt Treptow an. Sabrina schwingt sich auf die Brüstung und plötzlich fragt sie:

»Liebst du deine Frau?«

Es ist verrückt, aber ich habe gewusst, dass sie genau das fragen würde. Ich habe die Frage schon gehört, bevor sie gestellt wurde. Und mein Gehirn hat schon angefangen, darüber nachzudenken, bevor Sabrina auf der Brüstung saß. Es hat sich selbst diese Frage gestellt und kam zu einer anderen Frage: Würde ich diese Frau, die meine Kollegin ist, so sehen, wie ich sie sehe, wenn ich meine Frau liebe? Ihre Augen, ihr Haar? So, dass ich es gern berühren will, dass ich ihr gern so nahe kommen möchte, dass ich den Duft dieses Haars riechen kann? Würde ihre Stimme so tief in mir vibrieren, wie sie es tut? Oder falle ich hier auf die Wirkung einer Frau herein, wie ich es als junger Bursche mit sechzehn getan habe? Hab ich mich einfach nur nicht unter

Kontrolle? Bin ich hormongesteuert, wie man das oft von Frauenverstehern hört, meist mit noch deftigeren Worten? Ich kann so schnell keine Antwort auf diese Fragen finden. Ich weiß nur, dass ich diese Minuten genieße. Dass ich sie weiter genießen möchte. Dass ich nicht durch einen falschen Satz die Atmosphäre zerstören will. Was bleibt also, als zu sagen:

»Ich weiß es nicht.«

Ein beschissener kleiner Satz. Ein Verrat, eine Mogelei, die Wahrheit? Auch das weiß ich nicht. Ich weiß überhaupt nichts mehr. Es ist wie ein Wunder, dass plötzlich mein Telefon zu klingeln beginnt.

Sabrina schaut mich aufmunternd an.

»Na, geh ran!«

Es ist die Deutsche Bahn, die dickliche Mitarbeiterin aus dem Großraumbüro. Mir fallen sofort die riesigen Krabbelkäfer ein. Ich verscheuche die Gedanken, melde mich ordnungsgemäß. Die Frau erklärt, dass sie den Zugführer ermittelt habe. Ich denke: Ah, sie redet mit einem Kriminalkommissar und lässt jetzt ihre Krimisprache zum Tragen kommen. Sie habe den Mann informiert und könne mir seine Telefonnummer nennen, sagt sie. Immerhin.

Sabrina lacht. »Du hättest dein Gesicht sehen sollen«, sagt sie, als ich das Gespräch beendet habe. »Als das Telefon klingelte, hast du richtig glücklich ausgesehen!« Die Bemerkung macht mich nur noch mehr verlegen. Aber das scheint Sabrina ganz besonders zu gefallen. Sie stützt ihre Hände auf meine Schultern und springt vom Brückengeländer. Sie landet direkt vor mir. Ich könnte sie jetzt einfach in die Arme nehmen. Eine Sekunde lang will ich es wirklich tun, aber sie lacht wieder und erklärt, dass sie los müsse und dass ihr der Spaziergang total gut getan hätte. Und dann sagt sie noch, dass es ihr ganz und gar nicht peinlich sei, dass sie vor mir in der Wohnung gewesen sei. Wir würden zwar in gewissem Sinn zusammenarbeiten, aber sie liebe es, die Vorzüge ihrer Behörde auszunutzen und oft die Erste zu sein.

Sie würde das, als eine Art Spiel betrachten. Ich könne ja versuchen, es mit ihr aufzunehmen.

Das Seltsame ist, dass mich dieses Angebot nicht nur amüsiert. Ich habe plötzlich das Gefühl, dass Sabrina von etwas ablenken will. Geht es ihr wirklich nur darum, schneller zu sein? Oder ist sie aus irgendeinem Grund sowieso schneller? Aber aus welchem? Ich verdränge den Gedanken. Es ist ja auch absurd, hinter ihrer Äußerung irgendetwas Geheimnisvolles zu vermuten.

Wir gehen zurück zum Ostkreuz. Sabrina hat ihr Auto in einer Seitenstraße abgestellt. Ein Zettel klebt an ihrer Windschutzscheibe. Sie hat keinen Parkschein ins Auto gelegt. Sie zerknüllt den Zettel und wirft ihn hinter sich.

Der Bahnhof Ostkreuz ist jetzt, am späten Nachmittag, besonders stark frequentiert. Tausende Leute hasten hierhin und dahin. Die Züge kommen und fahren im Minutentakt. Ich stecke die Hände in die Jackentaschen und schlendere über die Bahnsteige. Leute drängen vorbei. Manche rempeln mich an.

Plötzlich fällt mein Blick auf den Wasserturm. Ganz unabhängig davon, dass man auch aus den umliegenden Häusern einen guten Blick auf das Gelände hat, dürfte der Ausblick von da oben ausgezeichnet sein. Andererseits, was soll ein potentieller Bombenleger da oben auskundschaften? Die Abfahrzeiten der Züge? Kaum. Die Bewegungen der Menschenströme? Vielleicht. Geht es um einen allgemeinen Überblick? Geht es darum, so in dieses Geschehen einzugreifen, dass es in seiner Gesamtheit zum Erliegen kommt?

Ich verspüre den Wunsch, jetzt da hochzusteigen. Ich suche nach einem Weg dorthin. Ich müsste über die Gleise gehen. Man würde mich sehen. Aber man gelangt auch anders dorthin. Da sind die typischen Kleingärten direkt an den Bahntrassen. Auch dort drüben, in unmittelbarer Nähe des Turms. Das müsste klappen. Vielleicht werde ich morgen gehen. Ich muss da hoch. Ich mache mich auf den Weg zum Revier. Mitten durch das alte Boxhagen. Das weiß kein Mensch mehr, dass es das gab: Boxhagen. Ein Berliner Vorort, der zusammen mit der Frankfurter Vorstadt und Stralau Anfang des vergangenen Jahrhunderts zu Friedrichshain zusammengelegt wurde. Berlin ist ein Sammelsurium von Ortschaften, Dörfern und Siedlungen, die immer dann gebaut wurden, wenn irgendwo ein neuer Industriebetrieb entstand. Dann brauchte man Arbeiter und errichtete im besten Fall entsprechende Betriebssiedlungen oder aber überließ das den Spekulanten oder der Stadt. Was oftmals fünf Hinterhöfe bedeutete und winzige Wohnungen. Manchmal lagen drei Wohnungen hintereinander. Immer Wohnküche und Wohnzimmer gegenüber, eine Tür im Flur und dann die nächste Wohnung. Wohnte man in der letzten, musste man durch zwei, drei Wohnungen davor. Auffällig ist, dass die Siedlungen bis heute irgendwie eigenständig geblieben sind. Man kann die Übergänge kaum wahrnehmen und doch ist das Lebensgefühl in den verschiedenen Kiezen unterschiedlich. Um den Boxhagener Platz herrscht ein ganz anderes Leben als in Richtung Ostbahnhof oder Landsberger Allee. Das mag auch daran liegen, dass am Ende des Zweiten Weltkrieges in den verschiedenen Ortsteilen unterschiedlich intensiv gekämpft wurde. Die Zerstörungen waren in manchen Gegenden verheerend, da blieb kein Haus verschont, kein Stein auf dem anderen. Auch die Bombenangriffe hatten ganz unterschiedliche Auswirkungen. Als mit dem Wiederaufbau begonnen wurde, entstanden neue Orte, ganz anders, als die alten gewesen waren. Die Karl-Marx-Allee zum Beispiel oder die Gegend um den Ostbahnhof. Alles neu. Plattenbau. Manche der Lücken wurden in all den Jahren nicht geschlossen, bis heute gibt es Brachen in den Häuserzeilen. Die Straßen sehen aus wie ein Gebiss mit ausgeschlagenen Zähnen. Das Erstaunlichste aber ist, dass sich die einmal vorhandene Kultur sozusagen neu entwickelt. Als wäre sie nie wirklich weg gewesen. Als hätte jemand Samenkörner verstreut, die die kleinen Läden, die Kneipen und die Künstlerszene neu erwachsen und sprießen lassen. Und zwar ohne, dass es jemand anordnet, befiehlt oder finanziert. Die Menschen machen es einfach von sich aus. Ganz allein.

Franz steht mit seinem Fahrrad vor dem Revier. Er will los. Aber weil er auch neugierig ist, fragt er mich, ob wir die Wohnung des Toten gefunden hätten und ob es irgendwelche Spuren gebe. Ich speise ihn ab mit: »Noch nichts Genaues, aber alles sehr interessant.« Er nickt nur, dann fährt er los. Er drängelt nicht. Nie. Er ist meistens so was von zufrieden mit sich und der Welt.

Ich rufe den Zugführer an. Ein vorsichtiger Mann, der mir schon am Telefon sagt, dass er nichts gesehen hat und nicht weiß, was ich denn eigentlich von ihm will. Ich verstehe nicht recht, warum er so abweisend ist. Aber es gibt Menschen, die wollen zunächst einmal wissen, mit wem sie es zu tun haben, und das ist am Telefon schwer rauszukriegen. Ich möchte ihn sprechen, sage ich, wann er vorbeikommen könne? Kann er nicht, sagt er. Dann komme ich eben zu ihm. Er sei am nächsten Tag in Rummelsburg. Instandsetzung einer Lokomotive. Er fahre ja nicht mehr jeden Tag. Eigentlich sei er ja schon pensioniert, aber manchmal soll er einspringen. Ich frage mich, ob das die Bahn nötig hat. Haben die keine Lokführer mehr? Wollten früher nicht alle Jungs Lokführer werden?

Mein Handy klingelt. Es ist Kerstin. Ihre Stimme klingt zittrig und belegt. Sie sagt, dass sie sich kurz fassen muss und dass sie ihren Vater eben ins Klinikum Friedrichshain gebracht hat. Es stünde schlecht um ihn. Die alte Krankheit. Sie bleibt erst mal da. Wenn ich wolle, könne ich ja hinkommen.

Ich mag den Alten. Manfred ist 75 oder 76, ich kann mir das immer nicht merken. Ein uralter Typ jedenfalls. Aber er ist stets gut drauf. Selbst wenn's ihm mies geht, reißt er

Witze. Meistens über sich und seine Gebrechen. Das Übliche: Wie es ist, wenn man laufend pinkeln muss, aber nicht kann. Oder, dass er jetzt seinen Ausweis an einem Band um den Hals trägt, damit er etwas bei sich hat, wo steht, wie er heißt. Manfred war mal Wasserballer. Sogar Nationalmannschaft. Er zeigt gerne seine Narben. Nach seiner Meinung der fieseste Sport überhaupt, weil niemand mitkriegt, was unter Wasser passiert. Und Manfred war Erfinder. Er hat die tollsten Sachen erfunden. Für sieben Dinge hat er sogar ein Patent, darauf ist er besonders stolz. Im richtigen Leben hat Manfred in einer Autowerkstatt gearbeitet. Zuerst Trabant, später Lada und dann auch noch paar Jahre Opel und alles, was anfiel. Da kamen ihm seine handwerklichen Erfahrungen mit dem Trabant sehr zupass. Erfindungsreich konnte er Dinge reparieren, die nirgends sonst noch repariert wurden.

Als ihn seine Frau, Kerstins Mutter, verließ, war er vierundvierzig. Von da an hatte Manfred seinen Marktstand auf dem Boxhagener Platz. Jeden Samstag war er da. Gemüse und Eier und Honig. Er kaufte im Umland bei den Bauern ein. Schon zu DDR-Zeiten und später auch. Das Ganze brachte nicht viel. Aber es machte ihm Spaß.

Über seine Frau redet Manfred nicht viel. Wahrscheinlich, weil er zu enttäuscht ist. Bettina war irgendwann einfach ausgezogen. Niemand wusste genau, warum, auch Kerstin nicht. Sie war zurückgegangen, dahin, woher sie einst gekommen war, nach Anklam. Zuerst war sie zu ihren Eltern gezogen, später hatte sie eine eigene Wohnung. Wir haben sie dort ab und an besucht. Sie war eine stille Frau und ist es bis heute. Die wenigen Kontakte, die sie zu anderen hat, gehen nicht tief. Vielleicht hält sie so was wie Beziehungen nicht aus. Sie hat das Kind großgezogen, das reichte ihr, dann wollte sie allein bleiben. Und die große Stadt Berlin war ihr sowieso zu viel, auch wenn es damals weniger als die Hälfte der Stadt war und Friedrichshain eher beschaulich und nicht wie jetzt ein Touristenmagnet, ein Kulturtopf unter Hochdruck, ein Mischmasch aus Süd und Nord und Ost und West und wo sonst noch her. Es war ihr nicht geheuer. Kerstin fährt zweimal im Jahr zu ihr. Manchmal fahre ich mit. Aber meistens schiebe ich irgendeine Ausrede vor und Kerstin akzeptiert das, weil sie weiß, dass jeder Besuch schwierig ist.

Manfred ist eine andere Nummer. Der kommt mit jedem ins Gespräch. Das musste er nicht üben, als er seinen Marktstand erwarb und auf Ökoladen machte. Umso schlimmer, dass er nun in diesem Krankenhaus liegt. Obwohl wir schon lange damit gerechnet haben.

Ich fahre mit S-Bahn und Straßenbahn zum Krankenhaus. Das Gebäude scheint neu, aber eigentlich ist es nur der vorgelagerte Bau. Dahinter liegt das alte, das eigentliche Krankenhaus. Alles miteinander verbunden durch einen endlos langen, breiten Gang, auf dem man auf Besucher trifft, Schwestern in grünen, rosafarbenen, weißen Kitteln, Putzfrauen mit und ohne Kopftuch, Ärztinnen und Ärzte in Gespräche vertieft oder eilig dahinschwebend. Aber genauso trifft man Leute, die frisch operiert auf Betten herumgeschoben werden, Leute mit dicken Verbänden, mit Urinbeuteln an den Bademanteltaschen, mit riesigen Röntgenbildern unterm Arm, geschoben in Rollstühlen oder hinkend gestützt. Bekleidet mit Jogginghosen und schlabbrigen Pullovern, schick oder leger die Besucherinnen, Patienten in Schlafanzügen, T-Shirts, in Sandaletten, mit und ohne Socken. Und obwohl der Rettungsdienst eigentlich einen anderen Eingang nutzt, sausen auch hier grellrot oder schwarz-gelb uniformierte Ärzte und Sanitäter mit ihren rollenden Bahren herum. Wenn sie vom Gang verschwunden sind, kehrt wieder die allgemeine Ruhe ein, die an eine Prozession erinnert oder auch an eine Promenade am Strand, nur dass man hier nicht Cafés und kleine Läden passiert, sondern im besten Falle klobige Automaten, die heiße und kalte Getränke und Süßigkeiten anbieten, und eine

Cafeteria, die von Personal und Kranken wie auch von Besuchern benutzt wird und im Prinzip an eine Uni-Mensa erinnert, gäbe es hier nicht so viele Menschen in Bademänteln und Schwesternkittel. Und auch diese Cafeteria, die hier interessanterweise Casino genannt wird, jedenfalls ist es so ausgeschildert, versinnbildlicht, was der breite Gang vermittelt, nämlich dass Krankheit und Hoffnung eben doch zusammengehören.

Kerstin sitzt allein in einem Raum, der so etwas wie die Wohnstube der Station sein soll. Zehn alte Holzstühle mit graubrauner Polsterung, die aussehen, als hätte sie eine der umhereilenden Krankenschwestern von zu Hause mitgebracht, weil sie dort keine Verwendung mehr dafür sie hatte. Vier kleine Tische mit blassgrünen Tischdecken, rot-graue Gardinen an den Fenstern und drei Bilder, die irgendwie Friedhofswege zu zeigen scheinen. Wie passend. Warum macht sich eigentlich kein Mensch Gedanken darüber, welchen Eindruck Warteräume in Krankenhäusern hinterlassen?

Kerstin schaut mich an. Sie sieht müde aus. Man hat Manfred in den Operationssaal gebracht, sagt sie, es war allerhöchste Zeit. Sie räumt ihre Sachen zusammen. Wir können gehen. Sie wusste, dass ich kommen würde, und hat auf mich gewartet. Alleine wollte sie nicht nach Hause gehen.

Zum Glück will sie nicht in die Arme genommen werden. Sie geht still neben mir die Prozessionsstraße hinunter auf den imposant wirkenden Ausgang zu. In meinem Kopf gaukeln mir Bilder etwas vor. Sabrina auf dem Brückengeländer, Sabrina ganz dicht vor mir, Sabrina lächelnd.

Als wir nach draußen treten, atme ich tief ein. Angenehm lauwarme Luft, Sommerluft. Es ist Abend geworden. Vorne, vor dem Tor, fließt der Verkehr auf der Landsberger. Ein Krankenwagen kommt mit Martinshorn herangefahren und biegt in die Einfahrt der Rettungsstelle. Ich habe das Gefühl, dass es besser ist, schnell von hier wegzukommen. Ich schlage Kerstin vor, dass wir was essen gehen. Sie nickt nur. Sie tut mir unendlich leid. Nicht nur, weil sie eben ihren Vater hierher gebracht hat, weil er jetzt in einem dieser OP-Säle aufgeschnitten wird, sondern auch, weil ich heute das Seil, das uns beide so viele Jahre verbunden hat, zertrennt habe. Und es tut mir noch mehr weh, weil ich nicht mit ihr darüber reden kann. Weil ich zu feige bin.

7.

Ich kaufe nur Einzelteile. Für sich genommen harmlose Bestandteile. In geringen Mengen. Und so mische ich später auch die Chemikalien zusammen: Immer in kleinen Portionen angerührt, weil sie dann homogener und wirksamer sind. Das zu begreifen ist ein mühsames Studium, bedeutet viele Abende in Bibliotheken – oft in der Technischen Universität, manchmal in der Stabi –, wo ja alles Wissen gespeichert ist, und die viel schlechter zu überwachen sind als das Internet. Damit rechnet doch niemand mehr, dass sich jemand auf diese Weise mühevoll die Informationen zusammenträgt. Ein Laie. Dass da einer aufmerksam und ausdauernd ist, bis die Linien verbunden sind. Ein bisschen Elektrotechnik, ein wenig Material- und Sprengstoffkunde. Mehr braucht man nicht. Und wie das geht, etwas mit den eigenen Händen aus dem Nichts zu schaffen, ohne ein Programm, ohne eine Software und vordefinierte Begriffe, das weiß man, wenn man noch in der analogen Zeit groß geworden ist. Man darf sich nur nicht ablenken lassen.

Vor dem Baumarkt am S-Bahnhof Storkower Straße. Bananenstecker und Steckerbüchsen stehen auf dem Plan und eine Rolle Kabel, einige Fassungen, außerdem natürlich Isolierband und Lötzinn. Kleinkram. In der Gartenabteilung fehlt das Pflanzenschutzmittel, das ich benötigt hätte. Ich nehme mir noch ein bisschen Zeit für meine Suche nach

Metallplatten, aus denen die Verdämmung gefertigt wird, bevor ich den mager gefüllten Einkaufswagen zur Kasse schiebe. Ich zahle bar.

Am Ausgang liegt ein Straßenköter im Weg. Herrenlos. Zu allem Überfluss steht auch noch einer mit seinem Einkaufswagen im Gang und lädt Grillkohle ein. Ich müsste stehen bleiben und warten, bis er fertig ist, aber ich will hier raus und halte weiter auf den Köter zu. Der guckt mich an und kriecht zur Seite. Aber die Rädchen des Wagens rollen trotzdem über seinen Schwanz und er jault auf und krümmt sich. Mistköter. Zuckt noch einmal theatralisch. Die Leute gucken herüber und ich brabbele irgendwas Entschuldigendes. Denke, dich sollte man einschläfern. Ein Büschel Hundehaare hat sich im Rad des Einkaufswagens verfangen und schleift mit über den Parkplatz.

8.

In der Nacht werde ich wach vom Ticken einer Uhr. Ich habe geträumt. Ein Uhrwerk lag in meiner Hand. Es zuckte, als wäre es ein lebendiges Insekt. Es fühlte sich kalt an und hart. Aber es war ein Lebewesen, das sich an meiner Haut zu schaffen machte. Es bohrte seine scharfen Zahnräder, die winzigen Achsen und Walzen in meine Hand. Und die Unruhe schwang hin und her wie das Pendel in Poes Roman, ein scharfes Pendel, das mit seiner Klinge immer tiefer in Haut und Fleisch schnitt. Aber dann bekam das Uhrwerk noch eine andere Bedeutung. Es tickte einer Zündung entgegen, einer Explosion. Einer Explosion, der nicht nur ich, sondern auch Kerstin zum Opfer fallen würde. Doch bevor die zerstörende Kraft freigesetzt wurde, erwachte ich. Kerstin hat sich zu mir herumgedreht. Ich spüre, dass sie mich mit weit geöffneten Augen anschaut. Ihre Hand fährt plötzlich durch mein Haar. Sie beugt sich noch näher über mich und ihr Mund sucht meinen. Es ist ein langer, ein von Verzweiflung und Angst, aber auch von Sehnsucht getragener Kuss, den ich immer mehr erwidere. Wir beginnen uns gegenseitig auszuziehen. Und keine Minute später lieben wir uns mit einer Energie, wie ich sie selten zwischen uns verspürt habe. In diesen Minuten vergesse ich alles um mich herum, vergesse Sabrina, den Anschlag, das Krankenhaus, Kerstins Vater, ich bin nur noch ich und sie und wir.

Am Morgen schrecke ich aus tiefem Schlaf. Geweckt hat mich ein Telefonklingeln. Unser Telefon im Korridor. Kerstin ist schon aufgesprungen und hastet nackt aus dem Raum. Ich höre sie reden. Ängstlich und aufmerksam.

Als sie wieder zurückkommt, ist ihr Gesicht entspannt.

»Sie haben Papa heute Nacht wahrscheinlich das Leben gerettet. Es hätte keine Stunde länger dauern dürfen, dann wäre womöglich die Schlagader geplatzt. Es geht ihm den Umständen entsprechend gut. Wie man so sagt.«

»Du hast ihm das Leben gerettet«, sage ich.

Sie setzt sich neben mich.

»Dass alles so schnell zu Ende gehen kann«, sagt sie nachdenklich. »Als ich ihn gestern in diesem Krankenhaus abgegeben habe, hatte ich plötzlich das Gefühl, ich sehe ihn lebendig nie wieder.« Sie steht langsam auf und zieht sich ein T-Shirt über. Ruckelt an meiner Bettdecke. Sagt etwas von Kaffee und Toastbrot und ich denke: Ich kann das unmöglich aufgeben.

»Wann können wir ihn besuchen«, rufe ich ihr nach, als sie in die Küche verschwindet. Sie antwortet nicht. Der Wasserkocher rauscht und ich höre noch etwas, ich höre Kerstin singen. Leise zwar, aber immerhin. Ich schüttele die Betten auf.

Beim Frühstück schaut Kerstin immer wieder auf die Uhr. Heute ist Freitag, da hat sie gleich in der ersten Stunde

Unterricht, in ihrer Klasse. Sie ist Klassenlehrerin einer Zwölften.

»Hättest du dir nicht mal freinehmen können?«, frage ich.

Sie schüttelt den Kopf. »Die Klasse ist irgendwie gerade ziemlich aus den Fugen. Ich kann mir gar nicht erklären, warum. Vorgestern haben sich Biggi und Tamara fast geprügelt, wegen einer Nichtigkeit. Ich musste dazwischengehen, weil kein anderer eingeschritten ist. Das hat es noch nie gegeben. Seltsam.«

Ich bin froh, dass Kerstin redet. Ich schaue ihr zu. Ich bin froh, jetzt hier zu sein, bei ihr, und ihr zuzuhören.

»Und weißt du, seit wann das so ist?« Sie nickt, als wolle sie es sich selbst bestätigen. »Seit diesem Anschlag am Ostkreuz.«

»Was soll denn der Anschlag mit deiner Klasse zu tun haben?«, frage ich verwundert.

»Wir haben darüber im Unterricht diskutiert. Wer plant so etwas? Wer führt so etwas aus und warum?«

»Und zu welchem Ergebnis seid ihr gekommen?«

»Das Seltsame war, dass es einige Schüler gab, die Verständnis hatten.«

»Verständnis? Wofür? Dass Leute getötet werden? Dafür Verständnis?«

»Na ja, ich glaube nicht, dass sie das meinten.«

»Aber darum geht es am Ende doch!«

»Sie sagen, dass die Gesellschaft krank ist. Dass es irgendwann ohnehin knallt.«

»Pubertärer Quatsch.«

»Ich weiß nicht. Die Jugendlichen sagen: Die USA sind im Irak einmarschiert und zwar auf der Basis von Lügengeschichten. Und alle haben gewusst, dass die USA sogar vor den UNO-Gremien Erfindungen präsentiert haben, und niemand hat sie dafür zur Rechenschaft gezogen. Und diese Bankenrettung zum Beispiel. Und natürlich, dass die Reichen auch in Deutschland immer dreister werden. Es gibt sie nicht mehr, die solidarische Gemeinschaft. Es geht nur noch darum, dass die oben die vielen da unten in Schach halten, und deshalb gibt es nicht weniger, sondern immer mehr Kriege weltweit.«

»Ach, hör auf! Das ist alles wahr, und trotzdem bleibt die Frage, was hat ein Anschlag gegen ganz normale Leute damit zu tun. Nichts!«

»Mich brauchst du nicht zu belehren! Ich spreche davon, was die Schüler meiner Klasse sagen. Ein paar von ihnen. Sie sind verunsichert, weil es einige unter ihnen gibt, die weder an dieses politische System, in dem wir leben, glauben, noch daran, dass es so etwas wie Recht und Gerechtigkeit gibt. Und mein Problem ist, dass es mir schwerfällt, dem etwas entgegenzusetzen. Außer den üblichen Floskeln und der Erkenntnis, dass es uns in Mitteleuropa eigentlich recht gut geht. Aber das reicht denen nicht. Verstehst du das nicht?«

»Was soll da nicht zu verstehen sein. Jugendliche sind eben so. Sie zweifeln an allem. An den Eltern, an der Schule, an der Gesellschaft. Und das ist ihr gutes Recht. Allende, der chilenische Präsident, hat mal gesagt: Wie kann man jung sein und kein Revolutionär. Oder so ähnlich.«

»Ja, du hast recht. Vergiss es. Ich wollte dir nur sagen ...« Sie räumt die restlichen Sachen in den Kühlschrank. »Ich wollte sagen, dass dieser Anschlag ... Er hat etwas ausgelöst. Und deshalb ...« Sie schaut wieder auf ihre Uhr. »Deshalb muss ich mich echt beeilen.«

Wir gehen zusammen los. Kerstin gibt mir einen flüchtigen Kuss, läuft zu ihrem kleinen gelben Opel, winkt noch einmal kurz. Der Motor springt an.

Franz hat fünf Protokolle vor sich liegen. Die Kollegen haben die Hausbewohner befragt. Zum einen nach dem Toten bzw. dem ehemaligen Mitbewohner Ronald Garenbusch. Zum anderen danach, was sie möglicherweise auf dem Gelände der Bahn am Ostkreuz wahrgenommen haben.

Franz verzieht missmutig das Gesicht. »Die Leute sind nicht gut darauf zu sprechen«, sagt er, »wegen des ewigen Lärms von der Baustelle. Niemand will was gesehen oder bemerkt haben.«

»Und zu Garenbusch?«

»Ein Spinner, sagen die einen, ein netter Typ die anderen. Er hat wohl gerne mal einen Plausch gehalten und die Leute dazu animieren wollen, im Hof Grillfeten zu feiern. So wie früher, hat er gesagt.«

Ich werde mir die Befragungsprotokolle später genauer anschauen. Franz liest so was wie Zeitungsartikel. Er hat kein Gespür für Nuancen.

Kiesewetter schaut herein. »Gibt's was Neues, meine Herren?«

Ich berichte kurz über den Besuch in der Wohnung des Toten. »Wir haben einen auseinandergenommenen Wecker gefunden, dessen Uhrwerk fehlte.«

»Aha«, sagt Kiesewetter, »und haben wir schon konkrete Hinweise, ob es sich nun bei dem Sprengsatz um einen Zeitzünder gehandelt hat?« Das erstaunt, Kiesewetter in Hochform! So rasch einen Zusammenhang herzustellen ist sonst nicht seine Art.

»Leider«, entgegne ich, »leider ist die Spurensuche ja beim Staatsschutz gelandet, und wann und ob die uns in ihre Ergebnisse einweihen, das werden wir noch sehen.«

Kiesewetter nickt munter, er ist wirklich gut drauf heute. »Sie haben doch so gute Kontakte, Max! Diese nette Kollegin ...« Kiesewetter redet alle Leute gern mit dem Vornamen und mit Sie an. Das hat er aus Wales mitgebracht. Dort hat er ein Jahr lang Juristerei studiert, erzählt er immer wieder gerne, und dort sprechen sich alle Leute mit dem Vornamen und mit Sie an, und das sei sehr, sehr schick, findet er. Man weiß nicht genau, ob er es wirklich des Schickseins wegen sagt, oder damit er darauf angesprochen wird und dann schnell seine Geschichte vom Studium in Wales an den Mann bringen kann. Dass er besagtes Studium abgebrochen hat, wissen nur wirklich Eingeweihte. Umsonst hat er sich nicht für die Polizeilaufbahn entschieden.

Ich sage, dass ich mir mit meinen Kontakten Mühe geben werde und für den Fall, dass ich irgendetwas in Erfahrung bringe, würde ich es gerne mitteilen. Vorerst ist jedoch weitere Kleinarbeit angesagt. Ich werde den Lokomotivführer treffen, der mit seinem Güterzug unmittelbar vor der Explosion am Ort des Geschehens vorbeigefahren ist.

Der pensionierte und nur noch selten zum Einsatz gebetene Lokführer ist einer von diesen jung gebliebenen Männern, die es lieben, in rot karierten Hemden und ausgetretenen Raulederstiefeln herumzulaufen. Trüge er noch einen Cowboyhut, würde man ihn ohne Probleme als echten Nordamerikaner einstufen und ihn sich gut auf einem Pferd reitend vor der Kulisse des Grand Canyon vorstellen können. So aber treffe ich ihn in einer niedrigen Halle, in der drei Lokomotiven nebeneinander stehen und von Männern in verschmierten Overalls gewartet werden. Der Lokführer betrachtet ruhig und mit ernstem Gesicht eine ausgebreitete Zeichnung mit unglaublich vielen technischen Abbildungen, die sämtlich miteinander verbunden sind und diverse Zahlen und Buchstaben tragen. Sein Finger fährt auf den Linien herum, bleibt da und dort stehen, und dabei kneift der Mann einen Augenblick lang seinen schmalen Mund zu, als würde er so angestrengt nachdenken, dass er alle ihm zur Verfügung stehende Konzentration aufbieten muss. Dann nickt er kurz und ruft den Männern oben an der vorderen Lokomotive irgendeine Anweisung zu. Die Lok ist die eines ICE. Jetzt, da seine Außenhaut in Teilen hoch und zur Seite geklappt ist, hat das Fahrzeug seine sonst so geschmeidige Form verloren und sieht eher aus, wie eine riesige Maschine, die dabei ist, dröhnend irgendwelche großen Teile hervorzubringen.

Der Mann heißt Gernot Fuchler und bittet mich, nachdem ich mich vorgestellt habe, in ein kleines Büro. Er spült blaue Becher aus und lässt Kaffee aus einer Dreiliterkanne hineinlaufen.

»Also, was wollen Sie konkret?«, fragt er und reicht mir einen. Er setzt sich auf einen der abgewetzten Sessel und streckt die Beine von sich.

»Sie sind mit Ihrem Zug in unmittelbarer Nähe des Anschlagsortes vorbeigefahren. Wahrscheinlich kurz vor dem Geschehen. Ihr Zug hat offenbar keine Schäden abbekommen?«

Der Mann schüttelt den Kopf. »Das wäre sonst auch ein echtes Problem gewesen.«

»Wieso?«

»Na, der Zug war multi zusammengestellt. Drei Waggons waren mit Brennstoffen beladen. Genauer gesagt mit Kerosin. Zwei weitere waren mit Gas gefüllt. Propangas.«

»Aha. Das hat uns bislang noch niemand gesagt.«

»Dachte ich mir. Das hört niemand gerne, wenn bekannt wird, dass man mal eben so an einem viel größeren Unglück vorbeigeschrammt ist. Keine Ahnung, ob die Explosion die Waggons hätte in die Luft jagen können. Die hätten ja exakt zum Zeitpunkt der Explosion unmittelbar in der Nähe sein müssen.«

»Sie meinen, es könnte auch sein, dass der Anschlag – ob es einer war, wissen wir immer noch nicht genau - dem Zug, also genau diesen Waggons mit Gefahrengütern gegolten hat?«

»Keine Ahnung. Da nichts passiert ist, hält sich die Leitung jedenfalls bedeckt. Und ich will mich auch nicht zu weit aus dem Fenster hängen.«

»Hm. Jedenfalls müssen wir das zumindest mit im Blick behalten. Apropos Blick, haben Sie irgendwas bemerkt, als Sie die Stelle passierten?«

Der Mann holt tief Luft, nimmt schlürfend einen Schluck, lehnt sich wieder zurück.

»Nein«, sagt er dann ruhig. »Wissen Sie, als Zugführer schaut man auf Signale, auf technische Hinweise, auf seine

Armaturen. Und man schaut gleichzeitig immer auf die Gleise. Vor allem, wenn man einer von denen ist, die das mal erlebt haben.«

»Sie meinen einen Unfall?«

»Ja. Einen zu überrollen. Mir ist es ganze drei Mal passiert. Und ich konnte jedes Mal ein Jahr lang keine Lok mehr fahren. Dieses Bild ... Du siehst den Menschen. Du siehst, wie er da steht oder angelaufen, gerannt kommt. Und du weißt, was gleich passieren wird, und kannst nichts tun, gar nichts. Was du auch tust, ist vollkommen nutzlos. Bremsen, Warnsignal, schreien – nichts hilft. Man kann denen in die Augen schauen und dann gibt es ein Geräusch. Und du weißt, nun ist es passiert. Die Bremsen quietschen. Es ist alles sinnlos.«

»Ich verstehe.«

»Na, das glaube ich nicht. Aber worauf ich eigentlich hinaus will: Man hat die Umgebung der Gleise eigentlich immer im Blick. Nicht direkt, aber eben doch. Es geht um Bewegungen. Um winzige Veränderungen. Und wenn sich da jemand bewegt, dann siehst du das.«

»Das heißt?«

»Es gab da eine Bewegung. Ein Mann war links von den Gleisen, auf der Höhe eines Signalmasts. Vielleicht des Signalmasts, der dann von der Explosion gesprengt wurde. Der wartete da. Ich weiß nicht, warum er da stand, vielleicht wollte er einfach den Zug passieren lassen. Es gibt immer Verrückte, die einen Weg abkürzen wollen und einfach über die Gleise gehen. Das kann tausendmal klappen, und dann kommt das eine nächste Mal und man übersieht etwas. Und dann knallt es. Genau das habe ich bei dem Mann gedacht, als ich ihn da stehen sah. Er wollte offensichtlich zum Bahnsteig der S-Bahn. Und es hat ihn erwischt, nur dass es eben nicht der Zug, sondern die Explosion, der umknickende Signalmast war.«

»Können Sie den Mann beschreiben?«

»Nein, das alles ging ja blitzschnell.«

»Es ist wahrscheinlich der Mann, der wenig später verkohlt unter den Kabeln lag. Oder aber …«

»Der Täter?«

»Wir wissen es nicht. Auf jeden Fall könnte das, was Sie sagen, darauf hindeuten, dass der Sprengsatz gezündet worden ist, unmittelbar nachdem Sie vorbeigefahren waren.«

»Glück gehabt. Wie gesagt, das hätte ganz anders ausgehen können. Haben Sie denn irgendeine Spur?«

»Ehrlich gesagt, nein. Es ist möglich, dass irgendwelche Extremisten damit im Zusammenhang stehen. Das ist zumindest denkbar.«

»Oder auch eine Erpressung gegen die Bahn?«, sagt der Mann.

»Möglicherweise.«

»Das könnte bedeuten, dass es weitere Anschläge geben wird.«

»Denkbar.«

Fuchler steht auf. Offenbar hält er die Befragung für beendet.

»Mal unter uns«, sagt er dann mit einem schiefen Grinsen, »unsere Chefs haben unter der Vorgabe strengster Vertrautheit die Parole rausgegeben, dass wir alle die Augen offen halten sollen. Und dass die Bahn sich auf keinen Fall erpressen lassen wird.«

»Aha?« Wir gehen nach draußen.

»Na, ist doch logisch. Wenn wir damit anfangen, können wir alle Strecken bewachen lassen, was völlig unmöglich ist.« Er lacht leise auf. »Wollen Sie mal sehen?«

Warum eigentlich nicht? Wir steigen auf eine Hebebühne, die Fuchler mit einem kleinen Schaltpult bedient. Langsam schweben wir nach oben, werden mitsamt unserer Kanzel geschwenkt und stehen nun seitlich über der geöffneten Lok. Ein imposanter Anblick. Walzen und Motoren, Achsen und unzählige Rohre und Kabel.

»Das ist beinahe wie ein Flugzeug«, sagt der Lokführer, und nun schwingt doch so etwas wie Stolz mit. Und dann erzählt er noch eine Geschichte, die er vermutlich schon oft erzählt hat. »Eigentlich war ich schon richtig zu Hause. Pensionär. Na ja, war mir nicht leicht gefallen, aber es war eben nun mal so. Meine Frau war froh, jedenfalls tat sie so. Und dann fahre ich eines Tages mit dem ICE Richtung Frankfurt-Main. Als ganz normaler Fahrgast. Auf dem Bahnhof Kassel-Wilhelmshöhe hielt der Zug lange. Plötzlich eine Durchsage: Ist zufällig jemand an Bord, der einen ICE fahren kann? Ich denke noch: Das ist doch ein Witz! Das können die doch nicht machen! Man stelle sich vor, irgendeiner geht da vor, sagt: Ja, kann ich. Und dann? Geben die dem dann den Zug? Aber die Durchsage kam noch mal. Man kennt das ja aus Flugzeugen: Ist zufällig ein Arzt an Bord? Da bin ich aufgestanden, nach vorn gegangen und hab gesagt: Kann ich! Ich bin ICE-Lokführer. Und was passiert?«

»Die haben Sie fahren lassen.«

»Richtig. Ohne mit der Wimper zu zucken. Ein Zugbegleiter hat zwar in der Zentrale angerufen, aber eh die rauskriegen, ob ein gewisser ... wirklich berechtigt ist ... Nee, ich durfte in die Lok. Hab alles gecheckt. Und ab ging es. Und da hab ich mir gesagt: Das kannste denen nicht alleine überlassen, und wenn immer die Ersatz brauchen, können die mich anrufen. Tja.«

Wir sind wieder in großer Runde. Kiesewetter und die Kollegen vom Staatsschutz wollen mit uns die Spuren in der Wohnung auswerten, die nächsten Schritte sollen besprochen werden.

Sabrina sitzt mir gegenüber. Sie wirkt heute kühler als sonst. Oder ist das nur mein Gefühl? Will es mir sagen: Geh auf Distanz und alles bleibt beim Alten, halt dich zurück und alles wird wieder gut?

Einer ihrer Kollegen, Norman Buchholz, übernimmt. Er beschreibt die Wohnung von Garenbusch. Inzwischen hat man den Computer des Toten geknackt. Offenbar hatte

Garenbusch E-Mail-Kontakte zur Anarcho-Szene, es gibt diverse Hinweise auf irgendwelche Aktionen oder Treffen. Rockkonzerte, Demos, Diskussionsrunden. Teilweise verschlüsselt, teilweise offen. Das alles erweitert zwar die Erkenntnisse, bringt aber in der Sache nicht weiter. Buchholz hat eine kühle, reservierte Art, die Dinge zu beschreiben. Fast scheint es, als rede er mit niemandem und als würde ihn nicht interessieren, was wir anderen denken und was wir von dem halten, was er erzählt. Er benennt die Fakten, und weiter. Die Sache mit dem Wecker scheint ihn nicht groß zu interessieren. Die vorhandenen Teile wurden untersucht, es fanden sich Fingerabdrücke von Garenbusch. Offenbar hat er das Gerät auseinandergenommen. Warum das Uhrwerk am Ende nicht zu finden war, in der gesamten Wohnung nicht, bleibt unklar. Erst als Buchholz zu einer anderen Art von Spuren kommt, scheint so etwas wie Emotionalität in ihm zu erwachen. Man habe Reste von einer ganzen Reihe von Chemikalien gefunden, darunter auch profanes Schwarzpulver, Salpeter, Schwefel, Holzkohle. Dazu Eisenpulver. Die Chemikalien seien zwar nur in sehr geringen Mengen nachgewiesen worden, dennoch kann davon ausgegangen werden, dass der Mann Kontakte mit derlei Stoffen hatte.

»Das spricht ja für sich«, fasst Kiesewetter mit einigem Stolz in der Stimme zusammen, beinahe so, als stünde er unmittelbar vor dem erfolgreichen Abschluss des Falles. »Es ist jedenfalls möglich, dass der Tote tatsächlich mit dem Anschlag in Zusammenhang steht.«

»Vorsicht«, fällt ihm Sabrina ins Wort. »Diese Chemikalien finden sich auch in ganz normalen Feuerwerkskörpern. Ob wir daraus schließen sollten, dass der Tote wirklich an Sprengsätzen gearbeitet hat, muss zumindest in Frage gestellt werden.«

»Bleibt das fehlende Uhrwerk«, beharrt Kiesewetter.

Der neben Sabrina sitzende Kollege räuspert sich. »Ja, also das Uhrwerk. Da gibt es tatsächlich einen bedenkenswerten Zusammenhang. Wir haben inzwischen auch die

Spuren am Anschlagsort so weit ausgewertet, dass wir nun sicher sind, dass es sich bei dem Sprengsatz um einen mit Zeitzünder handelt. Wir haben sogar einzelne Teile dieses Zünders gefunden.«

Er schaltet den Beamer an. Bilder werden auf die Leinwand projiziert. Stark vergrößerte Metallteile sind zu sehen. Es fällt schwer, sich darunter einen Zeitzünder vorzustellen. Der Kollege zeigt mit einem Laserpointer auf einige Details. »Hier haben wir Teile der Zahnräder, das hier ist eine der Achsen, hier eine Feder. Es ist kompliziert, das genau zuzuordnen. Eine Herkunft zu entdecken. Aber unsere Experten haben es probiert und siehe da ...« Ein neues Bild erscheint, nun sind verschiedene Teile tatsächlich zusammengefügt. »Wie Sie sehen, kann man tatsächlich ein Uhrwerk rekonstruieren.

»Herkunft?«, meldet sich Kiesewetter wieder zu Wort, »Wie meinen Sie das, Herkunft?«

»Ein Fabrikat zum Beispiel. Der Wecker, den Sie in der Wohnung des Toten gefunden haben, ist zum Beispiel ein Casio. Nun werden derlei Uhrwerke in ganz unterschiedliche Wecker oder auch andere Geräte eingebaut. Ich will damit sagen: Es handelt sich bei dem Sprengsatz nicht um ein original Casio-Uhrwerk, vielmehr müssen wir davon ausgehen, dass wir einen direkten Zusammenhang zwischen den Resten, die Sie gefunden haben, und genau diesen Teilen eines Uhrwerks nicht herstellen können. Dennoch lässt sich sagen, dass es sich um ein Uhrwerk eines Weckers handeln könnte, und das wäre ein interessanter Zufall, würde ich mal meinen.« Der Mann guckt in die Runde, als erwarte er Fragen. Dann setzt er sich wieder.

Kiesewetter nickt andächtig. Er ist offenbar sowohl vom Inhalt des Vortrags als auch von der Vortragsweise angetan. Wahrscheinlich wird er künftig von uns ähnliche erwarten. Ich schaue zu Franz, der eben blassgrüne Brause in ein Glas gegossen hat und nun einen großen Schluck nimmt. Aber egal, auch ich will jetzt mit einer interessanten Geschichte aufwarten. Ich habe mir extra noch eine Art Zeichnung angefertigt, die den Explosionsort und die Gleise darstellt. Ich rolle das Flipchartpapier auf und lasse die Magneten darauf klacken.

»Hier«, zeige ich, »ist der Sprengsatz explodiert. Unmittelbar daneben fuhr der Güterzug mit der Verkehrsnummer CZ dreiundneunzig Bindestrich vierundvierzig wenige Minuten zuvor vorbei. Der Lokführer, Gernot Fuchler, hat einen Mann beobachtet, der ungefähr hier gestanden haben soll. Möglicherweise hatte er dort gewartet. Der Zug befand sich etwa hier oben, als der Sprengsatz explodierte. So weit, so gut. Das Problem ist die Ladung dieses Zuges.«

»Die haben wir inzwischen genauer definieren können«, fällt Sabrina mir ins Wort. Deutlich spüre ich Ärger in mir hochsteigen und schaue sie fragend an. Sie versucht ein Lächeln. »Aber bitte, Max, fahr fort, ich bin gespannt, ob sich die Angaben decken. Wir haben die Auskünfte vom Güterbahnhof in Oberschöneweide.«

Ich versuche mich zu beherrschen. »Laut Auskunft des Lokführers waren drei Wagen mit Kerosin und zwei mit Propan beladen. Das heißt, wäre die Sprengladung hochgegangen, während einer der Waggons daran vorbeifuhr, hätte es zur Katastrophe kommen können.«

Das hat gesessen. Kiesewetter reißt die Augen auf. Franz' Brauseglas bleibt direkt vor seinem Mund stehen und die beiden Herren vom Staatsschutz haben vergessen, die Münder zuzumachen. Sabrina nickt. Dann sagt sie betont ruhig: »Wir wissen nicht, ob der Anschlag der Bahn gegolten hat. Aber es ist möglich. Es kann aber auch sein, dass der Täter mittels der Ladung des Zuges ein Inferno herbeiführen wollte. Dafür hätte er allerdings genau wissen müssen, wann der Zug fährt und was er geladen hat.«

Einer ihrer Kollegen ist aus seiner Erstarrung erwacht. »Das ist doch rauszubekommen. Ich meine, wenn der Täter genug Zeit hatte, die Dinge zu planen, dann konnte er doch genau das wissen!«

Sabrina wiegt den Kopf. »Das werden wir sehen. Auf jeden Fall gehört erhebliche Planung dazu. Wir sollten in diesem Zusammenhang auch davon ausgehen, dass der Täter Hilfe hatte. Bleibt die Frage, ist der Mann, den der Lokführer gesehen hat, tatsächlich unser Toter, und was suchte er dort, wo er gesehen wurde?«

Ich setze mich wieder. »Tja, das ist tatsächlich nach wie vor unklar.«

Als die Sitzung zu Ende ist, schaut mich Sabrina an, als sei alles in bester Ordnung.

»Kaffee?«, fragt sie und geht schon zur Tür. Ich habe den Impuls, ihr nicht zu folgen und einen wichtigen Termin vorzuschieben. Aber dann regt sich in mir doch der Widerstand dagegen, jetzt den Eingeschnappten zu spielen. Immerhin hatte sie mir vorhin den Ball zurückgegeben und ihre Kollegen wussten offenbar nichts davon, dass sie in Oberschöneweide nachgefragt hatte. Das heißt ... vielleicht hat sie nur geblufft und ich bin darauf hereingefallen.

Fünf Minuten später sitzen wir vor unseren Kaffeebechern.

»Weißt du, was ganz komisch ist«, sagt sie ruhig, »ich sitze ungeheuer gerne in solchen Kantinen. Der Kaffee ist nicht besonders, es riecht immer ein wenig nach Desinfektionsmittel, es gibt Bockwurst und Schrippen mit Eiersalat und im besten Falle drei Wahlessen, die Bedienung ist in aller Regel unfreundlich, aber ich mag es, hier zu sitzen.«

»Da haben wir wieder mal was gemeinsam«, sage ich und füge dann doch etwas schnippisch hinzu: »Was man ja offenbar nicht von allen Dingen sagen kann.« Sabrina geht nicht darauf ein.

»Als ich noch Kind war, hat mich mein Großvater ab und zu in die Werkskantine mitgenommen. Wir wohnten keine hundert Meter weit entfernt von der Firma, in der er arbeitete. Er war so was wie Schlosser oder Dreher. Immer raue, rissige und ölige Hände. Aber er war ein toller Typ. Und manchmal sagte er: Kannst nach der Schule rüberkommen in die Kantine, da geb ich dir eine Milch aus oder einen Kakao und wahrscheinlich gibt's Kuchen oder wenn du magst Brötchen. Und dann ging ich rüber und er saß neben mir, in seinem Schlosseranzug. Ruhig saß er da und sah mir zu beim Essen. Und dann kamen Kollegen von ihm rein und setzten sich zu uns und sagten so was wie: Ist ja groß geworden, deine Enkelin, oder na, was macht die Schule? Dann fühlte ich mich irgendwie, als würde ich so ein bisschen dazugehören zu denen in ihren dreckigen Klamotten, die so seltsam rochen nach Schmutz, aber auch wieder nicht, so nach Kraft und Stärke und Mut. Und von drinnen aus der Fabrik hörte ich es rumoren. Die Maschinen arbeiteten, Metall krachte in eiserne Kisten, schrille, hackende Geräusche. Und wir da beieinander. Ich mit meinem Kakao oder 'ner Fleischbrühe und die andern beim Kaffee. Und manchmal vergaßen sie mich, obwohl ich da saß, und redeten über dies und das. Das war toll.«

Wir sitzen uns gegenüber. Plötzlich ein wenig verlegen. Und dann muss ich es doch loswerden. »Warum stimmen wir uns eigentlich nicht besser ab?«

»Du meinst, warum gehen wir nicht zusammen zu deinem Lokführer?«, fragt sie.

»Nein, das meine ich nicht.«

»Was dann?«

»Ich meine, warum sagst du mir nicht, was du vorhast bei den Ermittlungen?«

»Max, wir arbeiten für zwei unterschiedliche Firmen. Ich habe meinen eigenen Stil, wenn ich ermittle. Ich arbeite nicht wie ihr von der Kripo. Bei uns geht es um mehr. Ihr wollt Fälle klären. Wir müssen Entwicklungen einschätzen und künftige Angriffe verhindern.«

»Angriffe?«

»Na ja, so in etwa. Wir schauen, ob sich Dinge verselbstständigen, ob sich Gruppen bilden, ob es groß angelegte Pläne gibt.«

»Das klingt ja furchtbar!«

»Ist es auch. Aber versteh doch mal, mir geht es darum, dass es keine weiteren Anschläge gibt. Dass keine Nachahmer auf den Zug aufspringen, dass es keine Bewegung wird.«

»Und deswegen tust du Dinge, die ich gleichzeitig auch tue? Bist schon in der Wohnung, in der ich auch gleich sein werde. Fragst nach der Ladung des Zuges, nach der ich auch frage. Ist das logisch?«

»Nein, logisch ist es nicht. Aber du musst es akzeptieren.«

Das ist eine klare Ansage. Damit kann ich was anfangen. Und während ich noch grüble, ob ich nun sauer sein soll oder nicht, leuchtet das Display von Sabrinas Telefon auf. Sie schaut kurz drauf.

»Ich muss jetzt los.«

»Ich auch. Franz sollte heute die drei Verdächtigen befragen, die ihren Job bei der Bahn verloren haben. Mal sehen, was uns diese Vögel vorzusingen haben.«

Sabrina lächelt und dieses Lächeln ist ziemlich entwaffnend. Sie schüttelt den Kopf. »Das sind ganz und gar deine Verdächtigen!« Sie geht los, dreht sich um und wirft mir einen Handkuss zu. Die ist verrückt!

Ich mache mich auf den Weg, quer durch eine Ecke des Bezirks, die ich in der letzten Zeit kaum wahrgenommen habe. Mir fallen die vielen kleinen Bepflanzungen auf, die die Leute rund um die Straßenbäume angelegt haben. Bemühungen von Hausbewohnern, die sonst verdreckten und mit Hundehaufen verschandelten Erdvierecke irgendwie zu gestalten, hat es schon immer gegeben, aber inzwischen sind Formen entstanden, die auf eine ausgeprägte Kultur schließen lassen. Manche der Erdgevierte, in denen ausgewachsene Bäume stehen, sind mit niedrigen Zäunen umgeben. Man hat Stiefmütterchen und Studentenblumen gepflanzt. In einigen stehen sogar Tomatenpflanzen und Bohnen ranken sich an Gittern und Bindfäden hinauf. Vor einigen Tagen habe ich in der Zeitung gelesen, dass so etwas laut Stadtordnung nicht gestattet sei. Das fand ich befremdlich. Was könnte dagegen sprechen, dass Leute ein bisschen Grün auf den Gehweg bringen, das die unzähligen Friedrichshainer Hunde zumindest davon abhalten könnte, hier ihren Haufen zu hinterlassen? Inzwischen gibt es unzählige solcher Kleinstgartenbiotope und bisweilen haben sie geradezu bizarre Formen angenommen. Hier ist ein Viereck mit Sitzplatten an jeder Ecke und diese Sitzplatten sind angemalt wie Fliegenpilze, dort steht eine Bank aus Holzbohlen direkt neben hochgewachsenen Sonnenblumen. Vor einem der vielen vietnamesischen Restaurants ist ein kleiner chinesischer Garten mit fünf Bäumchen entstanden. Kleine Berge sind aufgehäuft, Bambus ist gepflanzt worden und seit dem Frühjahr blühen unzählige Blumen, teils echte, teils auch solche aus Papier. Hier kann man, wenn man Glück hat, sogar einen Mann beobachten, der sich in Gärtnertracht, also mit Schürze, rot kariertem Hemd, grünem Halstuch und Strohhut, der Gartenpflege widmet. Und zwar mit einem Ernst, der keinen Zweifel daran lässt, dass der winzige Straßengarten für ihn in seiner Bedeutung einem der städtischen Parks mindestens gleichkommt.

Franz empfängt mich aufgeregt. Er hat die drei ehemaligen S-Bahner aufgesucht. Zwei waren, wie er mir im Schnelldurchlauf erklärt, ganz harmlos. Keine Probleme. Aber der dritte hätte erhebliches Gewaltpotenzial. Manchmal redet Franz wirklich wie ein Psychologe, besonders wenn er aufgeregt ist. »Was bitte verstehst du unter Gewaltpotenzial?« Franz holt Luft und erzählt, dass er den Mann, Jörg Donner, in seiner Wohnung aufsuchen wollte. Als er an die Tür klopfte und Donners Namen rief, habe ihm der Herr Donner gesagt, dass er sich verpissen solle. Er, Franz, habe nicht nachgegeben. Schließlich sei die Tür aufgegangen und der Mann habe ihm mit einem Gewehr im Anschlag gegenübergestanden. Den Lauf direkt auf ihn gerichtet. Franz ist in Deckung gegangen, aber dann hat er sich erinnert, dass er selbst früher auch mal so ein Gewehr hatte, da war er vierzehn und sein Vater hatte es ihm zum Geburtstag geschenkt. Ein Luftgewehr, auch Knicker genannt. Auf jeden Fall habe der Mann damit gedroht, abzudrücken, wenn Franz nicht endlich verschwinden würde. Erst der Polizeiausweis habe die Lage verändert. Franz hat diesen Donner festgenommen und jetzt er sitzt in unserem Büro.

Warum passiert so etwas immer nur Franz? Ich nicke und will wissen, ob Franz etwas dagegen habe, wenn man diesen Herrn Donner nach der Befragung mit einer Verwarnung wieder gehen lassen würde. Franz ist beleidigt. »Einfach so?«

Als ich das Büro betrete, sitzt Jörg Donner kerzengerade auf seinem Stuhl und starrt zum Fenster. Erst nach einer halben Ewigkeit wendet er sich mir zu. Mich schauen blaue, irgendwie traurige Augen an. Ich beginne vorsichtig mit der Befragung. Warum er mit diesem Gewehr gedroht habe? Der Mann erklärt mit großem Ernst, dass er verfolgt würde. Von Leuten, die er bislang nicht kenne. Auf jeden Fall lebe er seit einigen Jahren in einer Art Verteidigungszustand, was letztendlich auch der Grund war, weshalb er nicht mehr bei der S-Bahn arbeiten konnte. Er könne nur kurz und vorsichtig aus der Wohnung. Bis zum Supermarkt in der Frankfurter Allee. Dabei sei er immer auf der Hut. Wenn er in seine Wohnung zurückkehre, würde er als Erstes seine Sicherheitsmaßnahmen überprüfen, die ihm Hinweise darauf geben würden, ob in der Zwischenzeit jemand in die Wohnung eingedrungen sei.

Einen Augenblick lang überlege ich, ob diese Geschichte nicht vielleicht ein ziemlich origineller Versuch ist, von sich abzulenken. Spielt hier den Phobiker und Verrückten und in Wirklichkeit führt er ein ganz anderes Leben. Ich versuche, ihm auf den Zahn zu fühlen.

»Sind Sie Mitglied einer terroristischen Vereinigung?«, frage ich. Der Mann starrt mich an.

»Einer was?«

»Kennen Sie einen Ronald Garenbusch?«

Der Mann schüttelt nach einem kaum merklichen Zögern den Kopf. War da was? Ich versuche es auf die direkte Tour.

»Herr Donner, spielen Sie mir nichts vor. Sie sind in den Anschlag am Ostkreuz verwickelt. Jemand hat Sie gesehen!«

Der Mann sinkt in sich zusammen. Er scheint fieberhaft nachzudenken. Dann fragt er mit unterdrücktem Zorn: »Arbeiten Sie für die?«

»Für wen?«

»Für die, die mir nachstellen, die mich töten wollen!«

Ich gehe nicht darauf ein. »Sie wissen, wie man eine Sprengladung baut?«

Der Mann nickt. »Das weiß ich allerdings.«

»Na, dann legen Sie mal los.«

»Ich weiß sogar, wie Flakgranaten funktionieren.«

Das wird nichts, denke ich. Entweder ist der Mann so versiert, dass ich ihn nicht aus der Reserve locke, oder er ist wirklich verrückt.

Ich frage ihn nach seinem Alibi. Er sei zu Hause gewesen.

Es hat keinen Sinn.

»Sie können gehen.«

»Und meine Bewaffnung?!«

Will der ernsthaft sein Luftgewehr zurück? Das ist ein Problem. Wenn ich es ihm abnehme, muss ich ein Protokoll schreiben. Dann haben wir eine Straftat, denn es muss einen Grund geben, damit ich ein Luftgewehr einziehen kann. Wenn ich einen Grund habe, Bedrohung eines Polizisten, muss es eine Anzeige und eine juristische Untersuchung geben.

Ich gehe zu Franz hinüber. Bitte ihn, das Luftgewehr rauszurücken. Er zögert. »Das kann nicht dein Ernst sein!«

Zehn Minuten später verlässt Jörg Donner, sein Luftgewehr in ein Tuch gehüllt, die Polizeidienststelle. Ich sehe ihm durch das Fenster nach und beobachte, wie er, kaum dass er die Straße betreten hat, das Gewehr auspackt und sich um die Schulter hängt. Ich drehe mich rasch um und versuche Franz davon abzubringen, auch aus dem Fenster zu schauen.

Fakt ist, dass die Befragung der drei ehemaligen Bahnbeschäftigten uns keine Hinweise gebracht hat. Ich erläutere Franz meine Bedenken bezüglich des eben davongezogenen Herrn Donner. Wir sollten ihn im Auge behalten. Immerhin könnte er uns etwas vorgespielt haben. Da fällt mir noch etwas ein.

»Sag mal, hast du dir die Wohnung von diesem Typ eigentlich angesehen?«

Franz zuckt mit den Schultern.

»Oberflächlich.«

»Dann sollten wir noch mal bei ihm vorbeigehen. Mit 'nem Kollegen von der Spurensuche. Einfach um zu wissen, ob der Mann nicht vielleicht tatsächlich mit Sprengstoff experimentiert.«

»Alles klar«, sagt Franz, der sich offenbar darüber freut, dass sein eben noch Festgenommener doch nicht so ohne Weiteres davonkommt.

Mein Telefon klingelt. Es ist Kerstin. Sie sagt, dass man zu Vater kann. Sie fahre jetzt hin. Josef, ihr Sohn aus erster Ehe, sei auch da. Extra rübergekommen aus Hannover, wo er seit einigen Monaten studiert.

Ich habe das Gefühl, dass es besser ist, wenn ich jetzt rasch ins Krankenhaus fahre. Besser für Kerstin, den Alten und für mich. Kein Mensch geht gerne zu solchen Krankenbesuchen, wenn derjenige, der einem immer aufrecht begegnet ist, plötzlich in einem Haufen weißen Stoff liegt und Schläuche aus ihm heraus in Flaschen und Beutel ragen.

Man muss sich überwinden. Klar. Wenn man dort ist, ist es besser. Dann bekommt die Situation etwas Reales.

Kerstin und Josef stehen im Flur. Sie schauen mir entgegen. Der kleine Warteraum ist überfüllt.

Ich umarme Josef. Er sagt »Hi« und »alles claro?!«, die typische Jugendsprache eben. Kerstin bemüht sich zu lächeln.

Im Flur stehen drei Betten. In zweien liegen Patienten. Eine alte Frau, die plötzlich unerwartet laut nach einer Schwester schreit. Und ein Mann in meinem Alter, der offenbar starke Schmerzen hat. Ganz hinten das leere Bett fährt alle zwanzig Sekunden den Liegebereich summend und seufzend nach unten. Verharrt einige Augenblicke und fährt wieder nach oben. An einem Schaltfeld blinken unterschiedliche kleine blaue Lampen auf. Das Bett scheint wie lebendig. Oder zumindest wie ein Roboter. Aber offenbar ist es außer Kontrolle geraten. Mehrere Schwestern und Pfleger versuchen, es ruhigzustellen, sein sinnloses Auf und Ab zu beenden. Doch es lässt sich nicht beeinflussen. Es summt und seufzt und piept und blinkt.

Ein Mann kommt aus einem Zimmer. Er trägt ein OP-Hemd und man kann sein Gesäß sehen. Zwei Männer in Rot und Gelb bringen eine neue Patientin auf einer fahrbaren Liege. Die Frau liegt da und wimmert. Sie fragt Kerstin, wo sie hier sei. Kerstin versucht zu erklären. Die Frau hört nicht zu.

Wir stehen hier an diesem seltsamen Ort, der so fern der Welt da draußen ist. Dort steigen Menschen in Straßenbahnen, joggen durch den Park, schieben Kinderwagen, fahren Fahrrad, liegen auf der Wiese, küssen sich, essen Eis. Und hier herrscht das Elend. Hier huschen Krankenschwestern an wimmernden Patienten vorbei, werden Beutel mit Wundwasser in graue Plastikeimer entleert, ruft jemand vergeblich nach Hilfe. Das Elend ist hier Normalität. Es ist wie in einem Lager, wie in einem Flüchtlingstreck. Jeder sieht nur noch sich und vielleicht noch nicht einmal mehr das. Was unterscheidet ein heutiges Krankenhaus von einem Krankenhaus vor fünfzig Jahren? Die Heilmethoden? Die

Hygiene? Die Technik? Vielleicht. Viele Dinge haben sich verändert. Obwohl mir das außer Rand und Band geratene Bett eher Angst macht, als dass es Hoffnung vermittelt, irgendetwas sei wirklich besser geworden.

Ich schaue zu Josef hinüber. Der schmale Junge, der nie viel geredet hat, steht an die Wand gelehnt und man kann in seinen Augen sehen, dass er entsetzt ist von dem, was um ihn herum passiert. Ich berühre kurz seine Schulter, er grinst mich angestrengt an.

»Alt sein ist scheiße«, sagt er. Ich nicke. Und habe das Gefühl, dass er damit auch mich meint. Nicht direkt, aber irgendwie schon.

Ein Arzt begrüßt uns, zu meiner Verwunderung ist es sogar der Chefarzt. Ein hochgewachsener, noch jung wirkender Mensch mit klarem Gesicht und klugen Augen. Er wirkt sicher und vorsichtig zugleich, bittet uns in sein Büro. Ein etwas größerer Raum mit hellen Möbeln, mit viel Licht, das durch die breiten Fenster fällt. Der Arzt hat etwas Offenes, Freundliches. Er malt uns etwas auf, während er spricht. Beschreibt uns das Problem, auf welches er während der Operation gestoßen ist. Das Gespräch hat nichts Oberlehrerhaftes, ich fühle mich nicht, als wollte man mir etwas beibringen. Da sitzt ein Mensch vor uns. Ein Mann im weißen Kittel zwar, aber ein Mensch. Einer, der Mitgefühl hat und sich Sorgen macht und nicht weiterweiß und es zugibt. Der sagt, dass er schon mit Kerstins Vater gesprochen habe und dass der auch nach seiner Entlassung gerne in Kontakt bleiben kann, wenn er Fragen hat oder Angst. Am Ende drückt er jedem die Hand. Seltsam. Hat sich doch etwas verändert?

Keine zwanzig Minuten später klingelt mein Handy. Sabrina bittet mich in ihr Büro. Ich versuche ihr zu erklären, dass es gerade schwierig ist. Sie sagt, sie würde warten. Aber vielleicht gäbe es da doch noch einen anderen Ermittlungsstrang.

Als ich das Krankenhaus verlasse, weht mir ein kühler Wind entgegen. Eine orangefarbene Sonne steht hoch über der dicht befahrenen Landsberger. Ich fahre in Richtung SEZ und habe plötzlich das Gefühl, dass mich jemand beobachtet. Da ist ein Mann auf der anderen Straßenseite, direkt in der Einfahrt der alten Brauerei. Ich kann nicht genau erkennen, ob er herüberschaut. Eine Straßenbahn donnert vorbei. Als sie den Blick wieder freigibt, ist der Mann verschwunden.

Sabrina hat ein relativ großes, helles Büro in den Gebäuden des Polizeilichen Staatsschutzes in Tempelhof. Alle Möbel sind grau und mit einer Art Plastikhaut überzogen. In einer Ecke steht eine riesige Pflanze, die an einen Kaktus erinnert. Ein Kaktus ohne Stacheln und so fleischig und fett glänzend, als hätte er gerade ein ganzes Spanferkel verschlungen. Gibt es eigentlich eklige Pflanzen? Diese da würde ich dazuzählen. Fast habe ich das Gefühl, man müsste sich vorsehen vor ihr. Möglicherweise besitzt sie an irgendeiner Stelle ein Maul, das aufgeht, wenn man ihr nur nahe genug kommt.

Sabrina legt mir wortlos vier Ausdrucke auf die saubere graue Tischplatte. Ich sehe Zeichen und kurze Texte. Auch das Wort Ostkreuz taucht auf, fett und unterstrichen. Auf einem anderen Blatt befindet sich die Anleitung für den Bau einer Sprengladung. Das Seltsame ist, dass daneben eine Art Signalmast gezeichnet ist.

»Das«, sagt Sabrina schließlich, »haben unsere Experten aus dem Internet. Zwei der Dokumente sind von Personen, die einer Gruppe islamistischer Extremisten zugeordnet werden müssen. Die beiden anderen stammen von Leuten, die dem Rechtsextremismus nahestehen. Interessant sind die Bezüge zu dem Ort des Geschehens. Und nun der Hammer: Diese Zeichnung ist drei Tage vor dem Anschlag ins Netz gestellt worden.« Sie zeigt auf das Bild, auf dem ein Signalmast zu sehen ist. Darüber befinden sich arabische

Schriftzeichen. »Wir haben das mal übersetzen lassen.« Sabrina schaut auf ihren Bildschirm. »Die Zeichen stehen gut. Hm, das bringt nicht viel, oder?«

»Das heißt, wir könnten es mit einer Extremistengruppe zu tun haben.«

»Das ist zumindest möglich«, sagt Sabrina, »allerdings kann es auch ein Zufall sein, dass jemand so etwas zeichnet und dann gibt es tatsächlich einen Anschlag. Der Begriff Ostkreuz taucht da ja nicht auf. Der ist hier in dieser Datei und erst achtundvierzig Stunden später ins Netz gelangt. Auf jeden Fall sind unsere Leute jetzt dabei, Sender und Empfänger zu ermitteln bzw. diejenigen herauszufiltern, die diese Dateien ins Internet gestellt haben. Es ist noch nicht klar, ob das in Deutschland passiert ist oder irgendwo anders.«

Die anfängliche Spannung ist plötzlich dahin. Mir erscheint das Ganze jetzt eher unergiebig. Genauso gut kann man den Urheber der Zeichnung in China vermuten oder auf der Insel Rügen. Irgendein Idiot stellt eine Nachricht ins Netz und alle jagen dem hinterher. Und am Ende stellt sich heraus, das war ein Witz. Während ich mir das klarmache, frage ich mich, warum mich Sabrina eigentlich hierher geholt hat. Wollte sie mir wirklich zeigen, was ihre eifrigen Internetspürhunde da Tolles gefunden haben, oder geht es um etwas anderes?

»Ich dachte, wir gehen was essen«, sagt sie, als hätte sie meine Gedanken erraten. Sie lächelt mich freundlich und erwartungsfroh an. Noch während es in meinem Gehirn um das Wie und Warum geht, bemerke ich in meiner Magengegend ein wohlig aufgeregtes Kribbeln. Nicht des Essens wegen, sondern weil ich mich verdammt darüber freue, dass sie dieses ganze Tamtam offenbar nur deshalb inszeniert hat, um mich zu sehen und um mit mir zusammen zu sein. Ich nicke. Sie steht, immer noch lächelnd, auf, nimmt ihre dünne Jacke vom Kleiderständer. Geht noch einmal zum Computer, um ihn auszuschalten, dann zur Tür und nickt mir zu. Ich folge ihr. Schon halb draußen, schaue ich mich noch mal um. Und scanne noch einmal dieses kalte Grau, diese glatten, scheinbar unberührten Oberflächen, das glänzende Plastik des Computers, den matten Schein des Bildschirms, die wie künstlich erscheinende fressende Pflanze. Das alles sieht aus, als hielte sich hier niemand auf. Kein menschliches Wesen jedenfalls. Als wäre es nur ein Bild in einem Hochglanzmagazin. Kalt, fremd, unwirtlich. Wie um alles in der Welt konnte Sabrina hier arbeiten? Oder anders formuliert: Arbeitete sie hier wirklich? Müsste sie dann nicht so grau, so steril, so kalt sein wie dieser Raum? Kurz bevor die Tür hinter mir ins Schloss fällt, sehe ich etwas, das mir für Sekunden die Luft nimmt. Ich sehe den Bildschirm wieder aufblitzen. Und ich sehe ein Bild von mir. Ein Bild von mir, das Jahre alt sein muss. Mein Gesicht blickt mir direkt entgegen, so als würden mich meine eigenen Augen verfolgen. Die Tür schlägt zu. Ich bin versucht, mich dagegen zu werfen, um noch einmal in das Zimmer zu schauen. Aber da ist keine Klinke. Und die Tür gibt nicht nach. Sabrina hält ein kleines graues Schaltteil in ihrer Hand. Sie hat die Tür verschlossen.

9.

Heute eine Besichtigung der besonderen Art. Zuerst will ich es auf dem Flachdach des Seitengebäudes versuchen. Also rein in die leere Wohnung, achtes Stockwerk, nördliches Turmhaus am Frankfurter Tor. Die Wohnung wird bei Immoscout angeboten. Nächster Besichtigungstermin: morgen früh. Ich laufe über das Fischgrätparkett und gehe ins Badezimmer, öffne das kleine Fenster und schlüpfe raus auf das einen Meter tiefer gelegene Dach. Stelle mich in den

Schatten neben einen der Pfeiler des offenen Arkadengangs, Schutz vor unerwünschten Blicken aus den nach Westen gehenden Fenstern der Bäder des Turmhauses. Schaue runter auf die Karl-Marx-Allee, früher Stalinallee: ein Ort wie geschaffen für den großen Knall. Ein Exerzierplatz für den Aufmarsch von Ideen. Ein Symbol für die Erinnerung daran, dass die Zukunft auf Trümmern gebaut wird.

Über diese Tangente ist schon die Rote Armee ins Stadtzentrum vorgestoßen. Auf der Großbaustelle Block 40 – der Wohnblock hinter dem Wiesenstück an der heutigen Karl-Marx-Allee, der mit seinen 26 Aufgängen an die Löwen- und Auerstraße sowie den Weidenweg anschließt – nahm am 16. Juni 1953 ein Arbeiteraufstand gegen die Erhöhung der Arbeitsnorm ohne Lohnausgleich seinen Anfang. Anarchische Verhältnisse. Vandalierende Lehrlinge auf der Allee, Protestversammlungen am Strausberger Platz, Generalstreik. Nachts brennt das Haus Vaterland am Potsdamer Platz und tags darauf schlagen die Flammen des Aufstands auf viele andere Städte der DDR über. Hier ging es los. Von hier kam die rohe Kraft des Anstoßes. Aus dem Herzen Friedrichshains, dem alten Bahnhofs- und Proletenviertel, das der Obrigkeit und dem Bürgertum schon immer suspekt war. Fluchtpunkt für Vertriebene und Suchende. Mit ihren Zentralheizungen und Telefonanschlüssen konnten sie so viele Parteikader locken, wie sie wollten – sie haben den Dreck nie ganz rausgekriegt aus den benachbarten Altbau-Kiezen. Und heute? Noch immer wisst ihr nicht genau, was in den dritten Hinterhäusern, den versteckten Quergebäuden, den Garagenhöfen und Kellergewölben geschieht. Ihr wisst es ungefähr. Ihr kreist es immer weiter ein mit eurer Überwachungstechnik. Saniert ein weiteres Stück Möglichkeitsraum mit frischem Beton zu Tode. Aber seid ihr sicher, dass ihr kein Fleckchen übersehen habt, auf dem die Saat noch trägt?

Ich hole meinen Notizblock hervor. Jedes Detail ist wichtig. Wo genau stehen Schilder, wo ein Stromkasten? Ich lehne mich zurück gegen den Pfeiler und zeichne alles akribisch ein, aber mein Blickfeld ist eingeschränkter als gedacht. Ich bin noch nicht weit genug oben. Mir fehlt der Blick auf die Kreuzung zur Warschauer und Frankfurter.

Also klettere ich wieder zurück in die Wohnung, äuge durch den Spion und trete ins Treppenhaus. Der Fahrstuhl fährt gerade nach unten. Ich will ihn durchfahren lassen, aber jemand kommt aus dem Flur zu den Wohnungen. Ich drücke die Taste. Ein Nicken, ein verschlucktes Hallo. Der Fahrstuhl hält. Wir stellen uns zu den zweien, die schon auf einer anderen Etage eingestiegen sind. Kein Blickkontakt. Ich lasse beim Aussteigen den Vortritt und gehe auch als Letzter durch die Haustür. Wir laufen in verschiedene Richtungen. Vor dem U-Bahneingang bleibe ich stehen, nehme meinen Notizblock hervor und betrachte wie ein Tourist die Karte, die ich darin eingeklebt habe. Blicke einen Moment in die Luft und mache wieder kehrt.

Zurück im Fahrstuhl, fahre ich ganz nach oben. Nach einigen Mühen und mit einem erstaunlich leisen Knacken öffne ich das Schloss und betrete den Raum in der Dachkuppel mit seinen bis zur hohen Decke reichenden Sprossenfenstern. Es ist so hell und heiß hier, als würde die Stadt unten in Flammen stehen. Die Kraft der Frühlingssonne. Zeit des Erwachens.

Der Raum scheint weitestgehend ungenutzt zu sein. Zwischen zwei Fenstern sind ein paar Bretter am kurzen Wandstück angelehnt, Staubflusen wehen über den alten Parkettboden, als ich eins der Fenster öffne. Ich trete hinaus auf den um die Glaskuppel laufenden Rundgang. Stelle mich an das mit Kreisformen gestaltete Metallgeländer. Spüre einen manischen Tatendrang. Der Wind lässt mich wanken, ein kurzes Schwindelgefühl beim Blick nach unten. Ich konzentriere mich auf die Kreuzung. Von hier oben kann ich mühelos beide Schneisen überblicken. Im Norden die Petersburger bis hoch zum Bersarinplatz. Im Süden die Warschauer mit den Linden und Platanen an den Tramgleisen. Im Osten die Frankfurter Allee bis zur S-Bahnbrücke und im Westen blitzt der Fernsehturm am Alexanderplatz in der Sonne. Überall Blechkolonnen, die sich über die Fahrbahnen schieben und sich an der Kreuzung ineinander verzahnen.

Ich beginne, die Details festzuhalten, die Stellung der Masten für die Stromführung der Trams, den Verlauf ihrer Schienen, die Position der Ampelanlagen und Straßenlaternen sowie des Wegweisers zur Autobahn, die Ausrichtung der U-Bahneingänge. Ich zeichne die Standorte in den kopierten Plan ein, als ein gefalteter Zettel aus dem Notizblock rutscht. Ich fange ihn in letzter Sekunde auf. Schaue mich auf dem äußeren Umlauf der Kuppel um und stecke ihn unter die Blechverkleidung an den Fenstern. Ich schließe meine Dokumentation ab und klettere wieder rein in die Kuppel. Weg von ihren Blicken. Jetzt kein Risiko. Nur noch die Zeiten stoppen.

Ich setze mich auf den Boden, nehme mein Handy, stelle die Stoppuhr-Funktion ein und warte auf die nächste Tram. Nach Fahrplan 11:53 Uhr Halt am Bersarinplatz. Ein Halt im Schnitt eine Minute. Wie viel Fahrtzeit von da aus? Wann erreicht die Tram den Kreisverkehr? Wie ist die Ampel geschaltet? Fährt die Tram durch oder muss sie halten? Wann ist sie auf der Kreuzung Karl-Marx-Allee, direkt über der U5?

Jetzt fährt sie am Bersarinplatz los. Später als gedacht. Sie fährt durch, die Ampel ist grün. Jetzt, stopp. Vom Bersarinplatz bis hier zwei Minuten siebzehn Sekunden. Dann die Gegenrichtung. Dasselbe Spiel. Ich drücke aus Versehen die Stopptaste, weil der Klingelton mich erschreckt. Vibrieren in der Hand. Noch mal Klingeln. Ein Name auf dem Display. Wo ist die verdammte Lautlos-Funktion? Ich wische mir den Schweiß von der Stirn. Die Mailbox geht an. Ich mache weiter. Konzentration. Schreibe die Zeiten auf und bekomme dabei ein ungutes Gefühl, als würde was schiefgehen. Als stünde gleich jemand hinter mir. Ich mache mich sofort auf den Weg. Zurück in den Fahrstuhl. Raus auf die

Straße. Dem Lärm der Motoren wieder ganz nah, neben den Menschen vor der Ampel.

Ich laufe ein Stück auf der Frankfurter. Fühle mich gehetzt. Spüre, wie das Telefon in meiner Jackentasche bei jedem Schritt an meine Hüfte stößt. Wie der Gedanke an das Telefon meine Konzentration zersetzt. Ich marschiere links die Proskauer hoch, angespannt und schnellen Schrittes. Schweiß im Nacken. An der Kreuzung zur Eldenaer laufe ich rechts und der Bürgersteig geht in die Dolziger über. Nach der ersten Häuserzeile folgt der Garagenhof. Ich drehe den Schlüssel und das schwere Metalltor beginnt sich donnernd und behäbig auf Rollen zu bewegen. Als ich durchgelaufen bin, hält es ruckartig an und schließt sich wieder. Ich gehe unter das Vordach des zur Straße gelegenen alten Tankstellengebäudes mit seinen hellblauen Kacheln. Die Fenster sind mit dunkelblau gestrichenen Holzplatten vernagelt, dasselbe dunkle Blau, in dem die Tore der Garagen gehalten sind, die hinter der Tankstelle liegen.

Es ist immer ein bisschen was los hier auf dem Gelände. Einer wienert den schwarzen Lack seines Pick-Ups, oder der Wochenmarkthändler mit dem Stellplatz nebenan füllt seine mobile Verkaufsstelle mit frischen Pasten und Oliven auf. Ein paar Schrauber testen ihre Schwalben. Bei schönem Wetter grillen die Jungs aus dem Proberaum. Ein Ort, an dem die Zeit stehen bleibt, ein Refugium, das sie bald plattmachen werden. So wie sie schon den langen Jammer plattgemacht haben, den Hochweg vom S-Bahnhof Storkower Straße über das alte Schlachthofgelände zur Eldenaer. So wie sie die ganze Gegend zerstört haben mit ihren Reihenhaussiedlungen, Frischeparadiesen, Kaufländern, Baumärkten und Großraumparkplätzen.

Und was macht ihr? Was tut ihr, um eure kleinen Freiheiten hier auf dem Garagengelände zu verteidigen? Was haltet ihr der Gleichmachung und Verödung eures Lebensraumes entgegen? Nichts. Kein Interesse. Die Mühe macht ihr euch nicht. Ihr schaut zu, wie sich die Normierung vollzieht.

Vielleicht geht ihr mal aus Langeweile oder weil die Sonne scheint auf eine Spaßdemo gegen die Bauvorhaben unten an der Spree. Wo Clubbetreiber, die um ihre Pfründe bangen, einen ahnungslosen Mob von Hipstern und Touristen für ihre Zwecke einspannen. Spreeufer für alle? Das hättet ihr mal bei der Gesichtskontrolle an der Tür der Bar 25 sagen sollen. Aber die meisten, die hier ihre Garagen mieten, gehen nirgendwo hin und halten die Füße still.

Ihr lasst euch lieber langsam aufsaugen von der blendend neuen Infrastruktur. Stück für Stück. Und eigentlich findet ihr es auch ganz gut, dass man im Nordkiez jetzt frischen Seeteufel kaufen kann, dass der Spätkauf Ben & Jerry's Chocolat Fudge Brownie führt und es plötzlich Menschen gibt, die ihre Hunde an die Leine nehmen und deren Scheiße im Mülleimer entsorgen. Ihr könnt damit leben und ganz allmählich werdet ihr Inventar dieser neuen Infrastruktur. Dann hört ihr auf zu rauchen und fangt an zu joggen. Ihr lernt durchs Carsharing viele nette Menschen aus dem Kiez kennen, mit denen ihr euch auf Facebook zu einer Community zusammenschließt. Ihr macht beruflich mobil, lebt vegan und meidet Risiken.

Weil ihr das natürlich alles für eure Kinder tut. Obwohl ihr natürlich immer noch die Alten seid. Glaubt ihr. Weil ihr euch nie eingestehen würdet, dass ihr klammheimlich längst die Seiten gewechselt habt. Dass ihr mitschaufelt am Schwarzen Loch. Und mit eurer ungebrochenen, geradezu lächerlich sentimentalen Solidarität, die ihr jedem dahergelaufenen Junkiepunk aus einer der Wagenburgen, die noch übrig sind, entgegenbringt, versucht ihr euch selbst einzureden, dass ihr nichts mit dem Schwarzen Loch zu tun habt. Das sind die anderen, die schaufeln, wollt ihr euch glauben machen. Mit eurer plumpen Denke. Wir hier in Friedrichshain machen das nicht. Und weil ihr schon dermaßen hirnverbrannt seid, nehmt ihr euch diesen Schwachsinn ab. Deshalb reicht euch eure beschissene Liberalität aus, um euch gerecht zu fühlen. Um euch richtig zu wähnen in dieser falschen Welt. Mit eurer debilen Kiez-Romantik und sozialen Gesinnungskontrolle. Eurer postfaschistischen Meinungsdiktatur, mit der ihr Blockwart spielt, wie es schon eure Großväter taten. Mit der ihr euren Kiez am liebsten sauber halten würdet von den Gentrifizierern und Touristen, die ihr selbst mal wart.

Ihr geht zurück zum Schrebergarten, gründet lokalpatriotische Vereine zur Verteidigung eurer Privilegien, und nur weil ihr vor lauter Dummschwätzerei nicht mehr dazu kommt, irgendetwas zu lesen, wisst ihr nicht, dass ihr die Schlagzeilen aus dem Berliner Kurier nachplappert. Weil ihr die Zusammenhänge nicht erkennt. Weil ihr nicht versteht, dass ihr selbst dazugehört, zur Lüge. Weil ihr in eurer traurigen Naivität glaubt, ihr könntet in eurem Stadtteil ein anderes Leben leben. Euch vor der Welt verschanzen, in der das Geld verdient wird, mit dem sich die Gesellschaft Müßiggänger wie euch leisten kann. Ihr seid so unverkennbar die Kinder eurer kleinbürgerlichen Eltern, dass man sich nur darüber wundern kann, für wen ihr euch zu halten scheint. Ihr palavert und giftet vielleicht so lange, bis ihr jeden Freigeist vertrieben habt, aber mehr tut ihr nicht. Zu mehr seid ihr nicht in der Lage. Mehr ist nicht drin bei euch. Batsch. Mit euch kann man's machen. Luschen. Ihr tut nichts, weil ihr die Wahrheit schon lange nicht mehr kennt, wenn ihr sie überhaupt je gekannt habt. Weil ihr nur noch dahindümpelt in eurer alternativen Selbstgefälligkeit. Weil man euch in den Arsch treten muss. Weil man euch wehtun muss, bis ihr begreift. Weil ihr erst in eine Situation geraten müsst, die euch nicht gefällt. Es muss erst bumm machen, bevor es bei euch klick macht!

Mich kennt kaum jemand hier auf dem Garagengelände, auch wenn ich alles gut im Blick habe. Ihr haltet mich für einen harmlosen Hifi-Nerd mit autistischen Zügen. In der Tankstelle stehen japanische Stereo-Verstärker von Luxman und Optonica, Boxenpaare aus Deutschland von Heco und Braun. Elektronik aus den Siebzigerjahren. Manchmal tüftle ich ein bisschen an den Anlagen rum. Dem glatzköpfigen Verwalter des Grundstücks hab ich aus Verlegenheit eine verkauft. Weil er mich ausgefragt hat, was ich in der Tankstelle so treibe.

Ich grüße nicht, als die kurzhaarige blondierte Frau durchs Tor auf mich zugelaufen kommt. Ihr Golf parkt direkt vor der Tür zur Tankstelle, die ich gerade öffne. Jeder Fleck des Garagenhofs ist als Stellplatz vermietet.

Kälte und ein modriger Geruch strömen mir entgegen. Im Licht, das durch die offene Tür fällt, gehe ich zur Werkbank und knipse die Halogenlampe an. Verschließe die Tür wieder, setze mich auf den Campingstuhl und hole den Notizblock hervor. Vergleiche noch mal die Zeiten. Vertiefe mich in den Plan. Durchdenke alles ganz genau. Gehe jede Einzelheit durch und finde keinen Ausweg. Die Varianz in den Abfahrtzeiten ist einfach zu groß. Ich muss mir etwas einfallen lassen. Obwohl ich weiß, dass die Situation nicht bis in jede Einzelheit planbar ist.

Und wenn es nicht nach Plan läuft? Wenn die Situation das Ruder selbst in die Hand nimmt? Ich ermögliche sie nur, aber die Situation ist unberechenbar. Das ist ihr Sinn, daran gibt es nichts zu zweifeln.

Bei dem Gedanken beginnt sich alles um mich herum zu drehen. Ich atme schwer. Kühle, klamme Luft. Und fühle mich unendlich allein. Herzstechen. Ich lege die flache Hand auf die Brust. Hole tief Luft. Kontrolliere mich wieder. Die Panik, den Schmerz. Und schon kommt die Energie meines Hasses zurück. Umarmt mich wie ein verlässlicher Freund.

Noch bemerkt ihr mich kaum, aber ihr werdet sehen, dass ich nicht so feige bin, nicht so inkonsequent und schwach wie ihr. Dass ich mich nicht länger selbst betrüge. Ich bin erwacht und will nicht müde werden, bis es getan ist. Ihr werdet die Konsequenzen eurer Handlungen spüren. Werdet sehen, dass sie nicht einfach machen können, was sie wollen. Dass nicht jeder ihre Scheiße schluckt.

Man muss nur wenige Punkte beachten: kein Gequatsche am Telefon, kein Internet und kein Bekennerschreiben. Ansonsten ist der Guerillakampf eine Spielwiese für einfallsreiche Einzelkinder, die gern Streiche aushecken.

Ich greife nach dem Wecker, der auf der Werkbank liegt. »Ein Casio«. Ich öffne das Gehäuse, schließe den Lötkolben an und löte die Anschlussstelle ab. Montiere die Klingel heraus, löte an ihrer Stelle das Kabel für den Stromkreislauf an und isoliere die Lötstellen. Ich kennzeichne den Plus- und Minuspol, damit sich die 1,5-Volt-Spannung der Weckerbatterie so an die Zündbatterien anschließen lässt, dass die Spannungen sich addieren. Danach bohre ich zwei Löcher in die hintere Plastikschale und führe die Kabel hindurch. Ich vergewissere mich, dass die Kabel das Uhrwerk nicht behindern, schließe das Gehäuse wieder und klebe die Kabel von außen mit Klebeband fest. Ich versuche, die Konzentration zu halten. Die Zweifel zu verdrängen. Nehme den Bausatz aus dem Regal und fange an, die Bauelemente auf der Platine zu montieren. Merke, dass ich noch immer fahrig bin, irgendwie beunruhigt. Ich zünde mir eine Zigarette an, ziehe zweimal und lege sie in den Aschenbecher.

Zuerst stecke ich die winklig abgebogenen Widerstände in die entsprechenden Bohrungen, biege sie 45 Grad auseinander und verlöte sie auf der Rückseite mit den Leiterbahnen. Meine Hände zittern, aber ich kriege es hin. Klopfe die Asche von der Zigarette ab, nehme noch einen tiefen Zug und drücke die Kippe aus. Ich stecke die Dioden in die vorgesehene Bohrung, biege sie auseinander und beginne, sie mit den Leiterbahnen der Schaltung zu verlöten. Während ich den Bauteildraht und die Leiterbahn an die Lötspitze halte, führe ich Lötzinn zu. Das wirklich Schwierige ist, das gelötete Bauteil mindestens fünf Sekunden lang nicht zu bewegen. Ein Nervenkrieg. Aber es gelingt und ich schneide die überstehenden Drähte ab.

Dasselbe jetzt mit den Kondensatoren. Zum Einstellen der Ansprechempfindlichkeit löte ich das Trimmpoti in die

Schaltung, dann setze ich die Transistoren ein. Bin mittlerweile ruhiger geworden und fast gedankenlos bei der Sache. Jetzt stecke ich die Lötstifte in die entsprechenden Bohrungen und verlöte sie auf der Rückseite. Etwas Lötzinn tropft dabei auf meinen Schuh und ich wedele mit dem Fuß, um es abzustreifen. Schließlich setze ich das Relais, einen Doppelschalter, ein. Dann ist der Wecker dran. Den mittleren der drei Anschlüsse des Relais versehe ich mit einem Draht, der zu einer der beiden Anschlussfedern der Uhr führt. Jetzt den zweiten Draht, der die zweite Spiralfeder der Uhr mit der Stelle in der Platine verbindet, in die die Basis des Transistors eingelötet wird. Fertig. Weckzeit einstellen und ... Ihr werdet es knallen hören. Meinen Schmerz spüren können. Meinen Zorn.

Ich spüre wieder das Rasen in meiner Brust. Kälte und Druck auf meinen Schläfen. Fühle, wie die Zweifel zurückkehren. Lehne mich im Campingstuhl zurück und fahre mir mit der Hand durchs Haar. Höre einen Moment auf zu atmen. Lausche in die Stille hinein. Sehe den Staubpartikeln im Lichtfleck der Lampe beim Fallen zu. Eine Ewigkeit. Auf einmal kommt mir alles so sinnlos vor. Es wird nicht funktionieren, wie beim letzten Mal. Nicht mit einer Zeitzündung.

Ich ziehe mein Handy aus der Jackentasche und schalte den Ton wieder ein. Checke die Anrufe. Höre die Mailbox ab.

10.

Es ist spät, als ich nach Hause komme. Josef schaut noch fern. Er steht auf und kommt mir entgegen. Der sonst so schweigsame Josef will reden. Über den Großvater, der ihn in seiner Hilflosigkeit ganz offenbar tief berührt hat. Das Problem ist, dass ich nicht reden kann und nicht reden will. Ich habe noch immer das Gefühl, als hielte ich Sabrina in den Armen und sie mich. Als würden mich noch immer ihre Lippen berühren, als schwebte auch jetzt noch ihr Duft um mich.

Ich bin den Weg hierher gegangen, ohne dass ich bemerkt habe, wohin ich ging, ohne wirklich ein Ziel zu haben. Zwischendurch bin ich mehrfach stehen geblieben, unschlüssig, ob ich wieder umkehren sollte oder nicht. Und dann war da die Frage aufgetaucht: Konnte ich überhaupt wieder zurückkehren in diese Wohnung, in dieses Leben? Und wenn ja, wie sollte es weitergehen, nachdem ich mit dieser Frau zusammen war? Wie sollte ich Kerstin begegnen, wie mit ihr sprechen, wie ihr ins Gesicht sehen, wie sie berühren?

Natürlich ist mir klar, dass jetzt die Welt nicht auseinanderbrechen wird. Dass Leute fremdgehen, passiert bekanntlich tausendmal an einem Tag in dieser Stadt, und doch ist mir, als hätte ich eine Grenze überschritten, die es mir nicht mehr ermöglicht, zurückzukehren in die Vergangenheit, in mein gemeinsames Leben mit Kerstin.

Sabrina bewohnt ein Zimmer in einem Hotel. Gar nicht weit entfernt, mitten in Friedrichshain. Sie sagt, dass sie noch keine Wohnung gefunden hat, und noch sei sie auch nicht ganz sicher, ob sie wirklich von Hamburg nach Berlin ziehen würde, auf lange Sicht. Das Zimmer bezahlt ihre Behörde, kein Problem also. Vom Fenster aus schaut man auf einen der alten Berliner Friedhöfe, den der Georgen-Gemeinde, auf der anderen Seite auf die backsteinernen Gebäude der alten Brauerei, des Böhmischen Brauhauses, das mal die größte Brauerei Berlins war und nun teils als Lagerhaus, teils als Ruine ihr Dasein fristet. Nur die sogenannte Neue Mälzerei wurde restauriert und schickt aus einiger Entfernung ruhiges Licht aus großen Fenstern herüber. Die Stille und die Dunkelheit des Friedhofs dringen durchs offene Fenster herein. Wir waren ganz für uns. Und nachdem wir uns geliebt hatten, waren wir selbst ganz still geworden.

Und nun, nun bin ich doch zurückgekehrt. Josef sagt, dass Kerstin schon schläft. Sie hat gewartet auf mich, aber sie wollte nicht anrufen. Er gibt mir ein Bier aus dem Kühlschrank und macht sich selbst eins auf. Er lehnt sich gegen den Küchenschrank, trinkt und schüttelt den Kopf. »Da will ich nie hinkommen« sagt er, und ich sehe seinem Gesicht an, dass er noch immer tief verunsichert ist über die Situation auf diesem Krankenhausgang und in dem winzigen Zweibettzimmer, in dem Kerstins Vater liegt. Hinter einer Spanischen Wand gibt es ein Waschbecken. Die beiden Schränke sind winzig, die Betten stehen keinen Meter voneinander entfernt.

Josef atmet tief ein. »Ich würde das nicht aushalten«, sagt er. Ich lege die Hand auf seine Schulter und spüre, dass er noch immer dünn ist, seine Schulter ist die eines Jungen. Knochig und irgendwie zerbrechlich.

»Hoffen wir, dass dein Großvater bald entlassen wird«, sage ich. Mir fällt nichts anderes ein. Ich murmle etwas von »sehr müde« und trinke mein Bier aus.

Wir reden noch über das Studium und über irgendeine Freundin. Ich merke, dass ich kaum zuhören kann. Ich möchte weglaufen. Meine Ruhe haben. Ich möchte heulen. Ich möchte schlafen.

Es ist schon fast zwei Uhr, als ich mich hinlege. Vorsichtig. Kerstin atmet ruhig. Kaum habe ich die Augen geschlossen, da leuchtet das Display meines Handys auf. Ich schrecke hoch, fasse nach dem Telefon, stehe wieder auf und verlasse den Raum.

Sabrina hat mir eine SMS geschickt. Sie schreibt, dass es schön war und dass sie mich noch immer umarmt und dass sie einsam ist jetzt. Soll ich ihr antworten? Ich tippe die ersten Buchstaben ein. Dann lösche ich sie wieder.

Plötzlich fällt mir das Gesicht wieder ein. Mein Gesicht auf dem Monitor. War das eine Täuschung? Ein Spiegelbild?

Eher unwahrscheinlich. Aber warum ist der Bildschirm überhaupt wieder angegangen? Sabrina hatte den Computer heruntergefahren, der Bildschirm war erloschen. Wir verließen gerade das Zimmer, alles war still. Und dann das Bild. Warum hat Sabrina ein Bild von mir in ihren Dateien? Und warum eins, das offenbar vor Jahren aufgenommen wurde? Ich verfalle auf eine ganz simple Erklärung. Sabrina hat sich in mich verknallt und im Netz nach Bildern von mir gesucht. Hat sich eins heruntergeladen. Einfach so. Das klingt gut, denke ich, und merke, dass ich nun noch weniger bereit bin, zurückzugehen und mich neben Kerstin schlafen zu legen.

Ich muss mich verdammt noch mal ablenken. Der Fall. Es gibt ein paar Hinweise auf das islamistische Spektrum, auf mögliche rechtsradikale Zusammenhänge. Aber bis auf die Zeichnung, die schon vor dem Anschlag im Netz war und die zumindest darauf hindeutet, dass es einen Zusammenhang zum Tatort gibt, weist nichts auf verwertbare Spuren hin. Wir haben eine Engelsfigur, die wir nicht zuordnen können und von der wir nicht einmal wissen, ob sie überhaupt etwas zu bedeuten hat. Wir haben den Toten identifiziert. Wir wissen, dass jemand kurz vor der Explosion am Tatort war. Wir haben bei dem Opfer einen auseinandergebauten Wecker gefunden, der Sprengsatz war mit einer Zeitzündung versehen. Die Sprengladung bestand aus den typischen herkömmlichen Chemikalien. Hinweise, wer diese wo besorgt hat, liegen bislang nicht vor. Es gibt Hinweise darauf, dass der Tote zum linksradikalen Milieu gehört haben könnte. Wahrscheinlich wäre es sinnvoll, die Kontakte des Toten in die Szene hinein genauer unter die Lupe zu nehmen.

Mein Handy leuchtet erneut auf. Sabrina schreibt, dass sie eben eine Liste bekommen hätte, die Namen und Adressen von Personen nennt, die mit dem Toten in Kontakt standen. Ich starre auf das Display. Das gibt es doch gar nicht! Ich drücke auf die Wahlfunktion. Sabrina meldet sich sofort.

»Es sind neunzehn Personen, die zumindest mittelbar Kontakt mit Garenbusch hatten und in unseren Karteien geführt werden.«

»Als potenzielle Gewalttäter?«

»Sie haben jedenfalls alle irgendwelche Straftaten begangen. Angriffe auf Beamte, Molotowcocktails, Autos in Brand gesteckt, die ganze Palette.«

»Das heißt, die müssen wir alle befragen.«

»Wir sollten uns jedenfalls in diesem Milieu umschauen.«

»Gleich?«

»Von mir aus ... Nein, lass uns drei, vier Stunden schlafen, dann treffen wir uns und überlegen, wie wir vorgehen. Oder du kommst gleich zurück, was die Sache natürlich einfacher machen würde. Dann schlafen wir hier und können zusammen frühstücken. Das Hotelfrühstück ist gar nicht schlecht.«

Ich überlege kurz. Dann sage ich ruhig: »Gut. Ich komme.«

Sabrina lacht kurz auf. Ist das ein glückliches Lachen?

Ich sage noch: »Ich kann eh nicht schlafen.«

Dann drücke ich das Handy aus. Ist das der endgültige Anfang vom Ende? Noch kann ich ins Schlafzimmer gehen und mich zu Kerstin legen. Kann versuchen, ruhig zu werden, nachzudenken, abzuwägen. Noch kann ich zurück. Wenn ich jetzt gehe, wird es dann noch ein Zurück geben?

Als ich die Wohnungstür öffne, ist plötzlich Josef da.

»Kannst du auch nicht schlafen? Was ist denn los?«

Ein letztes Zögern. »Ich muss. Es gibt neue Erkenntnisse. Dieser Anschlag. Wir müssen eine Wiederholung verhindern.«

Josef schaut mich prüfend an. Dann nickt er. »Klar.«

Es ist kurz nach zwei. Man möchte meinen, dass es Zeit wäre, dass die Stadt langsam zur Ruhe kommt. Aber die Frankfurter Allee ist noch immer nicht still. Ich stehe da und weiß nicht weiter. Ich müsste jetzt nach rechts gehen. In die Petersburger Straße einbiegen. Aber ich zögere. Ich wende mich nach links, überquere die Straße. Unter mir die U-Bahn, die U 5 , die ihren Weg von Hönow bis zum Alexanderplatz nimmt und die in den nächsten Jahren bis zum Kanzleramt und zum Hauptbahnhof führen soll. Ein Vorhaben, das niemand so recht begreift. Offenbar waren da irgendwo ein paar hundert Millionen übrig? Die U 5 ist eine richtige Ost-Bahn, schon deshalb, weil sie den großen Plattenbaubezirk Hellerdorf und in gewissem Sinne auch Marzahn mit Mitte verbindet. Auf ihrem Weg passiert sie auch Lichtenberg und Friedrichshain, die ganze lange Strecke vom S-Bahnhof Frankfurter bis hinauf zum Alex. Für die Friedrichshainer also eine Verbindung zur Welt.

Wenig später bin ich in der Mainzer Straße. Ich gehe vorbei an den vielen kleinen Cafés, die in den letzten Jahren hier entstanden sind, an Kneipen, den Geschäften, die inzwischen mit ihren Angeboten den Kiez ausmachen. Mode, Stoffe, Spielsachen, Bücher. Die Straße ist still. Ich höre meine Schritte. In meinem Kopf geht es wild durcheinander. Fast scheint es, als würde es mein Gehirn zerreißen, so wie ich selbst ganz und gar zerrissen bin. Und diese Frage, auf die ich keine Antwort weiß. Warum habe ich das getan, warum hat mich Kerstin, die Vertrautheit, die Nähe zu ihr, nicht halten können, warum hält sie mich auch jetzt nicht? Eine Gruppe junger Leute kommt mir entgegen. Eine Frau lacht laut und fröhlich, eine Flasche kracht gegen eine Hauswand und zerspringt in tausend Scherben. Die Leute ziehen an mir vorbei, fragen, ob ich nicht mitkommen will, da gibt es noch einen Club, der hat grad aufgemacht. Ich höre, dass es Berliner sind. Keine Touristen, die hier sonst in Massen unterwegs sind.

Eines der vielen neuen Cafés hat die Tür sperrangelweit geöffnet. Drin viele Menschen. Ich trete näher. Auf einem Plakat steht: »Lesung von Synn Nischtke: Das Paradies – sonst nichts«. Der Termin ist längst vorbei. Man kann hören, dass drin Livemusik gespielt wird. Ich dränge mich unter die Leute.

Vor einigen Monaten war ich mit Kerstin in diesem Café. Es wird von zwei Frauen aus den Niederlanden betrieben. Sie backen Kuchen und frisches Brot, kochen Kaffee oder Tee. Muntere Frauen, die uns sofort in ein Gespräch verwickelten.

Damals dachte ich, dass es wirklich ein großer Gewinn ist für unser Viertel, dass jetzt überall diese kleinen Läden entstanden sind und die unzähligen Restaurants. Manchmal, wie auch hier, mit einfachsten Mitteln. Alte Holztische, Stühle irgendwie zusammengesammelt, auf dem Trödelmarkt erstanden, dazu eine wirklich gute Kaffeemaschine, guter Kaffee und Spaß daran, Gäste zu empfangen – das ist das Rezept, und siehe da, es geht auf. Wir sind nicht noch einmal hier gewesen, obwohl wir immer wieder gesagt haben, dass wir hergehen sollten. Ich hatte keine Zeit. Meistens hatte ich keine Zeit. Oder war das auch wieder nur so eine Ausrede?

Der junge Mann vorn auf der kleinen Bühne spielt Akustikgitarre und singt dazu mit ruhiger, tiefer Stimme. Eine Art Sprechgesang mit Gitarrenbegleitung. Die Leute sind trotz der späten Stunde aufmerksam und kleben an seinen Lippen, als hätte er wirklich etwas zu sagen. Der Text handelt vom Verhältnis der Menschen zu der Zeit, die ihnen zur Verfügung steht. Wie viel Zeit wird damit vertan, Dinge zu tun, die eigentlich unnötig sind. Wie viele Minuten und Stunden bringen wir damit zu, etwas herzustellen, einzukaufen, einzuräumen, auszuräumen, bevor all das wieder verschwindet? Zum größten Teil unbenutzt, niemals wirklich gebraucht. Nach jeder Strophe die Frage, ob es sinnvoll ist, die Zeit auf diese Weise aufzubrauchen. So wie man sich fragen kann, weshalb in dieser Stadt von den hundert Prozent Lebensmitteln, die hergestellt werden, über vierzig Prozent einfach so, wie sie aus der Produktion kommen, weggeworfen, verbrannt, auf Müllhalden gefahren und bestenfalls zu Tierfutter verarbeitet werden, für Tiere, aus denen man wieder neue Lebensmittel fertigt, die verbrannt, weggefahren oder zu Tierfutter verarbeitet werden.

Die Leute im Café hören nachdenklich und still zu, und als der Song zu Ende ist, klatschen sie, als wäre gerade etwas zum Ausdruck gebracht worden, das ihnen sehr am Herzen liegt. Natürlich eine Mode, solche Texte zu singen, und es ist eine Mode, sich so etwas anzuhören. Nichts wird sich ändern, gar nichts. Vielleicht ist es sogar noch schlimmer, dass es solche Moden gibt, weil sich damit Leute ein besseres Gewissen machen.

Zehn Minuten später stehe ich auf der Modersohnbrücke, der gar nicht mehr heimlichen Partymeile in Friedrichshain. Hier sitzen auch um diese Zeit noch um die hundert Menschen. Ein Lagerfeuer brennt, jemand betreibt einen kleinen Grill und verkauft Bratwürste. Drei, vier Fotoapparate sind aufgebaut. Ich weiß, dass es in ist, hier den Sonnenaufgang zu fotografieren oder die fahrenden S-Bahnen oder das Ostkreuz, das man in einiger Entfernung sehen kann. Aber auch der Blick in die entgegengesetzte Richtung ist imposant. Da sind die Lichter des S-Bahnhofs Warschauer Straße und links daneben die des U-Bahnhofs. Darüber, wie in der Luft hängend, dieses seltsame Glasviereck auf dem alten NARVA-Gebäude, das auch jetzt blass erleuchtet ist. Vor der Wende wurden dort Glühbirnen hergestellt. Für das ganze Land und viele andere. Am Fließband, auch für den Westen. Tausende von Arbeiterinnen und Arbeitern waren hier im Dreischichtrhythmus beschäftigt. Die Ströme bei Schichtwechsel durch die Werktore hinein und hinaus waren beachtlich.

Und gleich vor der Brücke das Gelände des ehemaligen RAW. Bis 1994 sind hier die Züge der Reichsbahn auf Vordermann gebracht worden. Einer der Industriestandorte in Friedrichshain, der damals wesentlich das Gesicht des Bezirks geprägt hat. Später sind hier vor allem Künstler eingezogen und Leute aus der Anarcho-Szene. Sie hatten das leere, riesige Areal besetzt. Niemand hinderte sie daran. Inzwischen hat es irgendein Investor gekauft, von dem niemand weiß, was er damit machen will. Noch ist das ganze

Areal fest in der Hand von unzähligen Leuten, die hier Geschäfte machen oder sich kreativ betätigen. Was dabei herauskommt, kann man an den Wänden sehen: große Graffitis, grelle Buntheit, Schwarzweißbilder. An manchen Tagen ist Markt. Trödel, neueste Mode, Bilder, Keramik, inzwischen ein Treffpunkt auch für Touristen, die etwas Ausgefallenes suchen. Daneben ein paar Kneipen und ein englischer Bus. Knallrot, man kann dort Getränke kaufen, darunter auch Bier irgendeiner Hausbrauerei.

Jetzt liegen die Hallen, die teilweise ohne Dach sind, im Halbdunkel. Leise dringt Technomusik herüber. Licht flackert. Davor, eingezäunt und von Gebüsch umwuchert, stehen die Reste einer Wagenburg. Wir hatten hier schon diverse Einsätze. Mal ging es um Menschenhandel, mal um Betäubungsmittel, mal wurde ein Gewalttäter gesucht. Eine wirklich unangenehme Gegend, in die man auch am Tage nur ungern geht.

Ich schaue mich um. Die Stimmung auf der Brücke ist entspannt. Man redet, lacht, trinkt aus den kreisenden Flaschen. Manche verbringen die Nacht hier, weil sie sich kein Hotel leisten können, manche kommen her, weil sie hier andere treffen. Manche verkaufen Gras oder diskutieren über neue Filmideen. Auf der Modersohnbrücke sind die unterschiedlichsten Leute versammelt. Touris und Anwohner, vor allem natürlich junges Volk, aber auch welche in meinem Alter.

Ich habe Lust, mich dazuzusetzen, auf das Pflaster oder auf die metallenen Rohre, die auf der einen Seite der Straße verlaufen. Einfach fallen lassen. Alles vergessen, irgendwie abschalten. Aber dann fällt mein Blick wieder auf den Bahnhof, auf das Ostkreuz. Ich mache mich wieder auf.

Als es hell zu werden beginnt, stehe ich auf Bahnsteig B. Inzwischen ist hier schon Hochbetrieb. Unzählige Leute eilen die Treppen hinauf und hinab. Drängen an mir vorbei in die Bahnen, steigen aus ihnen aus. Berufsverkehr. Die jetzt unterwegs sind, das sind die Arbeiter, Maler, Maurer, Leute, die in den wenigen Berlin noch gebliebenen Industrieanlagen schuften. Krankenschwestern, Betreuungspersonal, Putzkräfte und Kitaerzieherinnen. In einer Stunde wird sich das Bild ändern. Dann kommt der zweite Schub, die Büroleute, die zwischen sechs und sieben ihre Arbeit beginnen. Und noch später dann die Bankangestellten, die Lehrer, die von den öffentlichen Behörden und die unzähligen Verkäufer und Verkäuferinnen, die zwischen acht und zehn anfangen. Und noch später die Touristen.

Vor ein paar Jahren waren die Züge in Richtung Westen am Morgen rappelvoll und am Abend in umgekehrter Richtung. Doch das hat sich inzwischen verändert. Die Bahnen sind in beiden Richtungen voll. Es gibt kaum mehr Unterschiede.

Da ist es wieder. Dieses Gefühl, als würde mich jemand beobachten. Für einen winzigen Augenblick sehe ich die Silhouette einer männlichen Person, die hinter einem der Kioske auf dem Bahnsteig verschwindet. Rasch gehe ich auf den Kiosk zu. Doch der Mann ist verschwunden. Vielleicht bin ich einfach nur müde? Vielleicht hält mich mein Kopf zum Narren angesichts meiner verwirrten Emotionen. Aber dann fällt mir ein, dass es durchaus sein kann, dass Sabrinas Leute den Bahnhof wenigstens zu den Stoßzeiten überwachen. Und der Schlapphut hat mich ganz einfach nur erkannt und das Weite gesucht.

Ich verlasse den Bahnhof wieder. Auf dem Platz davor zwitschern bereits die Vögel. Die türkische Bäckerei an der Ecke hat schon wieder oder immer noch geöffnet. Ich überlege, ob ich mir einen Kaffee holen soll, setze mich aber erst mal erschöpft vom vielen Laufen auf eine der Bänke. Mein Blick wandert über den noch nahezu menschenleeren Platz und ich denke an das Hotel und an Sabrina. Während ich in die Wipfel der Bäume starre, habe ich sie vor Augen, als würde sie direkt vor mir stehen. Dann muss ich irgendwie eingenickt sein.

11.

Als mich das Klingeln meines Handys weckt, ist es plötzlich taghell. Es ist Franz. Er wirkt ziemlich aufgeregt. Eine Meldung sei reingekommen, es geht um eine Schule in Friedrichshain. Die Schulleiterin hätte sich an die Polizei gewandt. Angeblich seien Zeichnungen entdeckt worden. Zeichnungen, die den Bau von Sprengsätzen darstellen. Sofort macht sich ein mulmiges Gefühl in meiner Magengegend bemerkbar. Ich frage nach, um welche Schule es sich handelt. Es ist die, an der Kerstin unterrichtet. Franz sagt, dass er hinfahren wird. Ich schneide ihm das Wort ab. Nein, ich werde fahren. Ich bin eh unterwegs und ganz in der Nähe. Franz reagiert beinahe beleidigt. Wahrscheinlich hatte er sich einen tollen Auftritt erhofft, da in der Schule, als Polizeikommissar.

Ich mache mich auf in die Rigaer Straße. Das Schulgebäude ist imposant, mit einem geradezu tempelartigen Eingang. Ein Säulenportal. Früher baute man solche Schulen, allerdings nicht für alle. Ich frage mich, wie sich junge Menschen fühlen, die heute in so eine Schule gehen.

Die Schulleiterin, eine kleine rundliche Person, empfängt mich sichtlich aufgeregt am Hauseingang. Es ist schon seltsam, dass manche Leute einen Namen haben, der absolut zu ihrer äußeren Erscheinung passt. Die Frau heißt Kleinkugel und geleitet mich in ihr Büro. Unterwegs begegnen uns unzählige Schüler, die, anders als die Schulleiterin, völlig entspannt durch das Schulhaus gehen. Ich höre Lachen, Murmeln, Schreien. Manche der jungen Leute schauen eher müde als neugierig zu mir herüber. Offenbar ist das Auffinden der Zeichnungen noch kein Thema hier. Ich halte Ausschau nach Kerstin. Aber ich sehe sie nicht.

Frau Kleinkugel ist mir schon einmal begegnet, auf einer Weihnachtsfeier des Kollegiums, aber offenbar erinnert sie sich nicht an mich. Ich zeige ihr nur kurz meinen Ausweis, sie nimmt ihn kaum wahr. In ihrem Büro steht ein Lehrer, ein hochgewachsener, geradezu dürrer Mensch, der wahrscheinlich erst seit Kurzem seinen Beruf ausübt. Lorenz, stellt er sich vor. Er ist der Stellvertreter der Direktorin. Die Schulleiterin schließt sorgsam hinter uns die Tür und holt die fünf Blätter, um die es geht, aus einer Schublade des Schreibtischs. Sie breitet sie vor mir aus, als handele es sich um Beweisstücke. Sie zählt sie vor von eins bis fünf. Sie sind mit Tesafilm zusammengeklebt, nachdem sie offenbar zuvor in Viertel zerrissen wurden. Es sind tatsächlich detaillierte Darstellungen: Sprengladungen mit Zeitzünder, mit Fernzünder, per Funk und per E-Leitung oder auch mit Lunten. Sogar ein Molotowcocktail ist dabei. »Benzin, Flasche halb voll. Getränktes Tuch. Fest verstopfen«, steht daneben. In Klammern: »Auch Waschbenzin/Feuerzeugbenzin«. Da hat sich jemand möglicherweise auch über die Beschaffung Gedanken gemacht.

Die Frau wartet meine Fragen nicht ab. Sie ist aufgeregt, aber klar und gut vorbereitet.

»Wir haben die Papiere in einer Toilette gefunden«, sagt sie, »eine Putzfrau. Sie hat den Abfallkorb mit den benutzten Papierhandtüchern entsorgen wollen. Dabei ist eine der Tüten gerissen und der Inhalt herausgefallen, darunter die zerrissenen Blätter. Die Frau ist sehr aufmerksam und hat sich die Darstellungen angesehen.«

Ich wundere mich. »Wie kann eine Putzfrau die mögliche Brisanz solcher Zeichnungen erkennen? Sie hätte ja auch davon ausgehen können, dass es sich um Darstellungen aus dem Chemieunterricht handelt?«

»Wir diskutieren hier seit einigen Tagen die Haltungen einiger unserer Schüler«, mischt sich der Dünne ein, »das gesamte Kollegium ist zur Zeit sehr aufmerksam.«

Frau Kleinkugel nickt. »Ja«, sagt sie, »allerdings glauben wir nicht, dass irgendein Schüler eine Straftat begangen hat oder begehen wollte. Wir wollen nur präventiv handeln. In diesem Zusammenhang haben wir auch unser Servicepersonal angewiesen, zurzeit besonders aufmerksam zu sein. Aber das sind, wie gesagt, rein präventive Maßnahmen.«

»Wir haben hier auch keine auffälligen Schüler oder gar Islamisten, wenn Sie verstehen, was ich meine«, erklärt der Kollege, »das sind alles ganz prima Jugendliche.«

»Und weshalb haben Sie sich dann an die Polizei gewandt?«

Frau Kleinkugel zieht die Stirn in Falten. »Wir dachten, sicher ist sicher. Und vielleicht können Sie uns einen Rat geben, wie wir vorgehen sollen.«

Das ist so typisch, denke ich. Hübsch die Verantwortung weiterreichen, so nach dem Motto, wir haben es ja gemeldet, an uns hat es nicht gelegen. Aber das behalte ich lieber für mich und frage: »Gibt es Hinweise, wer das gezeichnet haben könnte?«

Die beiden schütteln die Köpfe. Und ich habe nicht übel Lust, jetzt einfach den Raum zu verlassen. Die haben garantiert drei, vier Jugendliche im Blick, denen sie das zutrauen. Aber man denunziert ja niemanden. Vielleicht bekommt man deren Eltern auf den Hals, wenn man falsch gelegen hat oder wenn sich die Sache am Ende als Flop erweist.

»Also gut«, sage ich und hole meine Handschuhe aus der Jacke, ziehe sie an und schiebe die Blätter in eine der Plastiktüten, die ich immer bei mir habe. »Dann schaue ich mich mal um.« Die beiden sehen sich unsicher an. Haben Sie damit nicht gerechnet? Frau Kleinkugel murmelt noch etwas von »Der Schulrat ist gleich hier …«, aber ich warte nicht und verlasse den Raum. Im selben Augenblick erklingt eine ruhige Musik in den Fluren. Ich ahne, dass das einer der neuen Klingeltöne ist, die den Beginn der nächsten Unterrichtsstunde ankündigen oder aber die Jugendlichen informieren soll, dass die Pause in Kürze zu Ende ist. Fakt ist, die Musik führt zu keinerlei Veränderung. Die Jugendlichen sitzen auf Fensterbänken und Treppenstufen, lehnen an Wänden, schubsen sich, lachen, reden, knutschen. Alles geht einfach weiter.

Zum Glück sehe ich Kerstin, sie kommt mir eben auf dem Flur entgegen, ein dickes Bündel Papier unterm Arm, in der anderen ihre obligate Tasche. Sie schaut mich erstaunt an.

»Was machst du denn hier?«

Ich merke, wie gern ich ihr jetzt ganz unvoreingenommen begegnet wäre. Einfach so, als wäre nichts passiert. Stattdessen bemühe ich mich um ein angemessenes Lächeln, ziehe die Augenbrauen hoch und sage:

»Womöglich hattest du mit deinen Sorgen recht. Jemand aus der Schule beschäftigt sich anscheinend mit dem Bau von Sprengladungen.«

Ich zeige ihr die oberste Zeichnung in der Plastikhülle. Ihr Gesicht wird blass. Sie schaut mich fassungslos an. Dann zieht sie mich weiter und wir finden uns Sekunden später im Lehrerzimmer wieder. Die anwesenden Kolleginnen schauen verwundert auf. Ich erkenne zwei von ihnen, sie nicken mir fragend zu. Ich lege einfach die Folie auf den Tisch, frage, ob sich jemand vorstellen kann, dass einer oder mehrere Jugendliche derlei Zeichnungen angefertigt haben könnten. Vielleicht aus dem Internet runtergeladen und nachgemalt. Vielleicht sogar eigene Erfindungen. Die Lehrerinnen beugen sich über die Zeichnung. Schütteln unsicher die Köpfe. Das wirkt ehrlich. Eine der Frauen zuckt mit den Schultern. Dann sagt sie zu Kerstin: »Hattest du nicht Probleme mit einigen deiner Schüler nach diesem Ostkreuz-Anschlag?«

Kerstin verdreht die Augen. »Das heißt doch nicht, dass die wirklich solche Planungen machen. Wer weiß, vielleicht haben die ein bisschen rumgesponnen, haben überlegt und waren dann irgendwie auch noch stolz darauf, dass sie so was gemalt haben.«

»Gut«, sage ich, um die Sache abzukürzen, »ich werde jetzt ganz einfach mit in die Klasse gehen und die Jugendlichen fragen.« Kerstin nickt nachdenklich. »Das wäre sicher ein Weg, um die Dinge klarzustellen.«

Als wir unterwegs zum Klassenzimmer sind, frage ich noch nach den Namen derjenigen, die in dieser Richtung aktiv sein könnten. Kerstin nennt mir widerwillig die Vornamen: Mirco, Ramon, Marcus. Eigentlich intelligente Jungen. Nur eben ein wenig renitent in letzter Zeit. Und alle drei haben ordentliche, gut betuchte Elternhäuser.

Die gut zwanzig Jugendlichen mustern mich mit Interesse, aber auch mit ausgesprochener Skepsis. Ich stelle mich als Hauptkommissar der Kripo vor und lege ohne viel Umschweife die Karten auf den Tisch.

»Wer von Ihnen beschäftigt sich derzeit mit Sprengstoff und dem Bau von Sprengladungen? Beziehungsweise mit entsprechenden Zündvorrichtungen?«

Schweigen. Einige schauen erschrocken. Blicke huschen von einem zum anderen, offenbar wissen hier einige sehr genau, was ich meine. Aber niemand meldet sich. Ich lasse einige Sekunden vergehen. Dann hebe ich kurz meine Plastiktüte mit den Zeichnungen hoch. »Die wurden heute Morgen zufällig auf einer Schultoilette gefunden. Und Ihre Schulleiterin macht sich Sorgen, dass da jemand über etwas nachdenkt, was möglicherweise ernsthafte Probleme machen könnte.«

Einer der Jungen, der sehr nachdenklich wirkt, lehnt sich zurück. »Ist das Anfertigen einer solchen Zeichnung eine Straftat?«

Ich wusste, dass diese Frage kommen würde. Ich setze mich schräg auf den Tisch ganz vorn.

»Das kommt darauf an.« Betont ruhig blicke ich in die Runde. »Darauf nämlich, zu welchem Zweck diese Zeichnungen angefertigt wurden. Die bloße Darstellung ist keine Straftat, eine damit verbundene Umsetzungsplanung schon. Und die Verbreitung, also zum Beispiel die Weitergabe an andere zur späteren Planung und Umsetzung, auf jeden Fall.«

Der Junge lächelt nun doch etwas herausfordernd.

»Das kann doch niemand ermitteln. Ich meine, wie soll man herausfinden, zu welchem Zweck die Zeichnungen gemacht wurden.«

»Na ja, erstens könnten Zeugen auf Pläne hinweisen. Man könnte entsprechende Gegenstände finden, die erkennen lassen, dass bereits mit der Umsetzung der Planung begonnen wurde. Es ist gar nicht so schwer, so etwas nachzuweisen, glauben Sie mir.« Ich lasse meine Worte wirken. Der Junge ist unruhig geworden, sein Grinsen wird jetzt eine schiefe Grimasse. Ich sage ganz sachlich in seine Richtung: »Wissen Sie etwas Genaueres?«

Der Bursche reißt die Augen auf. »Ich?! Nein! Wie kommen Sie denn darauf?!«

Kerstin hat ihre Klasse die ganze Zeit beobachtet. Ich spüre, wie angespannt sie ist. Sie verschränkt die Arme vor der Brust. »Leute, passt auf, das hier ist nun wirklich kein Spaß mehr. Es ist ein Unterschied, ob wir uns über bestimmte Auffassungen streiten oder ob jemand einen Anschlag zu planen beginnt. Am besten wäre es, wenn die Sache jetzt aus der Welt geschafft wird.«

Niemand rührt sich. Ein Mädchen sagt: »Und wenn es niemand von uns war?«

Ich nicke. »Wenn es hier niemand war, dann muss ich woanders weitersuchen. Fakt ist, dass ich denjenigen finden muss, damit wir sicher sein können, dass sich hier niemand in etwas verrennt, was nicht nur ihm oder ihr großen Schaden zufügen kann. Also?«

Schweigen.

»Okay, lassen wir es dabei. Ich schreibe jetzt meine Telefonnummer an die Tafel. Jeder kann sie notieren. Wenn jemand mit mir reden will, dann kann er sich melden.«

»Wir denunzieren hier niemanden«, meldet sich das Mädchen erneut.

»Das erwarte ich auch nicht. Aber vielleicht meldet sich ja der, den ich meine. Wir können reden. Vielleicht ist die Sache gar nicht so problematisch wie gedacht.«

Ich schaue noch einmal in die Runde.

Plötzlich sagt der Junge von vorhin: »Sind Sie der Mann von Frau Martaler?« Kerstin und ich schauen uns kurz an.

Ich nicke. »Das ist Zufall und hat nichts mit der eben behandelten Sache zu tun. Ich bin nun mal mit dem Fall, also diesem Anschlag am Ostkreuz, beschäftigt, und deshalb gehe ich jedem Hinweis nach.«

Als wir wieder auf dem Flur stehen, ist kein Mensch zu sehen. Wir hören die Klasse hinter der geschlossenen Tür wild diskutieren. Kerstin ist noch immer ganz blass.

Sie sagt: »Ramon, also der Junge, der dich gefragt hat, ich glaube, der könnte die Zeichnungen gemacht haben. Aber er würde so etwas nie in die Tat umsetzen, also niemals wirklich so was bauen.«

Ich nicke. Wir schweigen eine Weile, stehen am Fenster des Flurs und schauen hinaus. Direkt gegenüber liegen die Bahngleise. Eine S-Bahn rollt vorüber. Nur leise dringen die Fahrgeräusche herüber.

»Was wirst du jetzt machen?«, fragt Kerstin.

»Ich weiß es noch nicht. Am besten wäre es, dieser Ramon meldet sich bei mir, dann könnten wir die Sache vielleicht wirklich aus der Welt schaffen. Ansonsten wird es eine große Aktion geben. Wir werden alle Schüler befragen müssen.«

»Ich werde versuchen, Ramon dazu zu bringen, dass er redet. Ich kenne seinen Vater recht gut, der lässt nichts auf seine Söhne kommen. Der jüngere ist auch hier an der Schule.«

»Vielleicht werde ich auch mit dem Vater reden müssen und mit dem Bruder, und dann könnte es sein, dass wir uns Ramons Zimmer anschauen. Du musst nur eins bedenken: Wenn er oder eine Gruppe von Jugendlichen doch etwas vorbereiten, dann wird das echt bitter. Und zwar für alle.«

Ich wende mich zum Gehen. Aber dann frage ich mich plötzlich, ob ich Kerstin jetzt einfach so stehen lassen kann. Kerstin ist offenbar genauso verlegen wie ich.

»Max«, sagt sie, »was ist mit dir?«

Ich drehe mich langsam wieder um. Soll ich lügen, soll ich abwiegeln, soll ich die Wahrheit sagen, soll ich etwas faseln wie ›Ich bin irgendwie durcheinander, lass mir etwas Zeit‹? Ich weiß es nicht. Und dann sage ich doch wieder, was ich eigentlich nicht sagen will:

»Der Fall macht mich irgendwie nervös. Ich habe das Gefühl, ich bin bislang keinen einzigen Schritt weitergekommen. Ich kann nicht schlafen. Ich kann überhaupt nicht mehr richtig denken.«

Kerstin schaut mir in die Augen. Und das macht mich noch nervöser. Ich schaue wieder zum Fenster hinaus. Und dann sagt Kerstin ganz ruhig:

»Max, ich glaube dir nicht.«

Noch ehe ich etwas entgegnen kann, noch ehe ich die Traurigkeit in ihrer Stimme in ihrer ganzen Bedeutung begreifen und fühlen kann, hat sich Kerstin umgewandt und ist in ihrem Klassenzimmer verschwunden. Die Tür schließt sich leise.

Kiesewetter sitzt wie immer kerzengerade aufgerichtet am Konferenztisch und schaut die Anwesenden auffordernd an.

»Meine Damen, meine Herren, ich werde von verschiedenen Seiten bombardiert! Ich wähle diesen Ausdruck nicht gerne, aber er entspricht am ehesten dem, was ich zurzeit ertragen muss. Presse, die Vorgesetzen, die Politik. Und was haben wir zu bieten? Nichts!«

Sabrina schaut zu mir herüber. In ihren Augen sitzt wieder ein Lächeln. Ihre drei Kollegen scheinen sich zu langweilen.

Kiesewetter sieht zu Sabrina. »Und Ihre Abteilung?«

»Wir ermitteln nach wie vor in alle Richtungen. Aber wollen uns Ihre Mitarbeiter nicht vielleicht in Kenntnis setzen, was es mit dem Vorfall in dieser Schule auf sich hat?«

»Kein Problem.« Kiesewetter nickt mir zu. »Max, bitte!«

Ich habe die Zeichnungen aus der Schule inzwischen digitalisiert und werfe sie per Beamer an die Wand.

»Diese Bilder stammen aus besagter Schule. Wahrscheinlich von einem Jugendlichen gezeichnet, der in die zwölfte Klasse geht. Eine Reinigungskraft hat sie in einem Abfallkorb für benutzte Papierhandtücher gefunden. In einer Jungentoilette. Die Blätter waren zerrissen, die Schulleiterin hat sie mit Tesa zusammengefügt. Ich habe mit einer Klasse gesprochen, in der Jugendliche dafür in Frage kämen. Bis jetzt halten die Jugendlichen dicht, aber ich vermute, es wird nicht mehr lange dauern, bis der Damm bricht. Ansonsten würden Franz und ich heute Nachmittag bei Schulschluss dort noch mal aufschlagen. Und wenn das nicht hilft …«

Franz unterbricht mich. »… dann gehen wir zum Angriff über und drohen damit, die Eltern der Jugendlichen zu befragen. Wir vermuten, das wird ein handfestes Argument sein. Es sei denn«, Franz schaut in die Runde, »es sei denn, diese Zeichnungen haben eine größere Bedeutung, als wir bislang annehmen, und sind tatsächlich Vorlagen für den Bau von Sprengladungen.«

Einer von Sabrinas Leuten plustert sich auf. »Und wieso haben wir bislang keine Kenntnis davon? Was, wenn die Jugendlichen tatsächlich dahinter stecken und die Zeit dazu nutzen, alle Spuren zu verwischen? Wieso haben Sie uns nicht informiert?!«

Franz schaut irritiert zu Kiesewetter. Und Kiesewetter tut etwas, was ich ihm nicht zugetraut hätte. Er sagt: »Da vertraue ich ganz und gar dem Kollegen Martaler, der hat ein Gespür für solche Zusammenhänge. Und er wird Gründe dafür haben, die Sache zunächst selbst zu prüfen, habe ich recht?« Er beugt sich vor und fügt hinzu: »Außerdem habe ich den Eindruck, dass Frau Zielinski und Herr Martaler sehr eng zusammenarbeiten. Oder trügt hier der Schein?«

Sabrina bemüht sich, ein ernstes Gesicht zu machen. Ich würde am liebsten lachen. Kiesewetter merkt aber auch wirklich gar nichts. Ich gebe mir Mühe, so ruhig und ernsthaft wie nur möglich zu erscheinen, und sage:

»Ich denke, das, was Kollege Kiesewetter im Hinblick auf die wahrscheinliche Bedeutung der Zeichnungen gemeint hat, dürfte zutreffen. Die Bilder werden wahrscheinlich keinen ernsthaften Hintergrund haben. Das ist jedenfalls meine Erwartung.«

Doch der Kollege vom Staatsschutz gibt nicht klein bei. Er schlägt mit der flachen Hand auf den Tisch.

»Dann will ich Ihnen mal was sagen, meine Herren! Wir hatten in Hamburg mehrere Aktionen, bei denen Jugendliche im Spiel waren. Jugendliche aus gutbürgerlichen Familien. Die Polizei hat abgewiegelt, genau wie Sie es tun, und am Ende waren zwei Personen tot und die Jugendlichen sind zu Höchststrafen verdonnert worden. Hätte man gleich auf uns gehört und die Dinge ernst genommen, wären zwei Menschen noch am Leben und die Jugendlichen nicht in Haft!«

»Und was hat das jetzt mit dieser Sache hier zu tun?« Kiesewetter kann auch grantig werden. Selten, aber er kann es.

Plötzlich ergreift der andere von Sabrinas Truppe das Wort. Er wirkt ruhig und sehr besonnen. Er sagt, dass er noch zwei, drei Fragen habe. Er schaut mich an.

»Herr Martaler, was haben Sie heute Morgen auf der Modersohnbrücke getan? Und warum haben Sie sich in der Zeit von sechs Uhr vierzig bis zu dem Anruf Ihres Kollegen, also bis sieben Uhr fünfundvierzig, auf dem Bahnhof Ostkreuz aufgehalten?«

Ich schaue nun doch verdutzt in die Runde. Was soll das?

Kiesewetter sieht zu mir herüber. In seinem Blick bemerke ich Unsicherheit. Franz hat große Fragezeichen in den Augen. Und Sabrina schaut, als wollte sie wirklich eine Antwort auf diese Frage.

»Ostkreuz ist unser Tatort«, sage ich angestrengt.

»Warum waren Sie auf der Modersohnbrücke, Herr Kollege?«

»Ich bin spazieren gegangen«, sage ich und bemühe mich, meine Stimme ganz ruhig und harmlos klingen zu lassen.

»Spazieren? Um diese Zeit? Von der Brücke aus hat man einen guten Blick zum Ostkreuz hinüber.«

»Ja, und?«

»Sie haben also keinen Grund gehabt, richtig?«

»Nein!« Nun werde ich doch langsam ungehalten. »Was soll denn der Blödsinn?!«

Kiesewetter springt mir erneut bei, auch wenn er jetzt weniger überzeugend wirkt.

»Könnte der Herr Kollege vielleicht ein wenig genauer werden und erklären, worauf diese Frage abzielt?«

Der Mann vom Staatsschutz blickt kurz zu Kiesewetter, dann lässt er sich in seinem Stuhl zurückfallen. Und nach drei weiteren Sekunden sagt er einfach nur: »Nein.«

Die Atmosphäre im Raum ist angespannt, die Luft mit einem Messer zu schneiden. Was in aller Welt war das eben?

Sabrina legt ihre Hände flach auf die Tischplatte.

»Wir sollten jetzt zu dem konkreten Fall zurückkehren. Ich denke, es wäre gut, wenn wir noch heute genaue Informationen zu den Jugendlichen und den Zeichnungen bekommen könnten. Außerdem werden wir damit beginnen, uns im Milieu des Toten umzuschauen. Das dürfte es dann wohl vorerst gewesen sein!«

Kiesewetter steht auf. Die Runde ist aufgelöst, wir verlassen den Raum. Sabrina und ihre Leute bleiben noch. Ich schließe die Tür. Höre aber noch, dass sich Sabrina empört an ihren Kollegen wendet. Was denn in ihn gefahren sei, ob er noch bei Sinnen wäre?

Ich verstehe gar nichts mehr.

12.

Franz lässt sich in unserem Büro auf seinen Stuhl fallen. Er gießt sich knallgelbe Brause in ein Glas und trinkt.

»Was ist denn in die gefahren«, sagt er dann und rülpst leise, der Kohlensäure wegen.

»Keine Ahnung«, sage ich, »auf jeden Fall sind die Kollegen offenbar nicht nur skeptisch im Hinblick auf das, was wir tun. Sie beobachten uns auch. Na, großartig.« Das meine ich so, wie ich es gesagt habe. Andererseits hat sich in mir ein Gefühl des Unbehagens breitgemacht. Aber vielleicht lässt sich die Sache ganz einfach erklären. Die Staatsschützer haben Beobachtungspunkte, Ostkreuz, Modersohnbrücke, Rummelsburg. Sie beobachten das gesamte Gelände. Das könnte bedeuten, dass sie einen weiteren Anschlag vermuten, was wiederum zur Folge haben könnte, dass sie mehr wissen, als sie uns mitteilen. Vielleicht sind sie längst an anderen Themen dran, haben eine heiße Spur. Und das wiederum würde erklären, warum sie wegen der Jugendlichen so scheinheilig kritisch wurden. Aber das ist eben der Preis, wenn die die Ermittlungen führen und wir sozusagen nur wegen unserer Ortskenntnisse und den Erfahrungen im Bezirk mitspielen dürfen.

Ich merke, wie sich bleierne Müdigkeit in mir ausbreitet. Und dann stürzen plötzlich Tränen aus meinen Augen. Ich kann diese Tränen nicht aufhalten, sie laufen mir übers Gesicht. Franz starrt mich an. Ich weiß, dass er mit solchen Situationen absolut nicht umgehen kann. Sein Mund zuckt. Und weil ihm sonst nichts einfällt, schüttet er mir ein Glas mit seiner gelben Brause voll und stellt es wortlos vor mich auf den Schreibtisch. Dann verlässt er den Raum.

Ich versuche mich zu beruhigen. Aber es gelingt mir nicht. Mein Handy leuchtet auf. Sabrina hat mir eine SMS geschickt. »Entschuldige bitte, tut mir leid! Werde es dir erklären. Bin im Hotel.« Ich lese den Text noch mal und noch mal. Und ich habe das Gefühl, dass ich nun doch froh bin, ja fast sogar ein wenig glücklich. Ich wehre mich einen Augenblick dagegen, aber dann gewinnt dieses warme, fröhliche Gefühl doch die Oberhand. Ich stehe auf und gehe Franz suchen. Er ist in dem Beratungsraum, in dem wir zuvor gesessen haben. Er tut geschäftig, auf ein Flipchart hat er die Namen der Jugendlichen geschrieben, die mir Kerstin genannt hatte, und notiert gerade deren Adressen und Telefonnummern. Mit einem verstohlenen Blick erkennt er, dass es mir wieder besser geht, und sagt:

»Also, ich fasse mal zusammen: Du glaubst, dass ein paar von den Schülern, die du befragt hast, mehr wissen, als sie sagen. Deshalb konzentrieren wir uns erst mal auf diese Schüler, statt gleich die ganze Schule verrückt zu machen. Wir warten bis dreizehn Uhr, dann fahren wir noch mal hin und befragen die Klasse erneut. Und dann rufen wir nacheinander die Eltern der drei Schützlinge an. Richtig?«

»Richtig«, sage ich und dass ich mich jetzt wenigstens für zwei, drei Stunden hinlegen muss.

Franz nickt. »Alles klar.« Er gibt mir zu verstehen, dass er bis dahin die Stellung halten wird, egal, was passiert. Auf ihn kann man sich verlassen. Aber dann fällt ihm doch noch etwas ein. »Übrigens haben wir die Wohnung von diesem Luftgewehrmann, diesem Herrn Donner, untersucht. Der ist wirklich einfach nur verrückt. Er hat aus seiner Behausung eine Art Gefängnis gemacht. Alles ist verriegelt und gesichert. Aber von Sprengstoff keine Spur.«

Sabrina erwartet mich. Sie fällt mir um den Hals und drückt mich an sich. Der Geruch ihres Haars umfängt mich sofort. Ich möchte mich fallen lassen, hingeben, nichts mehr denken. Und das tue ich auch. Wir lassen uns fallen. Lieben uns und dann schlafe ich ein. Nackt, von einer Sekunde zur anderen.

Als ich erwache, liegt Sabrina neben mir. Sie schaut mir ins Gesicht, es scheint, als hätte sie das schon eine ganze Zeit getan. Ich sehe rasch auf meine Uhr. Ich habe fast zwei Stunden geschlafen. Sabrina streicht mir über das Haar.

Sie sagt: »Als wir gestern Nacht telefoniert haben und du sagtest, dass du zu mir kommen würdest, da war ich so froh und bin dir entgegengegangen. Ich hab dich gesehen, als du an der Frankfurter Allee standest. Du wirktest unentschlossen, und dann hast du dich genau in die entgegengesetzte Richtung gewandt. Ich bin dir nachgegangen. Ich wollte reden mit dir. Erst konnte ich dich nicht einholen. Dann war ich einfach nur neugierig, wohin du gehen würdest. Irgendwann warst du auf dieser Brücke und ich konnte förmlich spüren, wie sehr du mit dir gekämpft hast. Du wolltest zu mir kommen, aber du konntest es nicht. Ich hab da gestanden, dicht bei dem Feuer, und habe gespürt, wie es dich beinahe zerreißt. Ich habe überlegt, ob ich zu dir gehen soll, aber dann wusste ich, dass ich nicht stören darf. Dass du deinen Weg allein finden musst. Als du in Richtung Ostkreuz weitergegangen bist, bin ich umgekehrt. Da haben wir einen unserer Leute. Der hätte sich wahrscheinlich gewundert, wenn ich ohne Grund da aufgekreuzt wäre. Das Dumme war, dass ich dem Kollegen, der heute so den Affen gemacht hat, davon erzählt habe. Ich hab ihm gesagt, dass ich dich gesehen habe auf dieser Brücke. Zufällig. Ich weiß nicht, was mich geritten hat, ich hab es halt erzählt. Vielleicht, weil er gefragt hat, warum ich so müde aussehe. Ich hab ihm gesagt, dass ich nicht schlafen konnte, spazieren gegangen bin und dich gesehen habe. Das ist alles. Ich hätte nie gedacht, dass dieser Idiot das heute rausholen würde, nur um irgendwie zu zeigen, dass er der Staatsschutz ist und dass wir alles wissen. Es tut mir leid. Verzeih mir bitte.« Sie setzt wieder ihr wunderschönes Lächeln auf.

Ich würde ihr gern sagen, wie recht sie hat. Wie zerrissen ich mich fühle, wie schwer es ist, eine Entscheidung zu treffen. Aber ich tue es nicht, weil ich einfach diesen Moment genießen will, diese kurze Zeit, in der wir ruhig nebeneinander liegen und die ganze Welt stillzustehen scheint.

Sekunden später fällt mir ein, dass ich mit Franz verabredet bin. Ich schaue noch einmal auf meine Uhr und stelle fest, dass es kurz vor eins ist. Franz wird schon in der Schule sein. Er wird auf mich warten.

Ich nehme mein Handy und tippe seine Nummer ein. Franz meldet sich sofort. Ja, er ist in der Schule. Er hat auch bereits mit der Schulleiterin gesprochen. Die Situation ist angespannt. Keiner der Schüler aus Kerstins Klasse hat sich gemeldet oder irgendwas erklärt. Es scheint sich aber herumgesprochen zu haben, was passiert ist. Ein Schüler aus der zehnten Klasse hat einem Lehrer gegenüber die Aussage gemacht, er wüsste, dass Jugendliche aus der Zwölften auf dem Schulhof mit Sprengstoff hantieren. Der Lehrer hat sich an Franz gewandt, der hat bereits mit dem Schüler gesprochen und hält dessen Aussagen für glaubhaft. Allerdings will der Junge keine Namen nennen. Nur so viel: Es handelt sich offenbar um Schüler aus der bereits von uns befragten Klasse. Franz hat dem Lehrer und dem Schüler einen Maulkorb verhängt, bis wir unser Vorgehen abgestimmt haben. Er schlägt vor, dass wir in zwanzig Minuten noch mal in die Klasse gehen, so wie abgesprochen. Aber vielleicht wäre es auch besser, wenn mehr Polizei vor Ort wäre. Franz sagt, er schätze die Situation als unkalkulierbar ein.

Unkalkulierbar? Was soll das heißen?

Ich merke, wie in mir langsam Panik aufsteigt. Aber ich verliere nicht die Nerven. Das tue ich nie. Je mehr die Situation außer Kontrolle zu geraten scheint, desto größer wird die Ruhe. Das ist vielleicht meine wirkliche Stärke als Polizist. Darüber spricht niemand, nicht mal ich selber, aber vermutlich hat das nicht nur mir schon einige Male den Kopf oder auch das Leben gerettet.

Ich sage, dass ich mich in einer Minute wieder melde, und drücke auf die Aus-Taste.

Ich schildere Sabrina die Situation. Was, wenn einer der Jugendlichen durchdreht? Wenn einer der Jungen oder sogar mehrere doch mit dem Anschlag zu tun haben? Oder aber wenn sie eine Art Nachahmeraktion geplant haben, die nun aufzufliegen droht?

Sabrina steht auf und geht zum Fenster. Sie wendet sich um und ihr Gesicht ist plötzlich kalt und klar. So habe ich es noch nie gesehen. Ihre Augenbrauen stehen fast waagerecht, ihr Mund ist beinahe ein Strich. Sie nickt mir zu.

»Ruf an«, sagt sie. »Großaufgebot. Sie sollen ausrücken wie bei einem Amoklauf.«

Ich nicke. Rufe Kiesewetter an. »Chef, wir wissen nicht, ob wir die Lage an besagter Schule im Griff haben. Ich schlage dringend vor, dass wir die Aktion ›Schulhof‹ auslösen.«

Kiesewetters Stimme ist scharf. »Martaler, sind Sie sich da sicher?!«

Ich antworte: »Nein. Aber wir müssen es tun.«

Ich höre ihn atmen. Dann sagt er: »Also gut.«

Zwanzig Minuten später bahnen wir uns den Weg in die Schule, vorbei an den Fahrzeugen und Einsatzkräften. Die Schüler verlassen in kleinen Gruppen das Schulgebäude. Sie werden von Lehrern begleitet und von Polizisten empfangen, die sie abtasten und in die angrenzende Turnhalle verweisen. Wir halten unsere Ausweise hoch und erklären immer wieder, warum wir hier sind.

Ich sehe den Einsatzleiter mit seiner Binde um den Arm. Sabrina stellt sich und mich vor, er fragt nach den Hintergründen der Aktion. Ich versuche zu erklären. Nein, es geht nicht um einen konkreten Amoklauf eines oder mehrerer Schüler, sondern darum, dass einer oder eine Gruppe möglicherweise unkalkulierbar handeln könnte, wenn sie in die Enge getrieben werden. Ich erkläre, dass es um Zeichnungen geht, Zeichnungen von möglichen Sprengvorrichtungen. Und dass wir nicht wissen, ob nach diesen Zeichnungen wirklich Bomben hergestellt wurden, aber dass es nicht auszuschließen ist, weil es Gerüchte gibt, nach denen die betreffenden Schüler sich bereits Sprengstoff besorgt haben.

Der Mann nickt. Er wirkt konzentriert.

»Dann kann es sein, dass die Personen, die über den Sprengstoff verfügen, ihn auch zum Einsatz bringen. Ich gebe das an die Kollegen weiter.«

Sabrina schaut mich an. Sie nickt. Und mir wird klar, dass der Mann recht hat, dass meine Vorstellungen, wir könnten hier einfach da weitermachen, wo wir heute Morgen aufgehört haben, konsequent gedacht Unsinn sind.

»Also gut«, sagt Sabrina, »wir gehen da rein.« Der Einsatzleiter gibt über Funk die nötigen Befehle.

Im Schulgebäude ist es erstaunlich still. Die meisten Schülerinnen und Schüler haben das Haus offenbar bereits verlassen. Zwei Fünfergruppen kommen uns entgegen. Die jungen Leute sind teils blass und ernst, teils grinsen sie mehr oder weniger angespannt. Keiner von ihnen scheint zu verstehen, was hier passiert, keiner will glauben, dass es ernst sein könnte. Sicher denken viele, es ist eine Übung, so wie man eben auch Brandschutzprobealarm durchführt. Einzig die vielen Polizisten, die in ihren schwarzen Anzügen und voll bewaffnet einen martialischen Eindruck vermitteln, legen die Vermutung nahe, dass es sich nicht um eine Übung handelt.

Ich gehe rasch auf die Tür des Klassenzimmers zu, in dem ich bereits am Morgen war. Der Raum ist leer. Die Rucksäcke und Taschen liegen noch auf den Plätzen oder hängen an den Stühlen, offenbar haben die Einsatzkräfte durchgesetzt, dass die Schüler sofort und ohne ihre Sachen zu packen das Gebäude verlassen. Ich schaue mich um und versuche mich zu erinnern, wo dieser Ramon gesessen hat. Ich nehme den ersten Rucksack und öffne ihn vorsichtig. Eigentlich darf ich das nicht. Die Vorschriften bei solchen Einsätzen sind streng, nur polizeiliche Fachkräfte mit entsprechender Ausbildung sollen solche Untersuchungen vornehmen. In dem Rucksack sind Sportsachen, Hefter, eine kleine Spielkonsole, Batterien. Auf einem der Hefter lese ich den Namen. Der Rucksack gehört nicht Ramon. Die nächste Tasche. Sie ist aus schwarzem Leder, gutem

Leder. Wieder Mappen und Hefte, diesmal mit Ramons Namen. Doch auch hier findet sich nichts, was für uns von Interesse sein könnte. Sabrina hat mich beobachtet. Jetzt greift sie nach dem nächsten Rucksack. Sie wühlt in den Fächern und zieht dann eine Plastiktüte heraus. Eine, in der man Frühstücksbrote aufbewahrt. Die durchsichtige Tüte ist grau von feinem Staub. Ich sehe ein bröseliges Material. Im selben Augenblick höre ich hinter mir Schritte. Sabrina und ich fahren herum. Es ist Frau Kleinkugel, in ihrem Rücken Franz. Mit hochrotem Gesicht starrt sie mich an. Sabrina hat die Tüte hinter ihrem Rücken verschwinden lassen.

»Ist das hier auf Ihr Geheiß hin passiert?«, fährt sie mich an und deutet mit dem Daumen in Richtung Tür. »Wissen Sie, was das bedeutet?! Wir waren bis eben eine ordentliche, eine anerkannte Schule! Und morgen stehen wir in allen Zeitungen! Können Sie auch nur erahnen, was das für meine Schule bedeutet?!«

Ich nicke ruhig. »Das ist Frau Kleinkugel«, stelle ich sie Sabrina vor, »die Schulleiterin. Sie hat sich heute Morgen an uns gewandt.«

Die Frau lässt nicht locker. »Sie wollten noch einmal mit den Schülern reden, das war die Absprache!«

Sabrina macht einen Schritt auf die Schulleiterin zu, die ihrerseits einen Schritt zurückweicht, als würde sie einen Angriff unsererseits erwarten.

»Wäre es Ihnen lieber«, sagt Sabrina kühl, »hier wären einige Schüler durchgedreht und hätten Dinge getan, die Ihre Schule tatsächlich in einem anderen Licht erscheinen ließen?«

Frau Kleinkugel atmet stoßweise aus und ein. Sie schüttelt energisch den Kopf.

»Bislang gab es doch nur ein paar Zeichnungen. Mehr nicht! Wer sind Sie überhaupt?«

Sabrina zückt ihren Ausweis und hält ihn der Frau hin. Die wirft einen Blick darauf und im selben Augenblick verändern sich ihre Körperhaltung und ihr Gesichtsausdruck.

»Aha«, sagt Frau Kleinkugel, »jetzt nimmt das sogar noch solche Formen an. Na, das kann ja noch heiter werden.«

Sabrina lächelt. »Das finde ich auch. Passen Sie auf, Frau Kleinkugel, Sie lassen uns hier unsere Arbeit machen und wir überlegen uns, ob wir diesen Polizeieinsatz hier nicht mit Ihnen gemeinsam als eine Art Übung geplant haben.«

Frau Kleinkugel schaut verblüfft von Sabrina zu mir. »Wie soll ich das verstehen?«

»Wir erklären der Presse, dass es sich hier um eine obligate Übung handelt und dass es keinen ernsten Hintergrund gibt. Das ist doch ganz einfach. Wir haben die Zeit gestoppt, die wir brauchten, um die gesamte Schule zu evakuieren. Wir fahren unser ganzes Programm und dann bedanken wir uns bei allen Beteiligten, dass alles so wunderbar geklappt hat, und am Ende bekommen Sie ein Zertifikat, eine Qualitätsurkunde: ›Geprüfte Schule – Sicherheit geht jeden an‹ oder so ähnlich.«

Die Kleinkugel ist wirklich baff, über ihr Gesicht huscht sogar ein Lächeln. Fast sieht es aus, als würde sie sich fragen, warum sie nicht selbst auf diese Idee gekommen ist. Aber sie traut der Situation noch nicht.

»Das hätte ich mit dem Schulrat abstimmen müssen.«

Sabrina grinst. »Das klären wir, da machen Sie sich keine Sorgen. Und jetzt gehen Sie bitte zu Ihren Schülern und sagen ihnen, dass wir nun einige von ihnen befragen werden. So lange sollen sich erst einmal alle gedulden. Und ich empfehle, dass Sie den Unterricht für beendet erklären. Alle Taschen und Jacken bleiben vorerst noch hier. Nur Medikamente können herausgegeben werden, den Rest gibt's am späten Nachmittag oder morgen früh, wenn wir das Schulgebäude freigegeben haben. Wir lassen die Sache über unseren Einsatzleiter als Übung bekannt geben. Die Presse dürfte ohnehin im Anrücken sein.«

Die Kleinkugel nickt. Dann macht sie sich begleitet von Franz auf den Weg.

Wir sehen uns den Inhalt der Tüte näher an und schnell wird klar, um was es sich mit hoher Wahrscheinlichkeit handelt: um Material, das in Silvesterknallern Verwendung findet, vermischt mit zerbröselten Wunderkerzen. Eine Mischung, die schon bei relativ geringen Mengen eine erhebliche Sprengkraft hat, je nachdem, wie man das Zeug einbaut und zündet. Einen Augenblick lang bin ich fassungslos. Haben wir hier tatsächlich eine heiße Spur? Kann es sein, dass die Jugendlichen in dieser Klasse ernsthaft an Sprengladungen arbeiten? Oder dass sie sogar an der Aktion am Ostkreuz beteiligt gewesen sind und möglicherweise weitere planen? Ich kann es kaum glauben.

Die Unterlagen im Rucksack tragen den Namen Sina Haferbeck. Der Name ist bislang noch nicht genannt worden. Was nichts heißen muss. Entweder hat sich das Mädchen bislang geschickt im Hintergrund gehalten oder man hat ihr das Material untergeschoben. Vielleicht sogar in letzter Minute, als die Polizeiaktion begann. Der eigentliche Besitzer wusste nicht, ob wir ihn durchsuchen und die Tüte bei ihm finden würden, oder er hatte sowieso vor, jemand anderen zu belasten, um von sich abzulenken.

»Also gut«, sagt Sabrina, »nehmen wir uns die Klasse und insbesondere diese Sina mal etwas genauer vor.« Wir rufen die Kollegen von der Spurensuche. Die sammeln sämtliche Rucksäcke und Taschen der Schüler im Klassenraum ein, stecken sie in Plastiksäcke und dann in Kisten.

Eine halbe Stunde später ist die gesamte zwölfte Klasse versammelt. Wir holen uns einzelne Schüler zu Gesprächen in den Nebenraum. Inzwischen sind auch einige Eltern dazugekommen. Besorgte, hoch erregte Gesichter. Man droht mit Rechtsanwälten, redet von Rechtsschutzversicherungen, manche sagen, sie seien froh, weil ja nichts passiert sei.

Sina Haferbeck reagiert kühl und sicher. Von der Tüte habe sie nichts gewusst, sie habe sie auch nie gesehen. Sie könne sich nicht erklären, wie die in ihren Rucksack gekommen sei. Die Diskussionen um den Anschlag hätten sie eher genervt und gelangweilt. Das interessiere sie alles nicht. Sina lebt nicht zu Hause, erfahren wir, sie wohnt in einer Heimgruppe und das sei auch in Ordnung, sagt sie. Zu Ramon und Mirco habe sie gute Kontakte. Die seien cool.

Ich rede mit dem Mädchen, Sabrina bleibt im Hintergrund und beobachtet uns. Sina hat kurze helle Haare, einen kleinen, kess wirkenden Mund und hellblaue Augen. Sie wirkt sportlich und kühl. Sie belauert mich und behält auch Sabrina im Blick. Ihre Augen sind ruhig und schnell zugleich. Und sie weiß genau, was sie wie sagen muss, damit das Gesagte die Wirkung erzielt, die sie sich wünscht. Ich habe von Anfang an das Gefühl, dass Sina mehr weiß als das, was sie sagt. Andererseits will ich einfach nicht glauben, dass das Mädchen in ein Verbrechen verwickelt sein soll.

Als sie den Raum verlassen hat, sagt Sabrina dasselbe, was ich gedacht habe. Und fügt hinzu: »Man merkt dir sofort an, wen du sympathisch findest.«

Das ist wohl mit das Schlimmste, was man einem Kriminalpolizisten sagen kann.

»Die Kleine, mir sympathisch? Da liegst du so was von daneben!«

Sabrina grinst. »Dann lass uns die drei Jungen befragen.«

Ramon hat seinen Vater dabei. Der stellt sich als Ralf Dregeler vor und meint erklären zu müssen, dass er fürs Fernsehen arbeitet. Aber er ist bemüht, kooperativ zu erscheinen. Fragt sogar, ob er an dem Gespräch teilnehmen kann. Das ist zwar nicht unbedingt üblich, andererseits würde ich es albern finden, ihm das bei diesem Stand der Ermittlungen zu verwehren.

Ramon wirkt verändert. Man merkt ihm an, dass er unter Druck steht. Wohl auch wegen seines Vaters, der sich dicht zu ihm setzt, als wollte er unsere Fragen an seinen Sohn selbst beantworten. Ramon erklärt, dass er nichts mit den Zeichnungen zu tun habe. Und an irgendeine Tüte mit grauem Pulver kann er sich auch nicht erinnern. Die Diskussion um den Anschlag fand er interessant; dass unsere Gesellschaft von enormen Ungerechtigkeiten geprägt ist, dürfte ja auch klar sein. Ramon ist ein kluger Junge. Sein Vater staunt nicht schlecht, als der Sohn Zahlen nennt, die die Verteilung des privaten Guthabens in Deutschland betreffen, und uns auseinandersetzt, wer in den letzten zwanzig Jahren am meisten zugelegt hat und wie sich die Guthaben der Reichen zusammensetzen. Wir hören uns den Vortrag ein Weilchen an. Bis Sabrina ihn unterbricht.

»Das wollen wir hier gar nicht besprechen. Wir wollen wissen, wer warum und mit welcher Zielstellung die Zeichnungen angefertigt hat. Angesichts der Situation, in der ihr euch befindet, also angesichts des Verdachts, dass jemand von euch mit dem Anschlag, bei dem ein Mensch umgekommen ist, in Verbindung steht, würde ich erwarten, dass derjenige, von dem die Zeichnungen stammen, sich einfach meldet und sagt: He, ich habe da was gemalt, aber ich hatte nie vor, das in die Tat umzusetzen. Und wenn, dann irgendwo draußen auf'm Feld und nicht, indem ich andere in Gefahr bringe. Verstehen Sie den Unterschied?«

Ramon schüttelt den Kopf.

»Das verstehen Sie sehr wohl«, sagt Sabrina gereizt. »Es gibt da zwei Probleme. Das eine ist: Wenn sich der Zeichner nicht zu erkennen gibt, hat das Ganze vielleicht doch einen ernsteren Hintergrund als zunächst gedacht. Und zweitens, das hier ist kein Spielchen mehr. Je mehr wir hier herumalbern, je mehr Sie uns an der Nase herumzuführen versuchen, desto stärker wächst der Verdacht, dass etwas dahinter steckt, und desto höher wird das Strafmaß. Das sollte Ihnen auch klar sein.«

Ramons Augen sind zu schmalen Schlitzen geworden.

»Wollen Sie mir drohen?«, fragt er und hofft wohl nun doch auf Unterstützung seines Vaters. Doch der ist sichtlich beeindruckt von Sabrinas Vortrag und schweigt.

»Richtig!«, sagt Sabrina. »Genau das hatte ich vor. Sie können es Drohung, Sie können es Hinweis nennen, Sie können es auch Aufklärung nennen. Das ändert nichts daran, dass das, was ich sage, wahr ist.«

»Ich habe die Zeichnungen nicht angefertigt und ich kenne diese Tüte und deren Inhalt nicht. Ich habe lediglich über Gerechtigkeit diskutiert und das, was diese, unsere Gesellschaft darunter versteht!«

Alle Achtung, denke ich. Der kann reden. Vielleicht hat er mit dem, was er sagt, sogar recht. Auf jeden Fall macht ihm diese Auseinandersetzung offenbar sogar Spaß, was wiederum nicht darauf hindeutet, dass er Angst hat oder sich in die Ecke gedrängt fühlt. Oder der Junge ist so helle, dass er weiß, dass wir ihm nichts nachweisen können und keinerlei Hinweise auf eine tatsächliche Verbindung zwischen ihm und dem Anschlag von vor über einer Woche haben. Als hätte er meine Gedanken gelesen, sagt er:

»Und jetzt?«

Sabrina zuckt mit den Schultern. »Keine Ahnung. Vielleicht brauchen Sie Bedenkzeit?«

»Nö«, sagt Ramon und beugt sich angriffslustig vor. »Aber vielleicht beziehen Sie ja unsere Lehrer in Ihre Befragungen ein.«

Soll das ein Hinweis sein? »Was wollen Sie uns damit sagen?«

»Nichts. Aber ich hatte den Eindruck, dass auch manche Lehrer oder Lehrerinnen unsere Meinungen zur derzeitigen gesellschaftlichen Lage teilen. Da wäre es doch naheliegend, auch die zu verdächtigen, die Zeichnungen angefertigt zu haben?«

Wir erklären das Gespräch für beendet. Ralf Dregeler, Ramons Vater, ist erleichtert. Er grinst schief und sagt:

»Na ja, in seinem Alter war ich ähnlich drauf, mal ganz ehrlich.«

Die Befragungen bringen nichts. Das Problem ist, dass wir mit den etwa 150 Gramm explosivem Material im Zusammenhang mit den Zeichnungen nicht einfach so tun können, als sei das alles nichts. Andererseits haben wir keine weiteren Anhaltspunkte. Die einzige Möglichkeit ist, sämtliche Jugendliche der Oberstufe nach ihren Alibis für die Zeit des Anschlags zu befragen und von den bereits verdächtigen Schülern aus Sinas Klasse Fingerabdrücke zu nehmen, um sie mit denen auf der Tüte mit dem Pulver zu vergleichen. Das wird Franz übernehmen. Dann werden wir erst einmal alle laufen lassen. Franz rückt sich Tische zurecht und legt sein Aufnahmegerät bereit. Er wirkt zerknirscht.

»Hier gibt es weit und breit nichts zu trinken«, murmelt er und meint wahrscheinlich seine tollen Brausen. Dann ruft er als Ersten Marcus in den Raum.

Als wir in den Flur treten, treffen wir auf die noch immer aufgebrachte Frau Kleinkugel. Sie zeigt mit anklagender Geste nach draußen. Dort steht, wie zu erwarten war, eine Horde Journalisten, die offenbar nur darauf wartet, dass die befragten Jugendlichen und wir herauskommen. Die Meute hinter der Absperrung wird von drei Polizisten bewacht. Sabrina fragt geistesgegenwärtig nach einem weiteren Ausgang. Den es tatsächlich gibt: durch den Heizungskeller in die Turnhalle und von dort nach draußen. Wunderbar. Sabrina sagt, dass sie die Sache mit dem Einsatzleiter besprechen wird. Und macht sich auf den Weg.

Und dann sehe ich Kerstin. Sie kommt mit zwei ihrer Kolleginnen aus dem Lehrerzimmer. Sabrina geht an ihr vorbei. Für den Bruchteil einer Sekunde habe ich den Eindruck, als würden die beiden voreinander stehen bleiben. Einen Augenblick lang scheint Sabrina zu zögern. Aber dann geht sie weiter und verschwindet in dem Gang zum Eingangsportal.

Kerstin kommt näher. »Und?«, fragt sie, »ist irgendwas dabei herausgekommen? Hat die ganze Aktion etwas gebracht?« Ihre Stimme hat etwas Aggressives, Vorwurfsvolles. Ich ignoriere das.

»Nein«, sage ich und sehe rasch zum Fenster. Draußen ist Sabrina. Sie geht auf den Einsatzleiter zu. Redet ruhig mit ihm.

Kerstin folgt meinem Blick. »Ist das deine Kollegin vom Staatsschutz?«

Ich bemühe mich, ganz locker zu wirken. »Ja«, sage ich. »Deine Jugendlichen haben echt was gelernt bei euch«, lenke ich ab. »Ramon ist ziemlich gut im Argumentieren. Sina ist auch nicht schlecht. Sie halten nicht hinterm Berg mit ihrer Meinung, das ist beachtlich. Das Problem ist, wir haben eine gewisse Menge explosiven Materials gefunden, und in Verbindung mit den Zeichnungen bekommt das Ganze eine echte Brisanz, und zwar im wahrsten Sinne des Wortes. Hast du da irgendwas bemerkt? Wurde über solche Dinge geredet? Für das Zeug, das wir gefunden haben, wurden anscheinend diverse Silvesterböller, Raketen und ähnliches geleert. Wir müssen davon ausgehen, dass die Sprengladung am Ostkreuz aus ähnlichem Material plus Beimischungen hergestellt wurde. Also Zeug, an das jeder rankommt.«

Kerstin wird blass. »Das kann ich nicht glauben«, sagt sie tonlos.

»Das muss nicht wirklich zusammenpassen, aber es ist eben auch nicht ausgeschlossen.«

»Über derlei Sachen«, sagt Kerstin ruhig, »haben die Schüler nie gesprochen. Also, nicht in meiner Anwesenheit.« Ich nicke. Weiß nicht recht, was ich noch sagen soll.

»Was ist mit Vater?«, frage ich. Kerstin legt die Stirn in Falten.

»Er wird morgen noch mal untersucht. Es geht ihm gut, sagt er, und der Stationsarzt sagt das auch. Den Umständen entsprechend. Aber es muss mit Komplikationen gerechnet werden. Ich werde zweimal am Tag bei ihm vorbeisehen.«

»Ja«, entgegne ich. »Und Josef?«

Kerstin schaut aus dem Fenster. Beobachtet sie Sabrina? »Josef fährt heute Abend zurück nach Hannover«, sagt sie, »ihn hat die Sache mehr mitgenommen, als ich dachte. Sein geliebter Großvater, und dann so was. Vielleicht hätte ich ihn nicht mit ins Krankenhaus nehmen sollen. Aber er wollte es ja unbedingt.« Sie zögert einen Augenblick, dann fügt sie hinzu: »Er war auch wegen dir betrübt.«

»Wegen mir?«

»Er meinte, du hast nicht zugehört. Du hast dich nicht für das interessiert, was er erzählt hat.«

»Ja«, sage ich, »da hat er recht.«

»Jetzt fährt er jedenfalls wieder. Er ist sehr still geworden.«

»Er war immer schon so still.«

»Max, ich werde mich jetzt ein paar Tage um Vater kümmern. Du hast Zeit für dich. Aber ich weiß nicht, wie es weitergehen soll. Ich glaube, du musst dich entscheiden.«

»Wie entscheiden?«

»Das weißt du besser als ich.« Sie atmet tief aus. »Und wegen der Sache mit den Zeichnungen: Ich bin in der Schule und du kannst jederzeit nachfragen. Ich werde meine Schüler im Auge behalten. Ich werde ihnen genau zuhören. Aber ich werde sie nicht verraten.« Sie stößt sich von der Fensterbank ab und geht den Flur hinunter. Durchs Fenster sehe ich: Sabrina hat sich umgedreht und schaut nun in meine Richtung. Sie hebt kurz die Hand und winkt mir zu, dann wendet sie sich ab und verlässt das Schulgelände.

Die Tür zum Klassenzimmer wird geöffnet. Ramon kommt heraus. Der Jugendliche geht nach kurzem Blick zu mir den gleichen Weg, den eben Kerstin gegangen ist. Frau Kleinkugel empfängt ihn und leitet ihn die Treppe in den Keller hinunter.

Franz zuckt mit den Schultern. Alle vier bisher befragten Schüler haben ein Alibi für den betreffenden Morgen. Zwei waren in der Schule, Sina war angeblich krank und in ihrer Wohngruppe, und Marcus war zu Hause, weil er gehört hatte, dass es Probleme mit der S-Bahn gab. Das muss natürlich alles noch einmal geprüft werden, aber zunächst deutet nichts darauf hin, dass es hier ernsthafte Hinweise auf Widersprüche gibt.

Frau Kleinkugel kommt auf mich zu. Sie fragt, ob ich mit nach draußen gehen und mit den Presseleuten reden würde. Ich schüttele den Kopf. Mich würden die Journalisten möglicherweise sofort mit dem Anschlag am Ostkreuz in Verbindung bringen und die Kröte mit der Amok-Übung nicht schlucken. Ich rate ihr, mit dem Einsatzleiter zu sprechen. Den hätte meine Kollegin schon entsprechend informiert. Frau Kleinkugel runzelt die Stirn.

»Wie schätzen Sie die Sache ein?«, will sie wissen.

»Wie schätzen Sie sie denn ein?«, frage ich zurück.

»Ich muss gestehen«, sagt sie nachdenklich, »dass ich ratlos bin. Ein solches Problem an meiner Schule ... Sie müssen verstehen, damit hätte ich nie gerechnet. Aber wenn Sie mich jetzt so fragen, ich vertraue meinen Schülern. Sie mögen bisweilen ein wenig chaotisch sein oder renitent, aber sie würden so etwas wie das am Ostkreuz nicht tun.« Ihre Rede hat sie offenbar selbst ein wenig aufgebaut. Sie ist sogar ein bisschen gewachsen, scheint es. Sie geht nach draußen. Fotoapparate werden auf sie gerichtet, Aufnahmegeräte in Position gebracht. Die Meute hat lange gewartet, nun will sie Futter. Und ich muss lachen, dass sie jetzt mit einer Lüge abgespeist wird.

Kiesewetter ruft an. Er will einen Bericht zur Lage. Sabrinas Kollegen sitzen bei ihm, sie sind ungeduldig und wollen mit mir sprechen. Ich verlasse die Schule auf dem gleichen Weg wie die befragten Schüler.

Eine halbe Stunde später sind wir wieder in trauter Runde im Beratungsraum vereint. Nur Sabrina und Franz fehlen. Franz befragt weiter Schüler, aber wieso ist Sabrina nicht da? Ist sie nicht informiert, dass wir uns treffen? Als ich vorsichtig nachfrage, sagt einer ihrer Kollegen, sie wisse Bescheid, das gehe in Ordnung.

Ich berichte über das Geschehen in der Schule, lege die Plastiktüte auf den Tisch und nenne die Namen der verdächtigen Schüler sowie die weiteren Schritte, die wir gehen wollen. Die Herren von Sabrinas Truppe wirken ungeduldig. Fast scheint es, als hätten sie keinerlei Interesse an dem, was ich zu berichten habe. Als ich fertig bin, wirft einer von ihnen den Beamer an. Mir fällt auf, dass die immer den Beamer brauchen, um irgendetwas zu sagen. Wahrscheinlich können die gar nicht reden, ohne ein Bild vor sich an der Wand zu haben.

»Wir wollen uns auf keinen Fall in Ihre Ermittlungsstrategie einmischen«, sagt der Kollege und schaut mich an. Ich weiche dem Blick aus. Um was geht es hier? »Wir meinen die Sache mit der Schule. Es ist doch völlig klar, dass Jugendliche in einem bestimmten Alter auf so einen Zug aufspringen.«

»Moment«, sage ich, »was meinen Sie damit?«

»Was ich damit meine?« Er schaut in die Runde. »Ich meine damit, dass viel Zeit damit vergeudet wird, Jugendliche als Verdächtige zu befragen, nur weil sie eine Bauanleitung für Sprengladungen aus dem Internet kopiert haben. Das ist doch nun wirklich kein Grund, derart überzureagieren.«

Mich ärgert diese herablassende Art. Mich ärgert diese Wortwahl und dass ich als Idiot hingestellt werde. Wieso ist Sabrina nicht hier? Sie war dabei, als die Entscheidung getroffen wurde, die Schule zu räumen! Hat es einen Grund, dass sie nicht da ist?

Ich lehne mich zurück und schaue zu Kiesewetter. Der nestelt an irgendwelchen Unterlagen. Weiß er etwas, das ich nicht weiß?

»Wieso sprechen Sie von Überreaktion? Wir haben einen Hinweis erhalten, dass die Schüler in Besitz von Sprengstoff sind.«

»Und wer ist wir?«, fragt der Kollege, als würde er es wirklich wissen wollen. Schlagartig wird mir klar, dass ich hier nicht erzählen kann, dass ich mit Sabrina zusammen war, dass ich mich mit Sabrina beraten habe und erst dann die Entscheidung fiel. Hängt seine Frage damit zusammen, dass Sabrina jetzt nicht da ist? Man weiß von unserer Verbindung? Man weiß es und hat sie abgezogen? Ich schweige. Zum Glück fällt mir dann Franz ein.

»Ich habe mich mit meinem Kollegen abgesprochen. Er hatte den Eindruck, dass die Sache aus dem Ruder laufen könnte.« Der Kollege vom Staatsschutz gibt Ruhe, obwohl er sicher nicht überzeugt ist. Er nimmt wieder seinen Laserpointer. Kiesewetter scheint zufrieden zu sein, dass unser Disput zu Ende ist.

»Jedenfalls haben wir uns gefragt, weshalb wir unsere Zeit an dieser Schule vergeuden, wo wir doch auf diverse Hinweise gestoßen sind. Hinweise, die auf einen eindeutigen Zusammenhang zwischen dem Todesopfer und dem möglichen Täter hindeuten. Wir haben uns zunächst noch einmal gefragt, wer der Tote ist. Wer ist Ronald Garenbusch?« Fotos werden an die Wand geworfen, Fotos und Daten. »Garenbusch war Schüler eines Gymnasiums in Kiel. Aber er schließt die Schule nicht ab, er heuert tatsächlich auf einem Schiff an. Ja, so was gibt es auch in den Achtzigerjahren noch. Zwei Jahre später ist er wieder in Kiel. Dann die Wende im Osten. Er geht nach Berlin. Schließt sich hier zunächst rechten, dann linken Gruppen an. Er fängt an zu malen. Zunächst Naturthemen, dann politische. Sein großes Vorbild ist John Heartfield. Plakate, politische Plakate. Er arbeitet in einer Werbefirma, entwirft Bilder für diverse Firmen und Produkte. Ist sogar erfolgreich, aber dieser Erfolg steigt ihm zu Kopf. Er trinkt, kifft, steigt aus. Nun ist er nur noch in der Anarcho-Szene unterwegs. Ob er allerdings etwas mit der Planung von Anschlägen zu tun hat, ist völlig unklar.« Der Mann schaut wieder in die Runde. Scheinbar prüft er, ob wir so weit mitgekommen sind.

»Wir haben uns sehr genau im Umfeld des Toten umgesehen. In der Folge sind wir auf immerhin inzwischen einundzwanzig Personen gestoßen, mit denen Garenbusch Kontakt hatte und die im Zusammenhang mit nachgewiesenen Straftaten bzw. Anschuldigungen wegen möglicher Straftaten aktenkundig geworden sind. Einundzwanzig Personen. Tja, das hat uns auch überrascht. Ich will jetzt nicht alle einundzwanzig benennen, sondern nur zwei. Und zwar jene, die irgendetwas mit Sprengstoffanschlägen zu tun hatten. Da ist zunächst Silvio Berger, vierundvierzig Jahre alt, Hartz-IV-Empfänger, wohnhaft in Friedrichshain. Berger hat vor sechs Jahren einen Anschlag verübt, einen Mercedes in die Luft gejagt. Das Fahrzeug hatte einen Totalschaden, nur wegen eines Zufalls ist niemand zu Schaden gekommen. Berger wurde verurteilt, wegen mehrerer Vorstrafen musste er die zweieinhalb Jahre auch wirklich absitzen. Die Tat war eindeutig politisch motiviert. Berger hat sich mehrfach mit Ronald Garenbusch getroffen. Sie haben gemeinsam eine Demonstration zum ersten Mai organisiert oder waren jedenfalls an der Organisation beteiligt.«

Ich frage mich, woher der Mann all sein Wissen hat. Wieso weiß er von den Treffen? Wer hat ihm die Informationen besorgt, wo wurden die gesammelt? Nun taucht auch ein Foto auf. Und noch eins. Berger mit vierundzwanzig, Berger mit dreiunddreißig, Berger während der Haftzeit, Berger heute. Woher haben die all diese Fotos? Aus dem Internet? Hat einer wie Berger so viele Fotos ins Internet gestellt? Das kann ich mir irgendwie nicht so recht vorstellen. Vorstellen kann ich mir eher, dass da jemand bei jeder x-beliebigen Veranstaltung Fotos schießt und die werden dann hübsch gesammelt. So für alle Fälle. Und wir können uns heute Berger in allen Altersstufen anschauen.

»Der Mann hat zwar seit seiner Entlassung keine nachweisbaren Straftaten mehr begangen, aber er ist auf jeden Fall ein potenziell Gewaltbereiter. So viel steht fest«, sagt der Kollege. Er ist absolut überzeugt von dem, was er sagt. Ich frage:

»Wieso sind Sie sich da so sicher?«

Der Mann schaut irritiert zu mir herüber. Aber dann bemerke ich, dass er nur irritiert tut, in Wirklichkeit ist er hellhörig geworden.

»Wie meinen Sie das?«, fragt er zurück. Ich bemühe mich, harmlos zu wirken.

»Na, Sie haben doch sicher Gründe, die Sie zu der Annahme führen?«

»Ja, natürlich. Der Mann ist in unserem Computersystem erfasst. Das System vergleicht alle Daten, die wir über eine Person haben. Im Ergebnis bekommen wir eine Art, nun, nennen wir es mal Steckbrief, eine Beurteilung, die beschreibt, womit bei der Person möglicherweise zu rechnen ist. Dieser Berger beispielsweise wird als durchaus problematisch oder sogar gefährlich eingestuft. Habe ich damit Ihre Frage beantwortet?«

Ich werde den Teufel tun und jetzt noch weitere Fragen stellen. Oder gar Zweifel anmelden. Vielleicht kann man tatsächlich so was wie Wahrscheinlichkeitsrechnungen anstellen, ob jemand, der dies und das getan hat, bei nächster Gelegenheit dieses und jenes tut. Keine Ahnung. Aber ich glaube es nicht.

»Kommen wir zu unserem zweiten Verdächtigen. Es ist eine Frau: Carola Lange. Sie ist siebenundzwanzig, gelernte Erzieherin, arbeitet in einem Kinderheim. Carola Lange ist eine gut trainierte Kletterin. Sie kann ohne Probleme und sehr schnell Hauswände hinauf- oder hinunterklettern. Ein Seil, drei, vier Haken, ein paar Kletterutensilien und niemand hält sie auf. Sie bringt Plakate in Höhen an, aus denen man sie nur schwer wieder entfernen kann. Sie begleitet Sprayer und sie war an einer Aktion beteiligt, bei der es um einen Sprengstoffanschlag ging. Allerdings nicht in Berlin, sondern in Hamburg. Man konnte ihr das nicht wirklich nachweisen, von daher konnte sie auch nicht belangt werden. Und noch etwas: Frau Lange wohnt dicht am Tatort, dem Ostkreuz. Von daher kannten sich Garenbusch und sie auch. Hoffeste, gemeinsame Diskussionen, Plakataktionen.«

Das kann kein Zufall sein. Aber ich sträube mich, jetzt von Sina zu erzählen. Es wird ja noch mehr Kinderheime in

Berlin geben, als dass Carola Lange und Sina sich in ein und demselben getroffen haben müssen. Aber ich will es wissen. Ich verpacke die Frage in mehrere andere und der Kollege nennt mir ohne nachzudenken die Adresse des Heims.

Es folgen weitere Namen und eine knappe Beschreibung der jeweiligen Zusammenhänge. Dann ist der Vortrag beendet.

»Wir müssen uns darüber im Klaren sein, liebe Kollegen, die alle hier« – der Kollege meint die Namen bzw. die dahinter stehenden Personen – »das sind keine Lämmer. Die sind inzwischen so gut miteinander vernetzt, wie man es sich gar nicht vorstellen will. Und sie organisieren sich immer besser.«

Kiesewetter scheint zu erwachen.

»Na, lassen wir mal die Kirche im Dorf«, sagt er, als wollte er wieder zu einer wie auch immer gearteten Tagesordnung zurückkehren, »das sind doch auch so was wie Kleingeister. Leute, die sich dann untereinander zerstreiten. Und vernetzt …?«

Der Kollege lässt sich nicht aus der Ruhe bringen. Er lehnt sich über den Tisch. »Sie unterschätzen das! Die sind weiter, als wir alle glauben. Schneller! Die können mit dem Internet und dessen Möglichkeiten besser umgehen als die meisten Fahnder! Sie senden keine Sprachbotschaften, sie senden Strichcodes, sie senden Zahlen, Worte, die keinen Sinn ergeben. Nicht wie früher, wo man nur ein Programm zur Entschlüsselung verwenden musste, nein. Sie senden von Orten, die uns unbekannt sind, und sie ändern diese Orte ständig. Cafés, W-LAN-Verbindungen, Privatanschlüsse, sie brechen in Wohnungen ein, um von dort Informationen weiterzugeben. Die meisten denken, das, was in den arabischen Ländern passiert ist, hat mit uns nichts zu tun. Das ist leider ein Irrtum.«

Der Beamer wirft einen Stadtplanausschnitt von Berlin an die Wand. »Das ist Friedrichshain«, erklärt der Kollege, »und hier sind die uns bekannten Treffs der Anarcho-Szene bzw. ähnlicher Gruppen.« Mit einem Laserpointer zeigt er auf einige Orte, die auf dem Plan rote Punkte tragen. »Boxhagener, Niederbarnimstraße, Modersohnstraße, Mainzer, Colbestraße. Um nur einige zu nennen. Die meisten gekennzeichneten Orte sind Kneipen. Es gibt aber auch so was wie Hinterzimmertreffs, mehr oder weniger geheime Internetcafés, so was wie private Treffs, an denen sich Leute zu jeder Tag- und Nachtzeit versammeln können.«

Das Ganze wird so vorgetragen, als hätte niemand in der Runde jemals davon gehört, dass es in der Mainzer entsprechende Kneipen gibt. Oder dass es nach wie vor einige besetzte Häuser gibt, die natürlich von Leuten bewohnt werden, die gut und gerne ins Raster passen würden. Ich mache mir meine Notizen und warte, dass der Kollege allmählich zum Ende kommt. Ich muss an diese Sina denken, die ja vielleicht doch Kontakt hat zu besagter Erzieherin, die so gut klettern kann. Und an Sabrina. Ich frage mich wieder, warum sie nicht anwesend ist. Ab und an habe ich schon aufs Handy geschaut, ob nicht eine Nachricht von ihr aufblinkt. Aber Sabrina meldet sich nicht.

Als ich am Abend auf die Straße trete, hat Nieselregen eingesetzt. Das Licht, das in den letzten Tagen über der Stadt lag, ist einem tiefen Grau gewichen. Die Leute eilen an mir vorbei. Wohin soll ich jetzt gehen? Zum Hotel? Oder in die Wohnung, in der ich seit über zehn Jahren mit Kerstin lebe? Mir wird klar, dass ich ziemlich in der Luft hänge.

Ich gehe tatsächlich zum Hotel. Vorbei an der langen Friedhofsmauer. Ich rufe Sabrina an. Lasse es lange klingeln. Die Mailbox springt an.

Im Hotel herrscht Hochbetrieb. Zwei Reisegruppen sind gleichzeitig angekommen, Italiener und Polen, lautes Sprachgewirr. Drei Frauen an der Rezeption versuchen mühsam, irgendeine Ordnung in das Gewusel zu bringen. Ich setze mich in den einzigen freien Sessel und beobachte das Treiben.

Aber wie lange kann ich so warten? Ich rufe erneut an. Wieder nur die Mailbox. Verdammtes Spiel. Wenn es ein Spiel ist.

Allmählich lösen sich die Trauben vor der Rezeption auf. Die Leute bekommen ihre Schlüssel und schlendern mit rollenden Koffern in Richtung Aufzüge. Der Stimmenpegel sinkt, und bald bin ich neben den beiden polnischen Reiseführern der Einzige in der Halle. Ich gehe zu einer der Frauen an der Rezeption und frage, ob Frau Zielinski da ist. Die Frau ruft auf dem Zimmer an. Es meldet sich niemand. Sie zuckt mit den Schultern.

Ich stehe wieder auf der Straße. Das Nieseln hat sich verstärkt. Zum Glück habe ich meine Jacke dabei. Ich schlage den Kragen hoch. Es ist verrückt, denke ich, kann ich jetzt nach Hause gehen?

Ich tue es. Als ich die Tür öffne, brennt kein Licht im Flur. Ich betrete langsam die Wohnung. Niemand ist da. Ich erinnere mich, dass Josef ja wieder nach Hannover gefahren ist. Und Kerstin? Ist sie im Krankenhaus bei ihrem Vater? Wahrscheinlich. Ich atme erleichtert auf. Die Stille in den Räumen beruhigt mich. Und plötzlich fühle ich eine unsägliche Müdigkeit. Eine Müdigkeit, die mich kraftlos und mutlos macht. Ich habe nur noch den Wunsch, jetzt einzuschlafen und irgendwann aufzuwachen und alles ist vorbei. Alles. Sabrina und ihr Lächeln, meine Sehnsucht nach ihr, meine Angst, sie zu verlieren, und die genauso große Angst, Kerstin zu verlieren, ihr nicht mehr nahe zu sein, ihren Körper nicht mehr berühren zu können, ihre Stimme nicht mehr zu hören, alles zu verlieren, was mir doch bis vor Kurzem noch so wichtig war. Ja, einschlafen, und alles ist wieder, wie es war.

Ich stehe auf, gehe zum Fenster und schaue auf die Frankfurter Allee. Der Verkehr fließt. Durch den Regen blinken die roten Rückleuchten der Autos, die immer wieder stehen bleiben müssen. Unter unseren Fenstern eilen die Leute vorbei. Die meisten werden nach Hause gehen. Nach Hause.

Franz ruft an. Das Labor hat bestätigt, dass Sinas und Mircos Fingerabdrücke auf der Plastiktüte mit dem explosiven Material gefunden wurden. Die beiden haben offenbar gelogen. Franz hat auch die Alibis der vier verdächtigen Schüler aus Kerstins Klasse geprüft. Die der beiden, die angegeben hatten, dass sie in der Schule waren, können als bestätigt gelten. Das von Marcus, der ausgesagt hatte, er sei zu Hause gewesen, bleibt offen. Niemand kann es bestätigen. Sina hatte sich allerdings tatsächlich krank gemeldet. Sie ist in ihrer Wohngruppe gewesen.

»Wer bestätigt das?«, will ich wissen. Ich höre Franz blättern.

»Eine gewisse Julia Bertram. Sie ist in der Gruppe Betreuerin oder Erzieherin, wie immer das da heißt.«

»Und hast du nachgefragt wegen dieser Carola Lange? Dieser Erzieherin, von der ich dir erzählt habe?«

Ich merke sofort, dass ich nicht hätte fragen dürfen. Franz ist beleidigt, wenn er merkt, dass er von alleine auf etwas hätte kommen können und ihn ein anderer im Nachhinein genau dazu befragt. Wie immer in solchen Situationen tritt er die Flucht nach vorn an.

»Wenn ich nachgefragt hätte, dann wäre die doch sofort gewarnt worden. Sehr unklug.«

»Tja«, sage ich. »Es gibt allerdings auch indirekte Fragen.«

Franz sagt, dass irgendwann auch mal Feierabend ist und dass er saumüde sei und überhaupt, morgen sei ja auch noch ein Tag.

Als ich das Handy ausmache, ist die Stille in der Wohnung noch überwältigender, und ich stelle wieder einmal fest, wie sehr mich Stille in einer angespannten Situation aufregt. Ich gehe zum Kühlschrank, hole ein Bier heraus, es ist das letzte, öffne die Flasche und trinke es in einem Zug.

Dann rufe ich noch mal Franz an und frage ihn nach der Nummer der Heimeinrichtung. Franz ist ungehalten. Aber er gibt mir die Nummer.

Ich tippe sie in mein Telefon. Eine Frauenstimme meldet sich. Ich nenne meinen Namen und frage nach Carola Lange. Die Frau zögert. Dann sagt sie: »Nein, Frau Lange ist heute nicht im Dienst. Kann ich was ausrichten?« Ich brauche nur eine Sekunde, dann sage ich: »Es geht um einen Kletterkurs, ich melde mich morgen noch mal.« Und lege auf.

Treffer. Es gefällt mir nicht, aber ich muss mich damit abfinden, dass ich nunmehr eine Spur habe, die man vielleicht noch nicht als heiß bezeichnen kann, die jedoch zu einer heißen werden könnte.

Ich setze mich in einen Sessel. Was ist jetzt zu tun? Einfach hinlegen und schlafen? Irgendwann wird Kerstin kommen. Irgendwann werden wir uns über uns beide klar werden müssen. Aber wie? Ich weiß es nicht. Auf jeden Fall ist es eine Schande, dass ich sie gerade jetzt, wo sie ganz offensichtlich so große Angst um ihren Vater hat, im Stich lasse.

Ich stehe auf.

Ich gehe durch den Nieselregen. Es ist später Abend, die Menschen kommen aus Kneipen und Kinos. Oder von den Spätschichten in den Hotels oder von ihren Besuchen bei Freunden oder Familienangehörigen.

Das Krankenhausportal ist hell erleuchtet, die neu gestaltete Klinkerfassade aus hellen Steinen angestrahlt. Von hier aus sieht der Gebäudekomplex nicht nur modern, sondern sogar schön aus. Ein nicht zu hoher, ins Grün des Parks eingebetteter Bau mit einem einladenden Tor. Nur wenige Menschen sind zu sehen, der lange, breite Gang, der auch jetzt eher wie eine Straße wirkt, ist beinahe leer. Einige wenige Patienten treffe ich. Menschen, die keinen Schlaf finden, die unruhig sind und wegen irgendeines Vorwands noch einmal von ihrer Station verschwunden sind, wegen eines Kaffees aus dem Automaten oder einer Süßigkeit, die sie sich gezogen haben, oder einfach nur so.

Ich melde mich bei der Stationsschwester. Sie zeigt wortlos mit dem Kugelschreiber in Richtung Zimmer 50. Ich gehe betont leise durch den schwach beleuchteten Gang der Station. Vorbei an dem Tisch, auf dem billige Teebeutel und Kannen mit heißem Wasser stehen. Darüber das Schild: »Nur für Patienten!«

Durch den kleinen Glasausschnitt in der Tür kann ich ins Zimmer sehen. Kerstins Vater liegt ruhig auf seinem Kissen. Er redet. Kerstin sitzt mit dem Rücken zu mir. Ich zögere. Soll ich hineingehen? Diese Szene inniger Vertrautheit stören? Oder ist das auch nur wieder eine Ausrede? Eine Ausrede, um nicht mit Kerstin zusammenzutreffen? Ich überwinde mich und trete ein. Manfred blickt auf, Kerstin dreht sich um. Sie schaut mich verwundert, ja beinahe erstaunt an. Sie lächelt nicht. Ich beuge mich zu dem Alten hinunter und drücke ihm die Hand. Er scheint noch dünner geworden zu sein. Kerstin zieht den zweiten Stuhl heran. Ich setze mich. Wir reden über Josef, dass er wohl eine Freundin hat, dass Vater vielleicht in einer Woche entlassen werden kann. Allerdings mit einer Pflegestufe. Er kann nicht mehr gänzlich allein leben. Er sagt, dass es doch schade sei, dass sich seine Frau von ihm getrennt habe, eigentlich heißt es doch: Bis dass der Tod uns scheidet. Er ist nicht weinerlich, aber er ist traurig, sehr traurig, und Kerstin ist es offenbar auch. Manchmal streicht sie über seine Hand. Er scheint es nicht einmal zu merken. Ich versuche, etwas über den schwierigen Fall zu erzählen, erwähne aber Kerstins Schule nicht. Sie beobachtet mich beim Reden. Meine Geschichte interessiert sie nicht und ihn noch weniger. Ich schweige also. Wir schweigen alle drei. Kerstins Vater zieht die Luft tief in seine Lungen. Er sagt, dass es furchtbar sei hier im Krankenhaus, in dem es zuginge wie in einem Uhrwerk. Alles sei genormt, das Wecken, das Frühstück, alles. Ich merke, dass sein Reden ihn einerseits in Wut bringt, andererseits langweilt ihn das Ganze. Er hat es schon hundertmal erzählt.

Mein Unbehagen wächst. Was mache ich hier? Ich spiele den beiden Anteilnahme vor. Dabei tut es mir wirklich leid, Manfred so daliegen zu sehen und Kerstin so ängstlich und verzweifelt zu erleben. Aber der das fühlt, ist ein anderer als der, der gleich wieder auf sein Handy schauen wird, um zu sehen, ob Sabrina sich nicht vielleicht doch gemeldet hat. Ich sage, dass ich noch einmal ins Büro muss. Dass die Leute vom Staatsschutz echt nervig sind und dass es spät wird. Kerstin nickt. Sie sagt, das sei kein Problem. Ein bisschen bleibe sie noch.

Als ich wieder auf dem Gang bin, fühle ich mich erleichtert. Ich eile die breite Krankenhauspromenade entlang. Werde immer schneller. Ich muss raus hier. Je schneller, desto besser.

Als ich das Gelände endlich verlasse, klingelt mein Telefon. Sabrina. Sie fragt, wo ich sei und was ich vorhätte. Ich muss mich zusammennehmen, um sie nicht anzufahren. Wo hat sie gesteckt?

»Ich war in Hamburg«, sagt sie, »es gab da was zu klären. Halb privat und halb dienstlich. Aber jetzt bin ich zurück und wir könnten uns sehen, wenn du willst.«

13.

Ich werde wach. Dicht neben mir sehe ich Sabrinas Gesicht. Wir haben miteinander geschlafen. Alle Probleme waren verschwunden, hatten einer Leichtigkeit und Freude Platz gemacht, die ich kaum mehr für möglich gehalten hätte. Sabrina hat von ihrem plötzlichen Entschluss erzählt, nach Hamburg zu fahren. Das sei so ihre Art, hat sie gesagt und fröhlich gelacht, eine Flasche Rotwein aus ihrer Tasche gezogen und noch eine. Und ich habe sie beobachtet. Ihre schwungvollen, raschen Bewegungen, ihr offenes und frohes Gesicht. Ihre Hände, die schlank und zart sind. Ich habe ihr vom Auftritt ihrer Kollegen erzählt. Von deren Vorstellungen, dass wir uns nicht mit den Schülern beschäftigen sollten, sondern mit dem Umfeld des Toten. Sabrina winkt nur ab. Das sei doch völlig klar, sagt sie, natürlich müssen wir uns stärker um das Milieu kümmern. Bislang weist jedenfalls nichts wirklich darauf hin, dass wir es mit Islamisten zu tun hätten. Wir sollten das nicht ausschließen, aber derzeit deuteten die Signale vor allem in die besagte Richtung. Sabrina hält inne und sagt, dass ihr dieser Engel nicht aus dem Sinn geht. Und der Mann, der uns da mit einem Fernglas beobachtet hat. Sie sagt, sie glaube, dass wir uns noch wundern würden, weil der Engel ihrer Meinung nach eine zentrale Rolle spielen könnte.

Ich berichte ihr, dass Sina uns offensichtlich angelogen hat, weil ihre Fingerabdrücke auf der Plastiktüte gefunden wurden. Und ich erzähle ihr von der Erzieherin, dieser Carola Lange, von der ihre Kollegen berichtet haben. Einer Kletterin, die angeblich vor einigen Jahren mit einem Sprengstoffanschlag zu tun hatte. Und diese Frau ist zufällig Betreuerin in dem Heim, in dem Sina lebt.

»Aha«, sagt Sabrina, nun doch überrascht. »Das ist interessant. Wer weiß noch davon?«

»Niemand«, sage ich.

Sabrina gießt Wein in Wassergläser, die sie aus dem Bad geholt hat. Sie stößt mit mir an und trinkt.

»Das ist gut«, sagt sie dann, »das ist sehr gut. Wir sollten uns diese Frau zunächst mal in Ruhe anschauen.«

Ich erwähne nicht, dass ich bereits in dem Heim angerufen und damit möglicherweise schon ein Signal gesendet habe. Andererseits dürfte die bloße Befragung Sinas bereits Signal genug sein, wenn es tatsächlich eine Beziehung zwischen dem Mädchen und der Pädagogin gibt. Das dürfte für besagte Carola Lange jedoch nur dann eine Bedrohung sein, wenn sie ahnt, dass wir ihr mit unseren Ermittlungen auch von anderer Seite näher kommen. Aber noch ist ja nicht einmal erwiesen, dass es überhaupt irgendeinen Zusammenhang mit dem Anschlag am Ostkreuz gibt.

Irgendwann haben wir aufgehört, über den Fall und die Arbeit zu reden. Wir haben uns auf das Fensterbrett gesetzt und rausgeschaut. Hinaus in die Dunkelheit des Friedhofs, dahinter das Licht der angrenzenden Straße. Vorne die Landsberger Allee, die noch immer ihren Lärm herüberschickt.

Dann haben wir lange beieinander gelegen. Ganz ruhig und zärtlich. Und so sind wir eingeschlafen.

Ich sehe Sabrinas Gesicht, die feinen Linien um ihre Augen. Ich genieße es, so ruhig dazuliegen, Sabrinas Atem zu hören, der die Stille noch verstärkt.

Die Sirene dringt zuerst wie durch einen Vorhang aus Freude und wohliger Wärme zu mir durch. Sie dringt ganz allmählich an mein Ohr. Aber dann nehme ich sie wahr und höre gleich noch eine und noch eine. Ich habe ein ungutes Gefühl. Irgendetwas ist da draußen passiert. Etwas, das mit mir zu tun hat, das gleich über mich hereinbrechen wird. Ich richte mich auf. Versuche, über das Auf- und Abschwellen der Intensität der Sirenen herauszubekommen, in welche Richtung sie sich bewegen. Aber das gelingt mir nicht. Ich stehe auf und gehe ans Fenster. Überall Fahrzeuge mit Sirenen.

Ich wecke Sabrina. »Hörst du«, sage ich, »irgendwas ist passiert.« Sabrina versteht nicht. Ich habe sie aus dem Tiefschlaf gerissen.

»Was ist los?«

Ich hebe den Finger, wie man es tut, wenn man kleinen Kindern etwas Wichtiges sagen will. »Hör doch mal!« Sabrina versteht noch immer nicht. Aber dann richtet sie sich auf. Man kann ihr ansehen, dass Besorgnis sie überfällt.

Ihr Telefon klingelt, sie findet es unter dem Bett. Während sie zuhört, was der Anrufer ihr mitteilt, zieht ein Schatten über ihr Gesicht.

Dann sagt sie hart und klar: »Ich komme, ich bin in zehn Minuten da!«

Sie ist schon dabei, sich anzuziehen. Ich greife nach meiner Hose.

»Ein Anschlag am Ostkreuz«, sagt sie, »vor fünf Minuten. Die Lage ist unübersichtlich. Einer unserer Leute, der dort Dienst hat, ist da. Er hat die Evakuierung eingeleitet. Komm, mach schnell!«

Wir rennen die Treppen hinunter. Sabrina stoppt geistesgegenwärtig ein Taxi. Wir springen hinein und bitten die Fahrerin, so rasch wie möglich zum Ostkreuz zu fahren. Kiesewetter ruft an. Er habe da etwas vom Lagedienst erfahren, angeblich habe es einen Zwischenfall am Ostkreuz gegeben. Ich sage, dass ich schon auf dem Weg bin.

Als wir eintreffen, haben Polizisten bereits Teile des Areals abgesperrt. Hunderte Menschen stehen vor den Eingängen zum Bahnhofsgelände. Und noch immer werden welche herausgeführt. Sanitäter vom Roten Kreuz bringen Verletzte auf Tragen zu den Krankenwagen. Menschen sitzen auf dem Bürgersteig, Tücher vorm Gesicht. Polizisten haben sich auf den Gleisen postiert und die S-Bahnzüge, die aus den vier verschiedenen Richtungen einfahren, gestoppt. Über dem Bahnhof hängt eine schwarze Wolke, die sich nicht auflöst, weil kein Lufthauch weht.

Ich sehe, dass der Rauch aus einem der Zugänge auf den oberen Bahnsteig der Ringbahn dringt. Feuerwehrleute sind dabei, sich für den Einsatz fertig zu machen, sie haben Atemmasken und Feuerschutzausrüstungen angelegt. Ich verständige mich kurz mit Sabrina, dann versuche ich, den Einsatzleiter der Feuerwehr ausfindig zu machen. Ich sage ihm, dass es besser wäre zu warten. Der Mann versteht nicht. Ich sage ihm, dass es sich wahrscheinlich um einen Anschlag handelt und dass nicht auszuschließen sei, dass weitere Sprengladungen angebracht sind. Er entgegnet, dass er persönlich schon kurz drin war und nichts im Sinne weiterer Sprengladungen feststellen konnte. Sie müssten jetzt unbedingt da rein, um nachzusehen, ob auf den Bahnsteigen noch irgendwelche Personen sind, die nicht allein rauskommen. »Menschenrettung geht bei uns in jedem Fall vor.«

Inzwischen steht über dem Bahnhof ein Hubschrauber der Polizei. Das Donnern der Rotorblätter macht die Situation noch gespenstischer.

Ich sehe mich vorsichtig in der näheren Umgebung um. Zerstörungen sind nicht zu erkennen, also gab es offenbar keine Explosion. Und demzufolge auch keine Verletzten durch Sprengstoff. Aber ich weiß, dass Rauchgase in ihrer Gefährlichkeit oft völlig unterschätzt werden. Bleibt also zu hoffen, dass niemand in diesem dunklen, beißenden Rauch erstickt ist oder ernsthafte Schäden davongetragen hat.

Ich begegne den ersten Journalisten. Natürlich ist auch dieser Roman Klinger schon da. Er ist immer der Erste. Er macht ein Foto von mir. Grinst breit und ist im nächsten Augenblick verschwunden. Von einem seitlich bis an die Gleise herangerollten Polizeiauto gibt ein Kollege über Lautsprecher Hinweise an die Menschen, die noch auf dem Bahnhofsgelände sind. An drei Ausgängen befinden sich Sammelstellen der Sanitäter. Ich mache mich zu dem Polizeiauto auf und bitte die Kollegen um das Mikrofon.

»Die Polizei bittet darum, dass sich diejenigen Personen melden, die sich in der Nähe des Einsatzortes aufgehalten und irgendetwas Verdächtiges bemerkt haben, wie wir generell darum bitten, dass Sie uns mit sachdienlichen Hinweisen unterstützen, das Geschehen aufzuklären.« Der Kollege in Uniform nickt mir zu.

»Hätte ich auch selbst drauf kommen können«, sagt er.

Ich wende mich noch einmal an den Einsatzleiter der Feuerwehr.

»Glauben Sie, dass es sich hier um einen Brand handelt? Also einfach ein Feuer?« Er versteht, was ich meine.

»Nein«, sagt er, »in dem Bereich, aus dem die enorme Rauchentwicklung kam, gibt es keine brennbaren Stoffe, die man einfach mal anzündet. Jedenfalls wurde hier nichts Brennbares baulich verwendet. Vielleicht haben Leute was abgestellt und das ist dann hochgegangen. Aber ehrlich gesagt, so intensiv wie das hier qualmt, das sieht eher professionell aus. Jemand hat so was wie eine Brandbombe gezündet. Jedenfalls liegt die Vermutung nahe.«

Im Osten ist inzwischen die Sonne aufgestiegen und schickt gelbe, kühle Strahlen herüber. Der Rauch löst sich langsam auf. Fotos! Ich muss Fotos machen, schießt es mir durch den Kopf. Ich ziehe meine kleine Kamera aus der Jacke und fange an, die Treppen und Bahnsteige aufzunehmen. Ich kann erkennen, dass die enorme Rauchentwicklung das Dach der Bahnsteighalle vollständig verrußt hat. Alles ist schwarz, die Metallträger, das Glas. Bis zu den Bäcker- und Zeitungsständen ist der schwarze Film zu sehen. Der Gestank ist unerträglich. Selbst auf dem Boden liegt schwarzer Staub, der kurz aufwirbelt, wenn man ihn berührt. Der Ruß reicht bis vor die Halle. Ich fotografiere die seitlichen Zugänge in Richtung Wasserturm. Dann die andere Seite. Plötzlich bemerke ich ein Blitzen. Es ist der Blitz einer Spiegelung. Eine Fensterscheibe, ein Spiegel, irgendetwas ist da. Ich versuche, den genauen Ort zu lokalisieren. Es ist eins der Mietshäuser in der Nähe. Ich zoome das Haus heran und nun erkenne ich es genau. Da steht jemand auf dem Dach, halb verdeckt, und schaut mit einem Fernglas herüber. Ich drücke mehrfach auf den Auslöser. Dann renne ich los. Rufe im Laufen Sabrina an. Sie meldet sich sofort. Wir verabreden uns am hinteren Ausgang des Bahnhofs. Ich fuchtele mit meinem Ausweis herum und fordere einen Polizeitrupp auf, mir zu folgen. Die Kollegen, zwei Männer und eine Frau, zögern nicht lange. Wir rennen zum Ausgang.

14.

Der Rauch kündigt das Feuer an. Habt ihr euch an ihm verschluckt? Schmeckt ihr seine Bitterkeit? Dämmert es euch allmählich, woher das Feuer kommt? Dass ihr es selbst gelegt habt? Dass ihr die Brandstifter seid und ich nur ein Teil des Brandes? Wisst ihr, wie lange das Feuer schon schwelt? Erinnert ihr euch an den Tag, an dem ihr es gelegt habt?

Ich sehe euch an, wie verblüfft ihr seid. Die Morgensonne sticht mir ins Gesicht. Ich drücke das Gummi der Fernglaslinsen an meine schweißnasse Haut. Sehe euch zu, wie ihr auf dem Bahngleis rumwuselt, als wäre das Spektakel nicht längst gelaufen. Als käme gleich noch was. Zugabe! Ihr Knallköpfe, es ist vorbei! Der Rauch hat sich verzogen. Ihr könnt wieder gehen, es gibt nichts mehr zu sehen hier. Nur noch euch selbst. Wie ihr euch in euren Uniformen wichtig fühlt, obwohl ihr vor dem Beweis eurer Unfähigkeit steht. Viel Rauch um nichts. Aber schön Brust raus und rumzwitschern. Und dass ihr mir alles vom Boden pickt, restlos alles, was da liegt. Jede einzelne Kippe mit der Pinzette aufheben und in eine eigene Plastiktüte stopfen – immer schön korrekt bleiben, Herr Wachtmeister.

Sucht ruhig brav weiter die Halle ab. Ich stehe hier und ich passe in keins eurer Täterprofile. Hier stehe ich, noch immer auf der richtigen Seite. Ohne dass ihr es auch nur ahnt. Was wollt ihr jetzt machen? Wollt ihr eine 24-Stunden-Videoüberwachung? Es wird euch nichts bringen. Weil ich jeder sein könnte, jeder, der euer Spiel mit verdeckten Karten nicht mehr mitspielen, der eure Anerkennung nicht haben will. Ich gebe nur den Startschuss. Was danach kommt, wird von der Situation bestimmt sein. Hier stehe ich, und ihr könnt nichts tun.

Ich bin über das Ergebnis meiner Arbeit hocherfreut. Beglückt vom Ernst eurer Lage. Aufgeputscht von eurer Verwirrung. Angefixt davon, wie kalt es euch erwischt hat.

Aufgedreht, wie im Rausch. Ich suche die Bahnhofshalle ab, sehe die Absperrungen, die umherirrenden Polizisten. Und plötzlich hab ich dich vor der Linse. Wie du neben deiner Kollegin herläufst in deiner zivilen Wichtigkeit. Mit der leicht durchschaubaren Inszenierung einer Persönlichkeit deines Ranges. Wie du versuchst, so auszusehen, als wolltest du den Überblick gewinnen. Du hohes Tier. Wie du deinen Hals reckst, um in alle Winkel zu äugen. Und wie du jetzt direkt zu mir hersiehst. Wie dein Blick starr wird und sich verengt.

Ich nehme das Fernglas vom Gesicht. Schlüpfe durch die Luke zurück ins Dachgeschoss. Stehe tief im Raum und kann nicht mehr erkennen, was draußen geschieht. Einen Moment lang hab ich den Überblick verloren. Mir ist, als würden die Dachschrägen näher rücken. Die Tür. Achte auf die Tür.

15.

Wir rennen die Straße hinauf. Überall Leute, die meisten dürften zu denen gehören, die den Bahnhof verlassen mussten, oder zu denen, die hier in die Bahnen steigen wollten und nun nicht wissen, wie es weitergehen soll. Wir drängen uns vorbei. Auf der dem Bahngelände gegenüberliegenden Straßenseite kommen wir besser voran. Einzelne Personen kommen uns entgegen. Schüler, Leute, die zur Arbeit wollen. Ein gut gekleideter Herr mit einer schmalen Aktentasche unter dem Arm und einer Sonnenbrille. Zwei Frauen, die beide gleichzeitig in ihre Handys brüllen, um zu berichten, was sie sehen.

Einen Augenblick zögere ich. Ich bleibe kurz stehen und schaue mich um. Wer waren die, die mir eben begegnet sind? Was, wenn einer davon derjenige ist, den ich vor wenigen Minuten auf dem Dach gesehen habe? Ich überlege und beruhige mich damit, dass dieser Mensch dann verdammt schnell gewesen sein muss, um von dort oben hier herunterzukommen. Außerdem hat keiner einen irgendwie auffälligen Eindruck gemacht.

Wenig später haben wir das Haus erreicht. Zwei von uns besetzen den Hinterausgang zum Hof, zwei bleiben im Treppenhaus. Sabrina und ich rennen die Treppen hinauf, vorbei an geschlossenen Wohnungstüren. Oben stoßen wir auf eine mit Blech ausgeschlagene Tür. Hier muss der Dachboden sein. Die Blechverkleidung ist dicht bei der Klinke aufgebogen worden. Jemand hat das darunter befindliche Holz zerspalten. Ich drücke vorsichtig gegen die Tür. Sie lässt sich leicht öffnen. Ich ziehe meine Waffe und nicke Sabrina zu, sie soll mir Feuerschutz geben. Leise betreten wir den Dachboden. Schummriges Licht, überall Staub. Braune, unbearbeitete Dielen. Rechts und links abgestellte Gegenstände, ein Sofa, Schränke, Schlitten, ein uraltes Fahrrad, zwei Fernseher. Schräg über uns Dachluken. Eine davon ist kaputt. Das Glas liegt zersplittert auf dem Boden. Und ganz hinten ist eine Luke offen. Unter der Luke steht ein Stuhl. Ich gebe Sabrina ein Zeichen, wir gehen vorsichtig auf das Fenster zu. Vorbei am Gerümpel und den Schornsteinen, von denen Putz gebröckelt ist. Plötzlich fliegt eine Taube hoch. Sie schlägt gegen die Innenverkleidung des Daches, stürzt zu Boden, fliegt erneut auf, klatscht gegen eines der verschlossenen Fenster und stürzt erneut. Ist das Tier durch das zerbrochene Fenster hereingelangt? Oder erst nachdem die Luke vorn geöffnet wurde? Die Taube hockt zusammengesunken auf einem Brett. Wir stehen jetzt seitlich unter dem geöffneten Dachfenster. Ich schaue vorsichtig nach oben. Der Himmel ist hellblau. Ich sehe nichts als dieses Stück Blau. Es hilft nichts, ich muss mich auf den Stuhl stellen, um auf das Dach sehen zu können. Vorsichtig, die Pistole in der Rechten, klettere ich auf den altersschwachen

Stuhl, der unter meinem Gewicht wackelt und ächzt. Ich wage einen ersten vorsichtigen Blick und ziehe den Kopf sofort wieder ein. Aber ich habe gesehen, dass da niemand ist. Ich schaue noch einmal. Schornsteine, sonst nichts. Oder? Ich ziehe mich seitlich an der Luke hinauf. Sabrina folgt mir, ebenfalls die Waffe im Anschlag. Wir tasten uns vorsichtig von Schornstein zu Schornstein. Unter meinen Schuhen knirscht der grobe Kies, mit dem das flache Dach gedeckt ist. Aber hier ist niemand.

»Wir haben ihn verpasst«, stellt Sabrina ruhig fest.

»Vielleicht wohnt er ja hier, hier im Haus.«

»Das würde bedeuten, dass es auch ein ganz normaler Mieter sein kann, den du gesehen hast. Einer, der einfach spannend fand, was da drüben auf dem Bahnhof passiert, und der hier hochgegangen ist, um besser sehen zu können.«

»Dagegen spricht, dass er so rasch verschwunden ist«, sage ich und habe das untrügliche Gefühl, dem Täter noch nie so nahe gewesen zu sein. »Vielleicht«, füge ich an, »hat er mich sogar mit seinem Fernglas bemerkt, hat gesehen, dass ich Fotos mache, hat an meiner Reaktion ablesen können, dass es eng werden könnte für ihn. Deshalb hat er sofort die Flucht angetreten.«

Sabrina nickt. »Das ist zumindest möglich«, sagt sie, »wir werden die Spurensuche hier hochschicken. Die sollen jeden Kieselstein umdrehen.«

Wir schauen in Richtung Ostkreuz. Der Bahnhof in seiner ganzen Ausdehnung liegt vor uns. Von hier hatte der Mann einen exzellenten Blick auf das Geschehen. Möglicherweise hat er zugeschaut, als die Rauchexplosion stattfand. Hat beobachtet, wie die Menschen in Panik gerieten, wie der Rauch aus der Halle quoll und sich im ganzen Bahnhof verteilte, wie Menschen nach Luft rangen, wie sie entsetzt davonrannten und schließlich der Einsatz von Polizei, Feuerwehr und Rettungskräften begann. Was treibt jemanden dazu, das zu tun und dann zuzuschauen, wenn es passiert? Was geht in ihm vor? Und warum das alles?

Als wir zurück durch die Luke auf den Dachboden steigen, umfängt uns sofort die Düsternis. Kaum haben sich meine Augen ein wenig an den Dämmer gewöhnt, sehe ich die Taube. Sie liegt direkt neben dem Stuhl. Sie liegt auf der Seite. Die Krallen sind zusammengekrümmt. Sie ist tot.

Wir klingeln an den Türen. Drei Bewohner sind zu Hause. Nein, niemand hat etwas bemerkt. Die Tür zum Dachboden steht schon seit Wochen offen, angeblich schläft da oben sogar ab und zu jemand. Vielleicht irgendwelche Penner, wer weiß das schon, aber solange sie einem nichts tun … Die Hausverwaltung weiß Bescheid, aber die unternimmt ja sowieso nichts.

Zurück am Ostkreuz werden wir von Kiesewetter und von Sabrinas Kollegen empfangen. Franz ist mit den Feuerwehrleuten im Gespräch. Presseleute machen Fotos. Vom Tatort, vom Bahnhof, von uns. Einer ruft uns Fragen zu. Ich ignoriere das. Kiesewetter macht auf zerknirscht. Es ist mir bisher vielleicht vier, fünf Mal passiert, dass ich ihn außerhalb der Dienststelle treffe.

»Also, was können wir davon halten?«, fragt er missmutig. »Lassen wir uns jetzt von diesem Täter vorführen? Will er uns beweisen, dass wir ihn nicht dingfest machen können? Dass er immer wieder zuschlagen kann und wir machtlos sind?«

»Vielleicht ist das tatsächlich sein Kalkül«, antwortet Sabrina.

»Ja, möglicherweise«, antwortet Kiesewetter mit einem verwunderten Blick auf die Kollegin, »aber das ist ein Problem! Das wird auch die Presse schreiben, die Öffentlichkeit wird es so sehen und unsere Vorgesetzten werden uns peinliche Fragen stellen.« Er macht eine Pause. »Nun gut«, fährt er dann fort, »was haben Sie herausgefunden?« Er schaut Sabrina an und dann mich.

Ich ziehe meinen Fotoapparat aus der Jacke und zeige ihm das Bild, auf dem der Mann auf dem Dach zu sehen ist.

»Und, was bedeutet das?«

Ich sage: »Das könnte der Täter sein.«

Kiesewetter hält meinen Fotoapparat in den Händen, als handele es sich um einen extrem zerbrechlichen Gegenstand. Er reicht ihn mir mit einem verständnisvollen Lächeln.

»Also gut«, sagt er und weiß offenbar nicht weiter.

Zum Glück kommt Franz zu uns herüber.

»Laut Aussagen des Experten von der Feuerwehr war es eine Art Rauchexplosion. Ein noch zu identifizierender chemischer Stoff wurde in einem Behälter gezündet. Bei seiner Verbrennung erzeugt er selbst Sauerstoff und brennt so lange, bis der Druck in dem Behälter so groß ist, dass er explodiert. In diesem Augenblick tritt der hoch komprimierte Rauch explosionsartig nach draußen. So ungefähr nach dem Prinzip einer Feststoffrakete. Entscheidend ist der Aspekt, dass Sauerstoff sozusagen Bestandteil des Brennstoffes ist.«

Eine so lange und so kompetent klingende Rede habe ich von Franz selten gehört; offenbar hat er sich die Angaben des Feuerwehrexperten gut eingeprägt. Franz kann gut zuhören. Er versteht nicht alles, aber er kann es sich merken. Das ist ein großer Vorteil. Man kann ihn dann trotzdem leicht aus der Reserve locken, denn es bleiben immer Fragen, die man unbedingt hätte stellen müssen.

»Handelt es sich bei den verwendeten Brennstoffen oder den austretenden Rauchgasen um giftige Substanzen?«

Franz starrt mich an. »Ist nicht jeder Rauch, der bei Verbrennungen entsteht, giftig?«, fragt er noch geistesgegenwärtig. Aber natürlich weiß er, dass es besser gewesen wäre, den Feuerwehrexperten oder auch einen von unserer Spurensuche zu fragen.

Wir erfahren dann von dem Feuerwehrmenschen, dass noch nicht geklärt sei, wie die genaue Zusammensetzung des Rauchgases ist. Unbekannt sei zum Beispiel, ob es sich um reine Verbrennungsgase handelt oder ob es Beimischungen gegeben hat, was die Lage deutlich verkomplizieren würde.

Wir sehen uns die Reste des Behältnisses an. Eine starke Hülle aus Aluminium, zerrissen wie nach einer Explosion, abgetrennte Teile liegen verstreut in der Umgebung. Ganz in der Nähe sind einige Zementsäcke gestapelt und Packungen mit Fliesen, eingezäunt mit drei einfachen Drahtzaunfeldern, die jetzt auf dem Boden liegen. Offenbar ein provisorisches kleines Lager für Baustoffe. Das Aluminiumbehältnis dürfte die Größe eines Koffers gehabt haben. Bleibt die Frage, wer hat das Ganze hierher gebracht? Und wie wurde es gezündet?

Ich mache Fotos. Vom Tatort, von den Resten des Aluminiumkoffers, von den Fluchtwegen. Wir suchen nach möglichen Spuren und Hinweisen. Und wir stellen fest, dass ausgerechnet auf diese Stelle des Bahnhofs keine Überwachungskamera gerichtet ist. Der Täter hat den Ort also gezielt ausgewählt. Aber er muss von irgendwo gekommen sein. Irgendeine Kamera wird ihn aufgenommen haben. Wir werden ihn bald auf einem der Bilder sehen.

Wir erfahren, dass es über fünfzig Verletzte gegeben hat. Rauchgasvergiftungen, Brüche, Verstauchungen. In der Panik sind Menschen die Treppen hinuntergestürzt, aufeinander geprallt, haben andere umgerissen.

»Diesmal werden wir mit einer höheren Welle rechnen müssen«, erklärt Kiesewetter bei der nächsten gemeinsamen Besprechung. Er meint wahrscheinlich die Presse, die Journalisten von Funk und Fernsehen. »Ich kann nur hoffen, dass wir dabei nicht vollends untergehen.« Dass sich die Lage verändert hat, sieht man schon daran, dass der Stab der Mitarbeiter deutlich erweitert wurde. Statt sieben sind wir jetzt sechzehn Leute. Man hat Stühle besorgt und einen Tisch hinzugestellt. Der Raum ist viel zu klein. Die beiden Fenster stehen sperrangelweit offen.

Sabrina sitzt bei ihren Kollegen. Sie sind inzwischen auch zu sechst, unter ihnen der neue Chef der Ermittlungen, ein kleiner, dünner Mann mit einem Adlergesicht. Seine Augen, die wie in den Kopf gemeißelt scheinen, rucken hin und her, sind in ständiger Bewegung. Sein Mund ist verkniffen, die Oberlippe ragt etwas über die untere hinaus. Er stellt sich als Dirk Kremmen vor. Auch seine Stimme hat etwas Angespanntes, Schneidendes. Kiesewetter beobachtet ihn mit einiger Vorsicht und mit Interesse. Wahrscheinlich ist er inzwischen froh, dass er hier mit unserer Abteilung nicht die direkte Verantwortung trägt.

Sabrina ist ganz bei der Sache. Sie flüstert ab und zu mit einem aus ihrer Truppe, gibt Hinweise, nickt, wenn irgendeine Information an sie weitergegeben wird. Sie fasst noch einmal zusammen, was es von unserer Aktion in dem Haus und auf dem Dach zu berichten gibt. Mein Foto wird an die Wand geworfen. Es ist ein ziemlich scharfes Foto. Der Schatten eines Schornsteins verdeckt Teile der Person. Aber es ist zu sehen, dass da ein Mann mit einem Fernglas aus einer Dachluke genau in die Richtung des Fotografierenden schaut. Ähnelt er jenem Mann, den ich nach dem ersten Anschlag auf dem Gleis fotografiert habe? Ja, es ist eigentlich schon jetzt zu erkennen, dass es sich um die gleiche Person handeln könnte. Einige in der Runde murmeln beifällig. Das ist wirklich eine vielversprechende Spur.

Kiesewetter sagt: »Klar ist, wenn der Mann auf dem Dach der Täter ist, muss der Brandsatz entweder wieder per Zeitzünder oder per Sender ausgelöst worden sein. Oder er hat Komplizen. Er musste den Behälter abstellen und sich entfernen. Dann wäre möglicherweise jemandem ein herrenloser Gegenstand aufgefallen.«

Ich bin unsicher, aber ich mische mich trotzdem ein: »Es ist völlig unklar, wann diese Person auf das Dach gelangt ist. Wir, also Kollegin Zielinski und ich, haben, wenn wir mal unseren kurzen Stopp bei den Kollegen, die wir mitgenommen haben, und die Aufteilung der Kräfte vor Ort abrechnen, keine drei Minuten bis zu dem Haus gebraucht. Das heißt, der Täter kann den Behälter abgestellt, gezündet und sich dann auf den Weg gemacht haben.«

»Richtig«, mischt sich Sabrina ein, »wir müssen vor allem wissen, wie lange der Brandsatz im Innern des Koffers geschmort hat, ehe das Ganze explodierte. Das werden uns die Experten berechnen, aber es ist nicht so einfach. Im Übrigen stand das Aluminiumbehältnis an einer Stelle, die von den Passanten im Bahnhof nicht unmittelbar einsehbar ist.«

»Nämlich wo genau?«, fragt einer ihrer Kollegen.

Sabrina lässt ein Bild vom Lageplan des Bahnhofs auf den Beamer holen. Sie zeigt auf eine Stelle.

»Da. Das ist eigentlich ein Durchgang, in dem nach neueren Vorschriften nicht mal ein Papierkorb angebracht werden darf. Aber eine Baufirma hatte hier Material gelagert. Wahrscheinlich mit einer Ausnahmegenehmigung. Das prüfen wir noch, weil wir nicht wissen, ob der Täter nicht selbst dieses Zeug hierher gebracht hat, um die Sache zu tarnen.«

»Sind denn die Videoaufnahmen bereits gesichtet?«, will Kiesewetter wissen. Der Mann hat Nerven. Wie sollen die Kollegen innerhalb von wenigen Stunden so viel Material anschauen? Aber ich habe mich geirrt. Einer von Sabrinas Leuten meldet sich und sagt:

»Wir haben schon mal die jeweils letzte Stunde der Kamera a, b und f angesehen.« Er zeigt die Punkte auf dem Lageplan des Bahnhofs. »Also, das sind die Kameras, die den Ort des Anschlags sozusagen indirekt im Blick hatten. Wie wir wissen, war der Zugang selbst nicht videoüberwacht.« Der Mann strahlt etwas Ruhiges aus. Er ist offensichtlich ein Arbeiter. Schaut genau hin, weiß, was er will, versteht sein Handwerk. Es ist Norman Buchholz.

Ich sehe Kiesewetter tief einatmen. Und prompt passiert das, was immer passiert, wenn er an eine bevorstehende Pressekonferenz denkt: Er bekommt einen Schluckauf.

»Die Bilder der drei Kameras«, fährt Buchholz fort, »zeigen die zu erwartenden Menschenmassen, die zwischen den Bahnsteigen wechseln oder von außen hinzukommen. Wir konnten nicht feststellen, ob jemand von ihnen einen größeren Gegenstand bewegt, der dem des, nennen wir es mal: Aluminiumkoffers entspricht. Allerdings haben einige der Personen natürlich Koffer und große Taschen dabei. Und dann ...«, er drückt auf eine Taste seines Computers und die Bilder einer der Kameras werden von dem Beamer an die Wand geworfen, »wenig später, passiert das hier.« Das eben noch klare Bild wird schlagartig dunkel. Schwarzer Rauch umhüllt die Kamera. Rauch, der geradezu explosionsartig auftritt und so dicht ist, dass man einige Sekunden lang keinen der Menschen mehr sehen kann. Erst Sekunden danach lassen sich wieder Konturen ausmachen. Menschen stürzen aus dem Bild und gleich darauf ist niemand mehr da.

»Das heißt«, erläutert Buchholz, »wir können nicht sehen, ob der Täter nach der Explosion einen der Ausgänge genommen hat. Die anderen Kameras zeigen die gleichen Bilder.«

»Das bedeutet«, fügt Sabrina hinzu, »dass besagter Täter möglicherweise sogar einkalkuliert hat, dass er die Kameras mittels der Rauchentwicklung außer Gefecht setzt. Wir können unschwer daraus schließen, dass es sich bei dem oder den Tätern um clevere, sehr überlegt vorgehende Akteure handelt. Was die Sache nicht einfacher macht.«

»Bleibt noch die chemische Zusammensetzung und die Funktionsweise des Brandsatzes«, sagt Kiesewetter, und er sagt das, damit er sich bei seinem unausweichlich näher rückenden nächsten offiziellen Auftritt ausreichend gewappnet fühlen kann. Kiesewetter weiß: Je mehr Fakten man nennen kann, desto eher ist die Meute abgefrühstückt. Journalisten sind wie gierige Möwen, sie wollen Happen, die sie hinunterschlingen können. Happen, die Überschriften und Fettgedrucktes versprechen. Wenn sie die haben, ziehen sie zufrieden ab. Nur die, die wirklich verstehen und wissen wollen, bleiben bis zum Schluss und stellen Fragen, die einen bisweilen selbst verblüffen, die einen sogar in den Ermittlungen weiterbringen können, weil sie Türen aufstoßen, durch die man noch nicht gegangen ist.

»Wir gehen von einem Zeitzünder aus«, sagt der Kollege von der Spurensuche, »wir können das noch nicht belegen, aber die Sache liegt nahe. Jedenfalls haben wir nichts gefunden, was darauf hindeutet, dass es eine direkte Zündung gab. Wir vermuten, dass der Zünder in der Mitte des Materials gelagert wurde. Eine Zündkapsel hat den Stoff zum Brennen gebracht. Der Brandherd breitete sich kugelförmig aus und dabei entstand der enorme Druck, der dann zur Explosion führte. Also, das ist unsere Theorie. Beweisen können wir das vielleicht in fünf, sechs Stunden. Wenn unsere Annahme zutrifft.«

»Letzte Frage«, sagt Kiesewetter, »haben sich Zeugen gemeldet? Gibt es Hinweise?«

Nun ist Franz an der Reihe. Er nickt.

»Ja, es haben sich über dreißig Personen gemeldet. Die meisten gleich vor Ort bei den Polizeikräften. Und ich war noch im Krankenhaus, weil ich mir dachte, dass diejenigen, die verletzt eingeliefert wurden, am nächsten an dem Brandherd waren und von daher auch am ehesten etwas gesehen haben könnten. Um es gleich vorab zu sagen: Niemand hat eine Person mit besagtem Alukoffer bemerkt. Den Koffer selbst aber schon. Zwei haben ihn stehen sehen. Sie haben auf dem Bahnsteig auf ihre S-Bahn gewartet und waren zuvor durch diesen Gang gekommen.«

»Also haben wir da eigentlich nichts«, resümiert Kiesewetter. Franz schaut irritiert auf. Er wirkt enttäuscht.

»Wir werten die Hinweise noch aus. Ich denke schon, dass wir da noch Verwertbares finden.«

Sabrinas Chef richtet sich auf. »Wir schlagen vor, dass wir zunächst so weiterermitteln, wie das in der letzten Sitzung hier festgelegt wurde. Das heißt ...« Er nickt Sabrina zu.

»Das heißt, wir suchen vor allem nach möglichen Zusammenhängen im Bekanntenkreis des Toten. Schließlich geht es noch immer um das Motiv. Warum handeln der oder die Täter so, wie sie handeln? Wir gehen davon aus, dass es sich um politisch motivierte Taten handelt. Jemand will seine Macht demonstrieren.«

»Und wieso kann es dann nicht zum Beispiel auch um Erpressung gehen?« entfährt es mir. Eine spontane Idee. »Der Täter beweist uns seine Macht und setzt uns damit unter Druck. Wenn er das eine Weile betreibt und dann mit einer Forderung kommt ...?«

Sabrina schüttelt den Kopf. »Die Sache, lieber Kollege, wäre viel zu hoch aufgehängt. Wen will der Täter denn erpressen?«

»Die S-Bahn zum Beispiel«, wirft Kiesewetter ein.

»Die S-Bahn? Oder am besten gleich die ganze Stadt? Herr Kiesewetter, das ist für einen Erpresser ein Riesenakt. Er hat praktisch alle gegen sich. Er weiß, der ganze Apparat ist in Gang. Wie soll er jemals an das erpresste Geld kommen? Wie soll er danach auf Dauer untertauchen? Nein, eine Erpressung hat in der Regel nur dann die Chance auf Erfolg, wenn sie im Geheimen stattfindet. Am besten, nur der Erpresste und der Erpresser wissen Bescheid. Wird die Polizei hinzugezogen, ist die Sache schon viel komplizierter, und in solch einem Ausmaß – das ist absolut nicht händelbar!«

Wahrscheinlich hat Sabrina recht. Und dennoch habe ich Zweifel.

»Es sei denn, wir haben es mit einem Größenwahnsinnigen zu tun. Einem, der meint, er kann eben doch die ganze Stadt herausfordern.«

»Das ist natürlich nie auszuschließen«, lenkt Sabrina ein. »Wir sollten das in unsere Überlegungen einbeziehen und auch ein psychisches Problem als Motiv prüfen. Aber bislang ist die Wahrscheinlichkeit, dass es sich um politisch aktive Täter handelt, am größten.«

Kiesewetter ist unzufrieden. Man merkt es ihm an, weil er unruhig von einem zum anderen schaut und nervös hin und her ruckelt.

»Ganz egal, wo wir die Täter vermuten, mein Problem ist: Wir konnten einen zweiten Anschlag nicht verhindern!

Das ist der Vorwurf, den man uns machen wird und den wir uns selber machen müssen. Und das, obwohl wir in der Sache nun schon tagelang ermitteln und obwohl wir eine Vierundzwanzig-Stunden-Observation des Bahnhofs machen. Da war doch immer einer vor Ort von Ihnen!«

Wenn das jetzt ein Vorwurf sein soll, lehnt sich Kiesewetter ziemlich weit aus dem Fenster. Dirk Kremmen neben ihm wird nun auch unruhig. Wahrscheinlich fühlt er sich angegriffen. Er könnte sagen, dass es völlig unmöglich ist, ein so großes Gelände von einer Person überwachen zu lassen, aber das tut er nicht. Er räuspert sich und schiebt seinen Oberkörper nach vorn, was den Eindruck verstärkt, er sei eine Art Raubvogel, der jetzt zum Angriffsflug ansetzt.

»Kollege Kiesewetter hat völlig recht. Diesen Vorwurf müssen wir uns machen und daraus lernen. Jedem hier im Raum ist sicher klar, dass es schwierig ist, einen Bahnhof dieser Größenordnung zu überwachen. Aber jetzt mal unabhängig von dem, was war, und den damit im Zusammenhang stehenden Problemen, wir müssen damit rechnen, dass der Täter es noch mal probieren wird. Er wird den zweiten Anschlag als einen Sieg feiern. Und er wird einen entscheidenden Fehler machen …« Kremmen schaut in die Runde. Alle sind aufmerksam, er hat es geschafft, uns mit seiner klaren, schneidenden Stimme und seinem geradezu hypnotischen Blick in seinen Bann zu ziehen. »Er wird sich sicher fühlen. Wer es schafft, eine solche Aktion hinzulegen und den Verkehr eines nicht unbeträchtlichen Teils einer Großstadt lahmzulegen, der kann mit einigem Stolz von sich denken, dass er stark ist und gut im Sinne der Sache. Er wird auf uns herunterschauen. Das wird ihn am Ende zur Strecke bringen.« In der Runde herrscht Schweigen. Auch Kiesewetter ist ruhiger geworden.

Kremmen steht auf und geht zum an die Wand projizierten Lageplan des Bahnhofs.

»Vorerst«, sagt er und tippt an einige Stellen, »werden wir hier und hier und hier Leute von uns postieren. Und wir müssen Polizeikräfte hinzuziehen. Dreierposten. Auch zur Abschreckung und damit die Menschen das Gefühl haben, dass wir für Sicherheit sorgen. Damit sollten wir sofort beginnen, wenn Sie einverstanden sind, Kollege Kiesewetter. Und dann werden wir hier oben ...«, er zeigt auf die Randbereiche des Lageplans, »... also in den angrenzenden Gebäuden, zwei weitere Beobachtungsposten einsetzen. Damit beginnen wir morgen früh um sechs Uhr. Wir müssen prüfen, ob es Sinn macht, dass wir diese Beobachtungen auch nachts weiterführen. Ganz einfach weil die Sichtverhältnisse dann naturgemäß problematisch sind. Und es ist zu überlegen, ob wir die S-Bahn-Fahrer zusammentrommeln und entsprechend instruieren, dass sie bei Einfahrt in die Bahnhöfe auf für uns relevante Dinge achten. Wir sollten das Sicherheitspersonal auf den Bahnhöfen ebenfalls entsprechend einweisen. Das könnten Fachleute von uns übernehmen.«

Kremmen ist fertig. Er wartet noch einen Augenblick, um seine Worte nachhallen zu lassen, es sieht aus, als würde er auf Beifall warten. Dann setzt er sich wieder und blickt ruhig auf den Tisch vor sich.

»Das alles«, sagt Kiesewetter mit Nachdruck, »haben wir im Vorfeld abgesprochen.« Kremmen zeigt keine Regung, obwohl Kiesewetters Bemerkung wahrscheinlich nicht zutrifft. »Auf jeden Fall werden wir in der bereits erprobten Kooperation weiterarbeiten. Ansonsten fahren wir zweigleisig: Zum einen machen wir uns intensiv an die Auswertung aller neuen Daten und Informationen des aktuellen Anschlags und vergleichen sie mit denen des ersten, und zweitens gehen die Ermittlungen weiter in Richtung Anarchogruppen. Danke, ich denke, das war's.«

Als alle gegangen sind, bleibe ich allein im Raum. Ich schließe meinen Fotoapparat an den Beamer an und betrachte die Fotos. Bild für Bild. Das Erste, was ich bemerke, ist ein möglicher Weg, den der Täter gegangen sein kann, ohne dass ihn irgendeine Kamera aufgenommen hat. Es ist ein Pfad links neben den Gleisen Richtung Treptow. Man gelangt ohne Probleme bis zu dem Wasserturm und bis zu den Gärten zwischen den Gleisen. Einzige Schwierigkeit: die Züge. Jemand, der sich hier bewegt, dürfte den Menschen in der S-Bahn auffallen. Aber es ist auf jeden Fall eine Möglichkeit, relativ unbemerkt in den Bahnhof zu gelangen. Vor allem, wenn man bestimmte Kleidung trägt. Zum Beispiel die eines Streckenarbeiters mit grün-roter Weste und Helm oder so ähnlich.

Das Foto, das mich am meisten interessiert, ist natürlich das von dem Mann auf dem Dach. Ich lasse es auf mich wirken. Der Mann trägt dunkle Kleidung. Eine seltsam geformte Kopfbedeckung, die möglicherweise als Tarnung dienen soll. Plötzlich habe ich das Gefühl, diesem Mann begegnet zu sein. War er möglicherweise einer derjenigen, die uns auf unserem Weg zum Haus entgegengekommen sind? Es waren nur Bruchteile von Sekunden, in denen ich sie wahrgenommen, nur ein flüchtiger Blick, mit dem ich sie gestreift habe. Da war ein Mann im dunklen Anzug oder mit dunkler Hose und jackettähnlicher Jacke. Trug er einen Schlips? Ich bin mir unsicher. Die Frisur? Akkurat geschnittenes Haar? Eine Mappe, die er lässig unter dem Arm trug, eine Sonnenbrille, die die Augen gänzlich bedeckte, so wie das Fernglas auf meinem Foto. Dieser Mann auf dem Bild kommt mir irgendwie bekannt vor. Aber ich kann ihn nicht zuordnen. Was hat oder hatte er mit mir zu tun? Ich weiß es nicht, aber ich ahne, dass ich es bald erfahren werde.

Die Untersuchungen laufen auf vollen Touren. Die Zusammensetzung des Brandmaterials ist inzwischen festgestellt. Dutzende Polizisten durchsuchen das gesamte Bahngelände. Der Bahnverkehr ist trotzdem wieder aufgenommen worden, an den Zugängen kontrolliert die Polizei diejenigen, die mit großen Gepäckstücken auf den Bahnhof wollen. Ich weiß nicht, was das bringen soll, denn die Fahrgäste, die hier aussteigen, kontrolliert keiner. Niemand kann dieses Drehkreuz wirklich absichern. Hier wechseln vielleicht hunderttausend Menschen ihre Fahrtrichtungen. Jeden Tag. Wer es auf solch ein Nadelöhr, solch eine Drehscheibe abgesehen hat, hat schon fast freie Hand. Und alles, was wir dem entgegensetzen können, sind Beruhigungsmittel, mehr nicht. Die Menschen sind unsicher, man merkt es ihnen an. Sie schauen anders, stehen dichter beisammen und beobachten zugleich, was der andere tut. Selbst die Abstände zur Bahnsteigkante sind größer geworden, als könnte jemand aus der Masse hervortreten und einen hinabstoßen auf die Gleise.

Ich sehe zwei von Sabrinas Kollegen immer wieder die Bahnsteige entlanggehen, die Leute beobachten. Glauben sie an den alten Polizeispruch, dass der Täter immer wieder gern an den Ort zurückkehrt, an dem er seine Tat verübt hat? Ich weiß nicht, ob das wirklich stimmt, aber ich kann es mir zumindest vorstellen. Vor allem bei diesem Täter, bei unserem Täter. Der so intensiv beobachtet, was geschieht, wenn er einen Anschlag begeht. Und wer sagt uns, dass diese Person nicht bereits die nächste Aktion plant? Dass er ein Zeichen setzen will. Ein kleiner Text. Sozusagen als Bekennerschreiben. Irgendwo angebracht, wie beim letzten Mal. Obwohl wir nicht wissen, ob es wirklich einen Zusammenhang gibt zwischen dem ersten Anschlag und dem Zettel »Aktion JETZT«. Wir wissen ja nicht einmal sicher, ob es einen Zusammenhang zwischen jenem und diesem Anschlag gibt. Das heißt, für mich gibt es diesen Zusammenhang. Für mich gibt es einen Täter, vielleicht irgendwelche Komplizen. Aber die Taten gehören zusammen.

Mein Handy klingelt. Sabrina sagt, dass sie sich auf den Weg macht. Ich frage irritiert, wohin sie gehen will. Sie sagt: »Wir haben da etwas entdeckt. Es geht um diesen Engel. Die Figur. Du erinnerst dich?« Natürlich erinnere ich mich, obgleich ich gestehen muss, dass ich sie in meine Überlegungen nicht mehr einbezogen hatte. Lag dieser Engel nicht an der Stelle, an der jener Mann mit dem Fernglas gestanden hatte? Sabrina sagt: »Es ist eine Art Modell, eine Abbildung des heiligen Sankt Florian. Ich habe überlegt, ob es vielleicht ein Original davon geben könnte. Weil ich während der Recherche gelesen habe, dass Sankt Florian als Schutzheiliger gegen Feuer oftmals alte Häuser ziert, habe ich einfach mal auf Google Streetview in der Gegend um den Bahnhof Ostkreuz nach solchen Figuren gesucht. Und siehe da, ich bin fündig geworden. Die richtige Figur ist an einem Hauseingang in der Sonntagstraße angebracht. Ich fahre jetzt hin und überprüfe das.« Noch ehe ich antworten oder etwas fragen kann, wird die Verbindung unterbrochen. Ich stecke das Handy ein. Und plötzlich ist da wieder dieses Gefühl. Ich merke, dass mich jemand beobachtet. Ich schaue mich um und sehe die Häuser dicht am Bahnhof. Das eine, in dem der Tote wohnte, und das andere ein Stück daneben, wo wir heute morgen den Mann auf dem Dach gesehen haben. Ist da wieder jemand, der hier herunterschaut? Ich kneife die Augen zusammen. Aber ich kann nichts erkennen.

16.

Ich fahre nach Hause. Ich kann jetzt nicht so tun, als gäbe es Kerstin nicht mehr. Und ich kann sie jetzt auch nicht hängen lassen, vor allem wegen ihres Vaters. Und auch wegen ihrer Klasse und diesen Dingen.

Es ist später Nachmittag, als ich die Wohnungstür aufschließe. Kerstin ist nicht da. Ich koche mir einen Kaffee und suche nach Keksen, die üblicherweise im oberen Küchenschrank in einer Keramikschüssel aufbewahrt werden. Aber die Schüssel ist leer.

Ich warte. Und wieder bin ich nicht sicher, ob ich eher darauf hoffen soll, dass ich alleine bleibe, oder lieber darauf, dass Kerstin kommt.

Zehn Minuten später schließt sie die Tür auf. Sie zögert einige Sekunden, als sie mich in der Küche sitzen sieht. Dann sagt sie ruhig:

»Diesmal waren fast alle meine Schüler da.« Sie lehnt an der Tür. »Ihr werdet jetzt 'ne Menge Ärger haben. Die Leute sind ziemlich verunsichert und wütend auf die Polizei, die das nicht verhindern konnte. Jedenfalls höre ich das so. In der Schule und auch im Krankenhaus von den Schwestern.« Ich nicke nur.

Sie geht ins Schlafzimmer. Ich höre, wie sie die Schränke öffnet. Ich nehme meinen Kaffeebecher und gehe zu ihr. Sie packt Kleidung in eine Tasche. Mir wird bewusst, wie sehr ich mich schäme. Ich weiß nicht genau wieso, ob es mir dabei wirklich um sie geht oder nur um mich, nur darum, mein Gewissen zu entlasten. Aber als sie sich zu mir umdreht, offenbare ich mich ihr. Die Worte kommen einfach heraus, ohne Umschweife und ohne Erklärungen und Entschuldigungen. Nur wenige Sätze, mit denen alles gesagt ist. Danach ist es still im Raum. Wir stehen voreinander und ich schaffe es kaum, sie anzusehen.

»Was hast du jetzt vor«, frage ich schließlich und bin bemüht, ruhig und sachlich zu bleiben. Sie schaut mir ins Gesicht. Dann nimmt sie die Tasche von dem einzigen Stuhl im Raum und setzt sich.

»Ich werde für ein paar Tage zu Vater ziehen. Er wird morgen entlassen, da braucht er Hilfe. Es könnte Komplikationen geben, aber er will auf keinen Fall länger im Krankenhaus bleiben. Auf keinen Fall, sagt er.« Ich nicke, weil ich verstanden habe, aber ich fühle, dass es um mehr geht als um das, was Kerstin sagt. Und dann spricht sie aus, was ich befürchtet habe. »Max, ich brauche Abstand. Ich weiß, das klingt wie aus einem dieser ZDF-Filme, aber es ist wahr. Okay, du bist dir nicht sicher, aber ich sehe keinen Grund, im Moment hier zu sein. Bis du dich irgendwann entschieden hast, wenn du verstehst, was ich meine. Wenn es so sein soll, dann werden wir eben auseinandergehen. Ich habe das schon einmal erlebt und du auch. Und wir beide wissen, dass davon die Welt nicht untergehen wird.«

Kerstin hat sich das sehr genau überlegt, wird mir nun klar, jedes Wort hat sie durchdacht. Und nun ist es gesagt und ich merke, dass ich den Boden unter den Füßen verliere. Sie steht auf, zieht den Reißverschluss der Tasche zu.

Ich suche nach Worten. »Mir tut das alles leid. Ich glaube, dass das alles irgendwie verkehrt ist. Es ist der Fall, glaub mir. Er ist so … anders.«

Kerstin lächelt müde. »Nein, Max, es ist nicht der Fall, du selbst bist es.«

»Ja?«, frage ich. »Was ist denn mit mir?«

»Ich habe mir das wirklich versucht zu erklären, Max, aber als wir vor zwei Tagen diskutiert haben, wegen des Anschlags und wegen der Schüler meiner Klasse … Max, früher hättest du nicht so geredet. Du hättest versucht, zu verstehen. Aber inzwischen habe ich den Eindruck, du weißt alles schon. Alles ist fertig. Max, du hast doch selber mal so diskutiert wie die jungen Leute! Und heute, da ist alles klar? Eins sage ich dir: Nichts ist klar, nichts!«

Ich stelle mich ihr in den Weg. Sie bleibt stehen. Es hat keinen Sinn, sie geht aus dem Raum. Ich möchte schreien, ich möchte alles zurückdrehen, ungeschehen machen. In meinem Kopf hämmert es. Ich mache noch einmal fünf, sechs Schritte, um Kerstin festzuhalten, sie am Gehen zu hindern. Aber dann fällt die Tür zu.

Ich falle auf das Bett und weine. Laut und hemmungslos. Und ich frage mich, warum um alles in der Welt habe ich das getan?

Als ich aufwache, ist es schon dunkel. Vom Fenster her kommt ein nasskalter Luftzug. Geweckt hat mich mein Handy. Eine Nachricht ist eingegangen. Die Mitteilung ist nicht von Kerstin, sie ist von Sabrina. Sie teilt mir mit, dass es gut wäre, ich würde zu jenem Haus kommen, an dem besagter Engel am Eingangsportal angebracht ist. Sie nennt die Adresse.

Am Lärmpegel, der durch das offene Fenster hereindringt, versuche ich zu erkennen, wie spät es ist. Wahrscheinlich schon nach acht. Mein Kopf schmerzt. Ich habe Durst.

In der Küche beuge ich mich unter den Hahn und trinke Leitungswasser. Als ich es abgestellt habe, bemerke ich, wie still es hier ist. So still wie noch nie in diesem Raum. Als der Kühlschrank angeht, schrecke ich zusammen. Ich muss nach draußen, ich muss raus hier. Ich nehme meine Jacke und verlasse die Wohnung, als wäre ich auf der Flucht.

Wieder kalter Regen, der über das Pflaster flirrt. Alles glänzt feucht. Die Scheinwerfer der Autos spiegeln sich vielfach. Ich schaue noch einmal auf meinem Display nach, welche Straße und Hausnummer Sabrina genannt hat, und mache mich auf den Weg.

Plötzlich fällt mir wieder ein, was ich Kerstin gesagt hatte. »Es ist der Fall … er ist so anders.« War das eine Ausrede? War es dieses typische Geschwafel, das, was Leute eben so von sich geben, um eine Begründung zu haben, warum sie dies und das tun und etwas anderes nicht? Vielleicht. Aber vielleicht ist es auch wahr. Vielleicht ist dieser Fall so verwirrend, so seltsam verdreht, dass auch ich ganz verdreht bin. Vielleicht läuft irgendetwas falsch und ich merke es noch nicht. Vielleicht bewege ich mich in eine Richtung, in die ich nicht gehen sollte, und verirre mich immer mehr. Aber warum sollte das so sein, wie komme ich überhaupt darauf? Und dann schießt mir plötzlich durch den Kopf, dass dieser Gedanke etwas mit Sabrina zu tun haben könnte. Wer ist diese Frau, in die ich mich so entsetzlich verliebt habe? Wer ist sie wirklich? In welcher Beziehung zu mir steht sie?

Ich kann keinen klaren Gedanken fassen.

Das Haus, zu dem mich Sabrina beordert hat, liegt in einer eher ruhigen Straße. Sonntagstraße lese ich. Die wenigen Straßenlaternen werfen blassgelbes Licht auf das Pflaster. Aber selbst das reicht aus, um den Engel deutlich zu erkennen. Es ist das etwa zehnmal größere Original der Gipsnachbildung. Ein Stuckengel mit feinen Linien und Konturen. »St. Florian« steht darunter in den Stuck geschrieben. Es gibt viele solcher Figuren an und in Berliner Mietshäusern. Aber diese hier scheint mit besonders viel Hingabe gefertigt zu sein. Sankt Florian, der gute Geist, der dieses Haus vor Feuer beschützen soll.

Das Haus ist eingerüstet, das Tor mit Brettern versperrt. Hinweisschilder verbieten den Zutritt. Ganz offenbar sind Bauarbeiten im Gang; man kann nicht erkennen, wie weit sie gediehen sind. Plastikplanen wehen, teils zerrissen, am Gerüst, ein kleiner Bürocontainer steht schief auf dem Bordstein, daneben sind Baumaschinen abgestellt. Ein großes Bauschild weist darauf hin, dass hier Wohnungen entstehen und vermietet oder verkauft werden sollen. Schaut man am Gebäude hinauf, hat man den Eindruck, dass die Sanierung im oberen Bereich bereits vorangekommen ist. Neue Fenster und frischer Putz sind zu erkennen.

Ratlos stehe ich vor dem Haus. Warum hat mich Sabrina herbestellt und wo ist sie? Sollte sie tatsächlich in das Haus eingedrungen sein? Aber wozu? Was will sie darin finden? Ich sehe mich nach einer Möglichkeit um, hineinzugelangen. Und finde tatsächlich eine Seitentür, die offenbar aufgebrochen wurde. Sie steht halb offen. Ich schalte meine Taschenlampe an und bemerke, dass die Bruchstelle über dem Schlosskasten ganz frisch ist. Vorsichtig schiebe ich die Tür nach innen auf und betrete einen schmalen Gang. Die Taschenlampe wirft ein eher trübes Licht. Aber ich kann erkennen, dass ich vor einer weiteren Tür stehe. Sie ist nicht verschlossen. Ich schiebe sie auf und habe einen großen und hohen Raum vor mir. Das Treppenhaus? Nein. Keine Treppen. Vielleicht ist das einmal ein großer Verkaufsraum gewesen oder ein Lager. Dagegen spricht, dass die Decke mit Stuck verziert ist und ein Kronleuchter herunterhängt, der noch immer über diversen geschliffenen Glasschmuck verfügt. Der Strahl der Taschenlampe bricht sich darin und wirft unzählige bunte Lichtpunkte an Decke und Wände. Es sieht beinahe schön aus, wären da nicht die Löcher im Putz und die herabhängenden Tapetenreste. Vielleicht war das hier eine Gaststätte, ein Tanzlokal. Eine dieser typischen Berliner Lokalitäten, die es an vielen Stellen noch gibt, mehr oder weniger zweckentfremdet genutzt.

Ich sehe mich nach der nächsten Tür um und finde sie links, gleich neben dem Fenster, das durch ein heruntergelassenes Rollo geschützt ist. Hinter der Tür liegt das Treppenhaus. Die Geländer sind zerbrochen, manche der Stufen stark beschädigt, fast möchte man meinen, dass jeder weitere Schritt darauf das Ganze zum Einsturz bringen würde. Ich trete dicht an die Treppe heran und lausche. Kein einziger Laut ist zu hören. Ich rufe Sabrinas Namen. Keine Antwort.

Gegenüber sind zwei weitere Türen. Die eine ist fest verschlossen. Die andere führt in einen Schaltraum, in dem die elektrischen Anlagen für die Baustelle montiert sind. Plötzlich höre ich doch etwas. Ich höre leise Musik und Stimmen. Kommt das aus dem Keller? Unmöglich. Die Treppe nach unten ist vollkommen verdreckt und voller Spinnweben, Bauarbeiter haben hier offenbar Schutt abgeladen. Ich schließe die Tür und mache mich auf den Rückweg. Als ich das Treppenhaus passiere, gerate ich ins Stolpern. An einer Stelle wurden offenbar Dielen herausgebrochen; ich rutsche aus und trete in einen der Zwischenräume. Der Boden gibt nach. Ich versuche mich noch zu halten, aber ich schaffe es nicht. Ich stürze mit Holz und Schutt nach unten. Zum Glück lande ich nicht so hart wie erwartet. Offensichtlich hat man irgendwann einmal Möbel hier gelagert. Auch alte Stühle und Sessel.

Ich recke und strecke mich, stelle fest, dass mir nichts passiert ist, und greife nach meiner Taschenlampe, die in dem Schuttberg beinahe begraben wurde. Das Kellergewölbe ist hoch und weit. Beinahe so groß wie der Raum mit dem Kronleuchter oben.

Wieder ist da Musik, Menschen reden miteinander. Die Laute kommen von weit her. Ich klettere von den alten Möbeln und mache mich auf den Weg.

Der Kellergang ist niedrig und nach oben hin wie ein Gewölbe gebaut. Die hellen Ziegel haben dicken Salpeter angesetzt. Es riecht nach Moder und altem Ziegelstein. Ein Geruch, den ich seit meiner Kindheit kenne, als mein Bruder und ich mit anderen Kindern in einem Kellerraum unseres Mietshauses eine Art Höhle unterhielten. Ein Treffpunkt für alle, in dem wir unsere Habseligkeiten aufbewahrten und uns bei Kerzenschein stundenlang über alles Mögliche unterhielten. Ein Ort der Geheimnisse, der Streitereien und des sich wieder Vertragens, der Gerüchte und Träume und der ersten Liebeserfahrungen. Das führte dann dazu, dass die Eltern den Keller zu einer verbotenen Zone erklärten und jemand ein schweres Schloss anbrachte, das wir nicht knacken konnten. Stattdessen pulten wir den Mörtel zwischen den Ziegelsteinen heraus, um den Haken, in dem das Schloss hing, zu entfernen. Wir hatten damit zwar wieder Zugang, doch der Zauber des Ortes war angesichts seiner Entweihung durch die Erwachsenen verflogen. Von daher mag ich diesen Geruch, auch wenn er mir zugleich feucht und stechend in der Nase liegt.

Ich komme an einer Reihe von Gelassen vorbei, deren Lattentüren sämtlich offen stehen. In den kleinen Räumen entdecke ich Gegenstände, deren ehemalige Funktion kaum mehr zu erkennen ist. Ein Vertiko, ein Roller, ein vollkommen verrostetes Fahrrad. Wo ist Sabrina? Was soll ich hier? Natürlich fragte ich mich auch, was passieren würde, wenn ich hier nicht rauskäme. Fakt ist, ich muss die Kellertreppe finden und dann die wahrscheinlich verschlossene Tür zum Treppenhaus aufbekommen.

Ich gelange zu einem Gelass, das über und über mit Büchern gefüllt ist. Wer in aller Welt ist auf die Idee gekommen, hier unten Bücher zu lagern? Überall hat der Schimmel seine Spuren hinterlassen, der Geruch ist unerträglich. Aber ich kann nicht anders, ich nehme ein Buch und stelle fest, dass es eins über Pädagogik ist. Es stammt von 1964 und hat einen offenbar russischen Autor. Das nächste ist neueren Datums, 1985. Darunter eines von 1935: »Sportunterricht der deutschen Jugend«. Wer mag diese Bücher gesammelt haben und warum liegen sie hier? Die ganze hintere Reihe besteht aus Bänden aus der NS-Zeit. Ich greife nach einem Stapel Papier. Die ersten Blätter zerfallen förmlich in meiner Hand. Dann aber findet sich ein Blatt, das, durch die oberen geschützt, noch einigermaßen erhalten ist. Es zeigt zwei Familien. Ein Foto ist mit »Eine gute deutsche Familie« unterschrieben, eine Zweikindfamilie, alle Gesichter fröhlich und klug dreinblickend. Unter dem anderen: »Die Familie von Asozialen«. Das Bild zeigt hässliche Kinder und deren hässliche Eltern. Solche Flugblätter nach so vielen Jahren? Wie sind sie hierhergekommen? Warum sind sie nicht längst in den Müll geworfen, vernichtet worden? Hat sie jemand bewusst aufgehoben? Als Kinder haben wir die seltsamsten Dinge auf Dachböden und in Kellern gefunden. Die Leute hatten das, was sie nicht mehr brauchten, beiseite geschafft. Sie hatten es mehr oder weniger vergessen, aber es war noch da. Es war da und wir Kinder fragten uns, was es bedeutete. Eine Antwort gab uns niemand und wir fragten ja auch niemanden. Die Welt außerhalb war eine völlig andere als die, auf die wir in Kellern und auf Böden trafen.

Die Musik dringt deutlicher an mein Ohr, auch die Stimmen sind lauter geworden. Und weiter vorne entdecke ich sogar einen winzigen Lichtschein. Ich arbeite mich voran. Inzwischen hat sich der Charakter des Kellers verändert.

Die Gelasstüren sind geschlossen, hier hängen Vorhängeschlösser. Der Boden ist gefegt. Nur ab und zu stehen Gegenstände im Weg. Schließlich stoße ich auf eine Holztreppe. Oben sehe ich einen Lichtstreif. Die Musik kommt von dort und die Stimmen auch. Ich steige die schmale Treppe hinauf und öffne die Tür. Meine Hand liegt auf der Waffe. Als ich den Blick in den angrenzenden Raum richten kann, erkenne ich, dass ich in einer Kneipe bin. Einer typischen Berliner Kneipe. Einige der Gäste, vor allem Männer, schauen zu mir herüber, als sei ich ein Gespenst, andere sind so sehr in ihr Gespräch vertieft, dass sie nicht einmal wahrgenommen haben, dass da jemand den Raum betreten hat. Der Mann hinter dem Tresen kommt auf mich zu.

»Wo kommst du denn her?!«, fährt er mich an. Ich deute auf die Tür, die hinter mir wieder ins Schloss gefallen ist und auf dieser Seite keine Klinke hat. Erst jetzt sehe ich, dass sich daneben zwei Toilettentüren befinden. Der Mann schüttelt den Kopf. »Wie bist du denn da reingeraten, die Tür ist doch zu?« Er scheint zu denken, ich hätte mich in den Türen geirrt und sei nun, nachdem ich meinen Irrtum bemerkt hatte, wieder herausgekommen. Ich lasse ihn in dem Glauben, tue harmlos und bestelle ein Bier. Das scheint den Wirt zu beruhigen. Er geht wieder hinter den Tresen und beginnt, das Bier zu zapfen.

Ich stelle mich zwischen die anderen Gäste an der Theke. Da sehe ich Sabrina. Sie sitzt an einem der drei runden Tische, hat ein Bier vor sich und ein Schnapsglas. Sie diskutiert mit einem Mann, vor dem ebenfalls Gläser stehen. Einen Augenblick lang bin ich froh, Sabrina hier anzutreffen. Ich will mit meinem Bier zu ihr rübergehen. Aber dann denke ich, dass das vielleicht nicht gut wäre. Und als Sabrina kurz zu mir herüberschaut, ist mir klar, dass ich besser an der Theke bleibe. Ihr Gesicht ist völlig verändert. Ein seltsam kindliches Lächeln liegt darin, auch etwas Verführerisches, Sanftes. Sie schaut mich an, ohne mich zu sehen. Einen Augenblick lang bin ich überzeugt davon, dass ich mich geirrt haben muss. Das ist nicht Sabrina, das ist eine Frau, die ihr bestenfalls ähnlich sieht. Vorsichtig blicke ich noch einmal hinüber zu ihr. Ich versuche zu hören, was und wie sie spricht. Der Stimme nach ist die Frau Sabrina und auch ihre Kleidung kommt mir bekannt vor.

Ist das ihre Art der Observation? Mischt sie sich hier unter die Leute, um herauszubekommen, ob es jemanden gibt, der etwas über die Anschläge weiß? Ich nehme nun doch mein Bierglas und gehe zu dem eben frei gewordenen Tisch hinter Sabrina. Wir sitzen jetzt Rücken an Rücken. Ich höre Satzfetzen. Ich kann verstehen, was der Mann sagt, vollkommen albernes Zeug. Sie reden über John Lennon und über Paul McCartney, über deren Frisuren und über Modestile, die sie mitkreiert haben. Ich verstehe das alles nicht. Also bleibt nichts als zu warten. Keine fünf Minuten später steht der Mann auf und geht zur Toilette.

Ich lehne mich zur Seite und flüstere: »Was ist los?«

Sabrina dreht sich weg, steht auf und geht zur Theke. Sie schaut zurück und ihr Blick trifft mich mit deutlicher Abwehr und mit einer gewissen Verachtung, als hätte ich ihr ein unsittliches Angebot gemacht.

Das kann nicht Sabrina sein. Ich trinke mein Bier und zahle. Als ich an ihr vorbeigehe, nehme ich für einen Atemzug den Geruch ihres Parfüms war.

Die Straße vor der Kneipe ist beinahe menschenleer. Ich stelle fest, dass ich mich auf der Parallelstraße der Sonntagstraße befinde, in der ich das Haus betreten habe und in den Keller gestürzt bin. Dieser Keller verläuft also unter dem Innenhof bis zu diesem Gebäude und endet bei der Kneipe.

Ich gehe auf und ab, warte einige Minuten. Sabrina müsste mich durch die Fenster sehen können. Aber dann entscheide ich mich, jetzt einfach loszugehen, die Situation ist einfach zu absurd.

Ich will eben losgehen, da öffnet sich die Kneipentür und Sabrina kommt heraus, mit dem Mann, mit dem sie sich die ganze Zeit unterhalten hat. Die beiden reden noch immer miteinander und gehen nach rechts davon. Sabrina hat mich keines Blickes gewürdigt.

Auf dem Weg nach Hause muss ich an Kerstin denken. Ich stelle mir vor, dass sie schon wieder im Krankenhaus sitzt und hofft, dass ihr Vater zu Kräften kommt und dass alles gut wird und er irgendwie über den Berg sein möge. Kerstin kann sich sehr um andere sorgen, dabei ist sie eine lebenslustige, geradezu fröhliche Person. Sie lässt sich nicht unterkriegen, hat immer Ideen. Erst jetzt, in den letzten Wochen, hat sie sich verändert. Wegen ihres Vaters? Oder doch eher meinetwegen? Aber warum meinetwegen? Das mit Sabrina ist doch erst wenige Tage alt. Vielleicht hat es mit ihrer Arbeit zu tun? Wer weiß schon, wie es ihr geht in der Schule. Sie ist gerne Lehrerin, das hat sie mir jedenfalls immer gesagt. Aber es könnte natürlich sein, dass sie sich da etwas vorgemacht hat. Irgendetwas ist passiert mit ihr. Vielleicht werde ich nie erfahren, was passiert ist. Weil wir nie wieder so miteinander reden werden, wie wir es früher getan haben.

Ich überquere die Straße und sehe hoch über mir mehrere Schuhpaare über einem frei hängenden Kabel baumeln. Die Schuhe sind an den Schnürsenkeln zusammengebunden und dann nach oben geworfen worden. Da hängen sie nun, auf lange Zeit verbunden, aber frei schwebend. Der eine hängt am anderen. Ohne den anderen würde der eine herabstürzen. So lange der eine da hängt, wird auch der andere bleiben. Verrückt, was sich die Leute so ausdenken.

Als ich den S-Bahnhof Frankfurter Allee erreiche, steht da wie üblich ein Zeitungsverkäufer mit den Ausgaben vom nächsten Tag. Auch so eine seltsame Sache: Wie kann man eine Zeitung vom nächsten Tag verkaufen? Es ist zweiundzwanzig Uhr, bis fünf sind es sieben Stunden. Aber der Mann hat alle Hände voll zu tun. Und obwohl ich es für eine Unsitte halte und eigentlich nie nach solch einer Zeitung greife, kaufe ich jetzt eine. Ich brauche sie nicht mal aufzuschlagen, der Anschlag ist der Aufmacher. »Zweiter Anschlag am Ostkreuz – Dutzende Verletzte. Und die Polizei ist ratlos«. Der Senator ist abgebildet, neben ihm der Anschlagsort. Kiesewetter ist befragt worden, wahrscheinlich hat ihn jemand angerufen und er hat rasch Auskunft gegeben, bevor sein Schluckauf ihn übermannte. Fakt ist, dass die Pressekonferenz erst morgen Nachmittag stattfinden wird. Kiesewetter hat richtig daran getan, sie nicht sofort einzuberufen, denn erst brauchen wir wirklich verwertbare Hintergründe, die eine oder andere Spur. Mein großer Unbekannter auf dem Dach dürfte lediglich etwas für die große Boulevardzeitung sein. Zum Glück lese ich nichts über die Aktion in der Schule. Offenbar haben wirklich alle dicht gehalten.

Am nächsten Morgen haben die Kollegen im großen Beratungsraum vieles verändert. Sie haben eine Art Lagezentrum daraus gemacht. Einige meiner Fotos hängen vergrößert an der Wand, daneben Lagepläne, Untersuchungsberichte, die Namen von möglichen Verdächtigen. Darunter auch die der Jugendlichen aus Kerstins Schule.

Franz hat sich hier schon häuslich eingerichtet. Sein Laptop steht aufgeklappt direkt neben dem Stirnplatz, den eigentlich Kiesewetter und der Chef der Ermittlungen, Kremmen, einnehmen würden. Neben dem Laptop steht die unvermeidliche grüne Brause in einer unangemessen großen Eineinhalbliterflasche. Von Franz selbst ist nichts zu sehen. Sechs Kollegen arbeiten emsig an ihren Rechnern beziehungsweise sitzen am Telefon. Norman Buchholz schaut angespannt Videoaufnahmen durch. Ich frage ihn, ob es irgendeine neue Erkenntnis gibt. Er schüttelt den Kopf.

»Ist schon seltsam«, sagt er, »aber auf keiner der Aufnahmen ist das Alubehältnis zu sehen. Niemand bringt es aufs Gelände. Dabei haben wir über die Zeugen berechnen können, dass es dort, wo es schließlich gezündet wurde, zwischen sieben und halb acht abgestellt worden sein muss. Wahrscheinlich können wir die Zeit sogar noch enger eingrenzen.« Er klickt auf seine Tastatur und auf dem Bildschirm erscheinen diverse kleine Bilder. »Auf dem Bahnhof liefen vierundzwanzig Kameras. Alle waren eingeschaltet. Alle haben aufgezeichnet. Aber nirgends ist jemand mit einem Alukoffer zu sehen oder mit einer Verpackung, in die der hineingepasst hätte.« Ich trete an den Lageplan und tippe auf den Wasserturm.

»Man kann relativ gut geschützt von hier über die Gleise auf diesen Bahnsteig gelangen.« Buchholz steht auf und tippt auf eine andere nahe Stelle.

»Hier ist Kamera siebzehn. Die schaut nach hier. Der Aufnahmewinkel müsste genau diesen Bereich erfassen.« Er holt ein Lineal und misst nach. »Hm, wäre 'ne Möglichkeit, von hier bis hier bleibt es sozusagen dunkel. Da haben die Leute vom Bahnhof geschlampt.«

»Das setzt aber voraus«, füge ich an, »dass unser Jemand nicht nur von Videotechnik, sondern auch von genau diesen Kameras Ahnung hat. Er muss gewusst haben, wie deren Aufnahmewinkel ist.«

»Stimmt«, sagt Buchholz, »wir hatten noch 'ne andere Idee. Jemand könnte von hier hinten, also über die Gleise, aus Richtung Rummelsburg kommend, an den Pfeilern raufgeklettert sein.«

»Mit dem Koffer? Der muss doch ein enormes Gewicht gehabt haben.«

»Ja, wir rechnen so mit dreißig bis fünfunddreißig Kilogramm. Oder ein Flaschenzug. Jemand klettert hier rauf, baut einen provisorischen Aufzug, und jemand von unten zieht das Teil nach oben.«

»Hm. Das klingt abenteuerlich, aber nicht unmöglich. Willst du da auf diese junge Frau, wie hieß sie doch gleich ...?«

»Carola Lange. Wir sollten so etwas jedenfalls nicht ausschließen.«

»Ist denn nach einer möglichen Stelle gesucht worden? Gibt es Seilspuren oder gar irgendwelche Teile, die hängen geblieben sind? Manchmal werden da doch Karabinerhaken und Schlaufen angebracht, was weiß ich.«

»Nee«, lacht Buchholz, »wir sind ja nicht in der Sächsischen Schweiz. Ich klettere selber, aber an einer Industrieanlage oder eben hier, an einer Brücke, da wirst du im besten Falle tatsächlich Schleifspuren finden. Es sei denn, jemand ist unachtsam und lässt irgendwas fallen. Das werden wir finden. Ich werde mir das nachher jedenfalls mal ansehen. Und ihr? Sabrina wollte doch zu dem Haus mit dem Engel?«

Ich nicke.

»Das Haus war mal besetzt, vor ein paar Jahren. Dann hat man es wohl geräumt. Der Besitzer wollte es sanieren lassen. Ging aber pleite. Der Verkauf zog sich ewig hin. Zwischenzeitlich hatte es einen neuen Besitzer, aber von Sanierung keine Spur. Da wurde es wieder besetzt. Und wieder geräumt. Jetzt wird es wohl umgebaut. Und was hat es mit diesem Engel auf sich?«

»Das wissen wir nicht«, sage ich, aber bei dem Stichwort Räumung klingelt bei mir irgendetwas. In diesem Augenblick betritt Sabrina den Raum. Sie sieht aus wie immer. Sie schaut sich um und sagt: »Hallo«. So, als wäre nichts geschehen.

Ich weiß nicht, was ich machen soll. Und noch während ich überlege, kommt sie auf mich zu und lächelt mich an, als würde sie sich freuen, mich hier zu treffen. Sie fragt:

»Und, was sagst du zu dem Haus?«

»Das Haus?« Ich versuche mir meine Überraschung nicht anmerken zu lassen. »Du meinst das mit dem Engel.«

»Ja, welches denn sonst? Ich muss gestehen, es hat mich beeindruckt, und ich frage mich, was hat dieser verdammte Engel aus Gips mit dem am Portal zu tun, außer dass er eine Eins-zu-zehn-Kopie ist? Was meinst du?«

»Keine Ahnung.« Ich merke, dass ich allmählich wütend werde. Und ich frage mich, ob Sabrina hier, in diesem Raum, in dem sechs Kollegen arbeiten, nicht so mit mir reden kann, wie sie es sonst tun würde. Ich atme tief ein und sage: »Wollen wir kurz mal frische Luft schnappen?«

»Nein«, sagt Sabrina und lässt sich auf einen der gepolsterten Stühle fallen, »ich komme grad von draußen.«

Ich setze mich auf einen der Tische. Die Kollegen sind entweder wirklich so sehr in ihre Arbeit vertieft oder tun so, als würden sie nicht zuhören. »Was sollte das gestern?«

»Was meinst du?«, fragt Sabrina.

»Du hast mich zu dem Haus bestellt und bist nicht da gewesen.«

»Nein. Weshalb auch. Du solltest dir ein eigenes Bild machen.«

»Ich sollte mir ein eigenes Bild machen? Ich war da. Und ich bin da reingegangen. Das sollte ich ja wahrscheinlich auch. Oder?«

»Was ist los?«

»Ich bin da rein. Ich habe mir einen großen Raum angesehen. Fast schon ein Saal. Ein sehr schöner Saal, wahrscheinlich eine Art Empfangssaal oder eine Tanzschule. Und dann bin ich durch die Dielung gebrochen.«

Sabrina schaut mich interessiert an. Ist ihr vielleicht das Gleiche passiert?

»Hast du die Bibliothek gesehen?«, frage ich ruhig.

»Welche Bibliothek?«

»Ich habe in dem Haus, im Keller, so etwas wie eine Bibliothek gefunden.«

Das überrascht Sabrina. Sie war also nicht da unten. Sie war überhaupt nicht in dem Haus. Ich schaue in ihr Gesicht, das ganz offen und interessiert wirkt. Und frage: »Warum hast du in der Kneipe so getan, als würdest du mich nicht kennen?«

»Als würde ich dich nicht kennen? Wie kommst du denn darauf?« Sie geht zu Norman Buchholz hinüber und tippt auf die Tastatur seines Computers. An der Wand erscheinen Zeichnungen. Grundrisse. Der Keller, der vom Haus mit dem Engel bis hinüber zu dem mit der Kneipe reicht. Jedes Kellergelass ist eingezeichnet.

»Wie seid ihr so schnell an die Zeichnungen gelangt?«, höre ich mich fragen.

»Das war kein Problem«, erklärt Buchholz, »das Gebäude wurde bekanntlich mehrfach verkauft, da war es leicht, die Grundrisse zu besorgen. Die Keller sind Bestandteil der Bauzeichnungen.«

»Ich kannte diesen Plan und wusste, dass es die Kneipe gibt«, sagt Sabrina. »Deshalb bin ich dort hin. Hatte mit einigen der Gäste nette Gespräche.«

»Das habe ich gesehen.«

»Lieber Kollege«, sagt Sabrina, noch immer ganz professionell, »ich habe mit den Leuten über das Haus geredet. Habe mir noch mal erzählen lassen, was damals so los war und wie die Räumung vonstatten ging. Und vor allem, wer bei der Besetzung eine Rolle gespielt hat. Und siehe da, es gibt einen gewissen Ronald Garenbusch, der zumindest mit von der Partie gewesen sein soll.«

»Noch mal: Warum hast du mich dahin bestellt?«

»Weil du Zeuge sein solltest.«

»Zeuge?«

»Na ja, ich habe verdeckt gearbeitet. Und ich konnte nicht wissen, wie die Leute reagieren werden. Das weiß man nie ... Da war es mir wichtig, dass ich nicht allein bin.«

Das klingt plausibel. Und doch habe ich ein seltsames Gefühl, wenn ich mich an die Szene in der Kneipe erinnere. Weil Sabrinas Blick so leer war. Weil ich den Eindruck hatte, dass die Frau, der ich da begegnet bin, nicht Sabrina war. Ich will diesen Gedanken nicht vertiefen. Stattdessen sage ich:

»Und, was hat dir dein verdecktes Ermitteln gebracht?«

»Nicht viel«, entgegnet sie, »jedenfalls nicht mehr, als wir ohnehin schon wissen. Allerdings haben wir Hinweise bekommen, dass bei der Erstürmung des Hauses im letzten Jahr wohl auch ein Sprengsatz gefunden wurde. Die Polizei drang über den Hof und über das linke Fenster der Straßenfront ein. Die Besetzer hatten mit einem Angriff über das Dach der Nebengebäude gerechnet. Und dort sollen Sprengfallen installiert gewesen sein. Ich hatte die Polizeiberichte gelesen. Dort stand nichts darüber.«

»Das hat dir der Mann erzählt?« Mir dämmert, dass ich diese Geschichte irgendwoher kenne, aber ich kann sie irgendwie nicht recht zuordnen.

»Ja. Und von einer jungen Frau, die Spruchbänder und auch Graffiti angebracht haben soll. Sie ist außerordentlich gut im Klettern.«

»Natürlich«, sage ich, »und die klettert auch auf Bahnsteige.«

Sabrina schaut mich verwundert an. Sie steht auf, nimmt mich am Arm und zieht mich mit. Wir verlassen das Dienstgebäude. Stehen wenig später auf dem Gehweg. Sabrina wirkt plötzlich müde und traurig.

»Hast du denn nicht gewusst, wie wir arbeiten?«, sagt sie. »Wir sind nicht wie ihr. Nur manchmal. Manchmal aber auch ganz anders. Das ist unser Job! Max, das hat nichts mit dir zu tun und nichts mit uns!«

»Warum hast du mich zu dem Haus bestellt? Warum warst du nicht da? Warum hast du mir nicht gesagt, dass du da in der Kneipe Männer anbaggern wirst?«

»Ich kann und will mit dir nicht über alles reden. Manches musst du einfach so hinnehmen. Aber eins solltest du wissen: Ich liebe dich. Sehr. Glaub mir.« Sie zieht mich dicht an sich heran. Ihre Lippen berühren meine. Sie küsst mich, ganz sanft, ganz zart. Und ich küsse sie und habe das Gefühl, ja wirklich, das passt alles zueinander. Das, was sie sagt, und wir beide.

Wir stehen eine ganze Weile umschlungen da. Dann löst sie sich von mir.

»Lass uns wieder reingehen, die werden sich sonst fragen, was wir die ganze Zeit Geheimnisvolles zu besprechen haben.«

Franz ist inzwischen wieder aufgetaucht. Er sagt, dass er mit einem Kollegen vom Staatsschutz die Videoaufnahmen noch mal durchgesehen hat.

»Das wird euch interessieren. Wir haben von allen Kameras, die die Zugänge und die Abgänge am Ostkreuz im Blick hatten, etwa die letzte halbe Stunde vor dem vermuteten Zeitpunkt des Anschlags angesehen. Und bei den Aufnahmen von zwei Kameras habe ich etwas sehr Interessantes entdeckt. Passt auf!«

Franz trinkt noch einen Schluck, dann hebt er bedeutungsschwer die Hand und klickt mit dem Finger auf die Tastatur seines Computers.

Der Beamer zeigt Menschen, die die Treppe hinunterlaufen. Andere kommen herauf. Das zu dieser Zeit typische Publikum. Viele junge Leute. Die einen gehetzt, die anderen gelassen, als hätten sie frei. Ganz normale Bilder. Wir schauen angespannt hin. Versuchen, jemanden zu erkennen. Aber so sehr ich mich auch anstrenge, da ist niemand, der mir bekannt vorkommt. Nach sieben Minuten schaltet Franz auf Stopp.

»Na?«, fragt er mit einem typischen Grinsen.

»Nein, niemand«, sage ich. Sabrina hebt fragend die Augenbrauen.

Franz nickt nur. »Tja«, sagt er, »ich habe die Person sogar von hinten erkannt.« In seiner Stimme liegt ein kleiner Triumph. »Jetzt kommt's.«

Er drückt erneut auf »Play« und wir schauen nun aus einiger Entfernung auf die gleiche Treppe, diesmal von unten nach oben. Wieder die gleichen Szenen. Leute hasten von da nach dort, bewegen sich aufeinander zu, weichen aus, schieben sich aneinander vorbei. Und da sehe ich sie tatsächlich. Sina, das Mädchen aus Kerstins Klasse. Sie kommt die Treppe herunter und geht direkt auf die Kamera zu, bewegt sich schnell und gezielt auf die Mitte des Bahnsteigs zu. Und dann geschieht etwas Merkwürdiges. Sina schaut in die Kamera. Und im selben Augenblick weicht sie zur Seite aus, verschwindet hinter einem der Verkaufskioske, so als wollte sie sich vor der Kamera verstecken. Sie verschwindet aus dem Bild.

»Na, was sagt man dazu?« Franz lehnt sich zurück.

»Alle Achtung«, sage ich, weil Franz es mag, dass man ihn toll findet, obwohl seine Leistung ja eigentlich nur darin besteht, dass er so wie ich diese Sina kennengelernt hat. Andererseits ist es natürlich tatsächlich ein wichtiger Hinweis.

Franz nickt zufrieden. »Das könnte bedeuten, dass Sina in die Aktion einbezogen war. Möglicherweise liegt Kollege Buchholz richtig mit seiner Idee, dass der Sprengsatz von außen über eine der Brücken in den Bahnhof gebracht und deponiert wurde.«

Buchholz ist hellhörig geworden und kommt zu uns herüber. Wir erklären ihm die Zusammenhänge.

»Sofortiger Zugriff?«, frage ich und schaue Sabrina an.

»Ich weiß nicht«, antwortet sie nachdenklich. »Gesetzt den Fall, es handelt sich bei den Tätern tatsächlich um eine Gruppe und wir greifen uns nun als Erstes das Mädchen. Dann wird dieses Signal sofort dazu führen, dass alle anderen untertauchen. Und genau das müssen wir verhindern.«

»Was dann?«, fragt Franz.

Ich mische mich ein. »Besser wäre es, Sina zu beobachten. Oder noch besser, wir befragen sie noch einmal zu der Sache mit den Zeichnungen und konfrontieren sie damit, dass wir ihre und Mircos Fingerabdrücke auf der Plastiktüte mit dem Pulver gefunden haben. Damit zerstreuen wir den Verdacht, dass wir sie wegen der aktuellen Sache im Blick haben.«

»Richtig«, sagt Sabrina, »auf alle Fälle sollten wir diese Carola Lange observieren. Denn dass das Mädchen die Aktion allein geplant und ausgeführt hat, ist unwahrscheinlich. Ich denke, dass da wirklich eine Gruppe aktiv war.«

»Vielleicht tatsächlich die Jungs aus Sinas Klasse«, meint Franz.

»Nicht auszuschließen«, sagt Sabrina. »Aber ich denke, dass Max Recht hat. Wir sollten so vorsichtig wie nur irgend möglich an die Sache herangehen.«

Sabrina und ich gehen die Straße entlang, Hand in Hand. Ich habe das Gefühl, alles wird irgendwie gut, nichts kann uns passieren. Wir langen an einem der vietnamesischen Restaurants an, die es in Friedrichshain an allen Ecken gibt. Wir biegen von der Frankfurter Allee in die Petersburger Straße, laufen hinauf bis zum Bersarinplatz. Sabrina entdeckt die vielen Geckos, die hier die Häuserwände hinaufklettern, von irgendeinem Künstler gemalt. Lustige Tiere, die mühelos auf dem Putz der Häuser spazieren gehen, so wie Geckos in Thailand oder Indonesien.

Wir umwandern das Rondell, um das auch die Straßenbahn fahren muss. Eine Besonderheit, was die Führung der Straßenbahngleise anbetrifft. Sonst fahren Bahnen streng geradeaus oder notwendigerweise um Kurven. Hier aber umrunden sie eine riesige Blumenrabatte mit blühenden Rosen.

Als wir die Runde fast geschafft haben, fährt eine Bahn in den Bogen ein. Sie ist voller Leute. Vor allem junge Leute, die um diese Zeit bis hinunter zur East Side Gallery fahren, zu den Clubs und Kneipen, die zurzeit besonders in sind, oder zum RAW-Gelände.

Wir bleiben stehen und schauen in die an dieser Stelle langsam dahinrollende Bahn. Und da entdecke ich Kerstin. Sie sitzt direkt am Fenster. Ich kann ihr Gesicht sehen. Sie blickt starr geradeaus, ganz in sich versunken. In dieser Bahn voller munterer, fröhlicher, aufgeregter, bunt angezogener Menschen wirkt sie einsam und still. Plötzlich wendet sie ihren Blick und schaut direkt zu uns herüber. Ich weiß nicht, ob sie uns sehen kann, denn hier, wo wir stehen, ist es dunkel und das Licht in der Bahn ist grell. Aber sie schaut herüber, so als würde sie meine Gegenwart spüren. Als würde sie uns spüren. Einen Augenblick lang habe ich das Gefühl, ich müsste mich verstecken. Aber dann ist die Bahn schon vorüber. Und erst jetzt ertappe ich mich bei der Frage, wohin Kerstin eigentlich fährt. Um diese Zeit?

17.

Da steht ihr mit euren Energy-Drinks, euren Alkopops und Mate-Tees, euren Sterni- und Astra-Flaschen. In eurer aufwendig inszenierten Gammligkeit, eurer clubtauglichen Ungepflegtheit. Mit euren biblischen Bärten, euren viel zu großen Brillengestellen, eigenwilligen Mützen und im Gesäß bollernden Hosen, unter denen ihr problemlos die Windeln tragen könntet, die ihr kleinen Scheißer braucht. Ihr überzieht die Warschauer Brücke wie ein Schädlingsbefall. Kleine Asseln, die in alle Richtungen strömen und alle Sprachen sprechen. Ein paar ausrangierte Punks versperren den Weg und betteln für ihr Bier. Hier und da marschieren auffällige Truppen kurzhaariger Vorstädter auf ihrem Weg zur Simon-Dach-Straße vorbei. Sie wirken zackig, plustern sich auf angesichts eurer Laschheit. Gegen die Hauptstadtcoolness, mit der ihr eure öden Tage fristet. From disco to disco, ihr Versager. Als die Tram Richtung Nordbahnhof einfährt, drängt ihr vor. Die Türen öffnen sich und ihr rennt los, wie ihr immer sofort losrennt, wenn es was zu holen gibt. Schrilles Mädchenlachen. Wie ein Tinnitus.

Ich bleibe hinten stehen. Wie laut, grob und dumm ihr seid. An der Ecke Frankfurter steigen noch mehr von euch ein. Ein ganz schmaler Typ mit blassrosa Käppi steht direkt neben mir, Trainingsjacke aus den Achtzigern mit neongelben Streifen, zwei Nummern zu groß. Versiffte, an den Knien ausgebeulte blassrosa Trainingshose. Sneakers mit neongelben Streifen. Blondes Flausenbärtchen. Burgerfahne.

Dahinter eure Rücken, eure leeren Köpfe. Rechts auf dem Einzelsitz ein Kerl mit Riesenkopfhörern. Ach, du bist das, der nachts, wenn er die Lieblingstitel seiner Playlist über MP3-Player hört, seine größte Sorge an die Mauern des S-Bahnhofs Treptower Park sprüht: »Stell dir vor, die Musik ist weg.« Ja, man stelle sich das vor! Wenn ihr euren ganzen iTunes-, YouTube- und MTV-Scheiß nicht mehr hättet ... nicht auszudenken, wie es euch ohne eure ständige Berieselung ginge.

Ich stelle mir vor, wie er jetzt zwischen euch sitzt. Ich hätte ihn erkannt unter euch, auch wenn ich ihn nicht gekannt hätte. Er wäre aufgefallen unter euch. Herausgestochen. Er war nicht so wie ihr. Er ging andere Wege. Ihr werdet noch seine Bekanntschaft machen, keine Sorge. Ich stelle ihn euch vor. Kommt noch. Wartet es ab.

Am Bersarinplatz steige ich aus. Bin diesmal einer der Ersten an der Tür. Laufe los und halte die Luft an, bis ihr mir euren verbrauchten Atem nicht mehr ins Gesicht pusten könnt. Laufe vor euch her, immer noch einen Schritt schneller, um den Abstand zu vergrößern.

Ich sehe euch jeden Tag dabei zu, wie ihr eure Statements abgebt. Mit eurer Kleidung, mit der ihr euch in Szene setzt, mit den Produkten und Menschen, mit denen ihr euch umgebt, mit der Musik, die ihr hört, und den geklauten Meinungen, die ihr vertretet. Ich habe euch lange beobachtet und zugehört. Habe mir meine Antwort im Stillen gut überlegt. Jetzt bin ich dran, und ich werde keinen Monolog führen, sondern in die direkteste Kommunikation mit euch treten, die vorstellbar ist. Ich werde über den physischen Schmerz zu euch sprechen, weil ihr keine andere Sprache versteht.

18.

Ich rufe in Kerstins Schule an. Die Sekretärin sagt mir, dass Sina seit dem Vortag krank gemeldet sei. Also bleibt mir keine andere Möglichkeit, als mich aufzumachen, um das Mädchen in seiner Wohngruppe zu sprechen. Von Sabrinas Leuten weiß ich, dass Carola Lange nicht dort sein wird. Sie ist zu Hause, wie der Posten vor dem Haus auf Anfrage mitgeteilt hat.

Die Gruppe, in der Sina lebt, hat ihre Adresse in der Nähe des Forckenbeckplatzes, ich muss in Richtung Eldenaer Straße und dann in die Proskauer. Ich mag diese Gegend nicht, denn sie erinnert an den ehemaligen Zentralviehhof. Egal von wo man sich näherte, irgendwie roch es immer nach den Schweinen und Rindern, die hier in den obligaten Viehtransportern mit der Bahn herangefahren wurden. Am schlimmsten war es am S-Bahnhof Storkower Straße. Eine Station, die im Übrigen früher einmal »Zentralviehhof« hieß. Hier führte eine elend lange Fußgängerbrücke über den Schlachthof, über die man gehen musste, wollte man nicht in Richtung Lichtenberg, sondern nach Friedrichshain hinüber. Man lief ewige Minuten in diesem schmalen, kahlen Tunnel und wusste, dass unter dieser Bücke Schweinen die Hälse aufgeschnitten wurden, das Blut in Wannen lief, dass Kettensägen Körper zertrennten und dass vor diesen Hallen hunderte Tiere darauf warteten, das gleiche Schicksal zu erleiden, damit am Ende des Fließbands Hackfleisch und Wurst standen, die dann an den Fleisch- und Wursttheken in Ost- und West-Berlin verkauft wurden. Einige Scheiben auf dieser Brücke waren immer kaputt und man konnte hinuntersehen auf das Geschehen. Auf die eingezäunten Betonflächen, auf denen sich die Tiere drängten. Auf den Dreck, den Rost und die backsteinernen Hallen, in die das Vieh getrieben wurde.

Das Gelände war riesig. Erbaut im typischen Stil der Industriebauten des vergangenen Jahrhunderts, die heute als erhaltenswürdig gelten, als historische Baudenkmäler. Inzwischen ist dennoch vieles von dem abgerissen worden, was den Viehhof ausmachte. An manchen Stellen hat man originellerweise das Areal mit Wohnhäusern bebaut. An anderen sind die Backsteinbauten erhalten geblieben und werden als Kulturstätten und Gewerberäume genutzt. Oder sie stehen leer, weil es noch keinen Nachnutzer gibt, wie die Gebäude an der Landsberger Allee. Die Viehschlachtung hat man aus der Stadt verbannt. Es schien nicht mehr zeitgemäß, direkt und hautnah mitzuerleben, wie die lebendigen Nahrungsmittel in Viehwaggons herangekarrt, auf die Schlachtung wartend versammelt und schließlich zur Tötung geführt werden. Man wollte den Gestank nicht, man wollte die Nähe des Geschehens nicht, man wollte nicht das Gefühl, daran beteiligt zu sein. Jetzt werden die Tiere irgendwo draußen vor der Stadt geschlachtet und zerlegt und dann mit Kühlfahrzeugen in die Stadt gebracht. Und auf dem ehemaligen Zentralviehhof werden feine Häuser im Stil der alten Industriebauten errichtet. Man hat sogar einen neuen Park für die neuen Bewohner angelegt. Ich gehe vorbei an den Häusern mit ihren roten Ziegeln, schicke Gebäude, bevor ich auf die Proskauer mit ihren typischen Berliner Mietshäusern treffe.

Ich habe irgendwas wie ein Kinderheim erwartet. Wie man sich das eben vorstellt. Vor langer Zeit habe ich mal in Kerstins Makarenko-Bänden über seine Heimkolonie gelesen. Ein ehrlicher Bericht in einer irgendwie gezwungenen Romanform, der mein Bild davon geprägt hat, wie man sich ein Heim vorstellen könnte. Große Gebäude, große Schlafsäle, ein großer Raum, in dem man sich zu den Mahlzeiten trifft. Ich weiß natürlich, dass das inzwischen kalter Kaffee ist. Die zweite Variante von Kinderheim habe ich in einem Dokumentarfilm über SOS-Kinderdörfer gesehen. Fünf oder sechs große Einfamilienhäuser, ein Haupthaus. In den Gebäuden ringsum die Kindergruppen mit einer Kinderdorfmutter, in der Mitte der Dorfvater. Ich kann mich erinnern, dass ich mich gewundert habe, dass es so etwas wirklich noch gibt. Aber auch das ist inzwischen Jahre her; wer weiß, ob dieses Bild heute noch stimmt. Und dann, gleich nach der Wende, ein Polizeieinsatz in einem Heim in Reinickendorf. Neu gebaut. Alles schick von außen. Wir suchten Dealer, die sich hier versteckt haben sollten und die offenbar Kontakt zu einigen Jugendlichen der Einrichtung unterhielten. In einem der großen Häuser machten wir drei der mutmaßlichen Täter dingfest. Innen sah das Ganze völlig anders aus. Die Jugendgruppe hatte es offenbar geschafft, innerhalb kurzer Zeit das komplette Mobiliar zu zerlegen. Alles war verwahrlost und verdreckt. Die Erzieher hilflos und überfordert. Ein erbarmungswürdiger Zustand, fand ich damals.

Die Wohngruppe von Sina ist in einem ganz normalen Mietshaus untergebracht. Vor der Tür ungefähr zwanzig paar Schuhe. Am Klingelschild steht »Familie Mix«.

Eine Frau um die vierzig, sie stellt sich mit Lorenzen vor, öffnet mir und bleibt skeptisch in der Tür stehen, selbst als ich ihr meinen Ausweis zeige. Sina sei zu Hause. Sie habe Fieber gehabt und sei deshalb nicht in der Schule. Ich frage, ob ich sie sprechen kann.

Die Frau bittet mich unwillig herein und führt mich in die Küche. Hier sieht es aus wie bei einer normalen Familie. Nur gibt es eben von allem etwas mehr: mehr Tassen auf einem Holzbord, mehrere Tüten mit Äpfeln, drei große Packungen Spaghetti, die offenbar gleich in einen riesigen Topf geschüttet werden sollen.

Ich erfahre, dass hier zehn Kinder und Jugendliche zwischen fünf und siebzehn Jahren leben und immer eine Kollegin Dienst macht. Sina ist die zweitälteste. Die Pädagogin gießt mir ungefragt Kaffee in einen Becher und fragt, ob ich Milch brauche und Zucker. Ich nicke ihr zu, sie stellt beides vor mich hin. Ganz normale Gesten, nehme ich an, wahrscheinlich bekommt hier jeder einen Kaffee oder Tee oder irgendwas.

Die Betreuerin lässt mich allein. Wenig später betritt Sina die Küche. Sie wirkt entgegen meinen Erwartungen munter und aufmerksam. Sie schaut mich an, als hätte sie mich erwartet.

»Ich hab noch ein paar Fragen«, sage ich und reiche ihr die Hand. Ihre Hand ist schmal und fest. Beinahe wie die eines Jungen.

Sina setzt sich neben mich an den Tisch, nimmt sich auch einen Kaffee.

»Also«, fragt sie, »was wollen Sie wissen?«

»Ich will noch mal nachfragen wegen der Zeichnungen und wegen dieses Pulvers. Sie hatten gesagt, Sie wüssten nicht, woher es stammt. Aber wir haben Ihre Fingerabdrücke auf der Plastiktüte gefunden. Wie erklären Sie sich das?«

»Keine Ahnung«, sagt Sina und nippt an ihrem Kaffee, »ich habe ja nichts von der Tüte in meiner Schultasche gewusst. Vielleicht habe ich sie angefasst, als ich meine Hefte ausgepackt habe. Kann ich mir nicht anders erklären.«

Gut gekontert, denke ich und dass ich es anders probieren muss.

»Vielleicht hat Ihnen das jemand in den Rucksack geschmuggelt? Es könnte Mirco gewesen sein, denn auch von ihm sind Fingerabdrücke auf der Tüte gefunden worden.«

»Ich weiß es nicht, aber selbst wenn ich es wüsste, würde ich es Ihnen nicht sagen.«

»Das ist ein Problem«, entgegne ich ruhig, »das wäre Beteiligung an einer Straftat, wenn dadurch jemand gedeckt würde, der einen Sprengstoffanschlag vorbereitet oder durchführt. Da Sie nicht sicher wissen können, was ein anderer vorhat, ist das eine riskante Entscheidung, die Sie da treffen.«

»Wissen Sie«, sagt Sina beinahe gelassen, »Sie reden so Sachen mit hätte und könnte, ich weiß nur, dass ich das Pulver nicht kenne und dass es mir nicht gehört.«

»Ich habe Ihnen gesagt, was es bedeuten kann. Mehr kann ich nicht tun. Ihnen ist hoffentlich klar, dass ich Ihre

Erklärung, wie Ihre Fingerabdrücke auf die Plastiktüte mit dem Pulver gekommen sind, für ziemlich unglaubwürdig halte. Denken Sie bitte darüber nach, in welcher Lage Sie sich befinden. Und jetzt noch mal zu den Zeichnungen. Ist Ihnen dazu noch was eingefallen?«

»Nein.«

»Sina, es gibt keinen Grund, sich so etwas auszudenken. Und es ist gefährlich.«

»Was meinen Sie?«

»Ich meine, mit Gewalt gegen etwas vorzugehen.«

»Das sehe ich auch so.«

»Dann wäre es doch sinnvoll, dass wir diese Sache aus der Welt schaffen. Und dazu müssen wir mit denen reden, die da auf eine politisch schiefe Bahn geraten könnten.«

»Wer ist denn auf einer politisch schiefen Bahn? Meinen Sie diejenigen, die mit dem System, in dem wir leben, nicht so ganz zufrieden sind?«

Ich merke, dass Sina unruhig wird. Sie bemüht sich, kühl zu wirken, aber sie ist es längst nicht mehr. Ich sage: »Was macht euch denn so unzufrieden? Und was meinen Sie mit System?«

»System heißt, dass etwas geordnet ist und sich irgendwie alle damit abgefunden haben und gar nicht merken, dass die Kreise immer enger werden, in denen sie sich bewegen.«

»Aha. Können Sie sich etwas deutlicher ausdrücken?«

»Verstehen Sie nicht, was ich sage?! Tun Sie doch nicht so, als würde ich Unsinn reden. Herr Martaler, Sie sind der Mann unserer Lehrerin, das ist ja nun kein Geheimnis. Und wir haben mit ihr über vieles diskutiert. Und soll ich Ihnen sagen, warum? Weil Ihre Frau als junger Mensch genauso unzufrieden war mit dem, was sie umgeben hat.«

»Aber das waren doch ganz andere Zeiten! Da lebten wir wirklich in einem politischen System mit sehr engen Kreisen.«

»Dann haben Sie sich mit dem neuen System sofort angefreundet? Ja?«

»Sina, ich frage Sie und nicht Sie mich. Geht das in Ordnung? Wir treffen uns nicht zum Plaudern.«

»Aha, jetzt kommen Sie mir so.«

Ich merke, dass ich zu weit gegangen bin. »Nein. Ich will nur verhindern, dass ihr euch da in was verrennt.«

Sina ist aufgestanden, geht zur Tür. Dann dreht sie sich um und kommt zurück.

»Passen Sie mal auf, ich erzähle Ihnen mal 'ne ganz einfache Geschichte. Völlig harmlos, aber vielleicht macht sie Ihnen klar, wovon ich rede. Wir wollten als Heimgruppe für zwei Wochen nach Dänemark fahren. Zwölf Jugendliche, zwei Betreuerinnen. Wir haben uns ein Ferienhaus ausgesucht. Ein schönes Haus. Und dann haben wir gesehen, was der Vermieter dafür haben wollte, fünftausendvierhundert Euro für zwei Wochen. Unser gesamtes Feriengeld für alle Ferien zusammen beträgt insgesamt dreitausendsechshundert. Für uns alle. Sommerferien, Osterferien, Weihnachtsferien, Pfingstferien, Winterferien.

Wir haben an den Anbieter geschrieben, haben auf arme Heimkinder gemacht, aber der ließ sich nicht erweichen. Zum Glück hat eine unserer Betreuerinnen doch noch ein Haus gefunden für das Geld, das wir zur Verfügung hatten. Da sind wir dann hingefahren. Ging auch. Und wir sind zu dem schönen, aber zu teuren Haus gewandert, und wissen Sie, was wir gesehen haben? Da war eine Familie drin mit genau einem Kind. Fünftausendvierhundert für ein Kind. Verstehen Sie, was ich meine?«

»Was wollen Sie mir damit sagen? Die Dinge etwas gerechter verteilen und gut ist? Ist das das Ziel, das man verfolgen sollte?«

»Nein«, sagt Sina und schaut mir ins Gesicht. »Sie scheinen wirklich nicht zu verstehen. Darum geht es gar nicht. Es geht um Respekt. Es geht um Achtung. Es geht darum, dass es den anderen gar nichts ausmacht, dass sie in diesem Haus sind, was heißt ausmacht, sie bemerken gar nicht, dass sie sich einfach immer mehr nehmen und dass das vielleicht ungerecht sein könnte. Denen geht es einfach nur gut, und so haben sie sich die Welt eingerichtet. Und diese Welt ist genau die, in der wir alle leben sollen. Die schanzen sich alles zu, die dicken Gehälter, alles, und wenn man fragt, ob das nicht vielleicht unsinnig ist, wenn ein Mensch eine Million als Gehalt auf sein Konto kriegt, dann schauen die einen an und sagen, ja, natürlich ist das Ordnung. Und genau das meinen die auch. Und so läuft es in dieser Gesellschaft.«

»Na ja. In gewissem Sinne kann ich Ihnen da recht geben. Es ist eine ungerechte Gesellschaft und die Reichen werden immer reicher ...«

»Nein!«, unterbricht mich Sina, »das ist es eben nicht. Es geht darum, wie gedacht und wie in den Medien berichtet wird. Versuchen Sie mal, eine ganz normale Zeitung, sagen wir mal die Berliner, unter dem Blickwinkel zu lesen, wie ich es eben versucht habe zu erklären. Dann werden Sie bemerken, dass alles, was da drinsteht, auf die Verabredung hinausläuft, dass es so, wie es ist, gut ist. Dass man mal etwas umverteilen kann, okay, gut, aber nur nicht anders denken, nur nicht anders fühlen.«

»Jetzt versteh ich Sie nicht mehr.«

Sina lässt den Kopf sinken. »Nein, natürlich nicht.«

»Diskutiert ihr das auch mit den Erzieherinnen hier?«

Sina ist hellwach. »Wen meinen Sie?«

Sie weiß genau, wen ich meine. Sie schaut mir forschend ins Gesicht.

»Ich frage nur«, sage ich und rudere sicherheitshalber wieder zurück, »ich kann mir vorstellen, dass ihr auch hier in der Gruppe über solche Dinge diskutiert.«

Sina schüttelt den Kopf. »Hier diskutiert niemand über so etwas. Hier sind alle nur damit beschäftigt, vielleicht doch ein neues Handy zu bekommen oder ein paar Adidas-Turnschuhe. Damit man mithalten kann mit den anderen. Aber auch das gehört ja zu diesem System. Es muss ein Unten und Oben geben, sonst funktioniert es nicht. Und die, die unten sind, wollen einfach nur ein bisschen dazugehören, und wie schafft man das? Indem man sich so kleidet wie die anderen. Tja, so ist das. Aber ich sage Ihnen, mit wem man so was gut diskutieren kann: mit Ihrer Frau.«

»Gut«, höre ich mich sagen, »kann ich mal Ihr Zimmer sehen?«

»Haben Sie einen Durchsuchungsbefehl?«

»Nein. Aber ich hätte die Bitte, mal einen Blick in Ihr Zimmer werfen zu dürfen.«

»Sind wir hier im Zoo?«

Es hat keinen Sinn, denke ich und will schon gehen. Aber dann lenkt Sina doch ein, steht auf und geht vor. »Kommen Sie«, sagt sie schon etwas netter.

Das Zimmer ist hell und freundlich eingerichtet. Die Möbel offenbar von IKEA, der Schreibtisch bedeckt mit Schulsachen, an den Wänden Bilder von Musikgruppen. Aber ich entdecke auch Fotos von Kindern in Afrika und von Delfinen, die in den Schleppnetzen von Hochseefischern umgekommen sind. Und dann ist da auch ein Plakat von John Heartfield. Die berühmte aufgespießte Taube.

»Oh, Heartfield«, sage ich, »da war ich auch mal Fan. Wo haben Sie das Plakat her? So was gibt's ja heute nicht mehr, es sei denn im Internet.«

»Von einem Freund«, antwortet Sina, lässt sich rücklings auf ihr Bett fallen und lehnt den Rücken an die Wand.

»Schön haben Sie's hier«, sage ich, »ich war mal in einem Heim, da sah es furchtbar aus. Alles kaputt und ramponiert.«

»Kenn ich. Ich war auch schon in solchen Heimen. Das hier ist mein siebentes. Vier waren furchtbar, im fünften war es einigermaßen. Aber da dachte das Jugendamt, es sei besser, wenn ich in eine Pflegefamilie gehen würde. Mit zehn Jahren! Völlig bescheuert. Da war es furchtbar. Die hatten ein braves, nettes Kind erwartet. Aber welches Kind mit zehn ist brav und nett? Ich war es überhaupt nicht, weil ich gar nicht wusste, was ich da sollte. Die haben mich nach sechs Monaten zurückgegeben. Beim Jugendamt rausgelassen aus dem Auto und abgefahren. Das war das Beste, was sie machen konnten. Dann noch ein Heim und nun hier. Hier ist es gut. Die Betreuer sind wirklich an einem interessiert. Das kann man niemandem erklären, das begreift sowieso keiner.«

Die angelehnte Tür wird aufgeschoben. Die Betreuerin von vorhin schaut herein.

»Sina, Telefon, einer von deiner Schule.«

Sina steht auf. Sie wirkt unschlüssig. Wahrscheinlich überlegt sie, ob sie mich besser rausschicken soll. Aber sie entschließt sich, mich hier alleinzulassen, und geht aus dem Zimmer. Ich nutze die Gelegenheit und öffne den großen Schrank einen Spalt breit. Schaue hinein. Klamotten, ein Keyboard, Bücher. Ich öffne die andere Tür. Gurte, Haltevorrichtungen, ein langes, blaues Kletterseil, ein Helm. Eine komplette Kletterausrüstung. Ich mache die Tür rasch wieder zu. In letzter Sekunde, Sina hat sich ganz offensichtlich beeilt. Sie kommt herein und schiebt sich zwischen mich und den Schrank. Ich überlege, ob ich sie auf das, was ich eben gesehen habe, ansprechen soll. Ich probiere es andersherum und frage:

»Was machen Sie so in Ihrer Freizeit?«

Ich hätte es besser wissen müssen. So ein Mädchen wie sie ist mit feinen Antennen ausgerüstet. Sie passt sehr genau auf, was wer wie wann sagt. Jemand, der durch mehrere Heime und Pflegefamilien gewandert ist, ist kein normales Kind. Das ist jemand, der seine Augen überall und seine Ohren auf feinsten Empfang geschaltet hat. Sina schaut mich kalt an. Dann sagt sie:

»Ich glaube, wir sind jetzt fertig, oder?!«

Ich nicke. »Danke für das Gespräch und auch für den interessanten Diskurs.«

»Das können Sie sich sparen«, antwortet sie. »Solchen Schwachsinn können Sie zu Ihren Kollegen sagen oder zu was weiß ich wem.«

Das hat gesessen. Vielleicht sollte ich ihr gehörig die Meinung sagen, aber ich beherrsche mich, denn irgendwie hab ich das Gefühl, dass dieses Mädchen für etwas kämpft, für das es sich womöglich wirklich lohnt zu kämpfen. Ich versuche also, ruhig zu bleiben. Als ich im Flur stehe und der Betreuerin sagen will, dass es hier wirklich angenehm sei und dass ich staune, wie ein Kinderheim heute aussieht, lehnt Sina in ihrem Türrahmen und sagt:

»Wissen Sie, dass Sie wirklich Glück haben?«

»Was meinen Sie?«

»Ich meine Ihre Frau. Ich weiß gar nicht, womit Sie die verdient haben.«

Eine halbe Stunde später sitze ich mit Sabrina, Norman Buchholz und Franz in unserem Lagezentrum zusammen. Die Observation von Carola Lange hat bislang noch kein Ergebnis gebracht. Mein Bericht und vor allem der Umstand, dass Sina über eine komplette Kletterausrüstung verfügt und dass es Kontakt zu Leuten zu geben scheint, die Heartfield-Plakate an Jugendliche verschenken, stößt auf deutliches Interesse. Sabrina schlägt vor, sofort eine Genehmigung zu erwirken, um den Festnetzanschluss von Frau Langes Telefon, ihren E-Mail-Verkehr und ihr Handy zu überwachen. Buchholz ruft die Staatsanwaltschaft an.

Im selben Augenblick klingelt Sabrinas Handy. Sie meldet sich, lauscht, wirft mir einen vielsagenden Blick zu.

»Man hat einen Mann festgenommen, der eben dabei war, eine Art Bekennerschreiben im Bahnhof Ostkreuz anzubringen. Dreimal dürft ihr raten, was da wohl drauf steht?«

»Aktion jetzt«, sagen Franz und ich gemeinsam.

»Bingo«, sagt Sabrina. »Er wird jetzt hergebracht, wir können ihn sofort befragen. Übrigens ist der Mann von einem unserer Leute vom Dach aus beobachtet worden. Das mit den Beobachtungsposten ist offenbar eine gute Idee.«

Wenig später sitzt der Mann im Befragungsraum. Ich sehe ihn durch die verspiegelte Wand. Seine Personalien sind bekannt. Er heißt Hartmut Schlesinger und ist zweiundsiebzig

Jahre alt. Sein Äußeres macht einen gepflegten Eindruck. Franz setzt sich ihm gegenüber und beginnt mit der Befragung. So was kann Franz wirklich gut. Er ist gern so was wie ein Kumpel, der die Menschen versteht und der weiß, wie man mit jemandem redet, dem es nicht gut geht.

»Also«, beginnt er, »ich bin Franz Legerwisch, Kommissar und alter Friedrichshainer. Sie müssen wissen, dass Sie ein Anrecht haben auf einen Rechtsbeistand. Da ist ein Telefon. Sie können Ihren Rechtsanwalt anrufen.«

»Hab ich nicht«, sagt der Mann.

»Sie können einen gestellt bekommen.«

»Wozu denn, ich hab ja nischt gemacht.«

»Na ja, wir können ja auch erst mal reden. Also, Sie haben heute gegen elf Uhr siebzehn einen Zettel am Bahnhof Ostkreuz angebracht.«

»Ja und?«

»Auf dem Zettel steht: Aktion jetzt.«

»Richtig!«

»Was bedeutet das?«

»Nischt.«

»Weshalb haben Sie denn den Zettel anbringen wollen?«

»War eben so 'ne Idee von mir.«

»Was wollten Sie damit erreichen?«

»Nischt.«

Sabrina, die neben mir steht, wird unruhig. »Spinnt der wirklich, oder was soll das?«

Mir wird klar, dass das gar keine schlechte Methode ist, Zeit zu schinden oder die Sache einfach ins Leere laufen zu lassen. Franz fragt nach einem Alibi zur Zeit der Anschläge. Der Mann überlegt kurz. Für den ersten Zeitpunkt kann er sogar einen Zeugen nennen, da sei er bei einem Kumpel zum Frühstück gewesen. Beim zweiten Anschlag sei er zu Hause gewesen und habe geschlafen in seiner Wohnung in der Schreinerstraße.

Pause, wir beraten uns. Franz meint, dass es sich bei dem Mann um eine Art Trittbrettfahrer handelt, der einfach etwas sagen will. Mit dabei sein will, wenn es zur Sache geht. Wenn es stimmt, was er angibt, war Schlesinger mal Berufsschullehrer und erlebte dann nach der Wende die typische DDR-Karriere.

Aber warum sollte ein Mann wie er einen Anschlag verüben? Und wenn, warum geht er zum Ostkreuz und pinnt da einen Zettel an? Was will er damit erreichen? Franz weiß es nicht. Sabrina ist unsicher. Sie meint, dass es genauso gut sein kann, dass der Mann uns an der Nase herumführt.

Sie setzt sich an den Computer und versucht, etwas über den Mann herauszubekommen. Vielleicht ist er ja doch in irgendeinem für uns relevanten Zusammenhang erfasst.

Wenig später sitze ich Hartmut Schlesinger gegenüber. Ich frage ihn nach seinen Motiven. Er bleibt abwehrend und in gewissem Sinne albern. Er hatte halt so 'ne Idee.

Ich versuche ihn davon zu überzeugen, dass das, was er sagt, keinen Sinn ergibt. Er zuckt mit den Schultern. War eben so eine Eingebung.

»Was tun Sie eigentlich so?«, frage ich ihn. Er schaut mich gelangweilt an.

»Ich mache nichts weiter«, sagt er. »Bin Rentner eben und die Tage gehen dahin. Einer wie der andere.«

»Ist das Ihr Motiv?«, frage ich scharf. »Hatten Sie Langeweile und da dachten Sie, mach ich mal bisschen auf Revolution?«

»Kann sein«, sagt der Mann.

Mir reicht es. Ich stehe auf und fordere ihn auf, mitzukommen, dirigiere ihn in mein Büro, setze ihn vor meinen Monitor und fahre die Aufnahmen hoch, die eine der Kameras auf dem Bahnhof gemacht hat. Menschen kommen und gehen, die S-Bahn fährt ein. Fährt wieder los. Menschen sind aus- und eingestiegen. Plötzlich der Rauch. Alles wird schwarz. Die Szenen danach. Menschen laufen in panischer Angst über den Bahnsteig, stolpern, stürzen, rempeln sich an, helfen sich auf. Jemand bricht hustend zusammen. Andere ziehen ihn hoch und vom Rauch weg. Jemand sinkt auf der Bank zusammen.

Ich lasse die Bilder wirken. Dann lege ich noch eins nach. Der Tote unter dem Signalmast.

»Bleiben Sie bei Ihrer Aussage, Sie hatten Langeweile und sind deshalb mal eben losgegangen, um da einen Zettel anzubringen?«

Der Mann schweigt.

»Also gut, noch mal. Unterhalten wir uns etwas genauer.«

Wir gehen wieder in den Befragungsraum. Schlesingers Miene und Gestik haben sich verändert.

»Was machen Sie den ganzen Tag?«, frage ich erneut.

Schlesinger zögert, dann sagt er ruhig. »Ich habe ein Haus.«

»Ein Haus? Was für ein Haus?«

»Das Haus, in dem ich wohne. Das Mietshaus. Und ich habe neun Mietparteien. Ich bin so was wie Verwalter und Haushandwerker und Mädchen für alles.«

Das wundert mich nun doch. Ein Hausbesitzer und ein Zettel mit einer anarchistischen Aufschrift?

»Sie sind Hausbesitzer?«

»Na ja, das klingt wie Wunder was. Ich hab es geerbt. Noch zu DDR-Zeiten. Meine Großmutter. Dann meine Mutter und dann war ich eben dran. Wir haben immer dort gewohnt, immer. Man ist irgendwie verwurzelt dort. Ich hab mit meiner Mutter und meiner Großmutter im Keller gesessen, als die Bomber kamen. Und als die Russen kamen auch. Die Männer waren ja weg und mein Großvater ist im Krieg geblieben. Mein Vater nicht, aber der ist nach Hannover gegangen danach. Also, ich kann mich nicht an alles erinnern. An die Bombeneinschläge schon. Obwohl ich erst drei war.

Das Haus ist immer in Familienbesitz geblieben. Das heißt nicht ganz, meine Mutter hat es noch für 130.000 DDR-Mark renovieren lassen müssen. Das war so mehr oder weniger Zwang, und dafür musste man einen Kredit aufnehmen. Um den abzulösen, konnte man das Haus dann an die Kommunale Wohnungsverwaltung verkaufen. Dann war man die Schulden los und im besten Fall konnte man sogar noch was vom Verkaufserlös behalten. Und man war die Sorgen und den Ärger los. Die Mieter zahlten ja nur die DDR-Mieten, also um die fuffzich Mark, und dafür hatten sie dann Ansprüche, die niemand von dem bisschen Geld erfüllen konnte. Als Hausbesitzer war man immer der Gekniffene. Na, und nach der Wende konnte man einen Deal machen. Der Kredit wurde auf ein Zehntel reduziert und man konnte das Haus zurückkaufen. Das hatte man so geregelt. Für mich hieß das 13.000 D-Mark. Das war für mich erschwinglich. Nun hatte ich das Haus wieder. Und eigentlich ging es uns gut damals.«

Das ist das wirklich Tolle an unserem Beruf als Polizisten. Wir erfahren immer wieder Dinge, die man sonst vielleicht nie gehört hätte. So eine Geschichte zum Beispiel ist mir noch nie zu Ohren gekommen.

»Was heißt: Es ging uns gut?«

»Meiner Frau und mir. Vor fünf Jahren ist sie krank geworden. Und wenig später gestorben. Sie war erst sechzig. Ich bin dann in der Psychiatrie gewesen. Lange. Und ich hatte eigentlich gar nicht vor, wieder rauszukommen. Aber die haben mich nicht dort gelassen. Bin ich also zurück in mein Haus und kümmere mich wieder um alles. Und wenn ich tot bin, dann wird es meine Tochter erben. Die ist in Leipzig. Mit der Familie. Ich weiß nicht, ob sie herziehen wird. Vielleicht, vielleicht nicht.«

Der Mann redet ruhig, als wäre er nicht recht beteiligt an dem, was er sagt. Seine Worte fließen dahin wie ein Fluss. Ich frage mich, ob er schon irgendwie abgeschlossen hat mit seinem Leben oder ob er die Dinge von einem Punkt aus sieht, von dem man einfach gelassen sein kann.

Ich frage noch einmal nach. »Was bedeutet das: Aktion jetzt!«

Der Mann scheint wie aus einem Traum zu erwachen. Er schaut mich an, als würde er nicht verstehen.

»Ist halt so 'ne Idee«, sagt er und wir sind wieder am Ausgangspunkt. Aber dann besinnt er sich und fügt noch an: »Ich war ein paar Mal auf Treffen. Da haben wir diskutiert. Gesellschaft und so. Man muss was tun.«

Sabrina hat versucht, etwas über Schlesinger herauszubekommen. Es gibt keinerlei Hinweise, weder in den Dateien des Staatsschutzes noch bei uns. Keine Vorstrafen, keine Untersuchungen, bei denen sein Name erfasst wurde, nichts.

Wir versuchen, uns einen Reim auf die Sache zu machen.

Franz fragt: »Kann es sein, dass er wegen seiner Frau ... Ich meine, ich stelle mir das so vor: Er verliert seine Frau. Ist völlig verzweifelt. Niemand interessiert sich für ihn. Die Tochter weit weg, vielleicht kaum Kontakte, er ist allein. Und nun passieren diese Dinge und er hat die Idee, sich irgendwie bemerkbar zu machen?«

»Du meinst, dass es seine Art und Weise ist, auf sich und seinen Kummer, seine Angst, seine Trauer aufmerksam zu machen?« Ich habe das Gefühl, dass an Franz' Idee etwas dran sein könnte.

Sabrina zieht die Stirn in Falten. »Ganz schön viel Herzschmerz, meine Herren«, sagt sie. »Und was ist, wenn uns der alte Herr die Geschichte hier nur auftischt, um von tatsächlichen Hintergründen abzulenken?«

Franz sieht uns ungläubig an. »Ein Zweiundsiebzigjähriger wird wohl kaum eine gut dreißig Kilogramm schwere Sprengladung in den Bahnhof transportiert haben.«

»Moment«, sagt Sabrina, »das Gewicht kennen wir noch nicht mit Sicherheit. Und sag mal, was hat der eigentlich als Berufsschullehrer gemacht? Wo hat er ausgebildet? Was war sein Fach?«

Das haben wir bislang noch nicht in Erfahrung gebracht. Franz steht auf und geht noch einmal in den Befragungsraum, um mit Schlesinger zu reden.

Sabrina lächelt mich an. Aber noch bevor sie ihre Hand auf meine gelegt hat, geht die Tür auf und ihr Vorgesetzter tritt ein.

»Neue Erkenntnisse?«, fragt Kremmen kühl.

Sabrina schüttelt den Kopf. »Das heißt, das Mädchen, diese Sina …« Sie schaut mich an.

»Sie verfügt über eine Kletterausrüstung«, ergänze ich. »Und außerdem dürfte sie Verbindungen in die linke Szene haben, so wie sie redet.«

»Hm«, macht Kremmen, »und der Festgenommene, dieser Schlesinger?«

Franz kommt zurück. Sein Gesichtsausdruck verrät Erstaunen.

»Dieser Schlesinger«, sagt er schnell, als würde er die Nachricht unbedingt rasch loswerden wollen, »hat in Rüdersdorf gearbeitet. Er hat sozusagen Bergarbeiter ausgebildet. Rüdersdorfer Kalkbergbau. Er kennt sich aus in Sachen Sprengstoff.«

»Hm«, sagt Kremmen wieder.

»Und was heißt das?«, höre ich mich fragen. »Hast du ihm auf den Zahn gefühlt? Ist er in der Lage, einen Sprengstoffanschlag vorzubereiten?«

»Ich denke schon«, sagt Franz. »In diesem Bergwerk sind jedenfalls über Tage Millionen Tonnen Kalk abgebaut worden, und zwar unterstützt durch Sprengungen.«

Sabrina grinst. »Na, da haben wir ja einen interessanten Zusammenhang. Bleibt die Frage, wie wir ihm auf die Schliche kommen. Als Erstes müssen wir noch einmal die Videoaufnahmen ansehen. Vielleicht hat ihn eine Kamera erfasst. Und es muss geklärt werden, ob der Mann noch an Chemikalien kommt oder ob er vielleicht von damals noch Sprengstoff besitzt. Er wäre nicht der Erste, der aus nostalgischen Gründen in seinem Wohnzimmerschrank explosive Stoffe aufbewahrt, ohne dass es irgendjemand weiß oder ahnt.«

Ich pflichte Sabrina bei. »Überhaupt müssen wir seine Angaben überprüfen. Wann ist seine Frau gestorben? War er wirklich in der Psychiatrie? Stimmen seine Alibis? Das heißt, Franz wird in die Wohnung von Schlesinger fahren. Ansonsten haben wir bislang keine Handhabe, ihn festzusetzen. Alleine das Anbringen einer Losung reicht der Staatsanwaltschaft nicht aus für einen Haftbefehl, da bin ich sicher. Aber der Mann soll sich zur Verfügung halten. Und sollten wir auf irgendeine Unregelmäßigkeit stoßen, nehmen wir ihn fest.«

»Also die nächste Observation?«, fragt Norman Buchholz, der für den Einsatz der Leute verantwortlich ist. »Das sprengt allmählich unsere Kapazitäten.«

»Sicher ist sicher«, sagt Sabrina.

»Gut, ich marschiere in Richtung Wohnung«, sagt Franz, »besorgt ihr sicherheitshalber einen Durchsuchungsbefehl, falls er sich weigert, uns reinzulassen.«

Buchholz zieht die Stirn in Falten. »Das übernehme ich.« Dann fragt er: »Haben wir eigentlich irgendeine Information von der Bahn, ob sich etwas in Richtung Erpressung getan hat?«

Franz schüttelt den Kopf. »Ich hab mehrmals nachgefragt. Es gibt weder ein Schreiben noch irgendwas im Internet. Die haben drei, vier Leute, die da die ganze Zeit dran sind. Es gehen ständig irgendwelche Drohungen ein, aber nichts, was mit unserem Fall direkt oder indirekt zu tun hat.«

Sabrina fragt, ob nicht mal Trittbrettfahrer im Spiel sind.

Franz zuckt mit den Schultern. »Nach den Aussagen der Bahn nicht.«

Das Telefon klingelt. Wir erhalten die Nachricht, dass Carola Lange ihre Wohnung am Platz der Vereinten Nationen verlassen hat. Sie geht in Richtung Volkspark Friedrichshain. Sabrina und ich machen uns auf den Weg.

Der Park ist voller Menschen. Jogger kreuzen unsere Wege, Familien und Paare liegen auf Decken in der Sonne oder spielen auf den Wiesen. Manche haben sich Picknickkörbe mitgebracht, eine Firmenbelegschaft feiert offenbar ein kleines Fest. An die zwanzig Leute singen lautstark einen alten Song von Karat. Unweit davon findet ein Kindergeburtstag statt. Seifenblasen steigen in den Himmel, Kindergekreisch, lautes Lachen, Musik. Mittendrin drei Leute, die auf einem Bein stehen, die Handflächen wie zum Gebet aufeinandergelegt, die Augen geschlossen. Und wieder ein Stück weiter jagt eine Horde Jungen einem Ball hinterher. Der Friedrichshain ist einerseits ein Park wie jeder andere in Deutschlands Großstädten. Aber er hat auch Besonderheiten. Zum Beispiel den Märchenbrunnen. Unterschiedliche Figuren aus Sandstein zieren mehrere miteinander verbundene Wasserbecken. Aus manchen Fabel- und Märchenwesen sprüht Wasser in weiten Fontänen oder plätschert munter ins Becken. Die Steinskulpturen sind bekannte Märchenfiguren. Hänsel und Gretel, Sterntaler. Seit Generationen gehen Kinder und Eltern hierher und erinnern sich an die Märchen. Ein Ort, an dem keine Familie vorbeikommt. Staunende Kinder, erzählende Großeltern, lächelnde Väter und Mütter.

Carola Lange ist eine sportliche kleine Frau mit kurzem Haar. Sie hat einen leichten Gang, wirkt dabei aber konsequent und fest verbunden mit dem Boden, über den sie teils schreitet, teils hineilt. Wer sie sieht, traut ihr ohne weiteres zu, dass sie eine trainierte Klettersportlerin ist. Aber dass sie möglicherweise in ein Verbrechen verwickelt sein könnte, traut man ihr auf keinen Fall zu. Dafür wirkt sie viel zu freundlich, verbindlich, fröhlich.

Sabrina und ich spielen das, was wir sind: ein Paar, das sich gern hat. Wir halten beträchtlichen Abstand, denn wir müssen damit rechnen, dass Sina aufkreuzen könnte. Dann müssen wir sofort in der Masse der Parkbesucher untertauchen.

Carola Lange schaut sich um und lässt sich auf einer Bank nieder. Sie scheint ihre Umgebung genau zu beobachten. Schnell wird deutlich, dass sie sich hier mit jemandem treffen wird. Sie wird immer unruhiger, immer öfter schaut sie auf ihre Armbanduhr. Plötzlich schreit ein Kind. Ein vielleicht siebenjähriges Mädchen ist beim Erklettern einer der Sandsteinfiguren am Brunnen gestürzt und hält sich den linken Arm. Carola Lange schaut sofort auf und sucht dann mit Blicken nach der Mutter oder dem Vater des Mädchens. Als sie feststellt, dass sich offenbar niemand aufmacht, das Kind zu trösten, steht sie auf und geht mit raschen Schritten auf das Kind zu. Ruhig redet sie auf das Mädchen ein. Lässt sich den Arm und das Knie zeigen. Das Kind beruhigt sich schnell. Carola Lange streicht ihm kurz und tröstend über den Haarschopf. Das Mädchen steht auf und läuft ein wenig humpelnd davon. Alles halb so schlimm.

Sabrina stößt mich in die Seite. Sie hat Sina und Mirco bemerkt, die auf den Märchenbrunnen zukommen. Wir drehen ab und beobachten die Situation aus größerer Distanz. Die Jugendlichen begrüßen die Frau mit kurzen Umarmungen. Man ist offenbar gut vertraut miteinander. Die drei gehen in Richtung Parkcafé davon.

Irgendwie ist mir bei der Sache nicht wohl. Ich werde das Gefühl nicht los, dass ich Menschen beobachte, die nichts getan haben. Ich muss mir die Kletterausrüstung ins Gedächtnis rufen, frage mich, warum Sina sie so verstaut hat, dass niemand sie sehen kann, wenn er das Zimmer betritt. Normalerweise würde ein junges Mädchen doch eher damit angeben, würde darauf hoffen, dass man es darauf anspricht. He, du gehst klettern, toll!

Sabrina spricht aus, was ich denke.

»Das bringt uns jetzt nicht weiter. Lass uns die Sache beenden.«

Wir gehen zum Platz der Vereinten Nationen und von dort bis zum Strausberger Platz, wieder ganz das verliebte Paar. Wir halten uns bei den Händen. Sabrina redet über ihre Familie. Über ihren Vater, der, wie es sich für einen Hamburger Kaufmann gehört, eine Handelsgesellschaft leitet. Hermann Zielinski Kaffee Import GmbH. Er importiert Kaffee und Kakao, Früchte und Gummi. Das Ganze, sagt sie, ist nicht so einfach wie noch vor Jahren.

»Es geht nicht mehr einfach um Masse. Die Leute sind wählerisch. Wer heute Kaffee verkaufen will, muss ihn aus den verschiedensten Regionen beziehen. Kenia und Brasilien, Bolivien und Indonesien. Manche Leute legen Wert auf bestimmte Siegel. Zum Beispiel das Fair-Trade-Handelssiegel. Was immer das dann im Einzelnen bedeuten mag.«

Franz ruft an. Er will mich sprechen wegen der Wohnung von Hartmut Schlesinger.

»Also«, sagt er, »Sprengstoff ist Fehlanzeige. Aber wir haben etwas anderes gefunden, was dich interessieren könnte. Schlesinger hat Fotos. Von dem Anschlag mit dem Signalmast und mit der Rauchbombe. Er muss die Bilder erstaunlich rasch nach den Anschlägen geschossen haben. Bei der Sache mit dem Signalmast war er sogar eher da als wir. Es kann nur Minuten nach dem Knall gewesen sein. Und beide Male hat er die Fotos von der hinteren Treppe aus geschossen, so als hätte er nur darauf gewartet, dass es bumm macht. Ich hab ihn gefragt, wie er uns das erklären will. Er sagt, es sei Zufall und einen Fotoapparat hätte er meistens dabei.«

Ich informiere Sabrina. »Reicht das, um einen Haftbefehl zu beantragen?« Sabrina zögert. Ich sage: »Probieren wir's. Soll doch die Staatsanwaltschaft entscheiden.«

Franz klingt erleichtert. »Na, dann hätten wir ja vielleicht wirklich einen Schritt gemacht. Weißt du, was ich denke? Der Typ arbeitet mit anderen zusammen und fotografiert dann den Erfolg.«

»Ist denkbar«, sage ich und habe das Gefühl, dass Franz mit dieser Annahme vielleicht sogar recht haben könnte.

Ich frage Sabrina, ob wir zurück zur Dienststelle wollen. Sie schüttelt den Kopf.

»Komm«, sagt sie, »das Wetter ist so schön und der Typ wird jetzt eh erst mal dem Haftrichter vorgeführt. Lass das mal den Franz machen.«

Wir gehen die Straße hinunter, der Strausberger Platz ist schon zu sehen. Sabrina nimmt den Faden wieder auf, erzählt ruhig weiter.

»Als Kind durfte ich im Jahr einmal mit ihm auf große Reise gehen. Das war toll. Er hatte zwar nie Zeit, wenn er unterwegs war, und meist gab es so was wie ein Au-pair-Mädchen oder eine seiner Mitarbeiterinnen sollte auf mich aufpassen. Aber das spielte keine Rolle. Es war sehr, sehr schön.«

»Und deine Mutter?«

»Die hat ein Modegeschäft, entwirft Mode und verkauft sie in einem dieser schicken Geschäfte in Hamburg. Sie ist glücklich mit ihrer Boutique, das ist ihr Ein und Alles. Sie hat versucht, mich für diese Dinge zu begeistern, aber es war ihr im Prinzip nicht wirklich wichtig, ob ich mich dafür interessierte oder nicht. Sie hatte früher zwei Mitarbeiterinnen, eigentlich Freundinnen. Sie fuhren zusammen auf Modemessen, schauten sich die neuen Trends in London und Venedig an. Sie waren viel unterwegs, und wahrscheinlich bin ich deshalb auch mit zwölf in ein Internat gekommen. Eins für gut betuchte Eltern und Kinder. Hohenstein Internat Bern. Natürlich in der Schweiz. Meine Mutter hat versucht, es mir schmackhaft zu machen, aber ich wollte nicht dahin. Mein Vater hat irgendwann nachgegeben und dann war es eben so. Ich hab die Zeit irgendwie überstanden, aber ich denk nicht gern daran zurück. Ich kam wieder, hatte beinahe in allen Fächern ein Sehr gut, aber war eigentlich ein ziemlich unglücklicher Mensch.«

Sabrina schweigt. Wir gehen still nebeneinander her.

»Und dein Vater?«, fragt sie dann.

Ich muss überlegen, was ich ihr erzählen soll. Ich sage:

»Ich bin hier groß geworden. Wir haben erst in Weißensee gewohnt und dann hier in Friedrichshain. Mein Vater hat als Busfahrer gearbeitet. Auf dem Weißenseer Hof. Dreischichtsystem, oft Wochenende. Meine Mutter arbeitete bei Stern-Radio. Da wurden zuletzt Radiorekorder hergestellt. Sie war in der Produktion, Zweischichtsystem, die eine Woche früh, die andere Woche spät. In der einen mussten wir morgens alleine aufstehen und uns fertig machen, in der anderen gingen wir abends alleine ins Bett. Manchmal war mein Vater da. Manchmal waren sie beide weg. Dann passte mein großer Bruder auf. Also, er sollte aufpassen auf mich. Er tat es mehr schlecht als recht. Der Vorteil war, dass wir unglaublich viele Freiräume hatten. Wir waren mehr auf der Straße als die anderen Kinder und wir erlebten mehr. Zusammen oder getrennt. Ich kann gar nicht sagen, dass wir besonders viel Blödsinn gemacht hätten. Man hatte von Anfang an eben mehr Verantwortung für das, was man tat. Na ja. So bin ich eben groß geworden. Aber wenn du mich nach meinem Vater oder nach meiner Mutter fragst, ich weiß nicht, sie sind für mich immer fremde Wesen geblieben, die ihr eigenes Leben lebten. Das heißt nicht, dass sie sich nicht gekümmert hätten. Manchmal waren sie mir auch sehr nah. Aber nicht oft. Weil sie beide oft sehr müde waren von der ganzen Plackerei. So war das eben damals.«

»Und was ist aus deinem Bruder geworden?«

»Der ist Ingenieur. Fachmann für superharte Metalle. Inzwischen ist er bei Thyssen-Krupp. Wir haben uns nicht mehr viel zu sagen. Er in Duisburg, ich hier.«

Wir haben den Strausberger Platz erreicht. Der Springbrunnen in der Mitte schickt Kaskaden flimmernder Tröpfchen herüber. Die Hochhaustürme legen weite Schatten über die breiten Straßen, die hier in einen Kreisverkehr münden, in dessen Mitte der Brunnen steht.

Von hier aus sieht man die ganze Karl-Marx-Allee hinunter und nach der anderen Seite bis zum Alex. Hier fanden vor der Wende die großen Maidemonstrationen statt. Hunderttausende zogen hinauf, um sich am Alex rasch aus dem Staub oder in der Innenstadt einen netten Tag zu machen. Hier fuhren auch die Panzer und Raketenabschussrampen lang, meist am 7. Oktober. Ohrenbetäubender Lärm und Säbelrasseln. Es war alles Unsinn, wie man jetzt weiß, sinnlos vertane Zeit und sinnlos investiertes Geld und fragwürdiger Glaube. Immer wenn ich hier bin, frage ich mich, warum so viele Menschen an dieses Theater glaubten. Und warum ich daran glaubte.

Wir gehen den breiten Boulevard der Karl-Marx-Allee in Richtung der beiden Turmhäuser am Beginn der Frankfurter Allee. Viele der Geschäfte, an denen wir vorbeigehen, sind geschlossen. Ein paar Kneipen mit Tischen und Stühlen davor, Reisebüros und Versicherungsanbieter. Eigentlich sind das keine Geschäfte für diese Straße. Man munkelt, dass es gezielten Einfluss gibt aus Politik und Wirtschaft, damit aus der Allee keine anziehende Einkaufs- und Restaurantstraße wird, damit der Ku'damm seine Anziehungskraft nicht verliert. Andere sagen, für finanzstarke Filialketten sei der Ost-Boulevard einfach zu wenig lukrativ, und wieder andere sehen in der Aufwertung einer Karl-Marx-Allee eine generelle Aufwertung des Ostens von Berlin. Ich denke, dass ist alles Unsinn. Denn offenbar hat man sich all die Jahre nach der Wende auf die Errichtung von Einkaufscentern konzentriert. Für Ladenstraßen hatte man keinen Sinn.

Geradezu erschöpft lassen wir uns auf die Stühle eines Straßencafés fallen. Ich merke plötzlich, wie müde ich bin. Wir bestellen Kaffee. Sabrina reckt ihr Gesicht in die Sonne, die Augen geschlossen.

»Weißt du, was mir nicht aus dem Sinn geht«, sagt sie, ohne die Augen zu öffnen. »Der Engel.«

Ich merke, dass die Figur in meinem Nachdenken gar keine Rolle mehr gespielt hat.

Sabrina sagt: »Warum hat der da gelegen? Was für einen Zusammenhang gibt es zwischen der Nachbildung und dem Original und was könnte die uns sagen? Warum hat jemand diese Figur anfertigen lassen? Warum am Ostkreuz abgelegt? Verstehst du? Manchmal denke ich, der Engel ist so was wie ein Zeichen.«

»Wieso bist du dir so sicher, dass es eine Nachbildung des Engels aus der Sonntagstraße ist?«

»Unsere Leute haben das geprüft. Der Gipsengel ist in jedem Detail eine originalgetreue Nachbildung, und zwar eins zu zehn. So eine Arbeit kann auch nicht jeder machen. Da ist ein Experte am Werk gewesen. Aber warum?«

»Vielleicht ein Künstler. Einer, der solche Figuren mag und sie an ungewöhnlichen Orten im Stadtzentrum ausstellt, keine Ahnung. Oder aber jemand wollte uns mit dem Engel auf das Haus aufmerksam machen.« Das glaube ich zwar selbst nicht recht, aber manchmal macht es Sinn, seinen Gedanken freien Lauf zu lassen, einfach um Dinge zu sortieren – und um auf neue Ideen zu kommen.

»Das dachte ich auch schon.« Sabrina nickt. »Aber es gibt einfach keine Erklärung, warum das der Fall sein könnte. Fakt ist, wir sollten uns dieses Haus und seine Geschichte noch einmal vornehmen. Der Mann, mit dem ich neulich in der Kneipe geredet habe, sprach von den Besetzern, die vertrieben wurden, und davon, dass das Haus noch ein zweites Mal besetzt wurde. Und dass es bei einem der Räumungsversuche auch zu gewaltsamen Zwischenfällen gekommen sein soll. Es hat sogar einen Toten gegeben. Wir müssen prüfen, was damals genau passiert ist und ob das etwas mit dem Engel zu tun haben könnte.«

»Warte mal, einen Toten ... Ja, jetzt erinnere ich mich. Da gab's wie immer Widerstand gegen die Räumung, und dann ist doch dieser Unfall passiert, meine ich, bei dem ein Besetzer gestorben ist. Ich hatte das gar nicht mehr auf dem Schirm, weil es eben ein Unfall war. Aber die Kollegen vor Ort waren geschockt, das haben wir schon mitbekommen im Revier.«

Sabrina schaut mich aufmerksam an. »Aha«, sagt sie.

»Ja, aber der Zusammenhang ist doch ziemlich vage«, sage ich. »Ich kann mir nicht vorstellen, dass das Geschehen um dieses Haus etwas mit unseren Anschlägen zu tun haben soll.«

Mein Handy surrt, eine SMS ist eingegangen. Die Nachricht ist von Kerstin, sie bittet mich, sie anzurufen. Es ist wegen Vater. Ich habe einen Augenblick das Gefühl, als würde ich keine Luft mehr bekommen. Ich mache das Handy aus. Versuche, wieder ruhig zu atmen. Sabrinas Augen sind immer noch geschlossen, aber sie sagt plötzlich:

»Eine schwierige Nachricht?« So als könnte sie spüren, dass es mir nicht gut geht.

»Der Vater meiner Frau«, erwidere ich bemüht ruhig, »er ist sehr krank. Sie ist bei ihm, und wenn sie sich jetzt meldet ...«

»Ruf sie an«, sagt Sabrina und schaut mir ernst ins Gesicht.

»Ja«, sage ich und stehe auf.

19.

Kerstin ist sofort am Telefon. Ich merke ihrer Stimme an, wie schwer es ihr fällt zu reden, dass sie aber gleichzeitig froh darüber ist, loszuwerden, was ihr auf der Seele liegt.

»Vater ist gestorben«, sagt sie. »Er ist gestorben. Vor einer Stunde. Tja, das ist nun so.«

»Ja«, sage ich. Mehr kommt in meinem Hirn nicht zustande.

»Ich war bei ihm. Ein Blutgerinnsel. Man hat es erst gar nicht bemerkt. Dann haben sie versucht, die Blutung zu stillen. Aber es ging nicht, es ging nicht mehr.«

»War er zu Hause?«

»Ja, er wollte es ja unbedingt, raus aus dem Krankenhaus. Ich hab den Notarzt gerufen, aber es war zu spät. Es war schon zu spät. Sie haben ihn mitgenommen, auf die Intensivstation. Aber es war zu spät.«

»Kerstin, ich komme vorbei, wenn du willst.«

»Ja, komm vorbei.«

Ich höre sie atmen. Dann drücke ich die Aus-Taste.

Sabrina hat ihren Kaffee ausgetrunken. Sie schaut mir freundlich lächelnd entgegen.

»Ich muss rasch vorbeigehen. Ihr Vater ist gestorben. Heute.«

Sabrina nickt. »Geh zu ihr. Ihr müsst ja noch einiges regeln. Und sie braucht ganz sicher deine Unterstützung. Ich mache mich noch mal an die Sache mit dem Haus. Und ich versuche, Kontakte herzustellen zu Leuten, die damals bei der Hausbesetzung dabei waren. Okay? Melde dich, wenn du soweit bist.« Sie steht auf, tritt dicht an mich heran und legt ihre Arme um meinen Hals. Ihre Lippen berühren leicht die meinen.

Ich fühle mich zerrissen. Einerseits will ich mich jetzt nicht von dieser Frau trennen, will all das, was jetzt kommen wird, nicht erleben, will nichts von der Trauer in mir zulassen. Andererseits tut mir Kerstin unendlich leid, spüre ich tiefes Mitgefühl für sie und merke, wie traurig ich bin, seit ich die Nachricht von Manfreds Tod gehört habe.

Ich erwidere den Kuss, rasch und kraftlos. Mache mich los und krame einen Geldschein aus der Tasche.

»Geh«, sagt Sabrina.

Die Wohnung des Alten ist in der Richard-Sorge-Straße, in einem sanierten Plattenbau gegenüber den Resten der ehemaligen Aktienbrauerei Friedrichshöhe.

Kerstin öffnet mir. Sie schaut mich nur kurz an, lässt die Tür offen stehen und geht zurück in die Küche, in der sie offensichtlich gewartet hat. Ich folge ihr. Kerstin hockt auf einem von Manfreds geliebten weißen Küchenstühlen, die beinahe so alt sind wie er.

»Willst du dich setzen?«, fragt sie, ohne aufzuschauen. Und redet einfach weiter. Ich bleibe im Türrahmen stehen. »Ich habe dir nicht die Wahrheit gesagt, was seinen Zustand anbetraf. Der Arzt hat mir eines Abends gesagt, dass es schlimmer stand, als man dachte. Es war nur eine Frage der

Zeit. Vater hat es gespürt. Aber er wollte zurück in seine Wohnung. Und nun ist er tot.«

Kerstin wirkt ganz gefasst, aber ich weiß, dass sie verzweifelt ist. Ich spüre es. Sie konnte sich schon immer so beherrschen, vor allem, wenn es ihr nicht gut geht. Ich mache einen Schritt auf sie zu. Sie steht auf. Wir sind uns ganz nahe. Ich lege meine Arme um sie. Sie presst sich an mich. Sekunden vergehen, ehe ich merke, dass sie weint. Und in der gleichen Sekunde laufen auch mir die Tränen über die Wangen. Eine wahre Sturzflut, ungebremst und ungehemmt. Wir schluchzen beide, zittern, aber halten uns fest. Wir stehen lange so da, weinend, schweigend, verzweifelt aneinandergeklammert.

Ich habe uns einen Kaffee gekocht, wir trinken aus Manfreds großen weißen Tassen. Ich habe mir fünf Löffel Zucker eingefüllt. Der Kaffee ist heiß und süß und bitter. Ich weiß gar nicht, warum ich ihn mir so zubereitet habe, aber er schmeckt und wärmt mich.

»Und was nun?«, frage ich Kerstin, die vorsichtig an ihrem Kaffee nippt.

Sie zuckt mit den Schultern. »Wenn du meinst, was ich jetzt tun werde, ich weiß es noch nicht. Ich hab meine Schule. Die Schüler. Ich werde Vaters Wohnung auflösen.«

Ich schaue sie an. »Heißt das ...«

»Ich werde mir eine andere Wohnung nehmen. Mir hilft jemand, ich schau mir diese Tage eine an. Gar nicht so weit. Hier kann ich nicht bleiben und zu Hause ...«

»Ich kann mir auch erst mal was suchen ...«

»Nein, lass. Es ist schon in Ordnung so. Vielleicht brauch ich so was wie einen Schlussstrich.«

Ich würde sie gern wieder in die Arme nehmen. Würde ihr gern sagen, dass wir keinen Schlussstrich brauchen, dass ja vielleicht alles wieder so werden könnte, wie es war, dass ich eben aus einem seltsamen Traum aufgewacht bin und mich doch sehr wundere, was da so alles passiert ist, aber all das hat nichts, aber auch gar nichts mit uns zu tun ... Aber ich weiß, dass das Unsinn ist. Kerstin, die mir eben so nahe war, sitzt jetzt in dieser Küche und die Entfernung zwischen ihr und mir ist weiter als von der Erde zum Mond.

»Wir sind noch immer keinen Schritt weiter in dem Fall«, sage ich, wahrscheinlich, weil ich von dem, was mir eben bewusst geworden ist, ablenken will. Kerstin nickt nur. Was soll sie auch sagen. Sie steht auf und verlässt die Küche. Ich höre die Toilettentür, schaue zum Fenster. Nehme die Straßenbahngeräusche wahr. Plötzlich surrt das Handy, das auf dem Küchentisch liegt. Es ist Kerstins Telefon. Jemand versucht, sie anzurufen. Ich schaue auf das erleuchtete Display. Eine Nummer ist zu sehen, kein Name, also ruft jemand an, der nicht in ihrem Telefonbuch eingetragen ist. Ich sehe mir die Nummer genauer an. Die Ziffernfolge kommt mir nicht bekannt vor. Ich fange an, mich über mich selbst zu wundern. Kann es sein, dass ich aus lauter Eifersucht versuche, mir diese Nummer einzuprägen? Das Surren erstirbt. Gleich wird auch das Display dunkel werden. Ich ziehe einen Stift aus der Tasche und notiere die Nummer. Noch bevor Kerstin den Raum betritt, sind Stift und Schreibblock wieder an ihrem Platz.

»Es hat jemand angerufen«, sage ich und muss mir eingestehen, dass ich tatsächlich Eifersucht in mir aufsteigen spüre. Oder ist es kriminalistische Methode? Will ich sehen, wie Kerstin reagiert? Will ich beobachten, ob sie sofort nachschaut, wer der Anrufer war? Ob sie den Anruf vielleicht gar erwartet hat, ob sie ihn sozusagen sehnsüchtig erwartet hat?

Kerstin nimmt tatsächlich das Telefon und schaut nach. Dann legt sie es wieder auf den Tisch.

»Ich muss jetzt all diese Formalien klären, schrecklich«, sagt sie.

»Ich helfe dir«, erkläre ich sofort.

Wir fangen an darüber nachzudenken, wer von uns beiden welche Aufgabe übernimmt. Der Friedhof muss ausgewählt, die Trauerfeier vorbereitet werden. Kerstin macht eine Liste. Sie weint.

Dann fällt ihr Josef ein. »Ich muss es ihm sagen, aber ich kann das unmöglich am Telefon …« Kerstin schaut mich mit großen Augen an. Denkt sie, ich könnte das übernehmen?

Ich sage: »Wir könnten zu ihm fahren.«

Kerstin schüttelt den Kopf. »Er ist erwachsen, ich kann ihn nicht vor all dem beschützen, was es Schreckliches auf dieser Welt gibt.« Sie nimmt ihr Telefon und geht aus der Küche. Ich höre, wie sie sagt: »Komm her, mein Lieber, setz dich in den Zug und komm her. Weil Opa gestorben ist. Du wirst dich von ihm verabschieden müssen. Sei jetzt stark und komm her, hörst du?!« Sie legt auf. Jetzt ist sie wieder konzentriert und klar. Eine Lehrerin, die eine wild gewordene Schulklasse mit einem kühlen Lächeln im Zaum hält, komme, was da wolle.

Obwohl wir uns nun schon über eine Stunde lang mit solch seltsamen Dingen wie Sargauswahl und Urnenbeisetzung, Musik bei der Trauerfeier oder wer wird eingeladen beschäftigen, geht mir der Anrufer von vorhin nicht aus dem Kopf. Zumal ein anderes Bild in meiner Erinnerung wieder wach geworden ist. Das Bild von der Straßenbahn vor wenigen Tagen. Warum war Kerstin so spät am Abend unterwegs? Wo kam sie her? Wo fuhr sie hin? Hierher?

Ich verdränge die Bilder und meine Gefühle, sage mir, dass ich kein Recht habe, so über Kerstin nachzudenken. Ich bin es, der ihr Vertrauen missbraucht, der ihre Gefühle verletzt, der sie und unsere Liebe verraten hat.

Ich lenke mich ab, indem ich frage, ob es irgendwelche Entwicklungen in Kerstins Schule gegeben hat.

»Sind wir jetzt wieder ganz die Kriminalpolizei?«, fragt sie und ich merke, dass es nicht ganz so ernst gemeint ist, wie es klingt.

»Nein.« Ich versuche, harmlos zu wirken. »Wenn ich ehrlich bin, wäre es mir lieber, die Jugendlichen hätten mit der Sache nichts zu tun und fertig. Aber leider gibt es einige Indizien, die auf das Gegenteil hindeuten. Hat dir Sina eigentlich mal erzählt, dass sie klettert? Und möglicherweise auch dieser Mirco?«

»Nein«, sagt Kerstin, »aber es gibt so was wie Gerüchte.«

»Gerüchte?«

»Na, dass sie zusammen sind und ihre Freizeit gemeinsam verbringen. Was sie da machen, weiß ich nicht.«

»Wer ist diese Sina?«, frage ich nun doch und merke an Kerstins Reaktion, dass sie ganz froh darüber ist, ein wenig Abstand zu dem zu bekommen, worüber wir bislang gesprochen haben. Ich füge noch an: »Sie hat mir erzählt, dass sie schon in mehreren Heimen war und in einer Pflegefamilie.«

»Dann hat sie zu dir mehr Vertrauen, als zu erwarten war. Eigentlich redet sie nicht so schnell mit irgendwem darüber.« Kerstin überlegt kurz, dann sagt sie: »Sina ist ein wunderbares Mädchen. Sie hat ziemlich viel Stolz, den braucht sie als Abwehr. Sie kann sehr schnippisch und biestig werden, das ist so eine Art Testprogramm. Wer das nicht aushält, hat es schwer mit ihr. Und sie ist klug, fast möchte ich sagen, analytisch. Das gefällt so manchem der Kollegen nicht. Niemand sollte versuchen, ihr ein X für ein U vorzumachen, da wird sie zynisch. Das ist dann unangenehm.«

»Und reicht der Zynismus aus, um sich an so etwas wie einem Anschlag zu beteiligen?«

»Nein. Das halte ich für ausgeschlossen. Wie kommst du auf so eine Idee?! Du hast das Mädchen doch erlebt!«

»Kerstin, sie hatte diese Tüte in ihrem Rucksack, das ist doch kein Spaß! Und wenn mir niemand erklären kann, wozu sie die bei sich hatte, werde ich versuchen, das herauszubekommen. Und da ist der Aspekt, dass sie klettert und dass sie das auch noch verheimlicht, eher verstärkend!«

»Na ja, das magst du so sehen, ich sehe es nicht so. Im Übrigen hat euer Auftritt die Diskussion nur noch angeheizt, so nach dem Motto: Wenn sich junge Leute Gedanken über den Zustand der Gesellschaft machen, dann rückt die Polizei mit Sturmgewehren an.«

»So ein Blödsinn! Wir waren nicht wegen der Diskussionen da, sondern weil jemand Zeichnungen von Sprengvorrichtungen gemacht hat.«

»Die man so oder ähnlich aus dem Internet herunterladen kann!«

»Das ist nicht dasselbe!«

»Das sage ich nicht. Ich meine nur, dass es keine Kunst ist, so was zu zeichnen, und wer sich wichtig machen will, der hat offenbar eine gute Chance, es so zu erreichen. Außerdem gab es bekanntlich einen zweiten Anschlag, und da waren außer Sina alle im Unterricht.«

»Außer Sina. Und die ist kurze Zeit vor diesem Anschlag auf Bildern der Überwachungskameras auf dem Bahnhof zu sehen.«

Das macht Kerstin nun doch sprachlos.

»Was?!«

»Es kann natürlich sein, dass sie auf dem Weg zur Schule das Gefühl hatte, krank zu werden, und dass sie deshalb umgekehrt ist. Aber der Zufall bleibt doch erstaunlich. Dass wir sie ausgerechnet kurz vor dem Anschlag mit der Kamera erfassen.«

»Das ist tatsächlich seltsam«, murmelt Kerstin, »dennoch, ich kann mir keine Sekunde lang vorstellen, dass Sina in solch eine Aktion verwickelt sein soll.«

»Ach weißt du, ich habe schon so oft Täter überführt, denen man nichts Negatives zugetraut hätte. Und gerade dieses Mädchen ... Ich könnte mir vorstellen, dass sie frustriert ist. Stell dir vor, du verlierst deine Familie, wirst von Heim zu Heim gereicht, erlebst dich immer wieder als Verlierer, als jemand, der irgendwie nicht dazugehört. Und du siehst die anderen, denen alles zufliegt, die mit dem Auto zur Schule gebracht werden, die von ihren Reisen erzählen können, nicht bloß Mallorca, nein, die Malediven, Südamerika, London, Barcelona, Kapstadt. Sie hat mir da eine Geschichte erzählt von einer Ferienfahrt ihrer Wohngruppe, die hat mir eingeleuchtet. Ich kann mir vorstellen, dass ihre Sicht der Dinge durchaus dazu führen kann, dass sie mal richtig Thermik machen will, mal richtig auf den Pudding schlagen.«

»Das ist alles nachvollziehbar, was du sagst. Aber es ändert nichts daran, dass ich es mir nicht vorstellen kann. Sina liebt das Leben, sie hat Freunde, sie hat Pläne.«

»Welche Pläne hat sie denn?«

»Sie will Kinderärztin werden.«

»Immerhin. Und wahrscheinlich will sie dann nach Afrika gehen oder nach Indien, um den armen Kindern zur Seite zu stehen.«

»Warum wirst du jetzt sarkastisch? Sie könnte es jedenfalls schaffen, von den Noten her, und durchbeißen kann sie sich auch. Und was spricht gegen Afrika?«

»Nichts. Ich meine ja nur. Es würde passen. Sich einsetzen für eine bessere Welt und hier noch rasch ein Zeichen setzen.«

»Du spinnst. Lass uns zum Ende kommen mit der anderen Sache.«

Wir widmen uns wieder unserer Liste. Ich sehe, wie Kerstins Augen dabei zufallen und frage sie, ob sie glaubt, dass sie jetzt etwas Schlaf finden kann. Sie nickt und meint, ich könne sie ja morgen früh abholen und mit ihr gemeinsam rüber ins Krankenhaus gehen.

Am nächsten Morgen stehen wir in einem kahlen Raum. Hier werden verstorbene Patienten aufgebahrt. Angehörige kommen, um sich zu verabschieden.

Kerstin und ich sind allein. Wir stehen vor dem leblosen Körper des Menschen, der Kerstin ein guter Vater war und mir ein guter Schwiegervater. Ein guter Freund irgendwie. Einer, der auf seinem Marktstand am Boxhagener gerne noch einen Apfel mehr eingepackt hat, ohne ihn zu wiegen. Eine ehrliche Haut andern gegenüber. Nun liegt er da. Mit schon wächserner Haut, geschlossenen Augen und halb offenem Mund. Kerstin fasst nach meiner Hand. Hält sie lange fest. Dann legt sie beide Hände auf seinen Arm.

Nun bin ich schon weit über vierzig, aber ich habe noch nie von einem toten Familienangehörigen auf diese Weise Abschied genommen. Ich bin bewegt, traurig, berührt und auch ein wenig verwundert. Verwundert vor allem deshalb, weil ich hier stehe und weil das passiert, was passiert, und ich es irgendwie ertragen kann.

Nach der Mittagspause sitzt die halbe Ermittlungsgruppe im Beratungsraum. Franz referiert das Ergebnis seiner Wohnungsdurchsuchung bei Schlesinger. Er reicht die Fotos herum, die der Mann geschossen hat und regt sich darüber auf, dass die angefragte Richterin keinen Haftbefehl erlassen hat. Und das trotz der Schlesinger zur Last gelegten Umstände, obwohl er einen Aufruf am Bahnhof angebracht und besagte Fotos unmittelbar nach den Anschlägen angefertigt hat und trotz der Hintergrundinformation, dass er sich mit Sprengmitteln auskennen muss.

Norman Buchholz ergänzt, dass man mit Schlesinger inzwischen die zweite Person in diesem Fall observieren würde. Damit seien alle verfügbaren Kräfte im Einsatz.

Sabrina berichtet vom Zusammentreffen Sinas mit der verdächtigen Carola Lange und einem weiteren Jugendlichen aus der Schulklasse des Mädchens. Unklar sei noch der Zweck dieses Treffens. Und sie informiert über ihre Recherchen zu dem Haus mit dem Engel. In diesem Augenblick betritt ihr Vorgesetzter Kremmen den Raum. Er sucht einen freien Platz und setzt sich wieder neben Kiesewetter, der beflissen ein Stück zur Seite rückt. Noch während Kremmen Platz nimmt, treffen sich unsere Blicke. Kremmen schaut mich an, schaut mir direkt in die Augen. Ich weiche aus, bevor ich mich dem Blick erneut aussetze. Warum starrt er mich in dieser Weise an? Ich spüre, wie sich meine Nackenmuskulatur anspannt. Zum Glück höre ich Sabrinas Stimme. Höre sie reden. Ich schaue zu ihr und konzentriere mich.

»Das Gebäude wurde bekanntermaßen zweimal geräumt. In beiden Fällen kam es zu massiven Polizeieinsätzen. Zeugen aus der Besetzerszene, so steht es im Polizeibericht, sprachen von Gewaltausbrüchen auf Seiten der Polizei. Die Einschätzung der Polizei ist eine ganz andere. Bei beiden Einsätzen sei man auf nur schwache Gegenwehr getroffen. Es habe Sitzblockaden gegeben und Personen mussten aus dem Haus herausgetragen werden. Kleinere Rangeleien. Das sei alles gewesen. Offenbar seien die Hausbesetzer zuvor informiert worden und hätten die Parole »keine Gewalt« ausgegeben, woran sich auch beinahe alle gehalten hätten. Dennoch ist es bei der zweiten Aktion im letzten Jahr zu einem schweren Zwischenfall gekommen. Als die Situation bereits geklärt war, ist eine Person, die sich auf dem Dach des Gebäudes befand, heruntergestürzt und dabei tödlich verunglückt.«

Sabrina blendet ein Foto ein. Ein junger Mann ist zu sehen. Sportlicher Typ, kurze Haare, blaue Augen, freundliches, aber auch energisches Gesicht.

»Benjamin Große, siebzehn Jahre alt. Schüler an einer Oberschule. Der genaue Hergang, der zum Absturz und zum Tod des jungen Mannes geführt hat, ist in den Polizeiakten sehr genau dargestellt worden. Danach sei Große auf dem Dach gewesen, hätte von dort aus mit einem Megafon gegen den Polizeieinsatz und die Räumung agitiert. Als die Polizeikräfte schließlich bis ins Dachgeschoss gelangt waren, sind zwei Kolleginnen und ein Kollege durch eine Luke auf das Dach gestiegen. Einer hat die Situation gefilmt. Eine Vorsichtsmaßnahme, um mögliche Gewalttaten dokumentieren zu können.«

Sabrina schaut in die Runde. Hantiert an ihrem Computer und drückt auf Play.

Wir sehen die Aufnahmen des Polizisten. Stark verwackelt, unscharf, aber dennoch aussagefähig genug, um verfolgen zu können, was geschieht. Das Dach ist zunächst menschenleer. Ein Schwenk zeigt, dass sich auch niemand auf der anderen Seite des Daches befindet. Eine Stimme ist zu hören.

»Dies ist eine Polizeiaktion, bitte bewahren Sie Ruhe und leisten Sie keinen Widerstand.« Noch immer ist nichts zu sehen. Dann läuft eine Polizistin ins Bild. Und plötzlich tritt der junge Mann hinter einem der Schornsteine hervor. Er macht keinen verzweifelten oder aggressiven Eindruck. Eher scheint er angespannt und hellwach, fast sieht es so aus, als wollte er die Polizisten in eine Art Wettkampf verwickeln. So nach dem Motto: Ihr kriegt mich nicht.

Noch einmal ist die Stimme des Polizisten zu hören: »Bleiben Sie ruhig und leisten Sie keinen Widerstand!«

Doch der junge Mann hat offenbar anderes vor, als sich festnehmen zu lassen. Er läuft behände auf einen der Dachvorsprünge zu, nimmt Anlauf und springt auf eine höher gelegene Brandmauer. Die Polizisten wenden sich in diese Richtung. Der Mann springt noch einmal. Nun kann man sehen, wo er hin will. Im Dach des Nachbarhauses ist auch eine Luke und die steht offen. Glaubt er im Ernst, er könnte so entkommen? Die Polizisten scheinen den Plan des Mannes erkannt zu haben und ziehen sich zurück.

»Das hat doch keinen Sinn«, sagt die Polizeistimme und dann, vertraulicher: »Hör doch auf mit dem Mist.«

Der junge Mann scheint einen Augenblick lang tatsächlich aufgeben zu wollen. Doch nun rückt eine der Polizistinnen zu ihm vor. Der Mann nimmt Anlauf und springt über eine Lücke zwischen den Dächern. Eigentlich keine wirklich gefährliche Aktion. Aber der Junge bleibt mit dem Fuß an einer Blitzableiterleitung hängen. Es reißt ihn herum. Verzweifelt versucht er, sich irgendwo festzuklammern, aber es gelingt ihm nicht. Im Bruchteil einer Sekunde ist er aus dem Blickfeld der Kamera verschwunden. Man hört erschrockene Schreie und einen dumpfen Aufschlag. Die Kamera hält starr auf das Dach und wird schließlich auf den Boden gelegt. Das Bild erlischt.

»Jede Hilfe kam zu spät«, setzt Sabrina ihren Bericht fort. »Natürlich machte man der Polizei kurzzeitig Vorwürfe. Es war auch von Selbstmord die Rede, aber wie man in den Aufzeichnungen sehen kann, trifft das nicht zu. Es handelt sich um einen Unglücksfall. Unter den Hausbesetzern sieht man das natürlich anders. Bis heute.«

»Was weiß man über den Jugendlichen?«, fragt Kiesewetter. »Ich meine, war er einer der typischen Hausbesetzer oder eher ein Mitläufer? Was ist mit seiner Familie? Und vor allem: Warum, Frau Zielinski, glauben Sie, dass dieses Geschehen etwas mit unserem Fall zu tun haben könnte?«

Sabrina nickt Kiesewetter knapp zu. »Erstens, Benjamin Große war kein typischer Hausbesetzer. Er hatte Freunde in der Künstlerszene, die in dem Haus wohnten, und deshalb war er ab und zu dabei. Das müsste man noch genauer ermitteln; dazu bin ich heute mit zwei Aktivisten aus der Besetzerszene verabredet. Zweitens, soweit wir das wissen, ist er bei der Mutter groß geworden. Und drittens, ja, das ist tatsächlich die entscheidende Frage: Was könnte das Geschehen mit unseren Anschlägen zu tun haben? Ich muss zunächst klar sagen: Ich weiß es nicht. Was wir wissen, ist, dass wir diesen Engel hier«, sie stellt die Gipsfigur, umhüllt von einer Plastiktüte, auf den Tisch vor sich hin, »etwa 150 Meter vom ersten Anschlagsort entfernt gefunden haben, und zwar bekanntermaßen an jenem Ort, wo Kollege Martaler einen Mann fotografiert hat, der mit einem Fernglas in Richtung Ostkreuz schaute. Ein ähnliches Foto gibt es auch von einer Person auf dem Dach des Hauses gegenüber dem Ostkreuz. Wir wissen nicht genau, ob es sich um die gleiche Person handelt, aber es ist zumindest möglich. Die Schuhgröße ist jedenfalls identisch, das haben die Untersuchungen der beiden Orte eindeutig ergeben. Das heißt, in den Gleisen und auf dem Dach stand ein Mann mit der Schuhgröße 44. Und an dem Haus, von dem der junge Mann gestürzt ist, befindet sich der gleiche Engel, wie der, den wir an den Gleisen gefunden haben, nur zehnmal größer.«

Einige der Anwesenden nicken nachdenklich. Kiesewetter murmelt: »Das ist in der Tat ein interessanter Zusammenhang.«

Kremmen hat sich in die für ihn typische Angriffsposition gebracht. Er räuspert sich.

»Eine Frage, Kollege Martaler. Dieser eben beschriebene Vorgang um das besetzte Haus, der müsste Ihnen doch eigentlich bekannt sein, oder irre ich mich da? Das ist doch Ihr Bezirk.«

Hatte er deshalb so energiegeladen zu mir herübergeschaut? Was soll die Frage?

»Für die Häuserräumungen waren andere Abteilungen zuständig. Damit hatten wir nichts zu tun.«

»Aber Sie haben doch vielleicht von dem Unglück gehört?«

»Ja, gehört habe ich davon, sicher.«

»Kannten Sie den jungen Mann?«

Alle schauen uns irritiert an.

»Ich? Nein. Wie kommen Sie darauf?«

»Nur so eine Frage.«

»Ich verstehe die Frage nicht.« Ich merke, dass Kremmen mich langsam in Wut versetzt. Was soll dieser Blödsinn?! Will er hier den Chef raushängen lassen?! Will er zeigen, dass er hier die Macht hat?!

Kiesewetter springt mir zur Seite. »Wieso sollte unser Kollege den jungen Mann kennen?«

Die Antwort kommt sofort. »Weil es hier in Friedrichshain passiert ist.«

Ich schaue zu Sabrina, die ruhig zu ihrem Chef blickt, als ginge hier nichts Besonderes vor.

Kiesewetter will die Situation jetzt offenbar endgültig klären. »Die Vorgänge in dem besetzten Haus sind zum damaligen Zeitpunkt hier in der Polizeidirektion fünf natürlich allgemein bekannt gewesen. Ein tragischer Unfall, ja, aber die Kollegen erleben hier ständig Menschen in tragischen Situationen. Natürlich hatte auch ich Kenntnis davon. Aber es gab kein Nachspiel für die Polizei, keine Disziplinarverfahren gegen Beamte oder juristische Untersuchungen, dazu war die Sache zu eindeutig. Auch die Presse hat keinen Skandal daraus gemacht. Ich denke, wir sollten die Diskussion an dieser Stelle beenden und die von Kollegin Zielinski dargelegten Ermittlungswege weiterverfolgen.«

Im selben Augenblick geht die Tür auf und ein Polizist in Uniform kommt herein.

»Es gibt Hinweise auf einen erneuten Anschlag, diesmal Warschauer Straße. Die Spezialgruppe ist alarmiert!«

Wir fahren mit Blaulicht zur Warschauer. Ich habe mich noch immer nicht beruhigt. Was in aller Welt wollte dieser Kremmen von mir? Wollte er mich vor den Kollegen in Misskredit bringen? Wollte er vorführen, dass ich längst auf den Zusammenhang mit dem Haus und den Anschlägen hätte kommen können? Kommen müssen? Aber wie, bitteschön, hätte ich eine Beziehung herstellen sollen? Ich kann sie bis jetzt nicht herstellen! Oder geht es um etwas ganz anderes? Hat Kremmen etwas von der Beziehung zwischen Sabrina und mir mitbekommen und ist sauer darüber? Das würde die Sache in einem anderen Licht erscheinen lassen. Ich beruhige mich allmählich, aber das währt nicht lange. Mir fällt die Situation ein, als mich ein anderer von Sabrinas Kollegen schon einmal in so seltsamer Weise befragt hat. Damals, als ich nachts auf der Modersohnbrücke war.

Unsere Ankunft an der Warschauer Straße reißt mich aus meinen Überlegungen.

Der S-Bahnhof ist abgesperrt. Ein Hubschrauber knattert laut über dem Areal. Spezialgruppen der Polizei eilen die Treppen hinunter auf die Bahnsteige. Mir fällt auf, dass auch hier wie verrückt gebaut wird. Warschauer Straße, das war schon vor mehr als hundert Jahren Eisenbahn und Bahnhof und Güterumschlag und das RAW, das jetzt eine Künstlerkolonie ist. Hier gab es schon ewig diese lange Brücke über die Gleise, die jeden Tag von vielen tausend Leuten genutzt wird, die zwischen U- und S-Bahn hin- und hereilen, die die Straßenbahn nutzen, die inzwischen bis vor die U-Bahnstation fährt. Ein Kopfbahnhof. Hier endet die Straßenbahn. Wer weiter will, muss zu Fuß zu seinem Anschluss. Fast könnte man meinen, dass dieser Bahnhof einen Beitrag zu dem leistet, was inzwischen neudeutsch Entschleunigung heißt. Wäre da nicht die Brücke hinüber zu den S-Bahnen, die genau das Gegenteil zeigt: hunderte rennende Menschen, zwischen denen sich die unzähligen Radfahrer nur mit Mühe durchschlängeln.

Man hat einen Gegenstand gefunden, der dem des letzten Anschlags am Ostkreuz in fataler Weise ähnelt. Eine Art Aluminiumkoffer. Knapp einen Meter breit, siebzig Zentimeter hoch. Zwei Frauen sind darauf aufmerksam geworden. Der Koffer stand unter der Treppe des Bahnsteigs, an dem die Züge in Richtung Innenstadt abgefertigt werden.

Experten der Sprengabteilung machen sich bereits einsatzbereit. Sie ziehen die dicken, feuerfesten Anzüge an. Setzen die riesigen Helme auf, hängen noch zusätzliche Westen um.

Mein Blick streift über die Passanten und die vielen Menschen, die vor den Absperrungen stehen und darauf hoffen, dass es rasch weitergeht mit dem Bahnverkehr, oder die einfach aus Neugierde zusehen wollen, was passiert. Doch die sich verstärkenden Polizeikräfte drängen die Menschen weiter zurück. Haben inzwischen sogar den Verkehr auf der Kreuzung gesperrt. Die Straßenbahnen stehen rechts und links vor den Brückenauffahrten. Polizisten rufen die Leute per Megafon auf, sich zurückzuziehen, die Ruhe zu bewahren, sich andere Verkehrswege zu suchen.

Ich habe meinen Fotoapparat gezückt. Mache von der Brücke aus meine Aufnahmen. Die Häuser ringsherum ziehen meinen Blick geradezu magisch an. Ich versuche das Blitzen einer Fernglaslinse zu entdecken, doch heute habe ich kein Glück, denn der Himmel ist verhangen. Kein Sonnenstrahl, nur graublaue Wolkenschichten. Ich werde den

Täter nicht ausmachen können, wenn er sich auf einem Dach in der Revaler oder Helsingforser oder in den Neubauten in der Warschauer postiert haben sollte oder auch drüben in der Rudolfstraße. Von dort hätte er wieder ausgezeichnete Sicht auf die Szenerie. Ich sehe, dass unten ein Güterzug vorbeifährt. Obwohl doch alles gesperrt sein soll. Wie kann so etwas passieren? Arbeiten diese Bahnleute denn nicht zusammen? Auch den Kollegen in meiner Umgebung ist dieser endlos lange Zug nicht geheuer. Ich bemerke das Entsetzen, die Angst in den Gesichtern.

Von unten, von den Bahnsteigen, kommen dumpfe Kommandos. Ich höre, dass man den Gegenstand jetzt zerstören wird. Nochmals werden die Menschen über Megafone gewarnt, sie sollten sich entfernen.

Eine Art Roboter wird abgeladen und mit einem Kranwagen über die Brückenbrüstung nach unten gehievt. Ich weiß, dass der Roboter eine Stahlhülle um den Koffer legen wird, der eine mögliche Detonation bzw. deren Wirkungen vermindern soll. Gleichzeitig wird die mögliche Sprengkraft berechnet, nach der die Dichte des Wasserstrahls bestimmt wird, mit dem der Gegenstand aufgehebelt werden soll.

Ich sehe Sabrina, sie gibt mir Zeichen, deutet in Richtung Hochhaus auf der gegenüberliegenden Seite. Hat sie etwas entdeckt? Ich laufe rasch hinüber zu ihr. Nein, sie hat nichts gesehen, aber es geht ihr wie mir. Unsere Blicke richten sich nach oben. Irgendwo da muss derjenige sein, der vielleicht in Sekunden hier einen neuen Sprengsatz zünden wird. Oder dafür verantwortlich ist, dass ein Uhrwerk jenen Punkt erreicht, an dem zwei Pole miteinander verbunden werden und eine im Verhältnis gesehen winzige elektrische Spannung diesen Ort erbeben lässt.

Einige Kollegen sind dabei, die Gegend zu filmen. Man hat gelernt aus den beiden anderen Anschlägen und nimmt alles auf, was hinterher irgendwelche verwertbaren Informationen liefern könnte.

Sabrina und ich gehen hinüber zu einem der Polizeibusse. Hier hat man die beiden jungen Frauen hingebracht, die den Metallkoffer entdeckt haben. Die eine sagt, dass sie sich gewundert habe, dass da ein Koffer herrenlos herumsteht. Und die andere erklärt, dass sie im Fernsehen die Bilder vom Anschlag am Ostkreuz gesehen hätte und wüsste, dass dort etwas Ähnliches wie ein Alukoffer den Sprengsatz verborgen habe. Deshalb habe sie sofort die Polizei angerufen, die innerhalb von zwei Minuten da war. Nein, irgendwelche Personen, die sich an dem Koffer zu schaffen gemacht hätten, haben beide nicht gesehen.

Man kann den Roboter arbeiten hören. Der scharfe Wasserstrahl macht ein sirrendes, kaltes Geräusch. Er trifft beinahe mit der Wucht eines Geschosses auf das Material. Wir wissen nicht, wie lange es dauern wird, bis die Ummantelung nachgeben wird, und wir wissen nicht, was passieren wird, wenn der Strahl die äußere Hülle aufgeschnitten hat. Jetzt heißt es warten.

Keine zwanzig Minuten später werden die Absperrungen aufgehoben. Der Koffer ist geöffnet worden. Man teilt uns mit, dass es sich offensichtlich um einen unsachgemäß abgestellten Mini-Container einer der auf dem Bau beschäftigten Firma handelt. In ihm ein Schweißgerät nebst Gasflaschen mit entsprechendem Schweißgas.

Der Roboter und die Kollegen haben ganze Arbeit geleistet. Aber die Aktion macht deutlich, wie sensibel wir inzwischen sind. Vielleicht sogar zu sensibel. Einer der Kollegen fragt, ob denn jemand bei den Baufirmen angerufen habe. Niemand hat das getan.

Es ist erstaunlich, was passiert, wenn Polizeisperren aufgehoben werden. Die eben noch angespannte Situation verändert sich. Die Erstarrung löst sich, das Leben kann weitergehen. Plastikbänder werden eingerollt, Warnbarken zur Seite gerollt, Polizisten verlassen ihre Posten, sammeln sich, besteigen ihre Busse. Alles scheint wieder auf den Status

Normalität umgeschaltet worden zu sein. Aber ganz so ist es nicht. Die Erstarrung löst sich nicht einfach, das Gefühl, dass der normale Fluss der Dinge so jäh unterbrochen werden kann, hallt nach. Vielleicht, weil den Menschen plötzlich klar geworden ist, dass das, was sie für normal halten, gar nicht so sicher, so unangreifbar bleiben muss, dass plötzlich alles zu Ende sein kann, dass die Gefahr, die man eigentlich nicht wahrnehmen will, doch empfindlich nahe rücken kann. Es wird deutlich, dass diese Gefahr die ganze Zeit in einer Nische gelauert und uns beobachtet hat in unserer Naivität und Unbedarftheit und plötzlich auf die Bühne tritt, wo sie alle sehen können.

Und es ist etwas anderes als bei einem Polizeiaufgebot nach einem Fußballspiel oder einer Demonstration gegen Fluglärm. Wenn die Angst vor einem Anschlag plötzlich da war, setzen die Menschen mehr als sonst auf die Kompetenz der Polizei. Da schauen die Leute ungläubig auf das, was geschieht. Und einige schicken ein Lächeln hinüber zu den Uniformierten. Man könnte beinahe meinen, dass manche der Leute, hätten sie es nicht eilig, eigentlich gerne einen Kaffee ausgeben würden. Als gäbe es wirklich so etwas wie Partnerschaft.

Ich spüre vor allem Erleichterung. Hätte es erneut eine Explosion oder ähnliches gegeben, wäre die Lage womöglich unbeherrschbar geworden. Man hätte der Polizei völlige Unfähigkeit vorgeworfen, Angst wäre zum dominierenden Gefühl geworden. Vieles hätte sich verändert. Die Verkehrsströme genauso wie der Umgang der Menschen miteinander. Und genau das dürfte der Täter wollen.

20.

Ich laufe die Rigaer Straße entlang. Noch immer gibt es hier verbarrikadierte, wild besprühte Häuser. *Immobilienhaie zu Fischstäbchen!* Die Orte der Besetzerszene liegen dicht an dicht. Hier gibt es, wie der Name eines Spätkaufs verrät, *Bier und mehr*: eine kleine Wagenburg in einer Baulücke zwischen den Brandwänden der Häuser. Zur Straße hin versteckt hinter einem Zaun mit Holzstreben. Sechs alte Bauwagen, umgeben von ausgedienten Mercedestransportern, die nicht mehr fahrtauglich sind: das Gegenteil von mobilem Leben, auch wenn der Platz sich *Konvoi* schimpft. Gegenüber die Kneipen *Lauschangriff* und *Filmrisz*. Eine Querstraße ist die Liebig, in der sie vor nicht allzu langer Zeit die Nummer 14 geräumt haben, eine andere die Silvio-Meier-Straße, wo noch der *Freibeuter* vor Anker liegt. Um die Ecke in der Samariterstraße das *Samacafé*. Inoffiziell und altgedient, wie vieles hier. Von der Straße aus nicht erkennbar. Weiter vorne hin zur Proskauer der *Fischladen*, der seine Blütezeit in den Neunzigern hatte, und der *Kontrollpunkt*. Der Eingang ist ein Fensterschacht zum Keller, über dem ein Deckel liegt. Wenn man weiß, wo das ist, rutscht man durch und fällt in den Kickerraum. Modriger Kellergeruch. Niedrige Deckenhöhe. Gebücktes Stehen, Sitzen ist besser hier. Früher war man hier unter sich, da hat sich kein Zivilbulle hinunterverirrt.

Das Problem war ja eher, dass ihr überhaupt nichts Konspiratives zu besprechen hattet. Dass die Zivis eurem Gelaber ruhig hätten zuhören und alles mitschneiden können. Weil ihr nichts im Kopf hattet, als Bier und Wodka zu saufen. Euer Speed zu ziehen und euer Haschisch zu rauchen, mit dem ihr euch besänftigt habt. Euch schön in Watte gepackt habt. Aber Aktionen? Was habt ihr schon groß gemacht, als sie in den Neunzigern anfingen, die Häuser zu räumen? Nichts. Und am Ende habt ihr alle brav ihre subventionierten Mietverträge unterschrieben, auch wenn ihr vorher so getan habt, als wolltet ihr nicht mit denen reden. Milieuschutz? Hört doch auf. Ich meide alle Milieus. Ich wohne nicht in einem sanierten Gründerzeitaltbau in der Innenstadt auf 120 Quadratmetern plus gemeinschaftlicher Dachterrasse für 5.000 Schlappen warm und denk mir nix dabei. Ich fühle mich nicht gut in meinem falschen Leben. Eher hasse ich mich selbst dafür.

Und ihr? Glaubt ihr in euren besetzten Häusern immer noch, dass ihr dagegenhaltet? Gegen die Entwicklung? Gegen das System? Müsst ihr euch euren lausigen alltäglichen Widerstand nicht nach wie vor schönsaufen? Ihr Schmalspur-Anarchisten. Wie habt ihr denn konkret auf seinen Tod reagiert? Er war doch einer von euch! Was habt ihr denn schon gemacht? Nichts, gar nichts.

Mit einem Becher Filterkaffee in der Hand, setze ich mich an einen der Tische vor die Bäckerei gegenüber der Schule. Nippe am Kaffee, rauche eine Zigarette und betrachte das Schulgebäude. Die Rigaer Straße liegt im Schatten. Jemand kommt aus dem Eingang hinter mir, geht zu seinem Wagen. Die Zündung funktioniert beim zweiten Versuch und er fährt los.

Ich denke darüber nach, wie der Zufall mir zugespielt hat. Kann kaum glauben, dass es wirklich Zufall war. Und ich grüble die ganze Zeit, welche Rolle sie spielen kann. Was ich mit dieser Figur anfange, die mir da auf dem Spielbrett zugeschoben wurde. Kerstin. Wohin mit dir?

Nach und nach rücken die ersten Schüler aus. Mädchen in weiten Kleidern. Andere mit knappen Jeansshorts über schwarzen Strumpfhosen, mit Schlabbersweatshirts oder engen, weit ausgeschnittenen Oberteilen. Mädchen in Leggins und bunt bedruckten T-Shirts. Schicke Jungs mit gestylten Haaren und hellen Khakis. Hip-Hopper mit Sonnenbrillen in bunten Trainingsanzügen. Langhaarige Metalfans, die Band-T-Shirts mit martialischen Motiven tragen. Nervige Pubertierende mit Pickeln. Massenhaft Jugendliche, die sich durchs Portal zu quetschen scheinen. Eilig, aber lässig. Lachend und Sprüche klopfend. In ihrer geballten Belanglosigkeit, ohne Zusammenhalt und Orientierung. Mündige und wählerische Dauerkonsumenten. Hochtrainierte User, die alles haben und nichts bezahlen wollen. Spotify-Jünger, die einen Shitstorm losbrechen, wenn ein Künstler die Flatrate-Verramschung seiner Musik nicht mitmacht. Flashmob Anhänger, die Freude daran haben, McDonald's auf dem Hauptbahnhof mit hundert Leuten, die gleichzeitig einen Hamburger bestellen, zu überrennen. Die vergnügt mit ihren Smartphones filmen, wie die unterbezahlten Servicekräfte ins Schwitzen geraten. Die neue Generation der Mitläufer, die die Angst vor der zukünftigen Unverwertbarkeit der eigenen Person antreibt, sich immer früher und tiefer in die soziale Gelatine hineinzupressen. Kleine Speckmaden, die wissen, wie defizitär sie sind. Die sich nicht erklären können, wie es ihren Eltern möglich war, derartige materielle Privilegien zu erlangen. Die sich die Wohnungen der Eltern ihrer Freunde ansehen und sich fragen, wie sie jemals selbst eine solche Wohnung haben sollen.

Zwei ältere Frauen verlassen plaudernd die Schule. Kurz danach ein Mann in Jeans und Jackett mit einer breiten schwarzen Tasche für seine Unterlagen. Hinter ihm eine Kollegin in einer offenen Strickjacke, unter der eine hellgelbe Bluse hervorscheint. Sie holt ihn auf der Straße ein und sie reden kurz miteinander. Ein grauhaariger Mann läuft aus der Schule zu seinem Toyota, deponiert seinen Rucksack auf dem Beifahrersitz und manövriert den Wagen umständlich aus der Parklücke.

Und dann kommt Kerstin. Der beige Trenchcoat zugeknöpft. Die braunen Haare zusammengebunden. Darunter ihr unverändert schönes Gesicht. Fast wie in meiner Erinnerung. Ihre klugen Züge. Die aufmerksamen Augen. Ganz die Stupa-Sprecherin, die sie einmal war. Nur ohne Che-Guevara-T-Shirt.

Sie läuft schnell. Ich folge ihr. Sie überquert die Proskauer Straße, ohne den Kopf zu bewegen. Wirkt nachdenklich, schaut ununterbrochen auf den Boden. Will sie nicht nach Hause? Aber wieso rennt sie dann so? Wir überqueren die Liebigstraße und ich muss mich beeilen, um dranzubleiben. Sauge die Luft ein. Spüre, wie mein Herz pumpt. Ein junger Mann, der ein Baby vor dem Bauch trägt, kommt mir entgegen und versucht mir in die Augen zu sehen. Kerstin erreicht den Bersarinplatz und ich lasse mich zurückfallen. Warte vor dem Kreisel, bis die Tram von der Warschauer hochkommt.

Sie hat meine Gewissheit nie geteilt. Sie hat nie verstanden, dass es nichts bringt, kooperativ zu sein in einem unkooperativen Spiel. Dass man mit Leuten, die auf ihren maximalen Vorteil bedacht sind, nicht über das Gemeinschaftliche reden und keine partnerschaftliche Ebene finden kann, weil sie alles für sich wollen. Und dass mit jedem Kompromiss, den man trotzdem schließt, das Denken des Feindes tiefer eindringt, bis etwas von seinem Wesen an einem hängen bleibt. Und irgendwann kann man die Grenzen nicht mehr unterscheiden. Je besser es einem geht. Je weiter man sich entfernt hat vom Leben in den grauen Hinterhöfen der Studententage. Je weicher der Sitz gepolstert ist, auf dem man seinen studierten Arsch breit sitzt. Dann spielt man plötzlich selbst ihr Spiel. Abgeschlossen in einer kleinen Arbeits- und Familienblase, in der man seine eigene Positionierung gegenüber der Welt nicht mehr wahrnimmt. Backe backe Kuchen. Geleitet von einer gutmenschlichen Frömmigkeit, die nicht zulässt, dass ihr euch vorstellen könnt, dass irgendjemand etwas gegen euch und eure Art zu leben haben könnte. Aber von außen betrachtet, gehört ihr dazu, seid ihr handelnde Subjekte mitten im Feindesland.

Als die Tram einfährt, steige ich in den letzten Wagen und bleibe hinten stehen. Ganz vorn sitzt sie auf einem Einzelplatz. Blickt aus dem Fenster, als es die Petersburger entlang geht. Starr. An der nächsten Station wird vor mir ein Platz frei und ich setze mich. Beobachte sie weiter und frage mich, wie es sein kann, dass sie heute mit Max verheiratet ist. Wie hat er das hingekriegt? Am SEZ steige ich kurz nach ihr aus. Es ist kein Problem, ihr zu folgen. Sie schaut sich nicht einmal um, kein Blick zur Seite. Scheint ganz in Gedanken versunken.

Während ich sie von hinten beobachte, fühle ich mich, als sei ich auf der Pirsch nach einem Stück Wild. Sie hat sich im Zentrum der Maschine verortet, die sie einmal so leidenschaftlich abgelehnt hat. An einer feinen Oberschule mit mathematisch-naturwissenschaftlicher Ausrichtung für die Aspiranten der vernetzten Fabrik. Vielleicht ist sie unzufrieden mit ihrem Mann, aber nicht mit ihrer Stellung, nicht mit ihrer kleinen Aufgabe im großen Getriebe. Sie hat nichts Tragisches an sich, wenn sie den Kopf auch noch so tief hängen lässt. Nichts Zerrissenes. Sie steht mit beiden Beinen fest auf dem Boden. Auf der falschen Seite.

21.

Ich sitze mit Sabrina im Auto und versuche sie nach der seltsamen Situation im Beratungsraum zu fragen. Sie geht kaum darauf ein. Meint, dass Kremmen dazu neigt, Leute mit unkonventionellen Fragen aus der Reserve zu locken. Es ist eine Strategie, die Köpfe frei zu machen. Alle fragen sich dann, was diese Sache soll, und werden wach und sortieren ihre Gedanken.

Eine halbe Stunde später sind wir dort, wohin Sabrina wollte. Es ist ein Hinterhaus. Eins, das man wohl auch künftig vergessen wird, wenn es um Sanierungen geht. Eigentlich müsste so ein Gebäude längst abgerissen worden sein, wenn es nach den Maßstäben modernen Wohnens ginge. Als wir vor die breite Toreinfahrt des Vorderhauses treten, fallen mir zuerst die unglaublich vielen Fahrräder auf. Vielleicht hundert, vielleicht mehr. Und ich bemerke, dass viele dieser Räder nicht angeschlossen sind. Gute, teure Räder. Eine riesige Versammlung von Fahrrädern. Mir fällt augenblicklich Amsterdam ein. Aber wir sind nicht in Amsterdam. Wir sind in Friedrichshain. Sabrina bemerkt mein Erstaunen.

»Und die sind alle nur geklaut«, sagt sie in Anspielung auf einen der Songs der Prinzen.

Wir steigen eine schmale Holztreppe hinauf in eine der Parterrewohnungen, die man offenbar zu einer Art Internetcafé umfunktioniert hat oder auch zu einem Sozialtreff. In dem großen Raum, der einmal das Wohnzimmer des Hauswarts gewesen sein könnte, sitzen junge Leute an Computern, manche diskutieren miteinander. Man trinkt Matebrause und Sternburgbier und Tee. In einer Ecke hockt ein älterer Man. Er trägt langes Haar und hat einen dichten Bart. Vor ihm auf dem Tisch mehrere Bücherstapel. Ein junger Mann hat Pellkartoffeln gekocht und schüttet sie nun aus dem Topf in eine Schüssel in der Mitte eines großen Tisches. Eine junge Frau stellt Kräuterquark in Plastikpackungen dazu. Als man uns bemerkt, verändert sich die Situation. Bildschirme ringsum verlöschen, Stimmen werden leiser, aufmerksame und skeptische Blicke werden auf uns gerichtet.

»Hallo«, sagt Sabrina in die Runde, »wir sind von der Polizei, aber keine Sorge, das ist hier ein ganz gezielter Besuch. Keine Razzia, keine unangenehmen Fragen zu dem, was hier gerade so passiert. Wir haben einen Termin, wenn man so will. Es geht um die Räumung des Hauses im letzten Jahr.«

Sabrina schaut in die Runde. »Also«, sagt sie, »wir wollen vor allem etwas über den jungen Mann wissen, der damals tödlich verunglückte. Wer kannte ihn, wer weiß etwas über ihn? Sein Name ist Benjamin Große.«

»Er ist nicht verunglückt«, murrt einer der Älteren. »Das ist eine Behauptung, die niemand bewiesen hat.«

Ich setze mich mit an den großen Tisch. Eine Geste, die die Lage ein wenig entkrampfen soll. Sabrina setzt sich an die andere Seite. Ich sage: »Uns geht es hier nicht um die Ursache seines Todes. Uns geht es um ihn selbst. Also, kannte ihn jemand genauer?«

»Wozu wollen Sie das wissen?«, fragt eine Frau mit langen Rastalocken. Sie ist um die dreißig und hat ein hübsches Gesicht. Mir ist klar, dass ein Gespräch mit diesen Leuten nicht so einfach ist. Sie sind geübt in der Abwehr von Personen, die etwas rauskriegen wollen. Und es macht ihnen Spaß, mit der Polizei Katz und Maus zu spielen, es gehört zu den Spielregeln, auf die man sich einlassen muss. Unwillkürlich muss ich an eine dieser ganz neuen Parteien denken, bei denen alle Mitglieder während des Parteitages einen aufgeklappten Laptop vor sich haben, ohne den man wahrscheinlich gar nicht durch den Einlass kommt.

»Wir wollen wissen, ob es einen Zusammenhang zwischen dem Tod dieses jungen Mannes und den Anschlägen gibt«, höre ich Sabrina sagen. Der Satz ruft Erstaunen hervor. In manchem Gesicht scheint Erschrockenheit auf.

»Versteh ich nicht«, sagt die Frau mit den Rastalocken, und so wie ihr scheint es den meisten im Raum zu gehen. »Was hat das eine mit dem anderen zu tun?«

»Genau das versuchen wir herauszubekommen.« Sabrina lächelt in die Runde. »Also, noch mal, wer weiß Genaueres über Benjamin Große? Hatte er Freunde, hatte er eine Freundin zum Beispiel?«

»Das müsste alles in den Polizeiakten stehen«, schnarrt der Mann von eben, »das ist alles schon mal gefragt worden.«

»Ist es eben nicht«, beharrt Sabrina, »man ist, wie gesagt, von einem Unfall ausgegangen und die Videoaufnahmen der Polizei belegen das. Von daher gab es keinen Grund, genauer nachzufragen.«

Eine andere Frau schaut zu mir herüber. »Benni war ein prima Typ«, sagt sie und man merkt ihr an, dass es ihr nicht leicht fällt zu reden. Sie stottert sogar ein wenig dabei, als habe sie überhaupt ein Sprachproblem. »Aber er war überhaupt noch nicht fertig. Mit sich nicht, mit seiner eigenen Geschichte nicht, mit der Sicht auf die Welt nicht. Er wollte Maler werden. Oder was mit Ozean. Meeresbiologe oder so was Ähnliches. Im Haus hatte er zwei Kumpels. Die machten Graffiti. Nachts, also das Übliche halt. Manchmal hat Benni ihnen was vorgemalt und dann sind sie los.«

»Das heißt, die sind auch raufgeklettert, an Häusern und so?«, frage ich nach. Die Frau schaut mich an und schweigt.

Ich nicke ihr zu. »Uns geht es nicht um irgendwelche Straftaten. Wir wollen verstehen, was damals war und ob das, was war, mit heute etwas zu tun haben könnte. Kennen Sie auch Bennis Familie?«

Die Frau zuckt mit den Schultern. »Nein. Er lebte bei seiner Mutter. Von einem Vater hat er nie was erzählt. Also, der spielte keine Rolle. Und Geschwister hatte er nicht, so viel ich weiß.«

Sabrina greift nach einer der Kartoffeln. Lässt sie von einer Hand in die andere fallen. »Gibt es irgendeine Gruppe unter den heutigen Hausbesetzern, die Benjamin irgendwie rächen wollen?«

Man merkt sofort, dass sich die Stimmung verändert. Manche schauen ärgerlich zu Sabrina und mir, andere wenden sich ab, wieder andere grinsen böse.

»Also doch«, sagt der junge Mann von anfangs.

Sabrina lässt nicht locker. »Das ist doch 'ne logische Frage, finden Sie nicht? Könnte doch sein, dass es Leute gibt, die den Tod des Jungen einfach nicht hinnehmen wollen und deshalb zum Gegenschlag ausholen.«

»Was soll das Ganze? Meinen Sie, jemand von uns würde ernsthaft eine Sprengladung anbringen, bei der Leute umkommen?! Wenn überhaupt, dann würde man vielleicht auf die Idee kommen, etwas gegen eine dieser gierigen Banken zu unternehmen oder gegen einen Konzern, der in Bangladesh billig Klamotten produzieren lässt und dabei riskiert, dass dort Leute elend krepieren, weil man die Arbeiterinnen in Produktionsgefängnisse ohne Brandschutz und Rettungswege sperrt, damit hier ein Klamottenpalast nach dem anderen aufmachen kann! Woher kommt denn das Geld für all die Zaras und Adidas?«

»Aber es könnte doch sein, dass sich jemand verrannt hat, verstehen Sie?«, sagt Sabrina.

»Das hat keinen Sinn«, sagt der junge Mann. Andere pflichten ihm bei. »Ihr versteht das nicht.« Es scheint fast, als wäre damit unsere Gesprächszeit abgelaufen.

Ich kann die Reaktion in gewissem Sinne sogar verstehen. Wir haben so getan, als würden wir uns tatsächlich für diesen Jungen interessieren, und die Leute hier haben uns bis zu einem gewissen Punkt sogar vertraut. Haben vielleicht sogar mehr erzählt, als sie wollten, als sie es bislang getan hatten. Und dann knallt ihnen Sabrina solch eine Frage vor den Kopf. Glaubt sie im Ernst, jemand würde darauf antworten, so nach dem Motto: Ja, da hätten wir folgende Leute und die Gruppe nennt sich »Rache für Benni«? Völliger Unsinn. Sie hätte wissen müssen, dass sie damit absolut nichts erreichen wird. Im Gegenteil.

Ich frage noch: »Auf welche Schule ist Benni eigentlich gegangen?« Das soll die Wogen wieder etwas glätten. Keiner nimmt Notiz von uns. Teller und kleine Messer werden herübergereicht und verteilt, die Gruppe macht sich über die Kartoffeln her. Aber dann sagt doch noch jemand, auf welcher Oberschule Benjamin war. Es ist zwar nicht die, auf die auch Sina geht und Mirco und an der Kerstin Lehrerin ist, aber vielleicht gibt es da trotzdem einen Zusammenhang. Benjamin Große war im selben Alter wie Sina und die anderen befragten Jugendlichen. Schließt sich hier vielleicht ein Kreis? Sind es die Schüler, die wir befragt haben, die ihn rächen wollen? Glauben sie, sie müssten Benjamins wie auch immer gearteten Kampf fortsetzen? Und wir alle, Polizei, Schulleitung und auch Kerstin, haben davon nichts bemerkt?

Der Mann am hinteren Tisch ist plötzlich aufgestanden. Er kommt näher, schaut mir ins Gesicht. »Können Sie wenigstens dafür sorgen, dass meine Bibliothek erhalten bleibt?«, fragt er mit leiser Stimme.

»Welche Bibliothek?«, frage ich zurück.

»Die im Haus in der Sonntagstraße. Das im letzten Jahr geräumt wurde. Das ist meine Bibliothek. Alles zusammengetragen. Als die Mieter das Haus das erste Mal verlassen mussten, da bin ich durch alle Wohnungen. Die Leute hatten fast alles mitgenommen. Aber viele Bücher hatten sie dagelassen. Waren wohl wertlos für sie. Dabei hatten sie doch all die Sachen mal gelesen. Das war doch so was wie deren Gedächtnis. Wenn Sie verstehen, was ich meine. Es ist alles noch da. Ich hab's im Keller gesammelt.«

Mir ist sofort klar, wovon der Mann spricht. Noch so ein Verrückter. Ich sage: »Ich versuche es, ich werde Bescheid geben, dass man Ihre Bibliothek in Ruhe lässt.« Meine Hand schlägt zum Abschied auf den Tisch. »Danke für das Gespräch, ich weiß nicht, ob uns die Hinweise weiterbringen, trotzdem danke.« Ich stehe auf und versuche sogar ein Lächeln. Sabrina legt ihre Visitenkarte auf den Tisch und erhebt sich ebenfalls. Ich versuche mir auszumalen, was die Leute denken und sagen werden, wenn sie auf der Karte »Polizeilicher Staatsschutz« lesen.

»Wenn noch was ist, können Sie mich jederzeit anrufen«, sagt sie und wir gehen auf die Holztreppe zu. Hinter uns eisiges Schweigen.

Als wir wieder auf der Straße sind, versuche ich locker zu wirken. Irgendetwas sagt mir, dass ich Sabrina nicht nach dem Sinn ihres Handelns fragen sollte. Ich will nicht und ich kann nicht, obwohl ich sie zum ersten Mal während unserer gemeinsamen Ermittlungen nicht verstanden habe. Es kann durchaus sein, dass sie die Leute provozieren wollte. Aber mit welchem Ziel?

Sabrina scheint meine Verunsicherung bemerkt zu haben. Sie fasst meinen Arm und zieht mich zu sich herum.

»Entschuldige«, sagt sie, »das war nicht besonders geschickt von mir, um nicht zu sagen, dass ich mich ziemlich blöd angestellt habe.«

Damit habe ich nicht gerechnet. Ich weiß nichts zu erwidern.

Sabrina schaut mir ins Gesicht, lächelt etwas verlegen. »Ich glaube, mir ist der Fehlalarm vorhin mehr an die Nieren gegangen, als ich wahrhaben wollte. Nicht auszudenken, wenn dort ein Sprengsatz hochgegangen wäre ... Und weißt du was, ich hatte das verdammte Gefühl, dass das auch passieren würde. Ich habe es geradezu körperlich gespürt. Ich hatte sogar Angst, was mir eigentlich selten passiert. Ich hatte Angst davor, dass diese ganze verdammte Brücke in die Luft fliegen könnte. Und ich habe die Angst noch immer, weil ich sicher bin, dass dieser Wahnsinnige irgendwo einen weiteren Anschlag plant. Dass er eben dabei ist, die Chemikalien zusammenzutragen, die Mixtur anzurühren, und wir wissen nicht, wo, und wir wissen nicht, was. Verstehst du? Und eins sag ich dir, wenn irgendeiner von denen da drin etwas damit zu tun hat, dann werde ich dafür sorgen, dass er in seinem Leben nicht so schnell wieder Ruhe findet!«

Sabrina schmiegt sich an mich, legt ihre Arme um meinen Hals. Ich umfasse ihre Taille. Eng umschlungen stehen wir da, eine ganze Weile, sind wieder ein Liebespaar, und ich kann das, was sie gesagt hat, verstehen, völlig verstehen, und es tut mir fast schon leid, dass ich überhaupt so gedacht habe, wie ich es eben getan habe.

Sabrina macht sich frei. Sie wirkt wieder konzentriert und sicher.

»Ich will noch mal zu dem Haus mit dem Engel«, sagt sie, »ich will mir das noch mal anschauen.«

Die Tür, durch die ich das erste Mal in das Haus eingedrungen bin, ist wieder fest verschlossen. Man hat eine neue

Blechplatte eingesetzt und das aufgehebelte Holz durch neues ersetzt. Hier werden wir nicht hineingelangen. Wir gehen um das Haus herum. Die Tür zum Hof lässt sich ohne Probleme öffnen. Sie ist unverschlossen, möglicherweise sind Bauarbeiter im Haus. Wir betreten das Gebäude. Es ist still. Seit meinem Besuch hier hat sich einiges verändert. Säcke mit Ausgleichsmasse sind in einer Ecke gestapelt, die Geländer der Treppe sind vollständig entfernt, neue Holzsäulen liegen noch in ihren Schutzverpackungen, bereit, eingebaut zu werden.

Wir steigen die Treppen hinauf. Je höher wir kommen, desto weiter scheinen die Bauarbeiten vorangeschritten zu sein. Die Wohnungstüren sind neu und schick, die Podeste davor frisch gemalert. Die Türen stehen weit offen.

Wir gehen in eine der neu hergerichteten Wohnungen. Laminat in Parkettdesign, neue Zimmertüren, alles frisch gestrichen. Die Fenster noch mit Schutzfolien verklebt. Es riecht nach Farbe.

Sind wir hierhergekommen, um uns das anzusehen? Noch ehe ich Sabrina fragen kann, sind Schritte zu hören. Jemand ist in der Wohnung unter uns. Ich gehe zur Tür und rufe: »Hallo, ist da jemand?« Keine Antwort. Im Gegenteil. Absolute Stille.

Ich rufe noch einmal. Wieder keine Regung. Habe ich mich geirrt?

Sabrina ist mir gefolgt. »Was ist?«, fragt sie, als hätte sie die Geräusche eben nicht gehört. Ich gebe ihr ein Zeichen und steige die Treppe nach unten in das nächste Stockwerk. Die Tür zu der linken Wohnung ist geschlossen. Ich drücke gegen das Türblatt. Es gibt nicht nach. An der Tür ist nur ein Knauf. Ich klopfe gegen die Tür. Nichts. Kein Ton. Ich schlage mit der Faust dagegen, rufe, dass hier die Polizei sei. Nichts.

Stattdessen dringen von weiter unten wieder Geräusche herauf. Da geht jemand. Eilt offenbar die Treppe hinunter. Ich fange an zu laufen.

Wenig später bin ich im Hof. Niemand ist zu sehen. Ich renne auf die Straße. Einige wenige Leute gehen da. Niemand läuft weg, keiner verhält sich auffällig. Mir fällt der Keller ein. Sollte dieser Jemand möglicherweise da hinuntergestiegen sein? Aber warum läuft er oder sie davon? Und was sucht er in diesem Haus? Ich sehe mich um und bemerke das Schild, auf dem das Bauunternehmen die Umbaumaßnahmen bekannt gibt. Ein inzwischen ramponiertes Bauschild, auf dem oben ein Bild angebracht ist, das das Haus so zeigt, wie es aussehen wird, wenn es fertig saniert ist. Das Schild ist mir neulich nicht aufgefallen. Kunststück, es war ja auch dunkel. Ich überfliege die Angaben, Baubeginn, voraussichtliches Datum des Bauendes, das eigentlich schon verstrichen ist, das Planungsbüro und der zuständige Statiker. Rechts unten ein Hinweis auf das Maklerbüro, über das die Wohnungen zu erwerben oder zu mieten sind. Ein Büro mit dem seltsamen Namen »Alpha drei«. Darunter eine Telefonnummer.

Das Schild irritiert mich. Etwas stimmt da nicht. Auf jeden Fall ist da etwas, das mich nicht loslässt. Ich überfliege noch einmal alles das, was auf dem Schild steht. Und dann weiß ich es – es ist die Telefonnummer von »Alpha drei«. Ich kenne diese Nummer, ich muss sie erst vor kurzem gewählt oder gesehen haben. Und plötzlich wird mir klar, woher ich die Nummer kenne. Ich habe sie auf Kerstins Telefon gesehen. Sie hatte sie angerufen. Sie muss mit dieser Maklerfirma in Kontakt getreten sein. Heißt das, sie will hier eine Wohnung mieten? Aber wieso? In meinem Kopf wirbeln die Gedanken durcheinander. Ich versuche mich zu beruhigen. Natürlich kann es sein, dass »Alpha drei« auch in Zeitungen inseriert hat oder im Internet für diese Wohnungen wirbt. Und es kann sein, dass die Firma überall in der Stadt Wohnungen anbietet und nicht nur hier. Wieso sollte Kerstin ausgerechnet dieses Haus im Blick haben? Es gibt diverse Möglichkeiten. Also ist es vielleicht einfach nur ein Zufall, dass sie die Nummer von ausgerechnet diesem

Büro hat. Ich lese die Nummer noch einmal. War es wirklich diese Nummer, die ich auf Kerstins Telefon gesehen habe? Oder bin ich jetzt völlig paranoid?

Ich betrete noch einmal das Gebäude. Schaue mich um, suche nach der Tür, die in den Keller führt. Sie ist verschlossen. Ich finde die Stelle wieder, an der ich durch die Dielung gebrochen und in den Keller gefallen bin. Jemand hat zwei dicke Bohlen darübergelegt und darauf einige Spanplatten. Hier kann die Person, die ich vorhin gehört habe, nicht verschwunden sein.

Ich rufe Sabrinas Namen. Sie antwortet nicht.

Ich steige die Treppen nach oben, gehe von einer Wohnung in die nächste. Von Sabrina keine Spur. Ich ziehe mein Handy heraus und rufe sie an. In der Hoffnung, dass ich das Klingeln ihres Handys höre, lausche ich angespannt ins Treppenhaus. Nichts. Dann fällt mir ein, wo Sabrina sein wird. Ich steige ganz nach oben und öffne die Tür zum Dachboden. Doch hinter der Tür ist nicht das, was ich erwartet habe. Kein klassischer Boden mit Gerümpel und Staub. Hier baut man Dachgeschosswohnungen aus. Allerdings scheinen die Bauarbeiten hier schleppender voranzugehen als in den Geschossen darunter, Dachbalken und Dielung sind noch unbearbeitet. Die Wohnung, in der ich stehe, hat schräge Fenster, die Deckenhöhe ist niedriger als in den unteren Geschossen. Durch eines der neu eingebauten Fenster schaue ich über ein Meer von Dächern. Rot und grau und schwarz, unzählige Schornsteine, ganz hinten die beiden Türme des Frankfurter Tors. Ich suche nach einer Möglichkeit, von hier aus auf das Dach zu gelangen. Schließlich entdecke ich eine weitere Tür, die in einen kleinen Raum führt, in dem eine winzige Treppe hinauf auf zu einer eisernen Dachluke führt. Einen Augenblick lang frage ich mich, wie Sabrina diese Tür und diesen Weg gefunden haben soll. Aber vielleicht gibt es ja auch noch andere Möglichkeiten, hier hinaufzugelangen, und ich habe sie übersehen.

Als ich die Dachluke öffne, schlägt mir Nieselregen entgegen. Ich drücke die Blechluke weit auf. Mein Blick schweift über die Dächer. Ich atme tief ein. Wie immer ist die Luft so hoch oben angenehm. Ja, es scheint fast, als könnte man sie geradezu trinken.

Von Sabrina ist nichts zu sehen. Ich schiebe mich durch die Luke hinauf und stehe wenige Sekunden später auf dem Dach. Hier also hat das dramatische Geschehen damals seinen Lauf genommen. Ich versuche mich an die Bilder der Kamera zu erinnern, die den Jungen zeigen und dann die schrecklichen Bilder von seinem Sprung und seinem Absturz. Aber ich kann beim besten Willen nichts wiedererkennen. Der Aufnahmewinkel der Kamera war so gering, dass jeder Blick von hier ein Vielfaches von dem abbildet, was der Beamer auf die Leinwand projiziert hat. Nur eines ist erschreckend deutlich zu sehen. Genau jene Stelle, an der Benjamin abgesprungen und hinabgestürzt ist. Die Dachschräge, der Abstand zwischen den Dächern. Keine eineinhalb Meter. Das hätte er ohne Probleme schaffen müssen. Eigentlich fast schon mit einem großen Schritt. Aber er ist hinuntergestürzt.

Ich gehe bis an den Rand des Daches und schaue hinab. Ich bin nie ganz schwindelfrei gewesen. Ein Nachteil, mit dem man als Polizist umgehen lernen muss. Auf jeden Fall muss man wissen, dass es dieses Problem gibt und dass es in bestimmten Situationen ein echtes Handicap ist. Ich habe erst spät begriffen, dass das, was mir ein Kollege mal gesagt hatte, nämlich, dass man sich dazu zwingen soll, sich so oft wie möglich einer entsprechenden Situation auszusetzen, purer Unsinn ist. Man kann diese Angst nicht überwinden, man kann nur lernen, mit ihr so gut wie möglich umzugehen.

Ich schaue hinunter. Halte mich dabei an einem Schornstein fest, stütze mich ab, um mich ein winziges Stück vorbeugen zu können. Da unten ist der Hof. Grau gewordene, gelbe Ziegelsteine als Pflasterung. Dort ist der junge Mann aufgeschlagen.

Plötzlich habe ich das Gefühl, als wäre jemand ganz in meiner Nähe. Ich drehe mich um und mache unwillkürlich einen Schritt nach hinten, beruhige mich aber sofort wieder, denn dieser Jemand kann nur Sabrina sein. Aber als ich mich umsehe, ist da niemand. Ich blicke hinter jeden Schornstein. Hier ist kein Mensch, weder Sabrina noch sonst wer. Niemand. Meine Verwunderung wird noch größer. Wieso ist Sabrina einfach weggegangen? Sie war es doch, die vorgeschlagen hat, sich das Haus noch einmal anzusehen. Und nun ist sie verschwunden, als hätte sie der Erdboden verschluckt. Ich gehe noch einmal bis zur Dachkante, halte mich fest und schaue hinab. Diesmal auf die Straße. Auf dem Gehweg sind wenige Leute, so wie vorhin. Einzelne haben ihren Schirm aufgespannt.

Und da sehe ich sie. Sabrina geht eilig vom Haus weg die Straße hinauf. Ich überlege kurz, ob ich nach ihr rufen sollte. Aber ich tue es nicht. Ich nehme mein Handy und drücke erneut ihre Nummer. Ich könnte jetzt sehen, ob sie ihr Handy aus der Tasche nimmt. Aber bevor das geschieht, biegt Sabrina um eine Ecke und entzieht sich so meinen Blicken.

Ich steige wieder hinunter in die unfertige Dachgeschosswohnung. Betrete das Treppenhaus. Seltsamerweise beschleicht mich jetzt Angst. Ich könnte nicht sagen, woher die Angst kommt und worauf sie sich bezieht. Ich fühle sie nur, so wie man als Kind grundsätzlich Angst hat, wenn man allein in einen Keller steigt. Irgendwie vermittelt dieses Haus einen seltsamen Eindruck von Einsamkeit und Gefahr. Möglicherweise weil ich vom Tod dieses Jungen weiß, der so sinnlos gestorben ist.

Die Telefonnummer dieser Maklerfirma fällt mir wieder ein. Ich ahne, dass auch der Umstand, dass Kerstin diese Nummer hatte, für das unangenehme Gefühl in mir sorgt. Ich verlasse das Haus und stehe wieder auf der Straße. Ich wähle die Nummer des Maklers. Sein Telefon klingelt. Es dauert lange, ehe sich die Stimme eines Anrufbeantworters meldet. Eine Männerstimme sagt: »Gredler, guten Tag, Sie haben die Nummer der Maklerfirma Alpha drei gewählt. Sie rufen außerhalb der Geschäftszeit an. Sie erreichen uns an allen Werktagen von neun bis sechzehn Uhr. Vielen Dank für Ihren Anruf.« Es knackt, der Anruf ist beendet.

Interessant, sage ich mir, ein Maklerbüro mit Dienstzeiten wie eine öffentliche Behörde. Verdient dieses Alpha drei so gut, dass die es sich leisten können, potenzielle Interessierte auf den nächsten Tag zu vertrösten?

Ich versuche noch einmal, Sabrina zu erreichen. Sie meldet sich nicht.

Als ich mein Handy wieder in die Tasche versenken will, schießt mir durch den Kopf, was ich eben gehört habe. Der Name Gredler. Irgendwie sagt mir der Name etwas. Auch die Stimme kommt mir bekannt vor. Keine aktuelle Erinnerung, es muss ewig her sein, dass ich sie gehört hatte. Auch der Name gehört in eine längst vergessene Zeit. In eine Zeit, in der man sich kaum mit dem Familiennamen anredete und manchmal gar nicht wusste, wie ein Bekannter oder Freund mit Nachnamen hieß. Irgendwoher kenne ich diesen Gredler. Und irgendwas hat er mit mir zu tun.

Kiesewetter empfängt mich mit grimmigem Gesicht. »Was machen Sie eigentlich?«, fragt er, ohne es wirklich wissen zu wollen. »Haben Sie vergessen, dass heute um sechzehn Uhr eine Pressekonferenz war?! Und ich saß alleine da mit diesem Kremmen. Angenehm war das nicht!« Daher weht der Wind, sage ich mir und versuche zu erklären, dass wir die Hintergründe des Todes von diesem Benjamin Große nochmals beleuchten wollten und dabei zu interessanten Ergebnissen gekommen sind.

»Nämlich?«, fragt Kiesewetter, nun doch interessiert, und fügt an: »Jetzt erzählen Sie mir aber nichts, was ich besser vorhin schon gewusst hätte. Martaler, Sie glauben gar nicht, was heute los war. Man hatte den Eindruck, dass die Sache an der Warschauer Straße nicht zum Glück ein Fehlalarm war. Als hätte die Polizei daran Schuld, dass es zu dieser Panik gekommen ist und man den Bahnhof räumen musste. Man hat uns Unfähigkeit vorgeworfen.«

Ich versuche, Kiesewetter herunterzuholen. Berichte ihm, dass Große Schüler an einer Oberschule gewesen ist. Dass er etwa im selben Alter war wie die verdächtigen Jugendlichen, dass wir aber noch nicht wissen, ob sie sich vielleicht sogar persönlich kannten.

Kiesewetter nickt nur. »Na ja, eine Spur kann man das noch nicht nennen«, sagt er dann und schleppt sich aus meinem Büro. An der Tür macht er noch einmal halt. »Martaler«, sagt er vorsichtig, »Sagen Sie, wie verstehen Sie sich eigentlich mit der Kollegin Zielinski?« Er schaut zu mir herüber und blinzelt, als hätte er eine Wimper im Auge.

»Gut«, antworte ich. »Ja, eigentlich läuft die Zusammenarbeit gut. Manchmal etwas, na, wie soll ich sagen, unkonventionell, aber eigentlich gut.«

»Unkonventionell, so, hm. Sie stellt manchmal seltsame Fragen. Aber lassen wir das.« Er atmet tief ein und aus, dann fragt er mich noch etwas, was er bislang noch nie gefragt hat. »Was haben Sie für ein Gefühl? Ich meine, müssen wir mit noch einem Anschlag rechnen? Ich kann nicht mehr schlafen, ich bin saumüde, verstehen Sie.«

Das habe ich nicht erwartet. Dass Kiesewetter so persönlich fragen kann und dass er sogar über sich redet. Aber warum soll es ihm anders gehen als uns allen.

»Ich fürchte, wir müssen mit einem weiteren Anschlag rechnen. Ich glaube sogar, in nächster Zeit. Dieser Täter passt in kein Raster. Er verfolgt kein wirkliches Ziel, das ist jedenfalls mein Eindruck. Er ist vielleicht noch nicht einmal so richtig … verrückt. Das macht ihn gefährlicher als alles, was wir in diesem Zusammenhang bislang kennen.«

Kiesewetter nickt. »Was ich noch sagen wollte«, fügt er hinzu, »Franz hat die Auswertung von der Spurensuche für die Wohnung Schlesinger bekommen. Da ist nichts. Ich glaube, diese Spur können wir abhaken. Und wissen Sie, dass die Kollegen vom Staatsschutz immer mauern und so tun, als hätten sie die Weisheit gepachtet, das bringt mich vollends in Rage!«

Er verlässt mit hängenden Schultern den Raum.

Ich merke, dass auch mich die Begegnung müde gemacht hat.

Ratlos und wie zerschlagen laufe ich die Straßen entlang. Noch einmal versuche ich, Sabrina zu erreichen. Ohne dass ein Signalton anzeigt, dass mein Anruf bei ihr ankommt, sagt eine mechanische Stimme, dass die gewählte Nummer zurzeit nicht erreichbar ist. Sie hat das Handy ausgeschaltet. Sie will nicht erreicht werden. Einen Augenblick lang überlege ich, ob ich zum Hotel gehen soll. Aber ich verwerfe den Gedanken.

Die Wohnung ist kalt und leer. Die Luft riecht anders, als ich es aus all den Jahren gewohnt bin. Fast scheint es, als würde ich eine fremde Wohnung betreten. Ich schiebe die Türen auf und mache überall Licht an. Als ich den Kühlschrank öffne, fällt mir ein, dass ich vergessen habe, mir irgendetwas zu essen und zu trinken zu kaufen. Ich gehe also noch einmal los. Ein Stück die Frankfurter hinunter, in dieses Einkaufszentrum, das mich immer an Bauten aus den Siebzigern erinnert, obwohl es erst lange nach der Wende errichtet wurde. Ich packe meine Tasche voll, als würde ich für eine ganze Woche einkaufen, und mache mich auf den Rückweg. Als ich durch die Gänge des völlig verwahrlosten Einkaufzentrums zurück zur Straße gehe, fällt mein Blick auf ein großes, blaues Schild: Jugendamt. Ich muss an Sina denken und an die Wohngruppe, in der sie lebt. Ich nehme mir vor, sie erneut aufzusuchen oder gar vorzuladen. Und ich muss mit Frau Kleinkugel sprechen, um herauszubekommen, ob sie sich an diesen Benjamin Große erinnern kann. Ob sein Tod heute noch Thema unter den Schülerinnen und Schülern ist. Mir wird klar, warum ich mich bis eben vor genau diesen Fragen gedrückt habe. Ich wollte nicht an Kerstin denken. Nicht an Kerstin und nicht an den toten Vater, seinen leblosen Körper da in diesem Raum. Ich wollte nicht daran denken, was Kerstin jetzt tut. Vielleicht ist Josef gekommen. Vielleicht sitzen sie beide jetzt in Manfreds Wohnung und weinen und halten sich aneinander fest. Vielleicht reden sie ruhig miteinander, erzählen sich Geschichten über den Alten. Lachen vielleicht sogar über dessen Geschichten, darüber, dass er noch bis kurz vor seinem Ende Witze gerissen hat, als sei er unverwundbar und müsse nicht sterben. Sie reden und lachen und weinen und ich bin nicht dabei. Ich gehe die feuchte, dunkle Straße hinauf. Neben mir kriechen die Autos entlang, eine schier endlose Schlange aus Blech.

Als ich vor dem Haus ankomme, sehe ich oben die Fenster unserer Wohnung hell erleuchtet. Für Sekunden fühle ich Erstaunen und Freude, ja fast Euphorie. Kerstin ist zurück, sagt mir das Licht. Ein warmes gelbes Licht. Aber dann fällt mir ein, dass ich es selbst eingeschaltet habe und dass ich es habe brennen lassen, so als würde ich mir selbst ein Lichtsignal senden.

Spät am Abend, ich war für Minuten am Küchentisch eingeschlafen, wird mir bewusst, dass ich mich noch nie im Leben in solch einer absurden Situation befunden habe. Ich werde Kerstin, die Frau, die ich bis vor wenigen Tagen noch ganz und gar zu lieben glaubte, verlieren und Sabrina, die ich plötzlich so sehr begehrte, nie wirklich für mich gewinnen. Kann man das einen Trümmerhaufen nennen?

Unter der Dusche lasse ich mir minutenlang heißes Wasser über die Haut laufen, bis ich es nicht mehr aushalten kann.

Danach ist an Schlafen nicht zu denken. Ich schalte den Computer ein. Schaue mir noch einmal die Fotos an, die ich als letztes geschossen habe. Bahnhof Warschauer Straße. Aber so sehr ich mich auch konzentriere, ich kann nichts finden, was von Bedeutung zu sein scheint.

Ich öffne Google und gebe den Namen Sabrina Zielinski ein. Es gibt einige Einträge. Nichts Spannendes, kein einziger Eintrag verweist auf Sabrina selbst. Ich suche weiter. Hermann Zielinski Kaffee Import GmbH Hamburg. Unzählige Hinweise auf Kaffee und Handel und Hamburg. Aber eine Firma mit diesem Namen gibt es nicht. Seltsam. Mir fällt auch der Name des Internats ein, von dem Sabrina erzählt hat: Hohenstein Bern Internat. Fehlanzeige. In der Schweiz gibt es jedenfalls ein solches Internat nicht. Ich sitze vor dem Bildschirm und spüre völlige Ratlosigkeit. Alles, was Sabrina über sich und ihre Kindheit erzählt hat, sind reine Erfindungen. Nichts davon ist wahr! Aber warum erzählt sie diese Dinge? Warum mir? Was verfolgt sie damit?

Ich trete ans Fenster und schaue auf die Straße hinunter. Ein Auto parkt gerade in die einzige Lücke ein, die noch zu finden war. Die Lichtkegel der Scheinwerfer zucken umher, irren durch die Dunkelheit. Was sie mit ihrem Licht streifen, erscheint kurz in gespenstischer Kontur, um sofort danach wieder in stiller Dunkelheit zu verschwinden.

»Warum?«, sage ich gegen die Scheibe. »Warum?«

22.

»Das ist keine tragende Wand«, erkläre ich und klopfe mit der flachen Hand auf die Raufasertapete. »Die kommt raus, dann ist der Wohnraum zum Flur geöffnet. Die Tür da vorn zur Küche kommt auch raus und der Durchgang wird vergrößert.« Ich zeige auf die gegenüberliegende Hauswand zum Hinterhof. »An dieser Stelle wird ein französisches Fenster eingelassen. Südwestausrichtung. Sie werden sehen, der vordere Wohnbereich wird dadurch einen ganz anderen Charakter bekommen. Sehr viel heller und freundlicher.«

Der Altbau, in der sich die Maisonettewohnung befindet, liegt in der Sonntagstraße, wo sich etwas weiter vorne am Platz vor dem Ostkreuz die zwei unmittelbar nebeneinander liegenden Spätis *Sonntag Morgen* und *Steh Café Sonntagstraße 24h* einen erbitterten Konkurrenzkampf liefern und die Immobilienpreise mit denen der Graefestraße in Kreuzberg wetteifern. Ein Haus der Lüge. *Gott hat sich erschossen, ein Dachgeschoss wird ausgebaut.* Ich verspüre eine körperliche Abneigung, das Haus überhaupt zu betreten. Muss mir Scheuklappen umhängen, wenn ich mich in diesem Haus bewegen will.

Und wie sie da vor mir stehen, die beiden Hübschen. Sie mit ihrem schwangeren Bauch und er in seinem Business-Look. Zufrieden mit sich und der Welt. Kommen rein und sind gleich zu Hause. Widerlich dickfellige Menschen, die sich mit einer Selbstverständlichkeit breitmachen, die mir den Atem raubt. Deren Präsenz mir ins Bewusstsein ruft, wie froh ich bin, mich niemals irgendwo heimisch gefühlt zu haben.

Meine Hände zittern leicht vom vielen Kaffee. Ich hasse diese frühmorgendlichen Termine mit diesen anspruchvollen Leuten mit ihren vollen Terminkalendern. Aber ich ruf mich wieder zur Besinnung. Du bist auf dem Posten, sage ich mir.

»Kommen ins Wohnzimmer auch französische Fenster?«

»Selbstverständlich. Beide Fenster kommen raus und neue rein. Holz, mit Vierfachisolierung.«

Ich höre mich reden, als käme meine Stimme aus einem Lautsprecher. Mit Kaufhausmusik unterlegte, vorgefertigte Satzbausteine zur Produktwerbung. Ich kann diese Stimme nicht mehr ertragen.

»Und die Heizung?«

»Sie benötigen keine Heizkörper. Läuft alles über Fußbodenheizung. Eigentlich belassen wir hier, wie Sie ja schon im Bad gesehen haben, nichts beim Alten.«

»Das ginge auch nicht«, sagt sie und blickt sich in dem unrenovierten Raum um. »Wie schrecklich das Laminat aussieht.«

»Sie werden sehen, mit dem Nagelparkett bekommt die Wohnung ein sehr edles und modernes Finish. Es hat einen wunderbar warmen Ton durch das geölte Eichenholz.«

»Ich glaub's Ihnen ja, aber ich kann's mir immer noch nicht richtig vorstellen.«

»Vielleicht gehen wir noch mal hoch ins Dachgeschoss. Da ist noch gar nichts. Das lässt ein bisschen mehr Platz für Assoziationen. Was meinen Sie?«

Wir trotten die Treppe hoch. Ich weiß nicht, warum ich mir das antue. Warum führe ich diese Leute dahin? Ausgerechnet dahin?

»Die Wendeltreppe hatten Sie schon im Prospekt gesehen, nicht wahr?«

Hinter mir nicken sie. Ich öffne die Tür zum Dachboden und knipse das Licht an.

»Sie wissen ja«, sage ich in diesem anbiedernden Tonfall, »die Schrägen fallen weg. Sie haben hier am Ende komplett gerade Wände. Wenn der Trockenbau steht, sehen Sie das. Und dann die Dachterrasse, die hier links etwas in den Raum reingezogen wird.«

»Ach, das wäre an dieser Stelle?« Sie dreht sich zum Dach, als könne sie schon herauswinken.

»Ja, richtig. Und dahinten«, ich mache ein paar weite Schritte, »ist dann der Durchbruch für die Wendeltreppe. Führt direkt in den offenen Wohnbereich hier oben.«

Verständiges Nicken. »Schatz, das wird schon super, glaub mir.« Er umarmt sie und streicht über ihren runden Bauch.

Sie merken nicht, wen sie vor sich haben. Erkennen meinen Ekel nicht, als wir uns die Hände reichen. Ein letztes falsches Lächeln, und endlich wieder auf der Straße. Endlich weg von diesem Haus. Weg von dem falschen Leben, das ich wie eine Maske abstreifen werde.

Es wird einen großen Knall geben. Danach werdet ihr in euren Eigentumswohnungen nie wieder so ruhig schlafen wie zuvor.

23.

Ich werde vom Klingeln meines Handys geweckt. Es ist Franz.

»Du glaubst es nicht. Es ist schon wieder etwas passiert. Wo steckst du eigentlich?« Er macht eine Pause, möchte, dass ich nachfrage, dass ich aufgeregt hin- und herrutsche, so wie er, wenn er unbedingt etwas erfahren will.

»Also?«, frage ich und bemühe mich darum, ganz unaufgeregt zu klingen, »lieber Kollege, wie ist denn das Wetter eigentlich? Du wirst es auch nicht glauben, aber ich bin zu Hause und habe versucht, etwas zu schlafen, was mir nur bedingt gelungen ist, weil ich permanent von explodierenden Zügen, brennenden Bahnhöfen und verqualmten Tunneln träume und hin und wieder sogar unter einem Signalmast liege, obwohl ich da gar nicht hingehöre, sondern du. Wenn du verstehst, was ich meine.« Franz kichert. Er mag das, er mag es, wenn wir so albern miteinander reden. »Also?«, frage ich noch mal.

»Am besten«, erwidert er, »du kommst mal zum Ostbahnhof. Also von der Seite der Gleise. Dann wirst du es sehen. Wir sind jedenfalls schon da.« Es knackt. Aufgelegt.

Der Ostbahnhof mit seiner Klinkerfassade und dem immer währenden Markt vor dem bunten Kaufhaus sollte einmal der Hauptbahnhof Ost-Berlins werden. Man hatte sogar den Namen am Giebel angebracht. Aber kaum jemand benutzte ihn. Es blieb der Ost-Bahnhof, auch wenn er sich mauserte und einen gewissen Schick bekam, ein Bahnhof, an dem man nun seit über zwanzig Jahren herumbaut, ohne dass es irgendwie vorwärtszugehen scheint. Ich mag ihn vor allem, weil man hier die ganze Nacht und am frühen Morgen preiswert Backwaren und Kaffee bekommt. Man kennt mich hier ein wenig. Jedenfalls bilde ich mir das ein. Ich kaufe mir einen Nussring und einen Kaffee und mache mich auf den Weg.

Als ich vom Ostbahnhof in Richtung O_2-World gehe, bemerke ich zunächst gar nichts. Alles scheint so zu sein wie immer. Rechts sehe ich die Ausläufer der East Side Gallery, davor fließt der Verkehr auf der Mühlenstraße.

Mein Handy klingelt. Franz sagt: »Schau nach oben!« Ich schaue nach oben und nun sehe ich, was passiert ist. Jemand hat ein riesiges Spruchband am Dach der O_2-World aufgehängt. Ich versuche es zu entziffern: »Freiheit der Vernunft – nicht Freiheit des Geldes!« Sofort habe ich den Gedanken, dass das Band nur von Leuten angebracht worden sein kann, die da hinaufklettern können und einfach geübt sind in solchen Aktionen.

Franz steht neben einigen Polizisten, die meisten in Uniform, und weiteren zehn Männern, die zum Wachdienst der Veranstaltungshalle gehören, direkt vor dem Gebäude, und alle schauen da hinauf, als könnten sie so erkennen, wer diesen Spruch da angebracht hat.

»Na, was sagst du?«, fragt Franz und verschränkt die Arme vor dem Bauch. Im selben Augenblick kommt ein junger Mann direkt auf uns zu. Er trägt eine Art Anzug, der ihm allerdings ein wenig zu klein geworden scheint. Das weiße Hemd plustert sich aus dem engen Jackett. Möglicherweise soll diese Kleidung besonders modisch sein? Darauf deutet auch der Haarschnitt, der mich an einen Helm mit Borstenkamm erinnert. Der junge Mann, er mag vielleicht fünfundzwanzig sein, schaut kurz von Franz zu mir und sagt dann mit kühler Stimme:»Wer ist hier der Einsatzleiter?! Sie?!«

Ich schaue in graue, energisch blickende Augen. »Wie meinen Sie das, Einsatzleiter?«

Ich merke, dass ihn meine Gegenfrage nahezu aus der Fassung bringt. Er scheint es absolut nicht gewohnt zu sein, auf eine Frage keine korrekte Antwort zu bekommen. Er blickt noch schärfer, fast hat man den Eindruck, er würde jetzt gleich eine Waffe ziehen und sie mir an die Schläfe halten, damit ich ihm ordnungsgemäß Rede und Antwort stehe.

»Hören Sie, ich frage Sie, wer ist hier der verantwortliche Polizist! Das ist doch eine verständliche Frage!«

Franz fragt zurück: »Und wer sind Sie?«

Der Mann atmet tief ein. Wahrscheinlich wird er in der nächsten Sekunde zerplatzen. Aber nein, er scheint sein Gehirn rasch neu zu programmieren. Es dauert einige Augenblicke, ehe er mit ganz anderer Stimme, möglicherweise seine Vertragsverhandlungsstimme, sagt: »Ich bin hier einer der Manager. Ich bin hier zuständig. Und ich möchte gerne wissen, wie wir das da oben wieder herunterbekommen. Und da Sie von der Polizei sind, würde ich außerdem gerne wissen, ob Sie mir dabei behilflich sein können und ob Sie eventuelle Spuren aufnehmen wollen, damit die Verursacher des Problems zur Verantwortung gezogen werden können. Ist das nachvollziehbar?«

Franz nickt. »Klar, vollkommen. Wir werden ein paar Fotos machen. Und wenn wir da oben raufkommen und Spuren finden, dann nehmen wir die auf.«

Der junge Mann scheint verstanden zu haben, dass er sich an uns die Zähne ausbeißen wird; ich hoffe, dass er nun nicht noch die Nummer ›Das wird ein Nachspiel haben, Sie werden von mir hören …‹ gibt. Aber das tut er dann doch nicht. Scheinbar ist so etwas unter seiner Würde. »Sehr gut«, sagt er, »sehr, sehr gut. Das Problem ist nur: Man kommt da nicht rauf. Es gibt keinen Zugang.«

Inzwischen sind die Wachschutzleute näher gekommen. Sie nicken. Einer meint: »Die sind da offenbar irgendwie mit Seilen rauf.«

»Soso, mit Seilen« sagt Franz und ich hoffe, dass er jetzt den Bogen nicht überspannt. Der Manager, die Wachschützer und wir schauen hinauf. Und ich höre Franz sagen:

»Eigentlich ein cooler Spruch. Warum lassen Sie den nicht einfach hängen?« Ich mische mich sicherheitshalber rasch ein.

»Hören Sie, die Polizei ist für die Entfernung solcher Sachen nicht zuständig. Nur wenn es sich um Symbole handelt, die verboten sind. Das da müssen Sie selbst regeln. Aber wir werden natürlich eine Strafverfolgung einleiten, wenn Sie Anzeige erstatten. Dann könnten Sie sich die Kosten für die Entfernung wieder reinholen.« Meine Erklärung entkrampft die Situation. Der junge Manager wird ein Stück kleiner. Ihm ist offenbar klar geworden, dass er hier vor einer Aufgabe steht, die ihm niemand abnehmen wird.

Ich mache Fotos. Franz befragt die Sicherheitsleute. Immerhin gibt es hier überall Überwachungskameras, irgendjemand muss doch was gesehen haben. Und ich schaue wieder rings zu den Gebäuden. Es könnte schließlich sein, dass dieses Spruchband etwas mit den Anschlägen zu tun hat. Es ist ja noch nicht einmal klar, ob da oben nicht noch andere Dinge deponiert sind. Wer sagt eigentlich, dass es nicht jeden Augenblick zu einer Explosion kommen kann? Ich wende mich an die Sicherheitsleute, frage, ob ihnen irgendetwas Besonderes aufgefallen ist, ob sie irgendwelche Gegenstände bemerkt haben, die im Haus oder am Haus deponiert wurden. Die Wachschützer erklären, dass sie bereits alles untersucht hätten. Natürlich hätten sie vermutet, dass die Anschläge am Ostkreuz etwas mit dem Spruchband zu tun haben könnten. Aber sie haben nichts gefunden.

Ich sehe die riesigen Plakate, die von künftigen Konzerten in der O_2-World künden und die Hinweise auf die nächsten Eisbärenspiele. Deutscher Meister zum x-ten Male. Vor Jahren spielte die Mannschaft noch in Hohenschönhausen, im sogenannten Wellblechpalast, einer Eishalle im Sportforum vom SC Berlin, die ihren Namen zu Recht trug. Die Halle war tatsächlich aus Wellblech und die Stimmung darin kochte schon deshalb so hoch, weil der Lärm kaum zu ertragen war. Die Eisbären waren ein Ost-Berliner Verein, der einzige, der damals in ganz Deutschland von Bedeutung war. Als bekannt wurde, dass er künftig sein Domizil in diesem supermodernen Betonpalast haben würde, gab es eine Welle der Empörung. Manche sagten, dass die Westsponsoren nun auch noch die letzte Mannschaft aus dem Osten vereinnahmen wollten. Aber der Umzug wurde vollzogen und mit ihm veränderte sich das Image des Clubs nahezu vollständig. Irgendwie passt diese Entwicklung zu dem Spruch da oben.

Als wir aufbrechen, fährt gerade ein großer Lkw mit einer Hebebühne auf das Gelände. Unser Manager eilt mit ausholenden Schritten auf ihn zu. Ich versuche abzuschätzen, ob die Höhe der Bühne wirklich ausreichen wird, und vermute, dass dies nicht der Fall sein wird. Ich gehe dennoch auf den Manager zu und sage ihm, dass er jetzt nicht irgendwen da raufschicken soll. Er möge warten, bis ein Experte der Polizei hinzukommt und da oben zunächst einmal das Terrain sondiert. Er schaut mich irritiert an. Wahrscheinlich glaubt er, dass ich einlenke. Ich erkläre ihm, dass es zumindest denkbar ist, dass da eine Sprengfalle eingebaut worden sein könnte. Der junge Mann nickt nachdenklich. Er ist inzwischen von seinem hohen Ross gestiegen. Offenbar ist er lernfähig.

Franz telefoniert mit einem unserer Sprengstoffexperten. Der sagt, wir würden die Kollegen allmählich in eine Art Dauerstress versetzen, aber sie seien bereits auf dem Weg.

Erst jetzt fällt mir auf, dass Sabrina nicht da ist. Hat man sie nicht informiert? Kaum gehen mir diese Gedanken durch den Kopf, fährt eines der Autos vom Staatsschutz vor. Zwei von Sabrinas Kollegen steigen aus. Erkundigen sich bei uns rasch nach dem Stand der Dinge. Ich frage nach ihrer Kollegin Zielinski, sage, dass ich dringend mit ihr die Auswertung unserer gestrigen Aktion besprechen muss. Man sagt mir, dass Frau Zielinski in der Dienststelle sei. Sie machen Fotos, befragen noch einmal die Sicherheitsleute. Dann steigen sie wieder ein und fahren davon.

Franz und ich haben dieselbe Idee: Hinter der Aktion hier könnten Carola Lange und Sina oder andere Jugendliche aus der Klasse stecken. Wir werden also wieder in die Schule müssen und diesmal soll die Erzieherin auf jeden Fall befragt werden. Franz wird veranlassen, dass sie in die

Dienststelle gebracht wird. Auch Sina und Mirco. In einer Stunde wollen wir die drei befragen. Franz schwingt sich auf sein Motorfahrrad und braust davon. Nachdem die Leute von der Spurensicherung und die Sprengstoffexperten eingetroffen sind, mache ich mich auf den Weg.

Ich werde zu Sabrina ins Büro gehen und sie zur Rede stellen. Was sollen diese Spielchen? Warum geht sie einfach weg und lässt mich in diesem Haus stehen? Warum schaltet sie ihr Handy aus? Warum meldet sie sich nicht?

Ihre Bürotür ist geschlossen. Ich versuche, die Tür aufzudrücken, aber sie gibt nicht nach. Ich klopfe an. Keine Reaktion. Plötzlich sehe ich Kremmen den Flur herunterkommen, direkt auf mich zu. Er reicht mir die Hand, schaut mich dabei wieder starr an.

»Was war das heute mit diesem Spruchband?«, fragt er. »Sie waren vor Ort?«

»Ja, war ich«, entgegne ich und habe plötzlich ein ungutes Gefühl. Ich fühle mich an Situationen erinnert, als man als Jugendlicher auf ein Mädchen wartete und plötzlich tauchten dessen Eltern auf. Ich habe Sorge, dass mich Kremmen gleich fragen könnte, was ich hier suche und ob ich irgendwas mit seiner Kollegin im Schilde führe. Aber Kremmen fragt nicht. Er sagt:

»Haben Sie einen Verdacht? Sehen Sie Zusammenhänge zwischen den Anschlägen und diesem Spruchband?«

»Wir müssen abwarten.« Ich versuche, meine Unsicherheit in den Griff zu bekommen. »Es kommt sehr darauf an, was die Spurensicherung findet, und vor allem darauf, ob wir da oben auf dem Gebäude noch eine böse Überraschung erleben.«

»Wie kommen Sie darauf?« Er will es immer ganz genau wissen, immer noch eine Frage und noch eine.

»So ein Gefühl. Wenn der oder die Täter die gleichen sind, dann wäre es denkbar, dass sie es nicht bei diesem Spruchband belassen.«

Kremmen nickt. Dann zeigt er auf Sabrinas Tür. »Sie wollen zu Frau Zielinski?« Er wartet meine Antwort nicht ab, sondern zieht ein Schlüsselbund aus der Tasche mit einem kleinen, strickähnlichen Apparat, den er mit den Schlüsseln an einer blinkenden Kette trägt. »Sie wird gleich zurück sein, Sie können ja schon mal Platz nehmen.« Die Tür geht klickend auf. Kremmen schaut mir noch mal von der Seite ins Gesicht. »Danke, und bis heute Nachmittag, wir haben heute Lagebesprechung. Fünfzehn Uhr.« Er wendet sich schon zum Gehen, dann dreht er sich wieder um und sagt: »Frau Zielinski hatte recht, es gibt einen Zusammenhang zwischen dem Haus und den Anschlägen.« Dann ist er weg.

Das Büro erscheint völlig unverändert. Auf dem Bildschirm des Computers tanzen bunte Seifenblasen. Die dicke Pflanze sieht aus, als hätte sie eben gefrühstückt. Dann bemerke ich aber doch eine Veränderung. Ein Glas steht auf dem Tisch, randvoll mit Wasser gefüllt.

Ein Gefühl sagt mir, dass ich mich nicht setzen sollte. Der Raum ist so unwirtlich, so steril und kalt, dass man keine Minute länger darin sein will als unbedingt nötig.

Ich lehne mich an einen der halbhohen Schränke und überlege, wie viel Zeit ich vergehen lassen will, bevor ich mich zurückziehen werde. Was tue ich hier eigentlich? Laufe ich einer Frau nach, die nichts für mich empfindet, die mit mir die Zeit verbringt und mehr nicht?

Ich bemerke, dass die Schranktür nicht verschlossen ist, und sehe einen winzigen Zipfel eines Aktendeckels. Er ist blau. Blaue Pappe. Ich ziehe daran. Die Tür des Schranks öffnet sich. Ein kleiner Stapel Akten. Ich werfe einen Blick darauf und fahre erschrocken zurück. Auf dem obersten Aktendeckblatt steht mein Name. Meine Name und mein Geburtsdatum. Darunter ein Stempel der Dienststelle, in der ich mich gerade aufhalte. Ich überlege fieberhaft, was ich jetzt tun soll. Den Schrank schließen, den Raum verlassen, so tun, als hätte ich nichts gesehen? Ich nehme die Akte heraus und schlage die ersten drei Blätter um. Sofort wird mir klar, um was es hier geht. Man hat ein Dossier über mich angelegt. Und das hier auf den ersten Seiten ist ein Bericht über meine Zeit an der Uni. Ich war etwas über zwanzig. Eine verrückte Zeit, die Zeit nach der Wende. Man fühlte sich völlig frei und unabhängig. Alles schien möglich damals. Ich überfliege einzelne Textstellen und plötzlich läuft es mir eiskalt den Rücken hinunter. Da steht ein Name, an den ich mich lange nicht mehr erinnert habe. Gestern am späten Nachmittag bin ich ihm wieder begegnet. Gredler. Thomas Gredler. Es gibt keinen Zweifel, man hat mich mit diesem Namen in Zusammenhang gebracht. Man hat Nachforschungen über mich angestellt. Und plötzlich wird mir klar, dass Sabrina die ganze Zeit mit mir zusammen war und wusste, dass da irgendwelche Dinge im Hintergrund laufen. Ja, vielleicht war sie daran sogar maßgeblich beteiligt.

Ich werfe die Mappe zurück in den Schrank. Mir ist Schweiß auf die Stirn getreten. Sekundenlang stehe ich wie gelähmt in diesem kahlen, hellen Raum und habe das Gefühl, dass mich von überall Augen anschauen. Blicke, die in mich dringen, die mich röntgen, die sich in meinen Körper bohren. Und plötzlich habe ich Angst, hier gefangen zu sein, festgesetzt in einem Verhörzimmer, einem schalldichten Raum, aus dem es kein Entrinnen gibt.

Ich reiße mich aus meiner Erstarrung und stürze zur Tür. Der Flur ist menschenleer. Ich gehe mit großen Schritten, laufe so schnell ich kann, lausche auf jedes Geräusch. Doch ich höre nur meinen Atem und meinen Herzton, ein flatterndes Rasen.

Erst als ich auf der Straße bin und vor mir Autos fahren, Menschen vorübereilen, der leichte Nieselregen, der wieder eingesetzt hat, mein Gesicht benetzt, erst da habe ich das Gefühl, wieder atmen zu können, wieder zu mir zu kommen. Doch immer noch bin ich fassungslos und irgendwie auch hilflos. Ich gehe die Straße hinauf. Versuche mich zu konzentrieren, will mich beruhigen.

Es bleibt mir nichts anderes übrig, sage ich mir, es gibt keinen anderen Weg. Ich werde jetzt handeln, wie es ein Kriminalpolizist tut. Er hat einen Fall und den hat er zu lösen, was immer auch kommt. Ich werde in die Dienststelle fahren und mit dieser Sina reden. Vielleicht ist es Franz gelungen, Carola Lange dazuzuholen. Aber noch während ich das denke und ich einen Augenblick der Beruhigung verspüre, fällt mir wieder der Name ein. Thomas Gredler.

Wir hatten eine Weile gemeinsam studiert. Eine turbulente Zeit. Er kam aus dem Westen, ich aus dem Osten. Er war ein Raufbold und voller Unternehmungsgeist, frech und witzig. Ihm schien die ganze Welt zu gehören. Er imponierte mir. Er war ein Weltverbesserer, einer, der keine Ruhe geben will, der an allem zweifelt und nichts glaubt. Wir haben gemeinsam Häuserwände besprüht und sind auf Demos gegangen. Meistens in Gruppen, deren Zusammensetzung immer mal wechselte. Auf Demos war er nicht gerade zurückhaltend. Er warf Steine, ich versuchte, ihn davon abzuhalten.

Später trennten sich unsere Wege. Nicht nur, weil wir eine Weile in die gleiche Frau verliebt waren, die sich zu diesem Zeitpunkt aber weder für ihn noch für mich entscheiden wollte. In Kerstin. Sondern auch deshalb, weil ich plötzlich auf Jura umschwenkte und dann sogar die Idee hatte, Polizist zu werden. Das fand er völlig abartig, naiv, geradezu konterrevolutionär. Er ging mir aus dem Weg. Wollte nichts mehr mit mir zu tun haben. Es war aus mit unserer Bekanntschaft, die vielleicht sogar eine Freundschaft gewesen war. Hinterher stand ich vor der Frage, wer dieser Thomas Gredler eigentlich war. Ich hatte ihn nicht verstanden, so viel stand fest. Und jetzt ist er Makler und verkauft Wohnungen in einem Haus, das mal besetzt war und nun für viel Geld saniert wird. Ich frage mich, wie das sein kann? Wie passt das zu seinen politischen Idealen? Hat er vielleicht mit dem Makeln angefangen, weil er das System von innen begreifen wollte, um es besser bekämpfen zu können? Vielleicht ist er aber auch nur reingerutscht in den Beruf, schließlich muss selbst der größte Revolutionär von irgendetwas leben. Und Makler kann jeder werden, da braucht man keinen Abschluss. Doch nicht allein Gredlers Job ist seltsam, viel verrückter ist der Zusammenhang, den Sabrina und ihre Kollegen offenbar zwischen ihm und mir sehen. Der Zusammenhang zwischen den Anschlägen und Gredler und mir. Und wie ist Kerstin zu seiner Telefonnummer gekommen? Muss ich sie warnen? Vor Gredler? Vor Sabrinas Leuten?

24.

Ich laufe die Revaler hoch zur Warschauer. Das Dröhnen der Straße, die Laute in den Cafés, Restaurants und Kneipen, das Bellen und Winseln eurer Köter, die Fetzen eurer sinnlosen Gespräche, das Summen der Touristenströme, die von der Warschauer rüberschwappen, das Kreischen von Teenagern auf dem RAW-Gelände, der beißende Gestank eures Schweißes und eures Parfüms, mit dem ihr eure innere Fäulnis überdeckt – all das nehme ich wahr wie in einem luziden Traum. Alles vermischt sich zu einer klebrigen, lauten Masse. Zu einer zähen Flüssigkeit, die ich durchschreite. Zurückgezogen in einem hinteren Winkel meines Gehirns, um die Abscheu und den Ekel nicht zu spüren.

Aber dass du dort lauerst. Was tust du da? Hast du ihn dir so vorgestellt, den kommenden Aufstand? Als du in den Neunzigern Parolen gerufen hast, schön in Sicherheit vor dem braunen Mob hinter den Polizeiabsperrungen? Hättest du damals geglaubt, dass wir uns einmal auf verschiedenen Seiten gegenüberstehen würden? Weißt du noch, wie intensiv wir damals diskutiert haben? Wie wir die Zeichen gedeutet haben? Wie sehr wir an einen gemeinsamen Aufbruch der Linken in Ost und West geglaubt haben? Für wie unerlässlich wir es hielten, ihn herbeizuführen? Wie groß und alles erklärend die Diskussionen waren?

Wie klein dagegen unsere Aktionen. Unser Demo-Tourismus. Rechte Aufmärsche verhindern. Das Nottelefon gegen rechte Gewalt, bei dem es immer Probleme gab, den Bereitschaftsdienst zu besetzen. Die kindischen Farbbeutelaktionen. Das Mitwirken an den spaßorientierten Studentenprotesten, bei denen der Gipfel der Subversivität mit der kurzweiligen Besetzung von Hörsälen erreicht war. Deren Anlass, Ziele und Forderungen sich schon damals niemand merken konnte. Erinnerst du dich noch an diese teewarme Asta-Gemütlichkeit, in die ihr euch zurückgezogen habt, mit den vom Studentenwerk finanzierten Urlaubsreisen ins sozialistische Südamerika? Fühlt man sich als Beamter ähnlich?

Wie wenig du damals schon verstanden hast von der neuen verkehrten Welt, in die man euch hineingeworfen hat. Wie angepasst und konservativ du bereits warst, als du diesen ganzen Antifa gegen Anti-Antifa Blödsinn noch mitgemacht hast. Keine Wahrheit, keine Konsequenzen. Nur hohles Gequatsche und moralische Selbstbeweihräucherung. Erbärmliches Maulheldentum. Eure pubertäre Koketterie mit der Revolution war nur heiße Luft.

Wann hat das angefangen? Wann ging das los mit deiner Korrumpierbarkeit? Wann hat dich das System gekauft? Wann hast du deine Ideen und deine Freunde verraten? Aus freien Stücken. Weil du endlich teilnehmen wolltest. Mitschaufeln. Vielleicht hast du nie auf der richtigen Seite gestanden. Weil du nie kapiert hast, worum es geht. Weil es um Kampf geht, Max, und du kein Kämpfer bist. Aber ich.

25.

Franz zeigt mir mit einigem Stolz seine Fangergebnisse, wie er es formuliert. Sina sitzt im Befragungsraum, Mirco im Gang davor. Und Carola Lange geht in unserem Büro auf und ab wie ein eingesperrtes Tier.

Franz hat schon mal begonnen, er sagt: »Da hat keiner ein richtiges Alibi. Sina sagt, sie sei im Heim gewesen, aber dort weiß niemand, ob das stimmt, weil zwischen null Uhr und sechs keiner in den Zimmern nachschaut, ob die Jugendlichen auch wirklich in den Betten liegen und schlafen. Ist ja irgendwie auch nachvollziehbar. Mirco sagt, er sei auf einer Party gewesen, mit Kumpeln, an deren Namen er sich leider nicht mehr erinnern kann. Und Frau Lange sagt, sie sei zu Hause gewesen. Aber das kann leider niemand bezeugen, weil sie allein lebt.«

Ich nicke ihm nur zu und gehe zu Sina in den Befragungsraum. Sie schaut kurz auf und lässt den Blick mit gespielter Langeweile wieder sinken.

»Hallo«, sage ich und setze mich ihr gegenüber. »Was mich am meisten interessiert, ist diese Mischung aus gefährlichen Stoffen, die wir in deinem Rucksack gefunden haben.«

Sina schaut nun doch hoch. »Wieso kommen Sie denn jetzt schon wieder damit?«

»Weil es ein wirkliches Problem ist. Ein Spruchband anbringen, nun gut, das kann ärgerlich sein und die Leute wollen dann vielleicht auch die Kosten für die Entfernung und so weiter ersetzt bekommen. Aber Sprengstoff, das ist 'ne andere Nummer.«

»Hab ich alles schon mal erzählt«, sagt sie ruhig.

»Aber die Erklärung reicht mir nicht. Und warum hast du mir eigentlich nichts von deiner Kletterausrüstung erzählt?«

»Wozu? Ist es verboten, so was zu haben?«

»Nein. Aber du kannst dir sicher vorstellen, dass es interessant ist, wenn jemand, der in den Verdacht gerät, an Sprengstoffanschlägen beteiligt zu sein, auch noch klettern kann und das verheimlicht.«

»Hab ich doch gar nicht! Sie haben mich nicht danach gefragt und ich hatte keinen Grund, darüber zu reden.«

Die Tür geht auf und Franz winkt mir kurz. Ich unterbreche das Gespräch.

Draußen wartet Franz mit einer neuen Erfolgsbotschaft auf.

»Man hat Fingerabdrücke gefunden. Oben auf dem Dach der O_2-World. Es sind die von Sina. Wenn die anderen beiden dabei waren, dann haben die Handschuhe getragen. Aber sie nicht.«

Wir vereinbaren, dass Franz sich Frau Lange vornehmen soll. Mich würde interessieren, wie sie darauf kommt, die Jugendlichen in solche Sachen hineinzuziehen. Franz macht sich auf den Weg.

Als ich die Tür zum Befragungsraum öffne, sehe ich Sabrina. Sie kommt ruhig den Flur herunter, ihr Gesicht drückt Konzentration und Ruhe aus. Ist es das Gesicht, das sie aufsetzt, wenn sie sich betont dienstlich gibt? Wie wird sie mir begegnen? Ich zögere. Aber dann gehe ich in den Raum und lasse die Tür hinter mir zufallen.

Sina ist aufgestanden. Sie steht vor der Wand aus Glasbausteinen, die das Licht in hunderten Facetten hereinlässt. »Nimmst du bitte wieder Platz«, sage ich und merke, dass meine Stimme trocken und irgendwie spröde klingt. Sina setzt sich. Aber ihren Bewegungen merke ich an, dass sie angespannt und erschöpft ist.

»Sina«, sage ich bemüht ruhig, »wir haben deine Fingerabdrücke da oben gefunden. Es hat keinen Sinn, dass du jetzt noch leugnest. Ihr seid da hochgeklettert, was 'ne ziemliche Leistung ist, sportlich gesehen. Es wäre einfach besser, wenn du es zugeben würdest.«

Sina kämpft. Sie will weiter tapfer sein. Aber man merkt ihr an, wie fertig sie ist. Wahrscheinlich sind sie die ganze

Nacht unterwegs gewesen und jetzt sitzt sie seit Stunden hier. Sie ist mürbe und mit den Nerven am Ende. Zwei, drei Tränen laufen über ihre Wangen. Schließlich sagt sie trotzig: »Aber lassen Sie Carola in Ruhe.«

»Deine Erzieherin? Wieso?«

»Weil sie uns das Klettern beigebracht hat.«

»Ich will wissen, was du mit den Anschlägen zu tun hast. Das ist der einzige Punkt, der mich wirklich interessiert.«

Sina schaut auf ihre Hände, die vor ihr auf der Tischplatte liegen. Sie sagt ruhig: »Nichts.«

»Gut.« Ich stehe auf und gehe einige Male hin und her. Ich merke, dass ich dem Mädchen glauben will. »Willst du einen Kaffee? Oder trinkt man heute noch Cola so als Jugendliche?«

»Kaffee wäre gut«, sagt sie.

Als ich den Raum verlasse, wird mir klar, dass das eine blöde Idee war. Ich schaue den Flur nach beiden Seiten hinauf. Sabrina ist nicht zu sehen. Der Weg zum Kaffeeautomaten führt allerdings am großen Besprechungsraum vorbei. Ich höre Stimmen. Man diskutiert offenbar über Thomas Gredler. Satzfetzen dringen an mein Ohr. Jemand sagt etwas wie »Der Typ ist ausgeflogen«. Dann Kiesewetter: »Durchsuchung noch im Gange«. Und dann höre ich Sabrina, verstehe das Wort Fahndungsfoto. Mehr nicht.

Seltsam, sage ich zu mir, ich stehe hier draußen, als gehörte ich nicht mehr dazu. Ich höre die Worte der anderen und finde nicht den Mut, da hineinzugehen. Wieso? Kann es sein, dass ich mich wirklich hintergangen fühle? Dass ich denen da drinnen nicht mehr glauben will und kann? Wer wusste davon, dass man Informationen über mich gesammelt hat? Wer hat es angeordnet? Wer hat sich daran beteiligt und warum? Wussten alle davon? Haben sie nur gewartet, bis ich den Raum verlassen habe, und dann wurde dezidiert darüber gesprochen, was ich mit diesem Gredler zu tun hatte und vielleicht noch habe? Welche Rolle spielt

Sabrina dabei? Leitet sie diesen Teil der Aktion? Seit wann? Was wird Gredler konkret vorgeworfen und wann sind sie ihm auf die Spur gekommen? War es, als wir zum ersten Mal in dem Haus in der Sonntagstraße waren? Als Sabrina verschwunden war und dann plötzlich in dieser Kneipe saß und vorgab, mich nicht zu kennen? Hat der Engel etwas damit zu tun? Ja, was hat dieser Engel damit zu tun? Hat Gredler das Modell angefertigt? Warum hat er es im Gleisbett verloren? Oder hatte er es bewusst dort platziert? Aber warum?

Drei Minuten später sitze ich wieder vor Sina. Sie hat vier Stücke Würfelzucker in den Kaffee geworfen, die ich vorsorglich mitgebracht habe. Ich habe mir gedacht, dass sie ihn mit viel Zucker trinken würde. Die Atmosphäre ist anders geworden hier im Raum. Sina ist ruhiger, sie wirkt kleiner, beinahe wie ein zehnjähriges Mädchen.

Sie holt tief Luft, dann lächelt sie sogar. »Wissen Sie, wofür wir das Pulver brauchten? Mirco hat eine Wette abgeschlossen. Er hat behauptet, dass er in der Lage sei, eine Rakete zu bauen, die mindestens einen Kilometer hoch fliegt. Ich habe ihm geholfen, den Treibstoff zu besorgen. Das war nicht einfach. In der Wohngruppe hatten wir noch Reste vom Silvesterfeuerwerk. Das hatten die Erzieher den Jüngeren abgenommen.«

Einen Augenblick lang frage ich mich, ob mich das Mädchen auf den Arm nehmen will.

Sie zuckt mit den Schultern. »Tja«, sagt sie, »aber als das mit den Zeichnungen war, da dachten wir, es wäre besser, wir behalten das für uns.«

»Und woher stammen die Zeichnungen?«

»Die hat Ramon gemacht. Er ist ein echtes Genie, wenn es um Erfindungen geht. Wir hatten in der Klasse über die Anschläge diskutiert. Dabei kam es zu einem richtigen Streit. Es gab Befürworter, die sagten, man müsse sich gegen das derzeitige politische System wenden. Und weil es nicht wie am Ende der DDR echte politische Symbole gibt, gegen die man sich wenden kann wie damals die Mauer, muss man etwas gegen das Funktionieren der Gesellschaft tun. Also, zum Beispiel gegen die Verkehrsströme oder gegen den Datenfluss. Man muss das reibungslose Funktionieren angreifen, damit die Menschen aufwachen. Und die andere Seite hat gesagt, dass man demokratisch orientierte Gesellschaften nur durch ständige Auseinandersetzungen verändern kann. Also durch so was wie Dialog, alle mit allen. Das hat übrigens auch Ihre Frau vertreten. Aber die Parteien konnten sich nicht annähern. Keiner war bereit nachzugeben. Und dann brachte Ramon die Zeichnungen mit. Das sollte eine Provokation sein. Er hat sie an die Tafel gepinnt. Da ist der Streit eskaliert. Jemand hat die Zeichnungen abgemacht und entsorgt. Na ja, und am nächsten Tag waren Sie da. Wir haben weiterdiskutiert. Und dann entstand die Idee, dass wir den Spruch aufhängen wollen. So als eigene Aktion.«

Ich habe genug gehört, halte das Ganze für absolut nachvollziehbar. Bis auf die Sache mit der Rakete. »Und wie weit seid ihr mit den Vorbereitungen für den Abschuss eures Raumschiffs?«

Sina schaut mich fragend an. »Sie haben doch den Treibstoff!«

Ich gehe in mein Büro, wo noch immer Carola Lange von Franz befragt wird. Ich erzähle ihr, dass Sina die Spruchbandaktion gestanden und auch sonst sehr zur Aufklärung beigetragen hat. Die noch junge Frau schwankt offenbar zwischen Erleichterung und Abwehr. Schließlich nickt sie und sagt, dass die Aktion ihre Idee war.

»Das werden wir später klären«, entgegne ich und erkläre das Gespräch für beendet. Die Frau kann gehen, sie soll Sina gleich mitnehmen. Wir werden uns melden.

Als Franz und ich allein sind, herrscht augenblicklich eine angespannte Atmosphäre zwischen uns. Ich überlege, ob ich Franz fragen soll, ob er wusste, dass man mich wegen der Anschläge überprüft hat. Dass es eine Akte über mich gibt. Aber ich schweige. Franz bemerkt meine Unsicherheit.

»Ist was?«, fragt er schließlich und gießt sich ein Glas Brause ein. Nein, der weiß nichts. Franz kann sich mir gegenüber nicht verstellen. Er erwartet auch keine Antwort. Sondern sagt, dass wir uns in zehn Minuten zu einer Lagebesprechung treffen wollen. Es gäbe einige neue Erkenntnisse.

Sabrina sitzt mir wie immer gegenüber. Sie hat ihr kühles, klares Dienstgesicht. Nur als ich hereinkam, hatte ich den Eindruck, als würde sie mir kurz zuzwinkern. Etwas, das sie sonst nie getan hat. Aber ich bin mir nicht sicher.

Kiesewetter platziert sich neben Kremmen. Er schnauft etwas, als er sich hinsetzt. Aber sein Gesicht zeigt, dass er zufrieden ist mit der Situation.

»Also … wir sind einige Schritte weiter«, sagt er mit ruhiger, fester Stimme, »wir wissen, dass die Jugendlichen die Anschläge mit hoher Wahrscheinlichkeit nicht verübt haben. Und auch diese Carola Lange scheint wohl eher so was wie eine Politaktivistin zu sein, die mittels ihrer Kletterkunst mit bestimmten Aktionen Aufmerksamkeit erzeugen will. Es gibt einen anderen Zusammenhang, auf den uns Kollege Martaler und Kollegin Zielinski gebracht haben.« Er schaut mich mit wohlwollendem Blick an. Ich habe keine Ahnung, was jetzt kommt.

Nun übernimmt Kremmen. Er schiebt Nase und Oberkörper vor. »Wir haben heute morgen das Büro der Maklerfirma Alpha drei durchsucht, die die Wohnungen in dem Haus in der Sonntagstraße vermietet und verkauft. Alpha drei ist so etwas wie eine Ein-Mann-Firma. Keine Seltenheit im Immobilienbereich. Ganz anders, als man sich das vorstellt, wenn man diese großen, weltweit agierenden Maklerfirmen vor Augen hat. Oft sind das geradezu prekäre Verhältnisse, manchmal bekommen die ihre Aufträge nur von einer einzigen Hausverwaltung. Der Inhaber von Alpha drei ist ein gewisser Thomas Gredler.« Ein Foto von Gredler erscheint an der Wand. Es ist ein aktuelles Foto. Der Mann sieht sportlich aus und gepflegt. Sein Gesicht ist schmal und wirkt intelligent. Die Augen sind schmal und konzentriert. Natürlich erkenne ich ihn jetzt, obwohl es über zwanzig Jahre her ist, dass wir uns das letzte Mal gesehen haben. Aber auf der Straße wäre ich an ihm vorbeigegangen.

»Nach Auskunft der Immobiliengesellschaft, der das Haus in der Sonntagstraße gehört, ist Gredler zwar ein verschlossener, etwas kauziger Typ, aber er hat sich auf Sanierungsprojekte spezialisiert, bei denen es Ärger mit den Altmietern gibt. Und weil es in der Sonntagstraße wegen der Hausesbesetzung sehr viel Ärger gab, hat man sich auf eine Zusammenarbeit mit dem Büro Alpha drei eingelassen.«

Kremmen nickt seinem Kollegen zu. Buchholz klickt das nächste Bild an die Wand. Das Büro der Maklerfirma. Es ist weitestgehend kahl. Wenige Schränke. Ein paar große Kartons.

»So haben wir das Büro vorgefunden. Ein staubiges Kabuff von vielleicht zwölf Quadratmetern, das Klo auf halber Treppe. Es sieht aus, als wäre es kaum genutzt worden. Der Computer wurde sichergestellt. Erstaunlich wenige Dateien, sie werden derzeit ausgewertet. Allerdings gibt es Fotos, die haben wir schon mal runtergezogen.«

Nacheinander erscheinen verschiedene Bilder. Fotos vom Ostkreuz. Vor, während und nach den Anschlägen. Immer sind sie von oben aufgenommen. Ich weiß, von wo aus die geschossen wurden, die die Situation nach dem Rauchbombenanschlag zeigen. Buchholz stoppt die Serie.

»Wir haben die mal anders sortiert. Und siehe da, es gibt tatsächlich vor jedem Anschlag Fotos, die darauf hindeuten, dass der Täter zunächst genau überprüft hat, wo er den Anschlag wie ausführen wird.« Wir sehen Bilder aus unterschiedlichen Perspektiven. Dann eine Aufnahme von dem

Signalmast. »Und jetzt kommt's«, sagt Buchholz mit Nachdruck. »Diese Bilder sind die letzten. Sie zeigen die Kreuzung am Frankfurter Tor. Auch von oben, wie ja zu erkennen ist. Wahrscheinlich von den Turmhäusern. Und hier, Aufnahmen, die bis zum Bersarinplatz reichen. Und es gibt noch ein paar Fotos, die von Bedeutung sein könnten.«

Es folgen Bilder von mir. Ich fotografiere, ich stehe am Ostkreuz und befrage Leute. Fotos von mir und Sabrina. Von Franz. Und dann ist da ein Bild von Kerstin, vor ihrer Schule. Ich fühle mich wie vom Blitz getroffen. Wieso gibt es ein Foto von Kerstin?!

Ich merke, wie die Blicke der anderen sich auf mich richten. Kiesewetter sagt schließlich: »Das ist Ihre Frau, nicht wahr, Kollege Martaler? Haben Sie vielleicht eine Erklärung dafür, weshalb der Täter diese Bilder gemacht haben könnte?« Alle sehen mich an. Ich schüttle den Kopf, bringe nur ein »Nein, absolut nicht« hervor. Ich könnte jetzt sagen, dass ich die Telefonnummer von Gredler auf Kerstins Handy gefunden hatte. Aber ich schweige. In meinem Kopf herrscht Aufruhr, ich schwitze am ganzen Körper, am liebsten würde ich aufstehen und gehen. Hinaus auf die Straße. Ich muss Kerstin warnen. Aber ich bleibe sitzen.

»Gut«, sagt Kieswetter. Wahrscheinlich hatte er eh keine Erklärung von mir erwartet. Er nickt Sabrina zu.

»Unsere Ermittlungen haben ergeben, dass besagter Thomas Gredler einen Sohn hatte. Er hieß Benjamin Große.« Sabrina schaut in die Runde. Einige sind überrascht, andere wussten offenbar schon davon. »Benjamin Große wurde von seiner Mutter aufgezogen. Thomas Gredler kümmerte sich nicht, absolut nicht. Er kümmerte sich um alles Mögliche, aber nicht um seinen Sohn. Benjamin, so hat uns seine Mutter gesagt, kannte ihn lange Zeit nicht einmal. Allerdings gab es kurz vor dem Tod des Jungen eine Phase der Annäherung. Zu dem Zeitpunkt war Gredler, der eigentlich Philosophie studiert, das Studium allerdings abgebrochen hatte, bereits Makler geworden. Und er betreute schon eine ganze Weile vor der Räumung im letzten Jahr das Haus in der Sonntagstraße. Das Engelhaus. Hier lernten sich die beiden wahrscheinlich auch kennen: Benjamin als Hausbesetzer und sein Vater als Makler. Als Makler allerdings, der schon immer ein Problem damit hatte, Wohnungen zu verkaufen. Wir haben hierzu eine VHS, die können wir später anschauen. Auf jeden Fall hat der Tod des Jungen Gredler getroffen. Davon ist jedenfalls auszugehen. Wir glauben, dass der Tod die Initialzündung gewesen sein könnte, die Anschläge zu planen und auszuführen.«

»Alle Achtung«, sagt Kiesewetter und ist scheinbar tatsächlich beeindruckt. »Aber es bleibt jetzt keine Zeit zu verlieren.«

»Richtig«, pflichtet ihm Sabrina bei. »Wir haben bereits Kollegen zum Frankfurter Tor beordert. Die Wahrscheinlichkeit liegt nahe, dass der nächste Anschlag auf den U-Bahnhof geplant ist.« Sie beamt einen Streckennetzplan der Berliner Verkehrsbetriebe an die Wand. »Hier«, zeigt sie mit dem Laserpointer, »sind die Eingänge in die U-Bahn und direkt daneben ist die Haltestelle der Straßenbahn. Hier steigen hunderte Leute aus und ein. In der Hauptverkehrszeit ist kaum ein Durchkommen.«

Ich fahre mit Höchstgeschwindigkeit zum Frankfurter Tor. Franz sitzt neben mir.

»Was ist los«, sagt er süffisant, »heute nicht mit Kollegin Zielinski? Ihr seid doch sonst wie ein Kick und ein Ei.«

Ich schaue aus dem Fenster. Antworte nicht. In meinem Kopf herrscht noch immer ein ziemliches Chaos. Vor allem frage ich mich immer wieder, wie lange Sabrina von diesen Zusammenhängen wusste. Vor allem davon, dass Benjamin Große Gredlers Sohn war. Vielleicht schon, als sie in der Kneipe mit dem Mann geredet hat? Offenbar hat sie ihre Ermittlungen viel breiter gestaltet, als ich es geahnt habe. Sie muss bei der Mutter von diesem Benjamin gewesen sein, hat wahrscheinlich weitere Leute befragt. Wann hat sie das alles getan? Nachdem sie so plötzlich aus dem Haus mit dem Engel verschwunden war?

Wir erreichen das Frankfurter Tor. Polizeikräfte sind dabei, Absperrungen aufzubauen. Menschen mit Koffern und großen Taschen werden angehalten und kontrolliert. Ich mache mich gemeinsam mit Franz auf, um das linke Gebäude mit Turm zu kontrollieren. Zwei Leute von Sabrinas Truppe eilen auf das gegenüberliegende Haus zu.

Von oben haben wir einen wirklich imposanten Blick. Man kann die gesamte Karl-Marx-Alle hinaufblicken bis zum Alexanderplatz. In der anderen Richtung sieht man den S-Bahnhof Frankfurter Allee beziehungsweise das Ringcenter, eines der etwas interessanteren Einkaufszentren. Früher stand da mal die Ringbahnhalle, eine Art überdachter Markt mit Buden und festen Ständen, wo man alles kaufen konnte, was es eben in der DDR zu kaufen gab, und manchmal noch ein bisschen mehr. In die anderen Richtungen schaut man bis zur Warschauer Straße und bis zum Bersarinplatz mit seinem von Blumen leuchtenden Rondell. Unter uns ist der U-Bahnhof. Die Straßenbahnen kommen hier im Fünfminutentakt, so oft fährt sonst keine Linie in Berlin. Menschenpulks eilen die kurzen Wege vom Bahnhof zur Bahn und andersherum. Daneben rollen dicht an dicht in mehreren Spuren Autos über die Kreuzung. Ein Anschlag hier könnte verheerende Wirkung haben.

Ich schaue mich genauer in der Turmkuppel um. Klettere schließlich aus einem der Fenster, das sich öffnen lässt, und stehe auf einer Art Umrandung, auf der man Teile der Kuppel umgehen kann. Ich bin auf der Suche nach jener Stelle, von der aus fotografiert worden ist, schaue immer wieder auf das Bild, das auf dem Display meiner Kamera erscheint, wenn ich das Objektiv nach unten richte. Und schließlich habe ich den Punkt. Hier muss Gredler gewesen sein. Hier hat er gestanden. Ich schaue mich um. Nichts Auffälliges ist zu entdecken. Doch dann bemerke ich die weiße Ecke eines Papiers, das unter einer Blechverkleidung klemmt. Irgendwie muss das Papier hier hineingeraten sein, vielleicht hat der Wind es in den Spalt geweht.

Ich ziehe das Papier heraus. Es ist eine Zeichnung. Und ganz unzweifelhaft ist da die unterirdisch fahrende U-Bahn abgebildet. Daneben ist der Takt notiert, in dem sie an diesem Bahnhof hält, und zwar stadtein- wie stadtauswärts. Darüber die Gleise der Straßenbahn, auch hier mit den Ankunftszeiten. Da sie unregelmäßig sind, kann man davon ausgehen, dass hier nicht der Fahrplan, sondern die tatsächlichen Ankunfts- und Abfahrtszeiten notiert wurden. In dicken Strichellinien sind die Wege der Fahrgäste angegeben. Daneben Kreuze. Sind das die möglichen Standorte von Sprengsätzen?

Als ich durch das Fenster wieder in den Turm steigen will, fällt mein Blick auf die Straßenbahn, die eben auf der Petersburger in Richtung Frankfurter Tor fährt. Ich muss an Kerstin denken. Ich drücke ihre Nummer, die Mailbox springt an. Ich hinterlasse eine Nachricht, sage, dass sie mich unbedingt anrufen soll, es sei sehr dringend. Als ich auf die Aus-Taste drücke, bemerke ich, dass ich Angst habe. Angst, die mir über den Nacken kriecht bis in den Magen.

Ich bespreche mit Franz, dass er hier oben bleiben und die Dinge im Auge behalten soll, bis ich Verstärkung geschickt habe. Es ist möglich, dass der Täter hier aufkreuzen wird. Franz blickt mir angespannt ins Gesicht. Er wird schon aufpassen, sagt er.

Einer der Polizeibusse dient als zentrale Anlaufstelle. Kiesewetter und Kremmen stehen davor. Ich präsentiere die Zeichnung. Kollegen werden hinzugeholt. Der Einsatz wird neu abgestimmt.

Ich steige die Treppe in den U-Bahnhof hinunter. Mir fällt ein, dass ich an genau dieser Treppe vor gut einem Jahr einen fulminanten Sturz hingelegt habe. Bei Regen sind die ausgelegten Bodenplatten glatt wie Schmierseife.

Als ich auf dem Bahnsteig ankomme, steht Sabrina vor mir. Und trotz der Kollegen in Uniform, die in Dreiergruppen am Anfang und am Ende des Bahnsteigs stehen und die Lage beobachten, lächelt sie. Sie lächelt mich an. Ein wenig unsicher, als wüsste sie nicht, ob sie mich ansprechen soll. Ich kann nicht ausweichen. Ich werde mit ihr reden müssen. Auch ich versuche ein Lächeln. Aber es gelingt mir nicht.

»Ich war in deinem Büro«, fange ich an. Wir gehen bis zur Mitte des Bahnsteigs und setzen uns auf eine der Bänke.

»Ich weiß«, antwortet sie.

»Ich habe eine Akte gesehen. Eine Akte über mich.«

»Ja«, Sabrina zieht mit dem Schuh gerade Linien auf dem Boden.

»Und kannst du mir erklären, warum du über mich ermittelst und mir das nicht sagst?«

Sabrina zögert. »Das ist eben so«, sagt sie dann halb entschuldigend, halb selbstbewusst. »Als wir herausgefunden hatten, wer dieser Makler ist, haben wir nachgesehen, ob es etwas gibt, das gegen ihn vorliegt. Wir haben zunächst nichts gefunden, dann aber doch. Er wurde vor rund zwanzig Jahren im Zusammenhang mit einem Brandanschlag gegen einen Mercedes gesucht. Und in diesen Unterlagen wiederum fanden sich auch Angaben zu mehreren Sachbeschädigungen. Graffiti. Die Deutsche Bahn hatte Anzeige gestellt, ein Kaufhaus, zwei Bankhäuser. Beweisen konnte man Gredler nichts. Auch der Brand dieses Autos konnte nicht aufgeklärt werden. Aber in den Unterlagen fanden wir deinen Namen.«

»Ja. Ja, und! Warum hast du mich nicht gefragt, was damals war und was das heute bedeutet?«

»Wir ermitteln, Max. Wir ermitteln. Da haben Gefühle oder Beziehungen nichts zu suchen. Wir wollten Gewissheit. Klarheit.«

»Das klingt alles ziemlich bescheuert, wenn du mich fragst.«

»Ja, vielleicht. Aber so ist der Lauf der Dinge.«

»Seit wann hattest du diese Informationen?«

»Seit ich das Haus entdeckt hatte und dort war. Ich habe die Informationstafel gescannt und meinen Kollegen gebeten, alle Angaben zu prüfen. Dabei kam heraus, dass der Makler kein gänzlich unbeschriebenes Blatt war. Den Hinweis auf den Jungen hat mir dann einer aus der Kneipe gegeben. Ich bin noch fünfmal dort gewesen. Am Ende haben sie mir vielleicht ein bisschen vertraut und jemand sagte mir, dass ihm Benjamin davon erzählt habe, dass sein Vater Makler sei und verantwortlich für das Haus. Dieser Umstand blieb weitgehend unbekannt, auch in der Szene, weil die Geschichte ja wirklich unglaublich klang. Wir haben dann gegengecheckt, und siehe da, die Nummer stimmte. Benjamin war der Sohn dieses Thomas Gredler. Und ich habe erfahren, dass Gredler ab und zu auch in der Kneipe gewesen sein muss. Da hat er auch Ronald Garenbusch getroffen. Sie sind miteinander ins Gespräch gekommen, vielleicht ist dabei die Idee vom Anschlag auf das Ostkreuz entstanden. Ich stelle mir das so vor: Garenbusch redet von Revolution und erzählt von dem Verkehrsknotenpunkt vor seinem Fenster. Sagt, dass es am besten ist, an so einer Stelle anzugreifen. Dass er am Ende dabei selbst draufgeht, ist vielleicht einfach nur Ironie des Schicksals. Aber vielleicht haben die beiden doch mehr miteinander zu tun gehabt und Gredler hat den Zeitpunkt der Explosion genau so geplant, dass er Garenbusch gleich mit erledigt, wenn er wie jeden Morgen die Gleise überquert. Vielleicht werden wir das nie herausfinden. Aber es könnte so gewesen sein.«

»Und du hast es nicht mal für nötig erachtet, bei der Lagebesprechung darüber zu reden?«

»Ich wollte sicher sein. Außerdem, das mit dem Jungen und seinem Vater, also diesen Zusammenhang kenne ich erst seit gestern Abend.«

»Als du alleine losgezogen bist.«

»Ich konnte nur allein in diese Kneipe, sonst hätte man sofort Verdacht geschöpft.«

Ich bin verwirrt, wütend, enttäuscht. Ich versuche mich zu konzentrieren und meine Gefühle irgendwie in den Griff zu kriegen. Aber ich muss diese Frage stellen. Vielleicht ist sie albern, vielleicht beleidige ich Sabrina damit, aber sie muss endlich heraus.

»Weißt du, was ich mich frage? Hast du meine Nähe nur deshalb gesucht, damit du herausfinden konntest, ob ich möglicherweise irgendwie mit diesem Gredler gemeinsame Sache mache? Ob ich sozusagen sauber bin?«

Sabrina schaut mich ernst an. »Das ist schlecht kombiniert, Max«, sagt sie. In ihrer Stimme liegt eine gewisse Härte. »Wir sind uns nähergekommen bei unserer ersten Begegnung. Hast du das vergessen? Hast du vergessen, dass wir diesen Spaziergang gemacht haben? Dass du mich in die Arme nehmen wolltest, als wir auf der Brücke waren?« Sie steht auf. Im selben Augenblick wird mir klar, dass soeben etwas kaputtgegangen ist. Etwas, das schon in Sabrinas Büro, damals, als auf dem Computerbildschirm mein Gesicht auftauchte, einen Sprung bekommen hat.

»Du erfindest Geschichten, Sabrina. Alles, was du erzählst, kann stimmen, muss es aber nicht.« Sie schaut mich fragend an. Ihr Körper ist nach vorn gebeugt, ihre Muskeln sind angespannt, als würde sie gleich zum Sprung ansetzen.

»Was meinst du?«, fragt sie ganz ruhig. Diese Ruhe passt nicht zu ihrer Anspannung.

»Es gibt keine Handelsgesellschaft, die einem Hermann Zielinski gehört. Es gibt kein Internat in Bern, das Hohenstein heißt. Es wird wahrscheinlich auch kein Modegeschäft geben, das deine Mutter betreibt. Und sicher bist du mit deinem Vater auch nie auf Reisen gewesen.«

Sabrina schweigt. Sie blickt zu Boden. Ich stehe auf und gehe zwei Schritte in Richtung Bahngleis. Im selben Augenblick höre ich das Quietschen und Donnern. Die U-Bahn fährt in den Bahnhof ein. Ich schaue auf die vorbeihuschenden Wagen. Als der Zug zum Stehen kommt und ich mich umdrehe, ist die Bank hinter mir leer.

26.

Im Strom der Menschen steige ich aus dem U-Bahnschacht. Auf dem Bürgersteig drehe ich mich um, blicke hoch zum südlichen Turmhaus.

Eure Leute sind überall. Ich habe sie schon am U-Bahnhof stehen sehen und sie dann am Ausgang passiert. Auf der anderen Straßenseite sind sie auch. Ich kann sie förmlich riechen. Punkt zehn. Gleich muss die Getränkelieferung kommen. Die Bar in der Kuppel des Turmhauses kann man mieten. Vor vier Uhr nachmittags sind die Leih-Servicekräfte nie da, Leute von der Betreiberagentur auch eher selten. Nur um aufzuschließen, wenn die Getränke kommen. Wie heute.

Vor der Südseite des Gebäudes steht der Transporter. Unter der geöffneten Haustür klemmt ein Holzkeil. Ich gehe zielstrebig in das Gebäude. Begegne niemandem im Flur, niemandem im Fahrstuhl und niemandem bei den Veranstaltungsräumen, die sich auf vier Ebenen erstrecken. Alles so, wie es sein soll.

Ich lausche an der Tür. Nichts. Mache einen Schritt über die Schwelle, senke den Kopf und vernehme gedämpfte Geräusche. War das ein Niesen? Wahrscheinlich sind sie zwei Ebenen höher, in der Bar. Ich schleiche auf die Wendeltreppe. Mit jeder Stufe kommen die Stimmen näher. Auf der nächsten Ebene angelangt, kann ich verstehen, was sie sagen. Gerade gehen sie die Lieferliste durch.

»Gin. Wo ist der Gin?«

»Kommt gleich, Chef.«

Dann ein Schniefen. Nasehochziehen. Sie sind auf der Ebene über mir. Ich schleiche durch einen Raum, an dessen Wänden expressive Bilder hängen, schlüpfe unter zwei in einer Nische zusammengestellte schwarze Ledersessel. Krümme mich zusammen. Drehe mich in die andere Richtung, weil meine Schuhe hervorgucken und presse sie gegen die Wand.

Ich versuche, keinen Mucks zu machen. Jucken am Bein. Kratzen im Hals. Jemand poltert die Treppe runter, an mir vorbei. Raus, nächste Fuhre. Mein Puls rast, die Atmung stockt. Ich versuche, langsam und geräuschlos weiterzuatmen. Hoffe, dass der andere oben bleibt. Warte angespannt. Flaschen klirren aneinander. Ein Räuspern und wieder Stille. Wenig später höre ich erneut ein Klappern von unten und jemand schiebt an mir vorbei, was die Karre tragen kann. Oben werden die Kisten geräuschvoll abgeladen, Jemand schiebt die leere Sackkarre ein weiteres Mal an mir vorbei. Noch ein Stapel Kisten und noch einer. Danach höre ich die beiden auf der Treppe reden. Erkenne den anderen am Klirren seines Schlüsselbundes, als sie an mir vorbeilaufen. Sie bemerken mich nicht.

Ich lasse noch etwas Zeit verstreichen, nachdem unten abgeschlossen worden ist. Dann robbe ich unter den Polstersesseln hervor. Strecke mich. Gehe die Treppe hoch auf die nächste Ebene, vorbei an einer runden Bar, und dann ganz nach oben in die Glaskuppel. Das Gegenstück zum Kuppelraum im Turmhaus auf der Nordseite. Der gleiche hohe Raum mit den umlaufenden alten Fenstern. Die leichten Vorhänge sind zur Seite gebunden. An den schmalen Wänden zwischen den Sprossenfenstern hängen gerahmte Zeichnungen. Fünf Sitzgruppen verteilen sich im Raum.

Ich ziehe einen Stuhl vor und setzte mich. Lasse die Hände in meinen Schoß sinken und mache es mir bequem. Ich habe mich so positioniert, dass ich auf den Zwillingsturm gegenüber blicke, hole mein Fernglas hervor und setzte es an. Unter dem offenen Arkadengang auf dem Quergebäude sehe ich die schwarzen Uniformen der Spezialeinheiten. Auch ganz oben im Turm sind ihre Leute. Einer steht auf der Leiter. Was macht der da? Ich wühle die Zigaretten aus der Tasche und zünde mir eine an, während ich genauer hinschaue. Verwanzen die den Raum?

Irgendwie scheint ihr spitzgekriegt zu haben, dass ich da war. Respekt. Dit habter rischtisch jut jemacht! Beim Einatmen des Rauchs fange ich an zu lachen. Verschlucke mich und huste. Max Martaler, hast du also doch ein bisschen was rausbekommen. Jetzt bist du auf der Fährte, Max. Okay, etwas hinterher, aber auf der Fährte, die ich gelegt habe. Gut. Die Frage bleibt: Wirst du das Zeichen, das ich gesetzt habe, irgendwann deuten können? Wirst du, nachdem es getan ist, die wahren Zusammenhänge erkennen? Immerhin habe ich dir den Engel direkt vor die Füße gelegt.

Ich lege das Fernglas in den Schoß. Rauche die Zigarette auf, lasse die Kippe zu Boden fallen. Einen Moment stiere ich noch aus dem Fenster, dann richte ich mich auf. Ich rücke den Stuhl wieder an den Tisch, nehme das Handy aus der Jacke und lege es vor mir auf die weiße Arbeitsfläche.

Max, was würde dich motivieren? Damit du mal 'n bisschen auf Trab kommst. Was könnte das sein? Und weißt du was: Ich kenne die Antwort längst. Und ich weiß, dass ich alles auf eine Karte setzen muss, wenn ich eine Wirkung erzielen will. Weißt du, was Schmerz ist, Max? Weißt du das?

Wie ist denn die Lage so zwischen euch? Was ist da los bei den Martalers? Sie will dich verlassen, Max, ist dir das klar? Sie will ausziehen und dich sitzen lassen. Sie will neu anfangen, und das wird ihr gelingen mit ihrem hübschen Gesicht und ihrem klugen Köpfchen. Du würdest sie nach ein paar Monaten wiedersehen und sie würde besser aussehen denn je. Aufgeblüht. Unbeschwert. Leicht und heiter, wie der Sommer. Das arrogante Miststück. Willst du ihr nicht manchmal auch einfach wehtun, so wie sie dir grad wehtut? Und hast du nicht gleichzeitig eine Riesenangst, sie zu verlieren, weil du genau weißt, dass du eine Frau wie sie nie wieder finden wirst? Dass es keine zweite Kerstin gibt?

Ich verschränke die Arme auf dem Tisch und lege meine Stirn darauf. Strecke meinen Kopf in beide Richtungen. Zieh Grimassen, um jeden Gesichtsmuskel anzuspannen. Greife nach dem Telefon, suche die Nummer im Speicher und wähle sie an. Es klingelt.

»Martaler. Hallo?«

»Ja, hallo. Hier spricht Thomas Gredler.«

»Thomas. Das ist ja schön, dass du dich so schnell meldest.«

»Ja, gerne. Stör ich grad?«

»Nein, nein. Ist Pause und ich sitz hier noch im Klassenzimmer. Schieß los, gibt es Neuigkeiten von der Wohnung?«

»Ja. Die Wohnung im dritten OG Vorderhaus ist ab Anfang Juli bezugsfertig und geht in die Vermietung. Ich hab eben mit dem Bauleiter gesprochen. Ich könnte sie dir reservieren. Wenn du willst.«

»Okay.«

»Ja, also, ich bin heute sowieso noch mal auf der Baustelle. Wenn du willst, könnten wir gleich heute die Besichtigung machen und alles Weitere an Ort und Stelle besprechen. Auch weil's bei mir zeitlich in den nächsten Tagen nicht so gut aussieht.«

»Heute? Ja, mal überlegen ... Nachmittags ginge schon.«

»Na, das ist doch prima. Dann kannst du dir schon mal alles ansehen und dich dann in Ruhe entscheiden. Wie wär's um vier?«

»Ja, das ginge. Ich müsste nur vorher noch mal nach Hause, meine Sachen abstellen, also in die Wohnung meines Vaters in der Richard-Sorge-Straße.«

»Richard-Sorge-Straße? Dann nimmst du die Tram? Das geht am schnellsten. Dauert vielleicht zwanzig Minuten mit Fußweg.«

»Ja, stimmt. Also vier Uhr. Das machen wir so.«

»Gut, dann sag ich mal, bis gleich in der Sonntagstraße.«

»Ja, bis gleich. Bin schon ganz gespannt.«

»Darfst du sein. Die Wohnung gefällt dir bestimmt.«

»Wir werden sehen. Bis nachher, ja? Ich freu mich.«

»Bis später. Tschüs. Tschau.«

Sie ist auf der Spur. Ist sie überpünklich oder verspätet sich, kommt sie davon.

27.

Ich ziehe mich in mein Büro zurück. Da Franz bei Norman Buchholz ist, muss ich vorerst nicht mit seinem Auftauchen rechnen. Ich brauche jetzt einfach mal für ein paar Minuten meine Ruhe. Ich muss das Wirrwarr in meinem Kopf irgendwie zu ordnen versuchen. Aber schon nach kurzer Zeit stelle ich fest, dass das unmöglich ist. Ich kann Sabrina nicht verstehen. Sie macht mich nicht nur zum Objekt ihrer Ermittlungen und schläft gleichzeitig mit mir, sie erzählt mir ungefragt ihre Geschichte und lügt mich dabei an. Nichts scheint bei ihr so zu sein, wie sie es vorgibt. Es gibt keine Zusammenarbeit und es gibt kein Vertrauen.

Ich versuche mit aller Kraft, diese Gedanken auszublenden. Ich muss mich auf den Fall konzentrieren, alles andere droht mich aus der Bahn zu werfen.

Thomas Gredler. Er hinterlässt an dem Ort, von dem aus er uns beobachtet hat, einen Engel aus Gips. Er hinterlässt auf seinem Computer in dem Maklerbüro Fotos, die den Verkehrsknotenpunkt Frankfurter Tor zeigen, obwohl er davon ausgehen musste, dass wir früher oder später sein Büro ins Visier nehmen würden. Offenbar hat er es bereits aufgegeben. Und er lässt eine Zeichnung in einem der Turmhäuser zurück. Warum das alles? Aus Unachtsamkeit? Oder ist das Ganze eine Art Spur? Aber wohin soll die Spur führen? Andererseits könnte die Spur auch in die Irre führen, uns eine falsche Richtung weisen. So wie wir nicht damit gerechnet hatten, dass er das Ostkreuz ein zweites Mal ins Visier nehmen würde, könnte er jetzt auf einen Anschlagsort hinweisen, an dem nichts passieren wird. Stattdessen könnte er erneut das Ostkreuz gewählt haben. Wir konzentrieren uns auf die U-Bahn Frankfurter Tor und er ist längst dabei, einen ganz anderen Plan auszuführen. Oder aber er will, dass wir uns auf das Ostkreuz und das Frankfurter Tor konzentrieren und er ist ganz in unserer Nähe, aber eben doch nicht da, wo wir ihn vermuten. Mich irritiert vor allem die Zeichnung. Würde einem Täter wie ihm dieser Lapsus unterlaufen, eine detaillierte Zeichnung an einem Ort liegen zu lassen, den seine Verfolger mit sehr hoher Wahrscheinlichkeit aufsuchen werden?

Ich schalte den Computer ein und verkabele ihn mit meinem Fotoapparat. Schaue mir Foto für Foto an. Die gegenüberliegenden Häuser. Die Verkehrsströme. Haltende Straßenbahnen. Passanten von da nach dort. Ein wirklich idealer Platz für ein Vorhaben wie das von Gredler. Das sehe ich auf den Bildern und das sagt mir die Zeichnung, dessen Kopie vor mir liegt.

Dann ist da noch ein Foto, auf dem ich in einiger Entfernung den Bersarinplatz erkenne. Mir fällt wieder Kerstin ein. Die Straßenbahn, in der sie saß. Die Bahn fuhr langsam in die Kurve. Sie muss dort langsam fahren, weil es diesen Bogen gibt um das Blumenrondell. Was, wenn wir das Frankfurter Tor abriegeln und der Anschlag passiert kaum dreihundert Meter entfernt, sozusagen in Sichtweite? Wäre das der Triumph, den er braucht? Die Anzahl möglicher Opfer wäre vielleicht geringer. Aber auch eine Sprengladung, die sich gegen eine Straßenbahn richtet, dürfte erheblichen Schaden anrichten. Die psychische Wirkung eines solchen Anschlags wäre vielleicht sogar noch höher, weil der Täter damit bewiesen hätte, dass wir die Stadt nicht wirklich schützen können.

Eine halbe Stunde später bin ich vor Ort. Ich schaue mich um. Der ovale Platz schimmert grün. Der Steingarten, den man 2009 hier angelegt hat, leuchtet in den Farben der blühenden Pflanzen. Drüben gehen Kollegen die Rigaer Straße und den Weidenweg ab. Ein Stück weiter oben ist die Mühsamstraße mit den messingfarbenen Stolpersteinen, die hier an verschiedenen Stellen in den Boden eingelassen sind. Und die vielen Graffitis, die teils gekonnt, teils sehr schräg und dennoch originell sind. Mir fällt ein, dass Gredler und ich und einige andere Leute hier auch gemalt haben.

Noch bevor man die Häuser saniert und mit Geckos verziert hat. Ich mache Fotos. Versuche mir vorzustellen, von wo aus unser Täter diesen Ort beobachten könnte. Es gibt viele Möglichkeiten, zum Beispiel zwei Wohnungen, die offenbar nicht genutzt werden. Jedenfalls sind die Fenster grau und dunkel und ohne Schmuck oder Gardinen. Eine Straßenbahn kommt heran. Sie stoppt kurz, bevor sie in das Rondell einfährt. Mir fällt ein, dass die mögliche Sprengladung in solch einer Situation sinnvollerweise mit einer Fernzündung zur Explosion gebracht werden muss. Eine Zeitzündung wäre ziemlich wirkungslos, wenn man eine Straßenbahn attackieren will. Gredler muss also zugegen sein, wenn er seine Tat durchführt. Er muss sich hier irgendwo verstecken und die Situation genau beobachten. Und er muss einen gut getarnten Platz für die Sprengladung finden. Ein echtes Problem hier, es sei denn, der Sprengsatz wird im Boden der Grünanlage dicht neben der Bahn vergraben.

Ich steige in einem Haus bis ganz nach oben. Suche mir ein Fenster zum Fotografieren. Vielleicht kann ich Orte erkennen, an denen es aus Sicht des Täters günstig wäre, die Sprengladung zu platzieren.

Am frühen Nachmittag gibt es eine neue Lagebesprechung. Sabrinas Platz ist leer. Kremmen bemerkt meinen Blick und schüttelt leicht den Kopf. Ich weiß nicht, wie ich diese Geste deuten soll.

Die Überwachung des gesamten Gebietes Frankfurter Tor hat bislang nichts gebracht. Kiesewetter sagt, man könne diese Situation nicht ewig aufrechterhalten. Die Polizeikräfte werden gebraucht. Doch auch alle bisherigen Hinweise auf den Gesuchten haben keine Ergebnisse gebracht. Kremmen schlägt vor, die Fahndung zu intensivieren. Das würde bedeuten, Fotosteckbriefe zu plakatieren. Außerdem sei man dabei, Bekannte von Thomas Gredler aufzusuchen. Das erweise sich als schwierig, weil die meisten dieser Personen offenbar schon seit Jahren keinen Kontakt mehr zu Gredler haben und die wenigen, die bis vor kurzem noch Kontakte hatten, erklären lediglich, dass sich der Mann irgendwie zurückgezogen hat. Einer der Bekannten habe dann aber doch etwas mehr erzählt.

»Von ihm haben wir die Information, dass Gredler eine Art Verhandlungsführer war, als es um die Modernisierung des besetzten Hauses ging, in dem er damals wohnte. Danach hat er wohl für die Hausverwaltung hier und da einen Job erledigt, um sich über Wasser zu halten, und sehr, sehr günstig dieses Büro mieten können. Mit einer Förderung vom Arbeitsamt hat er sich dann als Makler selbstständig gemacht. Vielleicht nur wegen des einjährigen Zuschusses vom Amt. Jedenfalls ging es nicht voran mit der Selbstständigkeit, wie seine Auftragsbücher bestätigen. Finanziell kam da nicht viel mehr rum als bei einem Minijob.«

Ich muss mich entscheiden. Soll ich meine Vermutung, dass sich der mögliche Anschlag auf einen anderen Ort beziehen könnte, als bislang gedacht, mitteilen? Kurz bevor Kiesewetter die Runde schließt, melde ich mich.

»Ich habe mir überlegt«, sage ich ruhig, »dass sich der Täter vielleicht gar nicht auf das Frankfurter Tor konzentriert, sondern auf einen anderen Ort. Er braucht jetzt, da wir wissen, wer er ist, da wir ihm auf den Fersen sind, einen Anschlag, der erstens auf jeden Fall funktioniert und zweitens möglichst spektakulär ist. Also entweder wieder Ostkreuz oder etwas in der Nähe des Frankfurter Tors, wo wir weiträumig präsent sind. Ich tippe auf den Bersarinplatz.«

Kiesewetter hat mir interessiert zugehört, dann aber den Kopf geschüttelt. »Dann können wir ja unsere Aktivitäten gleich auf ganz Berlin ausdehnen. Also auf jeden Fall auf den Bahnhof Frankfurter Allee oder das Ringcenter.«

»Theoretisch ja«, stimme ich ihm zu, »aber der besondere Nervenkitzel ist doch, dass er uns an der Nase herumführt. Dass es in unserem Rücken kracht.«

Kremmen hat sich vorgebeugt. Ich habe seine Augen noch nie derart blitzend gesehen. »Er kennt ihn«, sagt er. Die anderen schauen auf.

Kiesewetter blickt fragend zu Kremmen. Kremmen sagt es noch einmal. »Er kennt ihn. Max Martaler kennt den Täter. Er weiß, wie er tickt. Er hat das richtige Gefühl.«

Kiesewetter starrt mich an. »Kann mir mal jemand erklären, um was es hier geht?«

Ich lehne mich zurück. »Ich habe bis vor wenigen Stunden nicht gewusst, dass wir einen Mann jagen, der vor mehr als zwanzig Jahren einmal ein Bekannter von mir gewesen ist. Wir haben einige Zeit zusammen studiert, uns dann aus den Augen verloren. Die Kollegen vom Staatsschutz haben die Verbindung herausgefunden. Ich habe eher zufällig bemerkt, dass die das schon länger im Blick hatten.«

Kiesewetter fällt die Kinnlade herunter. Ein Schluckauf kündigt sich an. »Und wieso hat man das nicht ...?« Er ringt nach Luft, dann sagt er: »Kollege Martaler, kommen Sie bitte in mein Büro!« Er steht auf und verlässt den Raum.

Natürlich ist Kiesewetter enttäuscht. Daraus macht er keinen Hehl. Ich versuche es ihm zu erklären. Sage ihm, dass ich mit keiner Silbe an die Möglichkeit gedacht habe, dass Gredler der mögliche Täter ist. Ich wusste ja nicht einmal, dass er als Makler arbeitet. Gredler hatte BWL studiert, aber nur, um die Finanzströme der Welt besser zu verstehen und etwas dagegen tun zu können. Wir hatten nächtelang diskutiert. Uns gestritten und uns wieder versöhnt, und irgendwann sind wir auseinandergegangen, wie das junge Leute halt so machen. Kiesewetter beruhigt sich allmählich. Dann aber fällt ihm die Nummer mit dem Staatsschutz ein. Darüber regt er sich noch mehr auf. Wie kann es sein, dass die hinter seinem Rücken Ermittlungen gegen einen seiner Kollegen aufnehmen?

Ich bin fest davon überzeugt, dass sich der Anschlag nicht am Frankfurter Tor ereignen wird. Kiesewetter hört gar nicht zu. Er ist ganz einfach nur noch empört.

Als ich in mein Büro komme, sitzt Kremmen auf meinem Stuhl. Er sieht mir entgegen.

»Martaler«, sagt er schnarrend, »ich bin wie Sie davon überzeugt, dass dieser Gredler den Anschlag an anderer Stelle plant. Wir sollten einige Leute in Richtung Bersarinplatz verlegen. Ich werde das veranlassen.«

»Danke«, sage ich nur. Kremmen steht auf und geht einige Schritte. Dann zieht er plötzlich einen dicken A5-Briefumschlag aus seinem Jackett. Er legt ihn auf meinen Schreibtisch.

»Das ist eine VHS-Kassette. Die wird Sie interessieren. Kollegin Zielinski hat sie in der Wohnung von Gredler gefunden, als wir die noch einmal gründlich durchsucht haben.«

Ich kann nicht anders. Ich frage ruhig und betont lässig, wo Sabrina sei.

Kremmen dreht sich zu mir um. »Sie ist wieder in Hamburg. Der Einsatz hier war ja von vornherein begrenzt.«

»Aha«, sage ich.

Kremmen beobachtet mich. Dann sagt er: »Natürlich habe ich bemerkt, dass Sie und Frau Zielinski ... Und jetzt wundern Sie sich vermutlich. Sabrina Zielinski erzählt gern Geschichten ... Sie erzählt immer Geschichten. Sie spielt Theater. Sie ist eine gute Schauspielerin, manchmal weiß man nicht, ob sie selbst daran glaubt.« Kremmen tritt zum Fenster und schaut hinaus. »Es tut mir leid«, sagt er, während er mir den Rücken zuwendet, »ich soll Ihnen Grüße übermitteln. Das ist alles.«

In meinem Kopf ist eine große Leere. Ich bin froh, dass mir dann doch der einzig sinnvolle Satz einfällt: »Ich sehe mir rasch die Kassette an, dann fahre ich zum Bersarinplatz.« Kremmen nickt, geht zur Tür und verlässt den Raum. Ich stehe da wie ein kleiner Junge, dem man erklärt hat, dass sein Hund eben von einem Auto überfahren wurde.

Ich muss lange suchen, ehe ich ein Abspielgerät für die VHS-Kassette gefunden habe. Die Aufnahme ist unprofessionell, die Bilder sind unscharf und streckenweise völlig unterbelichtet. Aber schon bald wird mir klar, dass es sich um eine Aufnahme handelt, die ich kenne. Junge Leute sitzen um einen Tisch. Ich sehe Gredler und mich. Und vier weitere Leute. Wir diskutieren. Plötzlich hält Gredler inne, schlägt auf den Tisch. Seine Stimme wird laut und scharf. Ich kann mich erinnern, dass das immer der Fall war, wenn er uns eine seiner besonderen Weisheiten mitteilen wollte. Kerstin taucht plötzlich im Bild auf. Sie klopft etwas ungelenk auf den Tisch und setzt sich neben Gredler. Die Anwesenden diskutieren weiter. Man kann nicht erkennen, ob Kerstin zu Gredler eine besondere Beziehung hat. Sie wirkt eher fremd in der Gruppe. Still. Irgendwie auch unnahbar.

Kerstin und Gredler haben seit vielen Jahren keinen Kontakt mehr zueinander. Natürlich nicht, davon hätte ich gewusst. Aber möglicherweise haben sie erst kürzlich miteinander telefoniert. Vielleicht bietet er ihr eine Wohnung an. Aber vielleicht ist da inzwischen auch mehr. Vielleicht haben sie sich verabredet. Wenn Kerstin sich mit Gredler trifft, ist sie in Gefahr.

Mir bleibt nur das Handy. Doch wie zu erwarten hat Kerstin das Telefon ausgeschaltet wie meistens, wenn sie in der Schule ist, und allzu oft vergisst sie, es danach wieder einzuschalten. Ich durchsuche mein Telefonverzeichnis. Irgendwo muss ich die Nummer vom Sekretariat der Schule gespeichert haben.

Frau Kleinkugel ist am Apparat; sie sagt, dass Kerstin schon weg sei. Sie will noch etwas fragen, was Sina und die Klasse betrifft. Ich drücke die Aus-Taste.

28.

Ich hab meinen besten Anzug angezogen. Meinen einzigen Anzug. Habe eine Krawatte umgebunden und bin losgegangen, um dabei zu sein, wenn es passiert.

Es gibt nichts mehr vorzubereiten. Nichts mehr zu justieren. Nichts mehr zu tun, als den roten Knopf zu drücken und zuzusehen.

Ich bin mitten unter euch. Sehe eure Absperrungen an der Frankfurter Allee. Die Wannen in den Seitenstraßen. Überall Polizisten und eure Leute in Zivil. Ihr habt den Köder geschluckt. Habt die Kreuzung zur Warschauer Straße hermetisch abgeriegelt in eurer deutschen Gründlichkeit. Weil ihr glaubt, dass heute ein großer Tag ist. Genauso wie ich. Weil ihr auch gern dem Feuer zuseht. In der ersten Reihe. Oben, von den Dächern herab. Aus den Fenstern der Gebäude, den Schaufenstern der Geschäfte, den Autos auf der Straße. Von den Häuserecken und Gehwegen aus. Aber das wird euch nicht vergönnt sein, ihr Hampelmänner in Uniformen. Ihr wichtig dreinschauenden Statisten mit Knopf im Ohr. Ihr allzu gewöhnlichen Passanten- und Angestellten-Darsteller. Ihr habt keine Ahnung, was mein nächster Zug sein wird. Ihr wisst nicht einmal, dass euer hoher Einsatz nur auf einen Bluff reagiert, weil ihr mir nicht in die Karten sehen könnt. Weil ihr nicht selbst mitspielt, sondern euch mitgespielt wird. Und zwar übel. Von einem Kommissar mit einem schlechten Blatt, der sogar seine Frau verzocken würde, nur um im Spiel zu bleiben. Um seine Chance auf den Gewinn nicht aufgeben zu müssen.

Ich biege in eine Nebenstraße ab, laufe über den Weidenweg zum Bersarinplatz. Niemand von euch ist da. Wie ich es mir gedacht habe. Ihr denkt nicht mal eine Straßenecke weiter. Typisch. Aber gut so. Ich platziere mich hinter einem Baugerüst, schaue mich noch einmal um, dann nehme ich das Fernglas. Überblicke den Platz. Die Seitenstraßen. Nichts. Ihr seid voll und ganz auf die Kreuzung am Frankfurter Tor konzentriert.

Ich sehe den Sprengsatz im Fuß des mobilen Warnschildes im Kreisverkehr, direkt neben den Tramschienen. Er ist gut getarnt und selbst mit dem Fernglas nur für den erkennbar, der weiß, dass es ihn gibt. Ich nehme mein Handy, schaue auf die Uhr. Noch etwa eine Viertelstunde. Ich bin zu früh dran. Um 15:45 fährt die Tram von der Haltestelle Bersarinplatz in Richtung Warschauer Straße. Etwa zwanzig Sekunden später ist sie hier.

29.

Die Strategie ist klar. Wir zeigen massive Polizeipräsenz am Frankfurter Tor. Beobachten mit je dreißig Leuten in Uniform die Situation am Ostkreuz, am Bahnhof Frankfurter Allee und an der Warschauer Straße. Und sind verdeckt am Bersarinplatz.

Kremmen hat Anweisung erteilt: Polizisten in orangefarbener Arbeitskleidung der BSR leeren die Papierkörbe, schauen in alle Ecken, die man von Weitem nicht einsehen kann. Andere schreiten als Mitarbeiter einer Grünanlagenfirma das Rondell ab, beseitigen Müll, beschneiden Pflanzen. Einsatzgruppen sind in fünf Hauseingängen postiert. GSG-Leute samt Scharfschützen auf den Dächern. Ansonsten im gesamten Bereich normaler Betrieb. Der Täter soll sicher sein, dass wir seinen Anschlag an anderer Stelle erwarten.

Die Straßenbahnen fahren im Zehnminutentakt in das Rondell ein, alle voller Menschen.

Ich stehe im Schatten eines Hauses im Weidenweg. Mit dem Zoom meiner Kamera suche ich die Fenster der gegenüberliegenden Gebäude ab. Womöglich müssen wir Stunden, vielleicht sogar Tage warten. Vielleicht wird der Täter auch gar nicht mehr zuschlagen. Wir können nur abwarten.

Mein Gefühl sagt mir, dass er hier irgendwo stecken muss.

Da bemerke ich dieses Blitzen. Es ist der Buchteil einer Sekunde. Das Haus, aus dem die Spiegelung herüberschoss, liegt schräg links von mir und gehört bereits zur Petersburger Straße. Wahrscheinlich wieder ein Fernglas, in dem sich die Sonnenstrahlen reflektiert haben, ein winziger Blitz und nicht die Reflektion der Sonne in einer Fensterscheibe. Mein Telefon klingelt. Ich sehe auf dem Display, dass Kerstin anruft.

»Du hast mich versucht zu erreichen? Geht es um meine Schüler? Wir sollten noch mal über Sina und die anderen reden. Das sind …«

»Wo bist du?«, stoppe ich ihren Redefluss.

»Was?«

»Es ist ernst«, sage ich atemlos. »Kerstin, wo bist du jetzt?«

»Das geht dich nichts an. Ich bin unterwegs. Übrigens ist am Freitag die Trauerfeier. In Sankt Petri.«

»Kerstin, wir rechnen mit einem erneuten Anschlag. Und du scheinst davon irgendwie betroffen zu sein.« Schweigen. »Kerstin, wo bist du?«

Ich höre sie atmen, dann sagt sie: »Ich bin auf dem Weg, mir eine Wohnung anzusehen. Ich treffe mich mit jemandem.«

Ich habe es gewusst.

»Wenn du gerade in der Straßenbahn bist, dann steig an der nächsten Haltestelle aus«, schreie ich. »Oder zieh von mir aus die Notbremse.«

Da bemerke ich das Schild. Ein Verkehrsschild. Es hat die ganze Zeit dort gestanden, schon als ich mit Sabrina hier gewesen bin. Es stand da, als ich mich hier umgesehen habe. Ein provisorisch aufgestelltes Schild, mit großen, schwarzen Plastikklötzen beschwert. »Steig aus, steig sofort aus!«, schreie ich in das Handy.

Ich renne los. Schreie in das Funkgerät, dass man sofort die Straßenbahnen stoppen soll. Dass ich glaube, dass der Sprengsatz in den Gewichten eines Verkehrsschildes versteckt ist. Dass sich der Täter im ersten Haus rechts der Petersburger verschanzt hat.

Eine Straßenbahn kommt aus Richtung SEZ heran. Wieso bleibt die nicht stehen? Wir hatten doch Kontakt mit der Leitstelle der BVG. Die Bahn stoppt tatsächlich, aber es ist nur eine Haltestelle. Ich renne über die Straße, auf das Verkehrsschild zu. Sehe, wie zwei Mannschaften der Polizei auf das beschriebene Haus zulaufen. Ein Kollege ruft über Megafon dazu auf, dass die Passanten sich aus dem Gebiet um den Platz zurückziehen sollen. Er sieht, dass ich mich dem Verkehrsschild nähere und brüllt, dass ich doch wohl verrückt sei und da verschwinden soll. Die Straßenbahn ist wieder angefahren. Wieso stoppt die keiner?! Ich laufe ihr entgegen, renne gegen den Verkehr an. Andere Polizisten folgen mir. Stoppen die Autos. Weisen die Leute an, in Deckung zu gehen. Die Straßenbahn kommt immer näher. Es sind keine fünfzig Meter mehr. Ich laufe auf die Gleise. Gestikuliere.

»Halt! Anhalten!«

Sie fährt immer weiter, kommt näher und näher.

Haltet die Bahn an, verdammt noch mal, haltet doch die Bahn an!

Und dann stoppt die Bahn wirklich. Ich drehe mich um. Der Platz hinter mir ist beinahe leer. Drei, vier Polizisten drängen noch Leute in die Hauseingänge. Ich bin etwa sechzig Meter von dem Verkehrsschild entfernt. Intuitiv suche ich Deckung.

Keine fünf Sekunden später erfolgt die Detonation. Feuer, eine Druckwelle steigt empor. Teile des Schildes fliegen sirrend durch die Luft, krachen gegen Hauswände. Dann ist Stille. Gespenstische Stille. Nichts bewegt sich mehr. Ich sehe nur die Flammen neben den Gleisen lodern, und den Rauch, der ruhig aufsteigt.

Der Straßenbahnfahrer schaut mit großen Augen auf das Geschehen. Ich gehe zu ihm und erkläre ihm, dass er die Leute aus der Bahn aussteigen und in den gegenüberliegenden Häusern Schutz suchen lassen soll. Er befolgt meine Anweisung sofort.

Ich höre über mein Funkgerät, dass man den Täter überwältigt hat.

Ich sehe Kerstin. Sie steigt aus dem hinteren Wagen. Sie bemerkt mich, bleibt stehen. Ich gehe auf sie zu. Nehme sie in die Arme. Sie lässt es geschehen.

Am Schweizer Garten
Bötzowstraße
Am Friedrichshain
Greifswalder Straße
Richard-Sorge-Straße
Löwestraße
5
Friedenstraße
Höchste Straße
Volkspark Friedrichshain
Barnimstraße
Mollstraße
Büschingstraße
Friedenstraße
Mollstraße
Platz der Vereinten Nationen
Weidenweg
U WEBERWIESE
Singerstraße
Marchlewskistraße
Graudenzer Straße
Rüdersdorfer Straße
Wedekindstraße
Grünberger
Gubener Straße
Comeniusplatz
Andreasstraße
Stralauer Platz
An der Ostbahn
Marchlewskistraße
Mühlenstraße
4
Mildred-Harnack-Straße
Hedwig-Wachenheim-Straße
WARSCHAUER STRASSE U
Köpenicker Straße
SCHLESISCHES TOR U
1 Wasserturm
2 »Engelhaus«
3 Modersohnbrücke
4 O2-World
5 Märchenbrunnen
6 Türme am Frankfurter Tor
7 Rondell am Bersarinplatz
8 Oberschule
9 Hotel von Sabrina Zielinski

Friedrichshain
Matternstraße
Viehtrift
Blankensteinpark
Eldenaer Straße
Petersburger Straße
Thaerstraße
Eckertstraße
Forckenbeckplatz
Weidenweg
Liebigstraße
Dolziger Straße
Pettenkoferstraße
Bänschstraße
Schreinerstraße
Rigaer Straße
Proskauer Straße
Samariterstraße
Voigtstraße
Frankfurter Allee
FRANKFURTER TOR
SAMARITERSTRASSE
Kadiner Straße
Kreutzigerstraße
Mainzer Straße
Colbestraße
Scharnweberstraße
Straße
Grünberger Straße
Kinzigstraße
Jungstraße
Oderstraße
Weichselstraße
Traveplatz
Boxhagener Platz
Boxhagener Straße
Jessnerstraße
Kopernikusstraße
Krossener Straße
Weserstraße
Warschauer Straße
Libauer Straße
Simon-Dach-Straße
Dirschauer Straße
Gärtnerstraße
Wühlischstraße
Gryphiusstraße
Sonntagstraße
Simplonstraße
Gürtelstraße
WARSCHAUER STRASSE
Revaler Straße
Lenbachstraße
Bahnhofstraße
Marktstraße
Annemirl-Bauer-Platz
Rudolfstraße
Rotherstraße
Rudolfplatz
Kynaststraße
OSTKREUZ
Hauptstraße
Stralauer Straße
1
2
3
6
7
8
9

Vita Krause & Winckelkopf

Krause & Winckelkopf ist ein neues Autorenduo aus Berlin. Der eine geboren im Osten, der andere im Westen der Republik. Der eine Jahrgang '54, der andere Jahrgang '72. Der eine ist erfahrener Drehbuchautor (Polizeiruf/Fernsehfilme für ZDF/BR/MDR), der andere Textdichter. Beide Autoren sind Sozialwissenschaftler und haben sich in diesem Tätigkeitsbereich kennengelernt. Der Friedrichshainkrimi »Ostkreuz« ist ihre erste literarische Zusammenarbeit.